泉州文庫

迟甲题

(清)周學曾 原輯
(清)王 昀 重輯　閻海文 點校

溫陵賦鈔

泉州文庫整理出版委員會

商務印書館

前　言

泉州建制一千三百多年，爲中國歷史文化名城和古代海外交通的重要港口。"比屋弦誦，人文爲閩最"，素稱海濱鄒魯、文獻之邦。代有經邦緯國、出類拔萃之才，歐陽詹、曾公亮、蘇頌、蔡清、王慎中、俞大猷、李贄、鄭成功、李光地等一大批傑出人物留下了大量具有歷史、文學、藝術、哲學、軍事、經濟價值的文化遺產。據不完全統計，見載於史籍的著作家有一千四百二十六人，著作多達三千七百三十九種，其中唐五代二十九人三十二種，宋代二百人三百九十一種，元代二十一人四十種，明代五百三十六人一千五百八十五種，清代六百四十人一千六百九十一種；收入《四庫全書》一百一十五家一百六十四種，《四庫全書存目叢書》五十六家七十四種，《續修四庫全書》十四家十七種。二〇〇八年國務院頒布第一批國家珍貴古籍名錄，屬泉人著述、出版者十三種。

遺憾的是，雖然泉州典籍贍富，每一時代都有一批重要著作相繼問世，但歷經歲月淘汰、劫難摧殘，加上庋藏環境不良，遺存至今十無二三，多成珍籍孤本。這些文化遺產，是歷史的見證，是泉州人民同時也是中華民族的寶貴文化財富，亟待搶救保護，古爲今用。

對泉州地方文獻的搜集與整理，最早有南宋嘉定年間的《清源文集》十卷，明萬曆二十五年《清源文獻》十八卷繼出，入清則有《清源文獻纂續合編》三十六卷問世。這些文獻彙編，或已佚失，或存本極少。二十世紀四十年代，泉州成立"晋江文獻整理委員會"，準備整理出版歷代泉人著作，因經費短缺未果。八十年代，地方文史界發起研究"泉州學"，再次計劃編輯地方文獻叢書，可惜後來也因爲各種條件的限制，其事遂寝。但是這兩次努力，爲地方文獻叢書的整理出版做了準備，留下了珍貴的文獻資料和書目彙編。

二〇〇五年三月，中共泉州市委、泉州市政府決定將地方文獻叢書出版工作列爲國民經濟和社會發展第十一個五年規劃的一項文化工程。翌年，正式成立"泉州地方典籍《泉州文庫》整理出版委員會"，着手對分散庋藏於全國各大圖書館及民間的古籍進行調查搜集，整理出《泉州文庫備考書目》二百六十七家六百一十四種，以後又陸續檢索出遺漏書目近百家一百八十餘種。經過省內外專家學者多次論證，最後篩選出一百五十部二百五十餘種著作，組成一套有一定規模、自成體系、比較完整，可以概括泉人著作風貌、反映泉州千餘年文化發展脉絡的地方文獻叢書，取名《泉州文庫》，二〇一一年起陸續出版發行。

　　整理出版《泉州文庫》的宗旨是：遵循國家的文化方針政策，保護和利用珍貴文獻典籍，以期繼承發揚中華民族優秀文化傳統，增進民族團結，維護國家統一，提高民族自信心和凝聚力，加強社會主義核心價值體系建設，增强文化軟實力，爲泉州的物質文明和精神文明建設服務。

　　《泉州文庫》始唐迄清，原著點校，收錄標準着眼於學術性、科學性、文學性、地域性、原創性、權威性，具有全國重要影響和著名歷史人物的代表作優先。所錄著作涵蓋泉州各縣（市、區），包括金門縣及歷史上泉州府屬同安縣，曾在泉州任職、寄寓、活動過的非泉籍人氏的作品，則取其內容與泉州密切相關的專門著作。文庫採用繁體字橫排印刷，內容涉及政治、經濟、歷史、地理、哲學、宗教、軍事、語言文字、文化教育、文學藝術、科學技術等領域，其中不乏孤稀珍罕舊槧秘笈，堪稱温陵文獻之幟志。

　　值此《泉州文庫》出版之際，謹向各支持單位、個人和參加點校的專家學者表示誠摯的感謝！由於涉及的學科和內容至爲廣泛，工作底本每有蛀蝕脱漏，加之書成衆手，雖經反復校勘，但限於水平，不足或錯誤之處還是難免，敬請讀者批評指教。

泉州地方典籍《泉州文庫》整理出版委員會
二〇一一年三月

整 理 凡 例

一、《泉州文庫》（以下簡稱"文庫"）收錄對象爲有關泉州的專門著作和泉州籍人士（包括長期寓居泉州的著名人物）著作，地域範圍爲泉州一府七縣，即晋江（包括現在的晋江市、石獅市、鯉城區、豐澤區、洛江區）、南安、惠安（包括泉港區）、同安（包括金門縣）、安溪、永春、德化。成書下限爲一九四九年九月以前（個別選題酌情下延）。選題內容以文學藝術、歷史、地理、哲學、政治、軍事、科技、語言教育等文化典籍爲主，以發掘珍本、孤本爲重點，有全國性影響、學術價值高、富有原創性著作優先，兼及零散資料匯總。

二、每種著作盡量收集不同版本進行比較，選擇其中年代較早、內容完整、校刻最精的版本爲工作底本，并與有關史籍、筆記、文集、叢書參校，文字擇善而從。

三、尊重原著，作者原有注釋與說明文字概予保留。後來增加者，則視其價值取捨。

四、凡底本訛誤衍漏，增字以［ ］表示，正字以（ ）表示，難辨或無法補正的缺脱文字以□表示，明顯錯字徑直改正，均不作校記。

五、凡底本與其他版本文字差異，各有所長，取捨兩難，或原文脱訛嚴重致點讀困難，或史實明顯錯誤者，正文仍從底本，而於篇末校勘記中說明。

六、凡人名、地名、官名脱誤者，均予改正，訛誤而又查不到出處之人名、地名、官名及少數民族部落名同異譯者，依原文不予改動。

七、少數民族名稱凡帶有侮辱性的字樣，除舊史中習見的泛稱以外，均加引號以示區別，并於校記中說明。

八、標點符號執行一九九六年實施的國家《標點符號用法》。文庫點校循新版二十四史及《清史稿》例，一般不使用破折號和省略號。

九、原文不分段者，按文意自然分段。

十、凡異體字、俗體字、通假字，如非人名、地名，改動又無關文旨者，一般改爲通用字；異體字已經約定俗成、容易辨認者不改。個別著作爲保持原本文字語言風貌，其通假字則不校改。

十一、避諱字、缺筆字盡量改正。早期因避諱所產生的詞彙成爲習慣者不改正。

十二、古籍行文中涉及國家、朝廷、皇帝、上司、宗族等所用抬頭格式均予取消。

十三、文庫一般一册收録一種著作，篇幅小的著作由兩種或若干種組成一册，篇幅大的著作則分成兩册或若干册。

十四、文庫採用橫排、繁體字印刷出版。每册前置前言、凡例。每種著作仿《四庫全書》提要之例，由編者撰寫《校點後記》，簡略介紹作者生平、著作内容及評價、版本情況，説明其他需要説明的問題。

泉州地方典籍《泉州文庫》整理出版委員會辦公室
二〇〇七年二月五日

徵 輯 小 引

周學曾

　　十閩名勝,秀蔚源山;五邑人文,符分星紀。吐鳳握蚖之選,陳鼓吹於書林;模山範水之才,發笙簧於聖室。國家重熙累洽,久道化成。皇上玉宇摛光,宏洪圖於霞彩;瑩河獻鐸,綺瑤思於天文。培萬國之球琳,光生太乙;啓四門之管籥,詠叶由庚。我泉郡文物精華,輝煌薄海。人皆繡虎,江郎之管能花;筆可扛龍,韓子之胸有篆。鑄青錢之萬選,家家枚、馬之篇;合白璧之一雙,處處鄒、揚之册。誠合洛陽紙貴,懸雲藻於國門;學士名高,馳華光於玉圃。

　　兹不揣弇陋,重輯《溫陵賦鈔初集》一册。先正之風規在望遥深,仰止高山;時賢之駿彩齊鑣共領,和聲鳴盛。喜雕龍之早賦,爰訂初編;恐全豹之未窺,嗣登續刻。伏冀琅章俯錫,綵簡遥頒。綺合星稠,鳳字環蘭臺之品;珠零錦燦,席文出蓬觀之華。凡五邑全人,或召試,或應試,或館課,或窗課,懇交泉西街井亭巷内龍塘世第,以便預早編輯。將見文草書新,聯袂標河東之望;珠林寶耀,揚鑣駕江左之風。羅冠冕於南州,允合輪昭扶雅;焕經綸於東閣,行詣選重登瀛。

　　謹啓。

叙①

自唐以詩賦取士，於是賦有應試一體，其體有古有律，要其通乎上下，歷三百年，律居十之八九焉。諧和聲偶，穩順機勢，法變揚、馬，格殊徐、庾。學者爲律賦，必於唐焉師，猶律詩之不能不法唐也。唐人律賦，寧樸毋纖，寧疏毋縟，寧輕毋滯，寧約毋繁。步趨必秩，接捩必遒，搏捖必圓，描繪必雅，音節必亮，肌骨必飛。氣清而韻遠，體潔而采新。雖其間不無一二卑調，然亦當時限字使然，學者擇其長而捨其短可也。

余每語人，白行簡《息夫人不言賦》，用事遣詞之妙，柳宗元《披沙揀金賦》，布置運化之靈，可爲律賦準繩。其他如燕公之高渾，元白之潔老，黄滔、王棨之聲情，林滋、王損之之刻畫，巧力並臻，聲色具備，後人窮神盡氣，爲之不能到，況能出其範圍乎？今操觚家往往詩富門靡，以濃密爲工，而不知去唐人之法遠矣。

清源周生春池，高才績學，以文鳴於時，尤嫺古今流別。頃採録其鄉人賦之佳者爲一編，示余乞序。是編大要取不悖乎唐法者，以資初學津梁。其限於桑梓，蓋以濡染最近，而入人也易，且藉是以存鄉黨之遺佚，亦歐陽四門緝《泉山秀句》之意也。

余將序而歸之，因推緣起於唐人以廣之，俾綴文之士，知沿委而討源焉。

嘉慶二十有二年秋七月，福州陳壽祺序。

【校記】

① "叙"：陳壽祺《左海文集》（清刻本）卷六作"律賦選序"。

叙①

  余同年王秋嵐先生,秉資卓越,品學兼優,余甚雅慕其才,兹復有重輯《温陵賦鈔》之舉,彙成一册,分作十卷。其中擬體、古體、律體,别爲三門,一如周君春池之程式,而略分天地、人物序次,且增刊《讀賦管窺》,其所以惠後儒,而存鄉黨賢哲之名譽者,心與周君同,而功較諸周君更有進焉。

  書成之日,質之於余,余受而讀之,見其並蓄兼收,無美不具,乃蓋使人文濟濟,温陵洵不欺海濱鄒魯之稱也。至賦學之由來,作法之遞變,以及風氣之從違,自有《管窺》與原序在,毋庸余贅,爰書數語,以弁簡端。

  時在光緒元載敦牂暮春月修禊日,常熟年愚弟翁同龢頓首拜叙并書。

【校記】

  ① 原無題名,今題名爲點校者所加。

讀賦管窺

王昀

賦者,古詩之流也。《蘭陵》五篇,居然《三百》遺制。單行託始,已見椎輪。高唐神女,派祖《騷經》。然中間鋪叙,亦用散行。相如之徒,摛文敷典。《京都》、《上林》、《靈光》、《景福》、《江》、《海》諸篇,斐然繼起,鉅觀斯存。此爲古體。

南風之薰,兮字爲讀。春秋時,楚狂鳳兮,孺子滄浪,更漸變《三百篇》之制,而爲《楚辭》萌蘖。司馬《長門》、子期《思舊》,皆其例也。長沙《惜誓》,淮南《招隱》、漢武《秋風》、昌黎《風伯》,皆擬騷也。他如宋玉《招魂》,些爲助辭;景差《大招》,只爲助辭,相沿遞變。此爲騷體。

荀卿五賦,工巧深刻,已有問答之辭。《卜居》、《漁父》,純乎叙論。嗣此班、左京都,揚、馬畋獵,起訖皆繫以問答。延至唐末及宋,專以文爲賦。歐子《秋聲》,坡翁《赤壁》,全篇爲文,略押數韻,遂以賦名。此爲文體。

至如枚叔《七發》,子建《七啓》,景陽《七命》,每篇連續,皆綴以應對,而中間行筆,又胚胎于古賦,故選獨列於七。《楚辭》"朝搴阰之木蘭兮,夕攬洲之宿莽","畦留夷與揭車兮,雜杜蘅與芳草"[①]等語,已用對舉。自漢而下,如正平《鸚鵡》,茂先《鷦鷯》,漸趨排偶。至潘、陸之徒,聯芳競秀。顔、謝繼作,結藻騰文,妃四儷六,麟麟炳炳。徐、庾繼之,間用隔句對偶。此爲俳體,亦曰六朝體。

開府清新,領軍華膴。才綺體絶,其《風月小篇》,用五七言詩句。如《春賦》、《蕩子賦》、《對鏡賦》、《鴛鴦賦》諸篇,神清骨韻,别具一種筆墨,非纖濃浮艷者比。此爲徐、庾宫體。

南北之際,四六駢麗,漸開律賦之門。至唐變古爲律,嚴聲病,工對偶,規重矩叠，繩直衡平。三百年來，以此試士，試賦命題，必限官韻，自四韻至八韻爲率，又例取四平四仄，賦中押韻，平仄相間諧聲。論者謂潘岳爲律賦之祖，唐稱極軌，與詩比隆。此爲律體。

長賦自《京都》以降，佳篇林立。至長者如宋徐晉卿《春秋類對賦》，爲字一萬五千。唐竇臮《述書賦》②，爲字一萬八千餘。網舉目張，條分縷析，此爲長篇賦體。

小賦閒情韻筆，代有作家。至短者如魏孫諶《果然賦》，凡十八字。唐李商隱《虱賦》、《蝎賦》，凡三十二字。羅隱《秋蟲賦》，凡四十字。語盡意悠，體促音遠，此爲短篇賦體。

至唐以前，有故作斷章闕句者，非關佚失，蓋由小賦不足以暢言，故示以簡拙，古又自有此一體。以上論賦體，以下論作賦。

歷代才人，辭華不同，風氣各別，而詩賦有擬體一作，文通《雜體》之詩，太白《擬恨》之賦，步趨必合，規橅必肖。夫以江之彩筆，李之仙才，豈不能自出機杼，方駕前人？所以然者，使顧虎頭貌嵇、阮，必不爲司隸之威儀；使曹將軍貌鄂、褒，必不爲瀛洲之瀟灑。是故歛自己之才華，窺古人之堂奥，必肖其一代之風調，其一人之辭章，其一篇之旨趣，固無取優孟衣冠，虎賁中郎。若乃擬兩宋而曰我爲三唐，擬六朝而曰我爲兩漢，枘鑿不入，珪璧弗符，未爲合作。

賦之爲體，胚于周，鴻于漢，漫衍于魏晉，浸淫于六朝，而規模莫盛于唐。宋世扶疏朗暢，元、明支派更紛，而操觚家要不可以雜丹漆絲纊，與衆共材，蒼赤黑黄，無能間色。一篇之中，忽古忽律，未免辨源不清，審體未當。若乃因題制局，則題有古有時，篇亦有宜古宜律之分焉。

荀、屈作賦，諷諭爲長。漢魏以來，有沉博雄邁之概。六朝而降，多諧洽秀雅之觀。骨力既殊，辭華亦異，微特揚、馬、徐、庾不能同科，即鄒、枚、顔、謝未應並響。溯而上之，揚從荀法，賈有屈心，尋源別派，務取分明，涇渭合流，殊乖大雅。

律，法律也。體格必嚴，段頭雙偶，近嫌方幅。六句一韻，或病繁弱。又若三四五六之句，起訖段段不殊。天地人物之屬，敷衍處處相類。既乖體制，亦病辭章。若乃履端于唱叙，歸餘于總亂，其體至多。而今坊本四六賦中用絶句，且以施之律，此本出自徐、庾宫體，秦聲楚艷，渺不相入。王念豐云，不但唐以前無之，即宋、元、明諸家，亦概未有。雙偶謂段首以四六啣卸。

　　律，音律也。聲調必諧，四聲八病，起自休文。迨唐人律賦，變揚、馬之故軌，恢徐、庾之芳塵，聲病必嚴，平仄必叶。至于逗字，則近今愈求諧和。譬之于詩，建安以前，沉雄渾博。齊、梁而降，組織紛綸。至律詩則二四六之間，繩尺謹守，錙忽不移，今且救法亦不常用矣。律賦之不宜參以古賦，猶律詩之不宜參以古詩也。若夫古人成語，妙合體裁，比事敷辭，自然合拍，則可不拘。

　　賦無論古與律，長篇千門萬户，井井條條。小賦一閣一樓，選聲結韻。然非力大於身，則爲長篇者鮮不臃腫蕪雜；非神周於內，則爲短篇者鮮不纖弱平淡矣。

　　大匠蓋屋，必先間架；能文之家，必務制局。賦其重次第哉？首曰立意，成竹在胸；次曰謀篇，首尾相應。然後按部選辭，造句鍊字，斯經緯萬端，統歸一貫矣。若乃叠床架屋，節節支支，層層強加，段段可歇，譬諸市瓜取肥，買菜求益，毫無生氣，豈曰知文？

　　長卿有言："賦家之心，包括宇宙，總攬人物。"故賦者富也。不尚幽微，不宜空泛，纂組成文，錦繡爲質，夐乎尚哉！然氣質必厚，骨力必遒，神采必揚，機緒必清。若乃務得貪多，辭過其旨，繁華損枝，膏腴害骨，迥異端莊之制，尤乖瀏浣之情。否則巧失之纖，麗或傷淫。既非堅緻，豈曰清疏？甚則因辭措意，懸句佇題，縱云雕琢鮮妍，難免橫安叠積，更失之矣。

　　賈誼、枚乘，兩韻輒易；劉歆、桓譚，百句不遷。賦限官韻，始自唐代。太和以後，八韻爲常。實字用韻，卻喜別開生面，簇簇生新；虛字用韻，有如據槁臨危，憑虛作勢。要以意在筆前，謀篇斯勝。韻先句選，結響必和。《文心雕龍》云："左礙而尋右，末滯而討前。聲轉於吻，玲玲如振玉；辭靡於耳，纍纍如貫珠。"斯作賦之擅場，而押韻之能事也。

賦有大指不於賦求之,董、賈、揚、馬著作之雄,韓、柳、歐、蘇文章所統,觀其撰述,原本經文。南宋及明,文下於古,賦亦支離。是以樹骨訓典,選言經傳,然後營度無乖,波瀾皆老。清真雅正,異軌同原。區區選字研辭,抑末矣。

　　以上十八條,皆誦述舊聞,綜以論敘。然耳目狹隘,識見卑陋,貽笑大方。謹因鈔賦,附質鉅公,有如例言。人之好我,示我周行,敢不勗哉?

　　又集中所鈔,擬體在先,古體次之,律體又次之。凡擬古、擬律,皆歸擬體。凡倣六朝以上者,皆歸古體。擬體以所擬之人年代先後爲序。古體、律體,略分天地、人物爲序。但隨得隨鈔,非敢去取,漫操選政。每篇評點,亦註明作者用意,非敢雌黃。其晉邑較多,外縣較少,亦由搜羅未廣,郵寄維艱。所願風雅續交,嗣登二集。又是編倉卒付梓,校對未詳,帝虎魯魚,在所不免。即晉邑佳篇,亦未能盡登,統俟續校續收,閱者諒之。

【校記】

① "芳草":《離騷》原文作"芳芷"。

② "寶臬":原作"寶枭",據《全唐文》卷四四七改。

目　　録

徵輯小引	周學曾	1
叙	陳壽祺	2
叙	翁同龢	3
讀賦管窺	王　昀	4

温陵賦鈔卷一 ……… 1
　擬體 ……… 1
　　擬七發之第六 …………… 晉江黄大齡 1
　　擬七發之第六 …………… 安溪王觀海 2
　　擬禰正平鸚鵡賦 …………… 晉江周　瑀 3
　　擬嵇叔夜琴賦并序 …………… 晉江陳時昌 4
　　擬潘安仁閒居賦 …………… 晉江周　瑀 5
　　擬庾子山華林園馬射賦并序 …………… 晉江王　昀秋嵐 6
　　擬三月三日華林園馬射賦并序 …………… 南安徐玉本 9
　　擬三月三日華林園馬射賦并序 …………… 晉江周學曾 11
　　擬華林園馬射賦 …………… 同安陳貽紳 13
　　擬顏延年赭白馬賦 …………… 晉江黄藻華 14
　　擬宋廣平梅花賦有序 …………… 晉江陳淑均 15
　　擬陸宣公登春臺賦 …………… 晉江許邦光 16
　　擬歐陽行周明水賦 …………… 晉江周學曾 17
　　擬賈子美太阿如秋水賦 …………… 晉江黄鍾麟 17

擬范文正公金在鎔賦 …………………………… 晉江王煥庚 18

温陵賦鈔卷二 …………………………………………… 20

古體 …………………………………………………… 20

河圖洛書賦 …………………………………… 安溪陳遷鶴 20

海天浴日賦 …………………………………… 晉江張殿鼎 21

中秋賦 ………………………………………… 安溪陳遷鶴 22

恭擬聖駕巡幸淀津賦 ………………………… 南安徐玉本 23

澄海樓賦 ……………………………………… 晉江許邦光 25

南掌國貢馴象賦并序 ………………………… 安溪潘思光 26

海城臺閣似蓬壺賦 …………………………… 晉江黃藻華 27

紫帽山賦 ……………………………………… 晉江方　翀 29

憶閬山賦 ……………………………………… 安溪李光地 30

小山叢竹亭賦 ………………………………… 晉江張連芳 31

洛陽橋 ………………………………………… 晉江陳大玠 32

洛陽觀潮賦 …………………………………… 晉江林學洲 32

聚米爲山賦 …………………………………… 晉江王克屼 34

三老五更賦 …………………………………… 晉江王　昀秋嵐 35

有文事必有武備賦 …………………………… 晉江許邦光 36

温陵詩鈔卷三 …………………………………………… 38

古體 …………………………………………………… 38

傳經教稼圖影賦有序 ………………………… 安溪李鴻翔 38

造父使馬賦 …………………………………… 晉江陳道景 39

造父使馬賦 …………………………………… 晉江蕭漢才 40

黃鐘養九德賦 ………………………………… 南安陳桂洲 41

量鼎得其象賦 ………………………………… 晉江王克峻 41

量鼎得其象賦 ………………………………… 晉江陳　琬 42

洞簫賦	晉江周一夔	43
綵縷穿七孔鍼賦	晉江許邦光	44
青玉案賦	南安吳國鄉	45
眼鏡賦	安溪李光地	46
茗賦	晉江黃朝陽	47
木之神不二賦	晉江安　邦	48
秋桂賦	晉江陳大玠	49
道邊松賦有序	南安傅修孟	50
道邊松賦	安溪李清英	51
鶴處雞群賦	同安莊逢春	52
鷓鴣賦	晉江陳大玠	53
碧海掣鯨魚賦	晉江王必昌	54

溫陵賦鈔卷四 …………………………… 56

律體 ………………………………………… 56

三階平則風雨時賦	晉江黃岳牧	56
動靜互爲其根賦	安溪陳科捷	57
友風子雨賦	晉江王克峻	58
赤雲如馬賦	安溪陳科捷	59
甘雨滿岳賦	晉江陳崑瓊	60
長烟引輕素賦	晉江楊慶脩	61
海日照三神山賦	晉江曾玉光	62
海日照三神山賦	晉江陳崑瓊	63
海日照三神山賦	惠安王懋昭	64
海日照三神山賦	晉江黃魯玉	65
春江花月夜賦	安溪陳科捷	66
月中桂樹賦	安溪陳科捷	67

律中黃鐘賦	晉江王　鏤竹坪	67
人日賦	同安柯來春	68
春陰賦	晉江曾承基	69
葭蒼露白賦	晉江龔維琳	70
恭擬聖駕巡幸淀津賦	晉江王文寧	71
恭擬聖駕巡幸五臺為民祈福賦	安溪李宗度	72
舞雩歸詠賦	晉江周　瑤	73
赤壁後遊賦	南安徐玉本	74

溫陵賦鈔卷五 76

律體 76

望衡九面賦	晉江陳鴻藹	76
桃源賦	晉江蔡鴻捷	77
碣石賦	晉江張慎和	78
丁字沽賦	晉江楊濱海	79
黃金臺賦	晉江龔維琛	80
石渠閣賦	惠安駱鍾球	81
尊經閣賦	晉江龔維琨	82
唱旗亭賦	晉江蔡鵬翀	83
溫陵名勝賦	晉江蔡鴻捷	84
小山叢竹亭賦	晉江曾寶光	86
小山叢竹亭賦有序	晉江周　禮	87
小山叢竹賦	晉江周廷璋	88
金粟洞賦	晉江王家修	89
紫雲雙塔賦	晉江王　昀秋嵐	90
八卦溝通潮賦	晉江楊濱海	91
夫子泉賦	晉江王必昌	92

洛陽橋賦	晉江王大鯤	93
洛陽橋碑賦	晉江王家修	94
萬歲山賦	晉江陳世清	95
韞玉山輝賦	晉江蔡學鯤	96
韞玉山輝賦	同安莊逢春	97

溫陵賦鈔卷六 …… 99
律體 …… 99

聚米爲山賦	晉江許邦光	99
聚米爲山賦	惠安曾　鈺	100
聚米爲山賦	安溪李宗京	101
海不揚波賦	晉江曾寶光	102
海不揚波賦	晉江陳昌時	103
百川學海賦	南安陳步蟾	104
鑒止水賦	安溪林文斗平階	105
鑒止水賦	晉江陳毓庚	106
波紋賦	晉江蔡鴻捷	107
波紋賦	晉江王克岘	108
調水符賦	同安陳貽焜	109
玉壺冰賦	晉江方　翀	110
梯田賦	晉江王克岣	110
梯田賦	晉江林萬青	111
梯田賦	同安楊　城	112
敬勝義勝賦	晉江陳宗疇	114
斲雕爲樸賦	安溪陳科捷	115
闓宇啓籥賦	南安徐玉本	116
闓宇啓籥賦	晉江周學曾	117

中和節百官進農書賦 ………………… 惠安楊思聰　118
貞元陸宣公主試賦 …………………… 晉江陳時昌　119

溫陵賦鈔卷七 …………………………………… 121

律體 ………………………………………… 121

砥厲廉隅賦 …………………………… 晉江張光憲　121
寧靜致遠賦 …………………………… 晉江張光憲　122
大德不德，下德不失德賦 …………… 晉江張英傳　123
秋夜讀書賦 …………………………… 晉江張慎德　124
三冬文史足用賦 ……………………… 晉江許邦光　124
五經爲衆説郭賦 ……………………… 晉江龔維琛　125
爾雅爲九流津涉賦 …………………… 晉江蔡常雲　126
熟精文選理賦 ………………………… 晉江張繼聲　127
詩雜仙心賦 …………………………… 晉江龔維琛　128
詩雜仙心賦 …………………………… 晉江陳毓騰　129
心正則筆正賦 ………………………… 晉江王家修　130
人澹如菊賦 …………………………… 晉江陳時昌　131
人澹如菊賦 …………………………… 晉江龔維琳　132
儒爲難廉賦 …………………………… 晉江王文澍　133
韓蘄王湖上騎驢賦 …………………… 安溪陳光邦　134
管仲師馬賦 …………………………… 南安陳步蟾　136
造父使馬賦 …………………………… 惠安康憲章　137
江干多是釣人居賦 …………………… 晉江陳毓熊　138
詩思在灞橋風雪中驢子背上賦 ……… 晉江蔡鵬翀　139
善呼賦 ………………………………… 晉江陳雲程　140
善呼賦 ………………………………… 晉江黃景溪　141

溫陵賦鈔卷八 …………………………………… 143

律體		143
蕉鹿夢賦	晉江柯　亭	143
黃鐘養九德賦	晉江許邦光	144
五聲聽政賦	安溪官獻瑤	145
焦桐入聽賦	晉江王　翹	146
停琴佇涼月賦	晉江龔維琳	146
眠琴綠陰賦	晉江王會圖	148
秋曙聞笛賦	晉江黃文藻	148
承露盤賦	晉江蔣壽宗	149
鎖雲囊賦	晉江陳宗器	150
鎖雲囊賦	晉江洪輝翰	151
仁壽鏡賦	晉江龔維琛	152
翣翬賦	晉江王　籛竹坪	153
記事珠賦	晉江龔維琳	154
盾上磨墨賦	晉江王克峻	155
弓膠昔幹賦	晉江蕭漢傑	156
弓膠昔幹賦	晉江周一夔	157
鑄劍戟為農器賦	安溪李鴻儀	158
賜筋表直賦	晉江黃清華	159
瓦鐵為舫賦	晉江陳　策	160
瓦鐵為舫賦	晉江曾寶元	161
茶僧賦	晉江阮應侯	162
餅笙賦	惠安曾　欽	163
麥浪賦	同安莊光前	164
溫陵賦鈔卷九		166
律體		166

積雪中春賦	晉江蔡鴻捷	166
積雪中春賦	晉江王克岏	167
櫻桃宴賦	晉江蔡鴻儒	168
櫻筍廚賦	南安王玉書笏臣	169
書帶草賦	南安陳桂洲	170
春草碧色賦	晉江王日升菜圃	171
能開頃刻花賦	晉江湯光灝	172
鏡中花賦	晉江張慎和	173
十月先開嶺上梅賦	晉江周廷璋	174
九九消寒圖賦	晉江蔡學鯤	175
落梅賦	晉江蔡鴻儒	176
桃之夭夭賦	晉江陳淑均	177
夾竹桃賦	惠安楊思聰	178
海棠春睡賦	晉江蔡鴻儒	179
諫筍賦	晉江陳慶鏞	180
菊花賦	晉江李攀桂	181
櫓搖背指菊花開賦	晉江阮應侯	182
水仙花賦	南安王玉書	183
道邊松賦	晉江王鏞	184
道邊松賦	南安尤捷鰲	185

溫陵賦鈔卷十 187

律體 187

松棚賦	晉江周學曾	187
杏村酒家賦	晉江王增福	188
菖蒲拜竹賦	晉江周禮	188
菖蒲拜竹賦	晉江曾廷魁	189

鳶魚賦	安溪陳科捷	190
鴻漸賦	晉江蔡學鵬	191
鴻漸賦	安溪林文斗平階	192
舞鶴賦	晉江王　昀原名觀光	193
鶴處雞群賦	晉江林玉麟	194
鶴處雞群賦	南安黃永祚	195
宋窗談玄賦	晉江柯應舉	196
雞窗談玄賦	安溪陳光邦	197
江涵秋影鴈初飛賦	晉江龔維琛	198
羚羊掛角賦	晉江莊寅清	199
鮫人潛織賦	晉江蔡常雲	200
鮫人潛織賦	晉江陳雲程	200
雀入大水爲蛤賦	晉江王　炘	201
雉入大水爲蜃賦	晉江黃宗澄	202
雉入大水爲蜃賦	晉江王文寧	203
脉望賦	晉江周一夔	204
五月斯螽動股賦	惠安王懋昭	205
承蜩賦	晉江蔡常雲	206
焦螟巢蚊睫賦	晉江莊安邦	207

校點後記 …………………………………………………… 209

温陵賦鈔卷一

擬　　體

擬七發之第六　　　　　　　　晉江黃大齡

客見太子有起色，乃言曰："瑟瑟之妙，飲食之腴，車馬宮室之壯，田獵射御之娛，固天下之至樂，然猶未也。廣陵之濱，曲江之潯，有濤焉。洗滌南北，旋轉昏晨；猶之水也而爲物甚神。今將以八月既望，歲聿云秋，搖桂棹，駕蘭舟，與交遊兄弟，遠方諸侯，沛吾乘兮爰發，共逍遥兮江頭。至則長風獵獵，極浦悠悠，眉批：上半渾寫總挈。乾坤一氣，日夜皆浮。潰泚泮汗，杳無厓岸，委質平視，一何要眇而目斷也。瀰漫浸淫，茫無淺深，俯矙遥臨，一何幽邃而退心也。乘中流而逆泝，廓萬里之無窮；忽沿波而直下，渺一覽之爲空。令人望洋神驚，向若色阻：蕩心滌胸，洗腸濯膂，雖有膏肓之病，寒暑之疾，猶將不延盧扁而自愈也，況直煩蒾醒醲之憂哉？"

太子曰："善。願客詳言之。"

客曰："聞之隨氣進退曰潮，大波曰濤。濤也者，氣之所鼓盪也。眉批：以下實賦濤。其始至也，凄清陰滓，曠朗陽晞，風生昧爽，凛若切肌；萬里空青，一線微白，瞬息狂奔，若矢赴的。其繼進也，雷破天動，山搥地移，萬馬齊足，千車並馳；浚湍迤延，濁浪横恣，洶洶湧湧，與天相距。其排空而上也，若神龍矯首，噓氣而成雲；其席捲而下也，若大鵬垂翼，摶風而徙溟。其噴沫也，如飛霜點雪，錯落而飄零；其流波也，如揚珠掛鏡，照耀而晶瑩。其衝擊之勢，如昆陽、鉅鹿，麈戰而憤爭；其震怒之威，如不周、垓下，摧折而悲鳴。遥而聽之，淵兮渤兮，鼓鉅窟兮，如雷霆迅邁而匉訇；迫而察之，衝兮突兮，紛砰磕兮，如風雨馳驟而縱横。方且迴地軸，轉天輪，浮日月，掩星辰，又惡知夫烟收霧歛，不轉瞬而霽澈澄清者哉？斯蓋群源委會，祥怪叢滋，熾毒乘人，帝降明威。一日再至，洗其纖疵；仲秋大至，以蕩以彝。凡有鬱積，委而去之。此天下之奇觀也，太子能從我觀之乎？"

太子曰："僕病未能也。"然自是陽氣發洩，無復故態矣。

渾灝流衍，汪濊澎湃，有巫峽千尋，走雲連風氣象。

擬七發之第六　　安溪王觀海

客復言楚太子曰："鬠沸檻泉①，可以澡心，長瀨端流，可以娛志。今太子生長深宮，煩懣成疾，請以八月之望，觀濤于廣陵之曲江。至則長風颼颼，奔雷鬱勃，雖有精思要眇，未能悉其所由然也。"

太子曰："濤何氣矣？"

客曰："淼矣瀁矣，浩矣汩矣，慓矣聊矣，臨望忽矣。上渾于天，眉批：照原作渾寫，作上半篇提挈。下注于淵，浣洞灝潟，不可殫傳。沉溉乎南山，滂濞乎東海。觀其所駕軼者，所涵蓋者，所輣軋者，所汪濊者，滵滵洱洱，潝潝溫溫，潹兮滉兮，混汩沒兮。蕩滌形骸，澄汰神志。當此時，雖眇聾瞽躄，猶將伸偃起癖，臨流而向若，況直跼少嘘唏煩醒之疾哉！且子獨未聞廣陵之勝乎？其山則終南盤鬱，屼崒而崇巃；其壑則赤岸沿隈，北流而奔放。故其衍漫迴薄，雷砢駘宕，江水逆流，海波上漲，眉批：照原作實寫濤，作下半篇氣勢。硼砢震隱，莫得而狀。其始至也，驟兮如風，淒兮如雨，雪兮如雲行，疾兮如軍伍。其少進也，鎧灝灝焉，若輕縑匹練，素車白馬，帷蓋之張。其慓起而奔突也，若震霆閃電，猛獸貔貅，飛蒙茸而走陸梁。其滂渤而四起也，則据据彊彊，莘莘將將，若勇士之銜枚疾走，絡鞍馬而騰驤。又若輕車健卒，縱橫邐雜，當者壤，遇者僵，摧壘破壁，鞚轢而飄颺。於是天兵噴怒，陽侯起舞，神馬馳兮，弭節五子之山；六駕蛟螭，旬砰乎水府。重以風高木脫，水淨川悠，飄颻乎，颼颻乎，風伯迴瀾而整駕。翕赫習霍，霧集而雲收。慌曠曠兮，浩瀁瀁兮，軋塊滃漾，渺不知其所由。漂船折檝，激岸盪限，鳥不及飛，魚不及迴。鯤鯨龍螭之屬，揚鬐鼓沫，顛倒偃側，擾擾而喧豗。此誠標勝概于東南,表巨觀於八垓者也,太子能彊起觀之乎?"

太子曰:"僕病未能也。"

> 排山倒海而來,如風雨雷霆,交發齊至。

擬禰正平鸚鵡賦　　　　晉江周　璖

猗火德之靈鳥,實託質於西方。秉聰明而多警,顧形影以自芳。眉批:賦鸚鵡之質。啓丹唇而妙語,披緑羽而流光。翱翔瑶島之地,棲息碧城之鄉。慧性超於鸜鴿,殊姿企乎鳳凰。於是張矰繳於嶺表,命伯益於危岑。跨崑崙而徐待,眉批:賦張羅而得鸚鵡。循隴坻而相尋。雖迴翔以遠害,終羅網之忽侵。俯首戢翼,動魄驚心。遂乃辭山中之夕翠,別洞口之朝嵐,向瓊軒而就縶,羈金絡以亦甘。棲遲砌北,依倚花南。主人拂拭,清客攀談。與人無忤,於物何貪。優游自適,拘苦聊堪。故免傷殘之爲患,受珍惜而不憖。爾乃飼香稻之餘糧,飲木蘭之墜露。眉批:賦鸚鵡見執之苦。既宛轉以自傷,亦低佪而如訴。將振翮以高騫,乍回頭而却顧。離舊偶而有懷,歸故鄉而無路。豈語言之招尤,抑容儀之見妬。嗟母子之相睽,悲伉儷之難晤。思西都之可欣,嘆樂土之難赴。知防患之不早,悔保身之無素。隔思婦於天涯,繫羈臣於日暮。抱陋賤之薄軀,挹君子之雅度。愧才能之見嫉,憂面目之取惡。每氣阻而神銷,何華屋之足慕?若乃清商律轉,大火星流。朔風將降,落葉正稠。愁思萬里,寒籟三秋。眉批:就秋景賦其苦。貌悲悽而寡暢,音抑鬱而多悠。恍朔雁之清切,類孤鶴之淹留。共姜爲之屢嘆,屈子爲之隱憂。抱離情兮脉脉,思遠道兮綿綿。何賦命之蹇薄,偏遭時之屯邅。經寒暑而腸斷,窺户牖而恨牽。忽寢息而夢想,喜黄山之在前。悵寤覺而無見,魂震動而茫然。仰崑山之危峻,懷秦樹之芳鮮。眉批:以竭心所事意結。但安時以守命,敢背惠而召愆。處繁華之歲月,託高誼於雲天。甘效辭以獻悃,期守死之必堅。長感恩而佩德,庶勿替於永年。

> 俳惻纏綿,神與古化。原評

先君子刻苦績學,晝夜不輟,一時交遊咸謂其文多沉實而有光輝。但

體弱患痔疾，過勤鬱血，竟以醫痔不永其年。今集中梓遺稿數篇，不勝手澤之痛。學會識

擬嵇叔夜琴賦并序　以題爲韻。　　　　晉江陳時昌

歷終古而無變，娛生平而不倦者，其莫如音乎？是故沉吟浩歌，長言寄意。自古文人才子，風流自詡，體製相襲。凡所賦頌者，首美其材幹，次寫其聲音，終著其感化。惟是危苦悲哀，感慨陳詞，亦既命意精工，選言宏富，然猶未盡其理也。余性耽音律，衆器之中，尤取於琴，聊罄所懷，以爲之賦。其辭曰：

惟高梧之挺生兮，眉批：就梧起。標嶰陽而特紀。聳百尺以搖青兮，茂千年而帶紫。眉批：寫其得山水之靈。觀其傍山側兮，絶壁鰲擎，巉岩虎峙。蛇盤縈紆，螺黛鬱嶍，上蒸覆於雲霞，下環通於涯涘。爾乃狂流怒嘶，奔波勃起，浩乎湯湯，渺乎瀰瀰，振蕩山嶽，迴抱迤邐。緊此地之寶植，實據厓而臨水。暢日月之光華，吸山川之精髓。岡有靈鳳之和鳴，枝有翔鸞之棲止。冬雪封其柔條，秋潦漱其下趾。膏露清泠而潤滋，惠風愡亮而吹被。蓄靜謐以高華，含清和而醇美。試詳察其軀幹兮，非繁縟之可擬。於是清隱之士，谷嘯岩栖。水慕乎巢之潁，山懷乎銓之嵇。乃相與陟厓壑，勞攀躋，跨涉龍門之北，企慕驩隅之西。眉批：寫其取梧爲琴。接遺音於皇古，得真趣於山谿。指蒼梧之茂豫，託素志於端倪。緣凌霜幹，載構雲梯。遂使魯班斧削，宋翟斤提。挑截本末，量度高低。雕鏤會合，藻繪均齊。狀以龍鳳，飾以象犀，徽以金鈑，軫以玉瑅。絃以野繭之絲素，囊以貝錦之斐綾。眉批：以上皆賦其材幹。爰有號鐘推許，韻磬評題。夔襄樂辨，師曠律稽。按角徵之壯麗，調羽商之清凄。對茲琴而怡悦，豈徒便夫取携？當其初調，得手應手，遊神送目，婉而不迫，流而不蹙。聽入鍾期，彈思桓叔。滴碎玉之千聲，落串珠之十斛。眉批：寫彈琴。乍厭應以協龢，欻靅沉而鬱郁。由是續正宮，揚清角，奏鏗鏘，鳴雍肅。勃慷慨以導揚，爛艷敷以韡煜。音節節而泠泠，意惜惜而穆穆。味餘響於清空，寫中情之淵蓄。乃應絃而遣聲，振清歌以相逐。歌曰：睇蒼旻兮託泰麓，恢駘蕩兮嘯林竹。目睥睨兮一世人，超衆情兮凌奇服。

邈翩翩兮遊太玄,任造化兮長往復。

歌音向闌,彈指倍熟。易調改絃,尾聲轉速。其幽也,落梅疏竹,黯淡而橫斜。其壯也,天風海濤,杳冥而激瀉。其霏微也,孤舟退鷖於滄溟。其哀怨也,杯酒贈離於客舍。高若群鴻翔泰空,眉批:暢寫琴音。清若孤鶴啼涼夜。遠而聽之,若風松泉石之蕭疏;徐而察之,若羽袖葛巾之閒暇。陰陰古木而雉登,浩浩平沙而雁下。頓挫抑揚,沉雄醞藉。既通乎神,莫名其化。是故發徵則炎陽蒸冬,騁羽則飛霜入夏。叩商則蕭颯春生,奏角則溫和秋詫。此其自然之聲音,夫豈衆樂之所能亞歟?若夫春陽載嬉,眉批:寫鼓琴之地。脩竹茂林,携我好友,陟彼遙岑。新詩命賦,杯酒言斟。睇高山兮欲企,奏流水兮閒臨。激清聲於暮靄,飛澄瀑於烟潯。志離俗而無累,情仰古而俯今。至乃高槐別院,曲徑花陰。皓月如水,新涼滿襟。寄孤懷於静夜,調雅操於薰琴。或綿邈兮《水仙》之引,或留連兮太古之音。或憐窮士兮荒涼欲弔,或感公子兮拂鬱難禁。眉批:以上皆賦其聲音。下至《求凰》之操,《別鶴》之吟,盧女調異,楚妃怨深。凡皆可以感洩幽憤,蕩滌塵心者也。

夫惟曠達者得其沖融,幽深者領其旨趣,淵静者窺其精微,眉批:以下賦其感化。聰穎者知其度數。魚出水而潛聽,鳥號林而爭赴。何駭乎鼠之傷,何驚乎蟬之捕。兹感人而動物,實琴德之攸裕。于時金石不足擬其聲,匏竹不能方其度。綿駒失色而歌停,王豹喪情而謳駐。洗筝笛之紛哇,運清明於韶護。鼓萬物於環中,發精元以流布。嘉斯器之淵穆,獨幻默以静顧。將有託於斯文,長慰懷而企慕。辭曰:雍雍瑤琴,中和具兮。良材美質,天所賦兮。聲希調古,抱泰素兮。誰其識音,能相遇兮。緬惟至人,獨領悟兮。

子淵賦簫,季長賦笛,叔夜賦琴,皆探源訖委,窮貌極神,中邊透徹,知古人之命意措辭爲不苟也。後人追蹤希響,極盡才力不能到,況體格聲音,大相枘鑿乎?是以擬古必肖,乃許騁步前賢。兹作體段俱合,步驟亦得,自非率爾操觚。

擬潘安仁閒居賦　　　　　晉江周　瑺

伊富貴之浮雲,覺斗筲之堪薄。奉先聖之格言,聊逍遙以自樂。伴曷求夫春山,田曷貪夫負郭。室邇蓬蒿,食甘藜藿。眉批:照原賦點出"拙"字。進不入以招尤,退自修吾天爵。縱智巧之無餘,而拙略之堪託也。於是以休以游,退居於洛。名齊逸民,身安丘壑。浮梁橫跨,靈臺高綽。其西則有將軍列尉,眉批:就原賦叙鄰居之美。虎帳屯營,柘弩繁弱,箭石旗旌,電爍雷駭,勃忽晶瑩。其東則有藻池泮璧,竹木周環,教禮宣樂,奧衍敞閒。奉詩書以悦性,陳俎豆以怡顏。養更老以教孝,崇祀事以儕班。

若乃春氣聿發,上丁載晨。天子禋祀于昊天,配日月而列星辰。舉燔柴之上典,聚萬國之搢紳。容肅肅以流美,服濟濟而敷陳。燦乎隱隱,各得其所。兩學如一,有秩斯祜。右啓虞庠,左通殷序。威儀孔時,簫管具舉。祁祁我徒,進旅退旅。司徒選升,官職前敘。隆學校之壯觀,收衆才于區宇。此風化所以觀成,而里美宜于擇處也。

予乃優游林下,築室結廬。數椽止息,四序相於。眉批:實賦閒居之樂。灌園種樹,徘徊自如。厥有春鳥啁哳,夏雲卷舒,秋月穿箔,冬雪映疏。葵藿向日,花草依書。亦有家釀,亦有園蔬。喬木挺出,佳果盈除。張公梨兮梁侯柹,周文棗兮朱仲李,靡不畢儲。石榴蒲萄,三桃三柰,數之而有餘。于時處處其樂只,且日與月其遞嬗,吾亦忘乎閒居。

太夫人于焉駕車乘軒,招孫引子。眉批:補出就養一層。性情和,顏色喜。餐飯有加,舊疴載止。鋪几筵,列甘旨。昆弟獻《既醉》之觴,兒童有逢迎之美。肴核雜陳,杯盤麗綺。金石絲竹,錚錚入耳。時縱飲以高歌,聊幽閒而導始。極人生之行樂,寧縈情於金紫。退撫躬以自省,信居官之難久。淡然一室,左宜右有。近王畿而觀圖,樂家園而聚首。仰周任之訓辭,眉批:"拙"字歸宿。策保身而慎守。終養拙以自安,豈立名于不朽?

　　蓄素含和,雍容合拍,此爲神似非貌似也。原評

　　擬庾子山華林園馬射賦并序　以題爲韻。

晉江王　昀秋嵐

臣聞軒轅訪道,曾駐蹕於崆峒;虞帝時巡,亦遍遊乎方岳。眉批:冒起。夏后

則六龍奉駕,合玉帛而會塗山;穆王則八駿載馳,眉批:入周。啓驊騮而畋洛邑。我大周之創業也,嗣乾封之寶籙,開泰運之昌期。六典分官,九卿效職。文宣大誥,制肅府兵。瑶壇陳封禪之書,朱櫨行省方之典。固已治光紫宙,化洽黄垓,沛膏雨於八瀛,暢皇風而四達矣。

皇帝玉金式度,圭璧植躬,約已省身,崇儒好古。履瑶臺而建極,握寶篆以會期。眉批:入武帝。九乾體精,重巽申命。和修有夏,晞陽敷《湛露》之華;澤溥如春,解愠叶從風之律。猶復憂勞厪念,兢業無忘,用樹風聲,不遑日昃。既誕敷于文德,亦載纘夫武功。蒐苗獮狩以其時,旗鼓鐸鐃辨其物。肅五申之威令,非如獵侈長楊;追吉戌於詩歌,正好文刊貫柳。

於時律回姑洗,躔麗胃維;桃綺花重,柳青絲密。爰以上巳之日,幸于華林之園。萬騎龍嘶,千旂鳳轉。車轟雷響,轂動風鳴。眉批:入華林園。軌合九斿,鑣聯七萃。銀鞍匝地,翠羽連天。霓旌與虹彩齊輝,雲罕並霞光一色。乃命群臣行大射之禮,月營分次,眉批:入校射。雲幕高張。葆伃陳階,金瓿在席。樂奏《騶虞》之節,工歌《貍首》之章。侯則爲鵠爲鵰,駕則有騑有駱。集龍首鹿軀之選,聚虎胸麟腹之材。千斤挽滿月之弓,發黄閒而貫革;幾陣走流星之馬,飛白羽以凌空。用是技妙如神,矢無虛發。眉批:正寫馬射。鵰應弦而即下,石飲羽而輒穿。騁如組如舞之能,有十决十盜之巧。莫不手柔弓燥,的破鋒摧。拔幟吹鐃,登堂揚觶。司筵賜炙,燕喜交歡。司馬上功,龍光近迓。誠序賓之大典,而耀德之鉅觀也。

已而玉兔將升,金烏漸匿。未迴鑾於北闕,且駐蹕於西城。星澄斗極之光,雲映宸扉之彩。滿座笙簧並奏,宴啓鷹揚雙行。冠冕交輝,眉批:射畢而宴。班齊鵷列。龍顔喜動,載咏鹿苹。鳳喥聲諧,齊賡《魚藻》。何啻岐山之會,直同酆水之朝。小臣幸際昌時,躬逢盛事,敢抒蠡見,用效嚶鳴。

鳳閣春深,眉批:總籠起。麟臺績紀。豹旅扶輪,鸞輿飛駛。柳拂騎而垂青,花迎鑾而映紫。神駒騰噴玉之光,文駟結連環之絓。媲翠嫣而同嬉,豈黄臺之足擬?皇帝謨烈纘承,英姿神武。眉批:原題。聲教聿敷,德恩遍普。世慶上恬下熙,民樂盈倉億庚。通暢由庚,運方際午。祝進華封之三,輅駕乘輿之五。勤簡閲以蒐畋,樹森嚴於部伍。

於時麥實含初,桐華開始。客會東堂,眉批:入三月三日。鶺飛洛水。因佳節之適逢,修戎政以無弛。駕命鐵驪,車馳駥駬。響策烏孫,幢移龍子。指宣曲以騰驤,望甘泉而徙倚。經鳥道兮崎嶇,歷鹽叢兮迤邐。頻過桂苑,眉批:入幸華林園。屢越蓬山。方神護衛,岳將追攀。按三千之部曲,出百二之重關。虎旅揮鞭而奮迅,龍軍擁轡而安閒。鐵騎飛兮塵漲野,銅烏響兮轍迴環。乘龍之駕早發,轉鳳之路頻彎。華林既至,風景殊嘉。幄帷邃密,旌斾橫斜。青檀連弮,黑幹吹花。金錞嚮(響)振,玉律音遐。魚麗揚而耀日,鳥章樹而擁霞。熊羆之士森列,鸞鳳之影交加。幾似圖披八陣,宛如殿啓九華。鏘鏘玉節,濟濟金心。校三正之妙藝,選六石之勝任。眉批:三段實寫馬射。熊侯懸布,虎士如林。矢抽白鏑,埒試黃金。弓烏號而紅照,馬兔脱而緑侵。黃肩屬罦,赤羽搖鐔。一鼓氣作,萬弩影沉。載駞騏驤,載驃驪騕。青絲帶映玉勒,花翻陣合赤駝。紫燕彎縱,白兔紅鴛。靈如虎矯,迅若鵬騫。輪咸注虱,臂並懸猿。斾似空中電閃,鼓如天上雷奔。齊揚鑣於馳道,共逐隊乎芳園。於是鸛列分開,鵝群飛灑。高掛雪翎,雄據金銙。鳴鞭則雙耳竹批,入埒則兩瞳鏡瀉。勁挽顏高之弓,使嫻造父之馬。弗御御兮神傳,先中中兮心寫。中鵠而鏃飛青,麗龜而汗流赭。雁失侶於林邊,猿絶路於林下。眉批:點命中之人。

乃有貫札材雄,穿楊氣咤。乘奔雷兮出雲棚,帶飛星兮過月榭。乍聽鼓而唱籌,即迴轅而轉駕。既獲賞以論功,爰陳羞而行炙。錢則合于銅山,香則薰乎蘭麝。眉批:射畢開宴。奏龍吟於同官,傳鳳卵於司射。樂醉飽兮酣嬉,慶恩光之承迓。既而相圃筵開,澤宮日暮。戀餘歡於歸鸞,益長歌夫振鷺。武臣拜手而登階,文士抽毫而作賦。眉批:用進一層結。盡揖讓而雍容,見禮儀之卒度。況復聖澤宏敷,仁風遠布。祥鍾乎翠筵丹黈,瑞溢乎醴泉甘露。於以極景運之文明,非徒示雄威於武庫。

　　英詞壯采,排奡縱橫。原評

8

擬三月三日華林園馬射賦并序　以題爲韻。　南安徐玉本

臣聞金泥玉檢，神堯遊五老之河；綠錯赤文，帝舜臨三公之觀。眉批：冒題。庚辰持戟，御夏后之兩龍；己未登壇，馳春宮之八駿。眉批：入周。我大周之創業也，配天爲幹，配地爲枝。海司陽侯，陸司仲起。異三辰之瑞，傳六甲之符。稽正月而丹蕚生，奏承雲而朱草苗。握機垂憲，受籙膺圖。流慶發祥，接庸考禮。旁魄四塞，出入三光。上暢九垓，下泝八埏。豈但星辰合璧，日月聯珠焉已耶？眉批：入武帝。皇帝秀冠五行，氣超三代。昭章雲漢，彈壓山川。體九乾之精，申重巽之命。聯顯懿於王表，紹清和於帝猷。運皇極而陶鈞，開元模以軌物。樂情膏潤，聽截竹之鳳簫；禮意風猷，仰垂裳之龍袞。加以蒼生厪念，赤子求誠。日昃不遑，風聲允樹。西郊不雨，通亥步于皇情；東作未登，切寅賓于聖敬。豨鳴桴於砥路，罷刃銷金；辨氣朔於靈臺，迎日推筴。丹雀銜精而乍降，天瑞輝煌；赤烏流火而高飛，地符懿爍。詎止并柯共穗，史不絕書；納賫輸琛，府無虛月。升黃輝采鱗於沼，擾緇文皓質於郊。霧甸霞江，一東西之尉候；風丘月罋，合南北之車書。蠖屈龍驤，犧農世界。蠓飛蠕動，象譯梯航。

於時日纏胃維，眉批：點幸於華林之園。月軌青陸。泛池新藻，發岫華桐。皇帝幸于華林之園，三階平而黃道正，四輔麗而紫垣光。鳳轂移鑾，龍文飾轡。連鑣（鑣）七萃，齊軌九斿。彤弓掛月而雁行，眉批：點射。目胄羅星而魚貫。乃命群臣，行大射之禮，聿譜風雲之詠，爰收振旅之儀。帝幕宵懸，緹帷宿置。梁無銅柱，迥殊承露之臺；戶不金鋪，偏異《長門》之賦。金鉋在席，葆俗陳階。簨動邠詩，戚奏翹舞。路啓三嶵之險，正符九節之常。左鐘右鐘，暢清香以載道；繒矢蒲矢，麾白羽以凌空。於是摩蔽日之竿，荷垂天之罩。蒼頭電擊，綠耳雷奔。壁壘歡聲，櫼槍吉語。乍列魚麗之陣，眉批：叙馬射。齊來虎旅之師。莫不踐蘭唐，躒薫圃，射封豕，鬭游騏。中必叠雙，矢無虛發。車馳蝶走，箭起猿號。玉琈徐斟，瑤觴遞進。颺翠華而奏凱，拔赤熾而歌鏡。眉批：寫馬射既畢。斯蓋醇洪厖之情，豐茂世之矩者也。既乃璇晷斜移，金波欲上。君頌鹿苹之什，臣歌《魚

藻》之篇。桑榆之影不居,草露之滋方渥。直等塗山之會,差同酆水之朝。孤奉洪恩,猥承明問。曷勝雀躍,願效嚶鳴。

皇路春回,將臺續紀。宇宙清華,山川迤邐。鶯拂柳而飛梭,蝶含桃而結綺。馳閬苑之騧驪,選璿宮之駼駽。眉批:冒題。雲罕流青,霓旌映紫。馬跨金鞍,狼沉玉壘。環部曲而森嚴,望林園而徙倚。翳洛飲之堪懷,亦山陰之足擬。眉批:入三月三日。于時權司青鳥,駕啟白駼。桐芭始拂,麥實微含。東君令布,西陸陽罩。山光鎖翠,水色浮嵐。郊聞鳴轂,室紀飼蠶。賦鐵先逢秋四,歌雩正值春三。眉批:此下三段寫往華林園。皇帝登乘石而宴西城,履鑾輿而離北闕。鳳轂追風,蜺旌蔽月。疾馬馳車,揚鷹把鈇。望長坂之龍從,瞰平林之鬱崒。千群兕屬,萬帥犀函。鐘鳴撞五,雅奏肆三。屬車甲士,夾道丁男。細柳臨北,宜年界南。嶔巖箭箱,危石樅楠。山郵置埭,棧路餞盦。縟川霧捲,藻野煙涵。跨谷彌山,離宮別室。帳殿平臨,緹帷邃密。鼓節金錞,鐘調玉律。複道焚香,揚旌警蹕。前茅之陣爲鴛,後勁之軍貫虱。紫燕晨風,紅陽曉日。蘭路摩肩,芝原促膝。桂苑頻經,椒丘甫出。於是咀銜拉鐵,眉批:此下二段實賦馬射。鳴角吹笳。河湄薙草,渭口飛花。象輿逐日,魚服成霞。唐公之肅爽乍試,穆王之白義爭誇。跨金鞍則渚汗,披玉鏘則揚沙。展紅旂而掩映,抽白鏃以紛華。變三驅之赤兔,飛百里之蒼騧。靈芝爲圃,翔鳳爲林。蹴履狡獸,流離輕禽。穿楊七札,沒石千尋。飛鳴薄廩,越壑凌岑。萑據徐櫟,游梟乍沉。青鞦盡靡,丹臆遙擒。黃肩屬罦,赤羽搖鐔。馬似浮雲直上,弓如明月初臨。猿驚心而絕路,雁失足而曉音。眉批:寫命中之人。

乃有五陵豪選,六郡雄藩。鸞停鵠峙,虎步龍蹲。過平原而馳宣曲,歷石闕而息長門。始罷龍城之戰,新回馬邑之屯。乍移竿而標箭,還聽鼓而轉轅。人來馬噴,鳥鬧林喧。花乘風而繞殿,石堰水而澆園。樂張膠葛之寓中,酒置顥天之臺下。羌愒息於宜春,眉批:寫其宴。縈鏗鏘夫大夏。制媲岐陽,軍回牧野。激水金罍,飛杯玉斝。織室之錦霞徐開,水衡之銅山正冶。駕方回夫八鸞,典爰從厥二馬。既而相圃筵闌,澤宮日下。若木陰收,扶桑影謝。悵徙躚於芳林,慣回鑾於曲榭。眉批:寫射畢而回。緩造父之效鈴,遲孫叔之整駕。彳亍揚標,縈隨旋㺹。玉勒徐行,金䪅細跨。欲使飲羽連朝,流觴永夜。吳亭之猛虎無驚,楚水之蒼蛟善射。況復化澤均沾,仁風遠布。瑞紀景星,祥符膏露。順時節而蒐苗,簡車徒于伐步。海表靜烽,鬼區息戍。道囿恩垂,仁虞德裕。非蜓翼之有心,豈戟枝之爲慕?惟觀大射之儀,敢獻《長楊》之賦。

沒石飲羽之氣,縷冰刻楮之才。

擬三月三日華林園馬射賦并序 以題爲韻。 晉江周學曾

臣聞六龍奉駕,大一統而合塗山;萬騎行空,振中興而田洛邑。眉批:冒題。元首拜賡歌之陛,宣風則七曜披圖;蒼牙升敷教之臺,就日則千靈仰鏡。國家之創業也,眉批:入周。九卿率典,六職劾官。禮儀則上取姬周,制度則近更元魏。岐陽奮跡,俯念豳風。關內肇基,遂收禹甸。講武有府兵之制,論文作《大誥》之章。豈特露被九華,月環三珥而已哉?眉批:入武帝。

皇帝以寬仁之度,躬勤儉之修。握寶篆而會朝,雨膏赤縣;登明堂而紹統,風動朱垠。加以黃道宏開,黎蒸在抱。崇儒好古,道法乾行。約己省躬,時臻泰運。黃麻紫綬,天寶扶蒼震之權;翠箋丹蕢,物華獻黃離之彩。龍文炳緯,日曾含王。鳳管諧音,雲還干呂。豈止石刊周鼓,階媿舜干。華蓋留雲,神奉元狐之籙;白旄耀日,天傳黃鳥之旗。

于時丙舍春酣,眉批:點幸于華林之園。甲區日麗。衣衛紫鳳,駕騁青龍。皇帝幸于華林之園,鈞衡正則五緯聯珠,象度平則九州環璧。龍旌風拂,鳳輦星移。珠驂與虹彩齊飛,眉批:點射。錦仗共霞光一色。乃命群臣,陳大射之禮。祥風入座,西序塵清。瑞日臨階,東房選妙。班聯司馬,原非蕲歲之宮;地匪棲鸞,迥異望仙之館。春辰祓禊,攀竊慶乎龍鱗;日午奏歌,節亦章夫《貍首》。唐弓夏服,電閃金瓴。燕角楚筋,霜寒玉勒。於是朱鑾霞藹,拂八駿而飛花;眉批:敘馬射。翠幰雲馳,駕雙龍而落絮。熊輿前望,鵲陣先驅。虎胸麟腹之材,龍首鹿軀之選,莫不絕塵躡影,追電浮雲。彎鐵幹而穿林,逾銅山而破的。文成垂

露,樂奏鈞天。辰旂護紫極之符,月馭馳黃樞之座。燕喜則寅階簇采,龍光則乙帳酣紅。辟公奉笏而書思,天子凝旒而定賞。瑤漿石乳,盡入禹膳之芳;鸘視龍驤,悉醉堯樽之藹。實序賓之盛典,耀德之大觀也。既駿馬歸鞍,飛熊協夢,朱幡迎輅,<small>眉批:寫馬射既畢。</small>翠蓋回鑾。千駟花飛,玉兔扶星輿之駕;七騶雲起,蒼龍轉月帳之光。小臣幸覬武功,敬承文詔。以參載筆,以備采風。敢擅詞華,惟存歌頌。

律中姑洗,時當上巳。<small>眉批:就三月三日起。</small>其山秦山,其水豐水。青帝劾官,東君協紀。堯衢宏化日之光,禹甸合同風之軌。園花吐而雲錦如開,原野芳而春臺可擬。皇帝精勤外發,冲漠內含。<small>眉批:□與□段賦華林園。</small>省耕率典,習武停驂。駕黃騌於江北,拂翠騎於天南。虎帳開而關雄百二,龍旗護而月藹初三。啓雲階之軒豁,昭地蓋之淡涵。岳將清塗,雨師奉闕。護六甲而騰空,策五丁而奉月。龍軍擁鬐而星馳,虎將揮鞭而電發。元灞塵飛,黃山草沒。氣壯三秦,臂驅百粵。於是開金華之苑,啓玉篋之函。林開翔鳳,路闢叢蠶。緯騰文而絢五,鞭振響而鳴三。柳拂西城之碧,花開北禁之嵐。彤闈啓秀,翠閣餘酣。雲騎長驅,霓旌肆出。騁白兔之踪,馳紅鴛之質。<small>眉批:以下四段實賦馬射。</small>載命臣鄰,悉依紀律。韁執手而拏雲,勒環身而逐日。朱輪則軸轉夷庚,赤汗則精分太乙。莫不獵效長楊,侍羅清蹕。青檀連羿,黑幹吹花。金耀麟膠之彩,碧收鵲尾之華。中鵠而翎抽白雪,畫熊則暈破紅霞。神清骨瘦,聲重形斜。金鏑飄而驚虎豹,鐵絲過而走龍蛇。樓臺百尺,華蓋千尋。越麻簇隊,晉竹流音。弦開則月滿,矢落則星沉。弓烏號而紅照,馬兔脫而綠侵。碧草披兮風光暖,飛花動兮雨露深。比清塵於長楊之館,異環甲於細柳之林。則見三鐮齊破,百步寧論。振麋肋而驚神臂,走騾耳而向金墩。旗似日邊霞耀,鼓如天上雷奔。茂樹深而猿號楚苑,輕烟拂而雁落梁園。

乃有貫虱從容,射鵰儒雅。<small>眉批:寫命中之人。</small>夸父斷洪河之流,共伯走崑崙之野。羽沒虎而飛金,鏃麗龜而流赭。回燕剪於吳驂,繞榆烟於宛馬。玉弩春深,珊鞭雲惹。迴落日而轉朱驪,騁香風而凝金銙。然後命考事而陳功,將臨軒而回駕。珍錯毅羞,酒行膾炙。龍吟奏曲於同官,鳳卵傳杯於司射。眉批:寫其宴。飲天酒而樂三春,環星階而歌《肆夏》。錢則合鑄銅山,彩則共薰蘭麝。龍鱗常耀於天衢,魚藻自賡夫月榭。既而選重中多,禮隆合度。用宅化而歸鷺,乃陳詩於振鷺。瑤樞靜而揖讓隨車,玉輦和而雍容回步。鳳苑仍閑夫戴星,龍芻自養乎騰霧。眉批:寫射畢而回。武臣守禮而升階,文士抽毫而獻賦。用能甲令遙宣,寅威載布。陳四牡而頌西岐之蒐,發五豝而懷南國之樹。

真密彌滿,萬象在旁。巫峽千尋,走雲連風。原評

擬華林園馬射賦以題爲韻。　　　同安陳貽紳

柳衙含青,桃浪叠綺。榆雨留人,萍錢泛沚。鬭草則鳳搖釵,眉批:就三月起。踏青則鷺集屨。仙客會於東堂,羽盃飛於曲水。隨波之句詩傳,卜洛之文意擬。皆有取於涂災,用合歡而迎祉。眉批:入武帝。與下段俱叙往華林園。

皇帝居青陽而按節,命臣士以無譁。乃駕彫軫,爰移翠華。弧旌交映,畢網細遮。飛雲之鞁如結,翠羽之蓋輕斜。方神除道,岳將馭車。前驅馳電,後隊擁霞。敲鯨之音早發,轉鳳之路猶賒。朝移朱轂,曉駐華林。緹帷宿設,帳幕新臨。桐珠地綴,草縟堦侵。艾插旗而迎輦,蘭拂佩而飄襟。蝶飛拍而舞影,鶯囀簧而流音。魚麗揚其裔裔,鳥章樹而森森。鏘鏘玉節,濟濟金心。共較九和之藝,疇勝六石之任。材官風厲,宿將雲屯。烏號在望,電彩未奔。眉批:此下二段叙馬射。魚服藏楛,韜衣帶弴。進雄姿於山子,問名種於烏孫。鸞和琴節,鳳簌印痕。馬既羞夫伏櫪,弓欲試於號猿。指臂決拾,左右鞭韉。共揚鑣兮勝日,且分道兮名園。

於是五營列開,七萃飛灑。寶駁輕纏,柔鬕細把。披兩顏則月圓,豁雙瞳而鏡瀉。經元蹄則冰開,貼素支而汗頳。弓何詫於顏、高,御何勞於邴、夏。輕百步於尺尋,合一心於人馬。拒石左持,飛鳧右捨。鐘鼓連天,塵埃漲野。同角勝於群材,更雍容於大雅。眉批:叙命中之人。見有虎將才雄,鷹揚氣咤,塞柱題銅,

河魁壓彴。昔蹈堅而鋒持,今歌凱而戰罷。脾(髀)肉新鷩,腰弓未卸。過華苑而鳧趨,逢佳節而兔射。石飲羽而輒穿,雁驚絃而遽下。弗御御而神傳,先中中而力暇。眉批:叙其宴。司馬上功,司筵進炙。錢則積于水衡,杯則薰于蘭麝。燕喜懽歌,龍光近迓。陋秦昭之游河,哂漢武之袚灞。

已而春籥踸迴,搏桑景暮。矢弓載櫜,弢箙藏固。天子示止戈之心,眉批:叙射畢而回。群臣懷自正之具。既講武於《車攻》,仍銘恩於《湛露》。祥符澤馬之呈,瑞溢天弧之布。遠追《魯頌》之乘黃,近邁《秦風》之駕駧。宜守禮而才登,群揚和而氣吐。醉酒則太平興歌,序賓則不侮敬賦。

音節宏亮,氣度高華,意景與子山宛合。

擬顏延年赭白馬賦以題為韻。　　　　晉江黃藻華

維宋元嘉十有七載,眉批:就宋頌揚起。宣重光以繼軌,翕洽化而心傾,迴向風而踵企。文教播於鬼區,武威震于丹水。粵若龍圖炳瑞,苞文蔚起。榮光出河,吐甲毓祉。周穆騰騫于道驪,眉批:以前代之得馬陪入。漢文馳騁于龍子。往代迭興,澤精協紀。秉一德以招徠,匪千金之貿市。迭驃褭而駢驅,伉蕭驑而比擬。眉批:入宋。

越皇朝之應德,登袨席于區寰。極八方而納貢,登神駿而儕班。控八鸞而按步,萃六服以承顏。旋毛吉雲之地,蟠蜿龍雀之間。飛兔効靈於禹跡,眉批:入賦馬。駃騠進駕夫周轘。英姿突兀,異采斒斕。越騰驤而沛艾,扈警踔以迴環。用能無疆應地,乘風達天。塞門獻狀,齒算綿延。隆聲價則九方來相,經品題而十驥失妍。眉批:點賜馬。爓連軒而龍鬐,踠振迅以鴻騫。武皇眷之而蕃錫,聖德駕之乎輻軿。觀其骨聳峰嶽,眸爍星躔。蹄輕雪藕,鬣蔚霞鮮。絕奔踶於渺渺,眉批:賦馬之神駿,完題位。標騰踊以年年。朝超踰乎荊楚,夕馳驟乎幽燕。迅嘶風而噴玉,時疊毳以連錢。皇情是顧,心藏心寫。牧之圉人,擾以御者。列八校以前營,控左驂而馳野。銜轡飾以雕瓊,汗沫霈其流赭。邈卻走於集靈,馴惠養於豐夏。風雲颯以驃驍,韋轂暢於上下。眉批:賦順秋講武。時而霜氣凌秋,火星永

夕。練影紛飛,銅聲叱嚇。竦鹿軀,從虎脊,盤龍堆,歷沙磧。擾澤騰黃,開雲踏白。垺永角乎長堋,塲揚鑣乎躞跡。軼昆雞於姑餘,疾歸鴻於碣石。皇顏徵其輯柔,士女覩而夷懌。

皇乃飭以戎車,監于馭馬。出豕戒塗,鳴鑾叶雅。時愓游田,用康民社。眉批:以不事遊田,馬得終其服養收。車無踐躪之虞,物享純熙之嘏。養以沙苑之芻,蔭以濯龍之序。既從老以得終,詎澤薄而恩寡?

辭曰:騏驥呈材,天所賦兮。應運而生,昭物遇兮。貢于神京,協軌度兮。雙鏡目瑩,五花布兮。鞿羈修姱,馳皇路兮。服養終仁,深眷顧兮。駿骨雄姿,金永鑄兮。

　　馬爲武帝賜文帝,比其死,文帝命侍臣作賦,是以原賦以德致遠物起,後以不盤遊敗使得終,其服養之仁收,皆從大處落墨。序中騰光吐圖、疇德瑞聖之符,及襲養兼年、恩隱周渥之語,立一篇主意。至馬之神駿,於中間敷寫,以完題位,皆古人命意高處。茲作色香古雅,體裁宛合,故自不同時蹊。

擬宋廣平梅花賦有序　不限韻。　　晉江陳淑均

宋廣平賦梅花,昔人謂清便富艷,不類其爲人。按是時四傑駢麗生新,綺靡未徐。開元之間,文風一變。今所傳《梅花賦》,或曰宋忠定李公所補,高渾清婉,富而不縟,艷而不綺。蓋內含貞正,外吐芳芬,與子昂《曲江》曁燕、許二家風格並峻。梅之貞心,公之勁質,兩相符焉。不揣譾陋,擬其詞曰:

寒庭岑寂,眉批:起題。地僻風清。日冷冷以斜照,山宛宛以若迎。啟高齋以閒步,撫墻陰而孤行。拂杖藜以寄想,結幽韻於前盟。眉批:點梅花。蔚有寒梅,森然挺植。謝衆卉之繁花,發孤芳於叢棘。野意蕭疏,寥巖迫仄。曰美人其可見,羌託意以何極。若夫幽姿冰朗,素質霜明,儼如冠玉,眉批:實賦題位。是爲陳平。嫩蕊露滋,芳華煙膩,又如凝脂,是爲杜義。疏林偃蹇,瘦嶺高搴,又如巢、許,洗耳沉淵。淺水競芳,高岑鬭格,又如夏、潘,接茵連璧。輕風乍墜,凍雪

未收，又如孟嘉，九日風流。月魄猶含，風情欲試，又如謝傅，東山孤寄。以默以恬，不繁不綺。昭文鼓琴，返虛入理。亦風亦雅，非邇非遙。南陽高卧，境絕神超。或瀟灑若嵇康，或疏豪若阮籍，或飄寄若君平，或孤高若彭澤。凡兹比倫，莫可窮迹。

彼其種松兮三徑，眉批：陪。栽竹兮千畝。訪招隱於桂仙，問彈棋於橘叟。怡情洞口之桃，託跡堤邊之柳。是物皆著於衆芳之林，趣結於高人之友。然而茂於葉者罕秀其花，眉批：轉。抒於香者未呈其色。或斌媚而匪貞，或蒼凝而寡飾。曷若兹梅，衆德俱全。寒深冷積，態遠意專。眉批：結。群芳搖落，獨挺其妍；塵氛不染，品節能堅。亭亭皎立，越後超前。至若賦度清閒，含情幽僻，不慕繁華，眉批：餘意。獨完氣魄。范蔚宗之江南遠寄，詩格並高；何法曹之廨舍閒吟，文情尤適。諒獨合於貞性，斯可通乎大雅之脉。聊託素以傳神，用會心於曩昔。

格峻神清，調高氣古。

擬陸宣公登春臺賦以"晴眺春野，氣和感深"爲韻。

晉江許邦光

巍巍帝治，皥皥人情。金甌莫而四門闢，玉衡正而泰階平。眉批：總點題面。春可樂兮，惟兹辰爲美；臺經始也，爰不日而成。登高而望，庶彙咸亨。有氣皆淑，無景不晴。白日麗而迎暄，眉批：承上段末言春之景。光風發其舒嘯。近瞻烟霧，收芳甸於俯臨；遠睇雲霞，極遥山之清眺。美其旁連華觀，斜界綺闈。眉批：此寫臺。繡柱聳而乍疑翔鳳，層甍排而忽訝飛鱗。以考休徵，儀度於是乎正；以書雲物，政令於是乎申。豈似弄玉結仙靈之侶，黄金招賢喆之賓者哉！

況乎節開初歲，眉批：再合春。運際熙春。燕語鶯歌之候，花明柳媚之辰。新叢密而芳草萋，歸路轉而遊絲惹。澤苗原卉，紛披曲水之津；綠藻纖柯，錯遍平疇之野。且夫感物化者，眉批：以下將"登春臺"三字錯綜寫出，意理神似原賦。莫先乎人；動人心者，莫神乎氣。時之至矣暢宣遊，天何言哉生品彙。輕籠薄霧，靄下國之芳菲；穆布惠風，鬱情條之薈蔚。春何地而弗届，臺何日而不過？乃望春者匪臺罔託,而登臺者惟春足多。豈不以年方未艾,居則有那。臺之遊者,升高而望遠;春之樂者,時泰而人和。借如戲馬淒凉,歌風慘澹。銅雀之崇址峩峩,鳳凰之江流黜黜。要皆觸景愴懷,望風誌感,未足以嘉靈氣之和柔,敷令節而眺覽。孰與夫秦城臺迥,漢苑春深。凝望既遍,歡欣相尋,可以娛春目,可以寫春心。諒風景之同序,飛峻賞而至今。

樸茂者其質,條邕者其神。

擬歐陽行周明水賦　　晉江周學曾

智通於神,眉批:賦道理起。曰惟原始。水德外含,光明內美。太陰呼吸,既以類而相從;蜃蛤晶瑩,亦通靈之可擬。所謂精生於明,物妙於理。是氣也,有所召而至;是形也,有所積而流。眉批:言其有所自。咏水曾傳海月,周天曾賦東歐。握方諸而精神畢注,望兔魄而光采遂留。渺神工之獨運,稟坤德之能柔。豈非道徵於順,氣別於陽。天神乍合,眉批:入正面題理。物類相將。配乎坎而輕泠表性,說是兌而滴瀝流芳。無之又無,積焉則有;旨之又旨,引而彌長。厥象至潔,眉批:賦其典。厥體至瑩。貯幽齋而最皎,湛玉宇以無聲。漢武築壇,深宮獨重。周官掌職,鬱邕並行。揣其所本,溯其所投。眉批:再就題理課"明水"二字。元通不隔,真宰無浮。挹彼注茲,雖似從天而至;自高而下,實惟大化所周。至也誰致,承也誰迎?感以上孚,本天一而曰水;發於內蘊,涵性德以稱明。信可實玉壺,登素几。嘉賓式燕,不借醴酒並供;眉批:賦其用。潔祭明誠,乃與太羹同旨。金莖洒露,徒虛沆瀣之精;玉鑒明津,不數空泠之水。是故旁感有方,眉批:陪。精華能具。擬得金琛,如開玉樹。雉化蜃以凌波,鯉成龍而騰霧。皆物化之忽通,匪物資之自賦。眉批:收。豈若以水精之虛含,應月宮之躔度,空明相遇而津液忽注者乎?

理蘊淵懿,辭氣堅凝,妙得原賦意境。原評

擬賈子美太阿如秋水賦用原韻。　　晉江黃鍾麟

維太阿之出匣,眉批:直起。比秋水之澄如。觀其色則一痕欲瀉,覽其形而

三尺無餘。可以掀明鏡,鑑晴虛。精鋩含流水之瀾,眉批:含全題。疑拖練帶;浮影動清秋之象,似耀芙蕖。爾其鑿茨山以取英,眉批:原太阿之始。躍洪鑪而萃美。歐冶鑄成,風胡觀止。萬頃春潮,灧灧本不相侔;千里秋壑,沉沉庶堪與擬。眉批:入題。光怪隱然,澄虛如彼。切崑玉似山石溜穿,綴隋珠疑鮫宮波起。鈚巍奕而難窺,神晶熒而不死。虹氣飲溪邊之水,焕若光華;蓮鍔生湖上之秋,清無泥滓。塵埃不染,精采欲流。歛越砥,掩吳鉤。眉批:以下三段實賦題面。佩時則龍藻如植,舞處而龜文若遊。鳴玉匣兮凉飈起,耀金精兮皓月浮。遙臨斜漢之間,七星動夜;高倚長天之外,一色横秋。信魚腸之莫匹,豈巨闕之與儔?其質也利欲吹毛,其光也清如徹底。深沉臨絕壑之間,蕩漾掩清波之裏。射牛斗於雲衢,斷鯨鯢於河涘。固宜止水可形,寧僅觀瀾足比。訝并刀之試剪,黯淡吴淞;似匕首之啓函,蒼凉易水。花飛雪刃,日厲霜鋒。迎凉有色,淬鍔爲容。頻摩挲而冷逼,乍烟爍而氣衝。信決雲之杳杳,儼沉水兮溶溶。浦内鴈飛,難辨波揚截鴈;津前龍躍,頻窺彩煥成龍。洎乎陰氣凝,嚴霜逼。由是援顛連,扶正直。故得耀威武於海隅,昭聲明於絶域。解晉鄭之重圍,眉批:推進一層,言其用作結。掃妖氛於八極。方塘水溢,蒼茫鱗鋏之形;大澤秋高,慘淡星鐔之色。用以周防於君子一身,庶乎有嚴有翼。

　　規橅宛合,節奏亦諧,猶存唐人遺旨。

擬范文正公金在鎔賦步原韻。　　晉江王焕庚

　　學如切玉,化比鎔金。哲匠之功乍試,良材之産相臨。眉批:起題面。沙裏披來,始見雙南之品;鑪中鑄去,誰同百鍊之心?觀其巨橐方開,良工共在。始變火以純青,忽騰烟而吐彩。功能象物,姒王之鼎應成;器妙審音,鳧氏之鐘足待。況乎儲精純一,抱質堅剛。人欣是寶,眉批:此賦惟冶者之所鑄。我愛其良。因垂規以造矩,遂創圓而立方。此時氣焰南離,知非鈇鐵;他日光騰北斗,定是干將。風之行也,有如此者,將致美於捐山,豈不祥於躍冶?事通鑄物鑄人之道堪觀,義取從君從草之疇足寫。眉批:此就君之化民、民之從化夾寫。是知物以陶鎔見美,

人惟治理爲求。觀此精金之鑄,得乎政本之謀。制治者君,獨握化裁之具;向方惟衆,共遵造就之由。彼以散廡爲高,築臺是務。眉批:陪。或則招術士之來,或則動軍人之顧。曷若精凝點雪,誠擲地以鏗鏘;色散明星,任多方而鼓鑄。羨夫堅光之品,黄彩之英。昔鳴山而時泰,今尚物而道亨。眉批:再足題面。問名而非鏌非鋣,自他有耀;變質而有模有範,聿觀厥成。士有鑄史鎔經,遵仁範義。居作礪之經權,眉批:寫寄託意。仰鎔金之用試。遇盤根錯節之奇,斯以别爲利器。

　　規模渾樸,體幹扶疏,宛肖原賦筆意,步韻亦洽。

【校記】

　　①"檻泉":原作"濫泉",據《詩·小雅·采菽》改。

温陵赋钞卷二

古　　體

河圖洛書賦以"天垂象,聖人則之"爲韻。　　安溪陳遷鶴

惟伏羲之啓秘兮,一畫以象天。思坤德之承載兮,畫偶而配乾。眉批:此先敘伏羲作《易》。因之爲八卦兮,終六斷而首三連。定之爲方位兮,乾坤正而震巽偏。在中者圖方兮,環外者圖圓。自復至乾兮,屬陽左轉。起姤迄坤兮,歷陰右旋。眉批:此先敘大禹陳疇。迨神禹之繼世兮,序五行以自然。哲謀協於視聽兮,肅乂符乎貌言。眉批:"言"字又叶,夷然切,音延,出《集韻》、《正韻》。生人恃食貨爲重兮,天道藉歷象廼傳。更有三德稽疑與庶徵兮,福極判而平平。居中而位者君兮,尊皇極以大王權。人但知《易》、疇之功大兮,眉批:此句就《易》、疇起《圖》、《書》。不知有開之必先。

粵自黃輿上載,眉批:此溯《圖》、《書》之初出。蒼穹下垂。甲子渾沌,文明未披。五氣鬱結,六節參差。萬物無心而露秘,造化有意於呈奇。厥寶不愛,厥道將施。鱗屬重龍,介類尊龜。含天地之靈氣,負日星之陸離。或出河畔,或顯洛涯。帝遇《圖》而《易》作,王見《書》而疇貽。其爲數也,《河圖》主偶,《洛書》主奇。其爲序也,眉批:此賦《圖》、《書》所具之理。《圖》以生合,《書》以尅離。其爲體也,《圖》以方著,《書》以圓持。其爲用也,《圖》以虛運,《書》以實推。其分內外也,生成宛合十干十支。其分上下左右也,陰陽錯列四正四維。剛柔唱和,情似琴瑟。奇偶先後,誼叶塤篪。静比地德,動契天時。近取身體,遠徵物宜。於是杳渺者有形,眉批:此賦《圖》、《書》所包之象。蒼茫者成象。仰觀俯察,若見若隱。考《圖》受《書》,載昭載朗。百昌集於毛端,二氣寓於圈上。眉批:"上"字係去聲漾

韻。此養韻升也。覩變化如列眉，稽古今若指掌。備盈虛之往來，具淑慝之消長。彌綸遠無不周，包涵大而且廣。允至理之當前，非憑空以構想。爾乃宣聰上聖，默思天命。眉批：此賦聖人得《圖》、《書》之用。宰爕陰陽，必持其柄。齋戒神明，湛然恭敬。隤確分判，健順取正。乘六龍以因時，施五行於爲政。《易》道興而吉凶明，《洪範》叙而洪水定。

於是淳風被世，眉批：此賦《圖》、《書》之用。利用及人。《圖》有成有生兮父子，《書》或正或隅兮君臣。爰脩兮府事，攸叙兮彝倫。一合六兮，水肇於子。眉批：此賦《圖》之用。二合七兮，火燃于寅。三合八兮，木芽於亥。四合九兮，金壯於申。土無定位，與專氣兮，得水火木金之數爲五十，以成變化、行鬼神。至於《書》爲《易》祖，奧理最真。眉批：此賦《書》之用。中五兮，太極之主宰。奇偶各居二十兮，兩儀之維均。縱橫十五，互爲七八九六兮，四象之峙立。四方之正，四隅之偏兮，八卦至六十有四之經綸。

於是布之蓍龜，有典有則。樂玩居安，從容自得。眉批：此寫其布之蓍龜。周文係象於岐西，姬公揮爻於東國。孔子繫辭，眉批：此寫先聖之闡明。十翼用明；箕子陳疇，九章是式。秦火雖熾，卜筮不息。眉批：此寫群儒之闡。闡揚者田何之功，表章者丁寬之力。焦贛研數而思精，王弼疏注而意刻。然皆失其本傳，獨任胸臆，故膚陋頻見，湛深無之。使非邵雍得統於之才，眉批：此寫先賢之闡明。穆修聞道於希彝。邵氏之《易》，象數辭意；程氏之《易》，占象變辭。太極無極，義存象始。月窟天根，獨探幾希。考亭、西山，劈理分絲。將以龜龍爲怪誕，四營、五兆爲支離。誰能剖《河圖》之旨，識《洛書》之微者乎？

　　扶闡包符，奧旨融貫。儒先精言，原原本本，真所謂"理扶質以立幹，文垂條而結繁"者，得此詁題，令人不敢視賦家爲末技矣。

海天浴日賦　　　　　　晉江張殿鼎

旭旭乎至陽之精，眉批：就日起。懸象著明。望落棠其途遠，盻女紀而輪停。騁螭車與雷乘，夾雲旗于霓旌。出咸池以擢秀，登扶桑而將行。爾乃燭龍舒光，天雞呬喔。瞻霞采之遥分,眉批:入"浴"字。覺曜靈之初濯。未景秀于中天,先滌光于海角。則見蜃樓璀璨,鮫室迷離。秦橋掩映,漢柱紛披。眉批:以下實賦題面。赤波蕩漾,若木花飛。水搖紅以乍焕,天激動而頻低。於是星斗漸疏,三山迴屬。銅鉦兮浮沉,琉璃兮蕩沃。爍爍兮净金沙,燦燦兮洗紅玉。璧騰晃兮波中,鏡空明兮水澳。躍流珠兮鵬池,湧金輪兮龍燭。携天壇兮搴英,欣藻耀兮迎目。蓋將臨照下邦,必先明潔圭璧。震駭溫源,徘徊耀魄。疑驪龍之變化,羨流丸于激湙。類祓濯于神明,撫商盤而蕩滌。所以觀五色,翫重光。東陸馳蒼龍之駕,南郊炳赤羽之翔。周三百六十度而遠,照八十一萬里之疆。眉批:收結到"就日",寓歸心意。雖濱海之一隙,切就日於下方。在拱衛之命吏,更傾葵而情長。又何必對昆吾,臨烏次,始識厥德之當陽乎?

亂曰:蕩島影沙,清風起兮。流金鑠石,滄海底兮。披雲有願,相與沐浴日新之化而靡已兮。

體質渾厚,文彩光島,不抛荒。"浴"字尤爲不苟落墨。

中 秋 賦   安溪陳遷鶴

惟壯月之光滿兮,羌棲遲於南浦。悦嬋娟之待子兮,爰徘徊於芳路。指黃昏以爲期兮,覽中區以佇顧。眉批:此段賦中秋待月。何流雲之冉冉兮,半濃陰於天柱。人謂月不來其亦已兮,擗蕙櫋而獨處。予惜良辰之不再兮,自翱翔以容與。

爾乃銅箭轉,玉漏升,籌數倡,夜三更。眉批:此段賦月出。姹羅徐捲,妙鬟微輕。少女將下,嬰兒乍興。桂魄舒影,顧兔呈形。昒騫樹之八叢,疑三珥以迴照。捧夜光之萬户,類七寶而合成。於是倚紫貝,嘯蒸堂,敞新楣,眉批:此段賦對月而興思。佩蘅芳。思復思兮,睇皓月於千里;望復望兮,愛美人於中沚。樂莫樂兮,贈盈手於西軒。難莫難兮,對之子不敢言。

若夫引領入帷,攬衣出户。躑躅階除,俯仰盼睹。逶迤江津,殆非一所。其有艷冶少婦,眉批:此段賦對月興思者之不一其人。撫夜影而倚樓;環俠遊子,聞吹笛而登舟。瑶臺鏡下，共理相思之曲；金波岸裏，高唱步虛之謳。或嘆凝華於玉露，或嗟離別於江流。或見素女而戀青草，或聞王孫而懷芳洲。又有碧户綉堂，桂酒椒漿。眉批：此段賦對月而飲。舉霞杯而醉月，召燕侣以飛觴。白苧進，長管揮。蕙殽蒸兮佐蘭脂，緪瑟張兮舞《霓衣》。繞青山兮傍翠微，泛綠水兮憺忘歸。

然而勝會可傳，風流未宣。爰有騷士，眉批：此段賦前數者，俱不如對月而賦。追企昔賢。晤此休景，研墨拂箋。思庾亮之樓上，慕謝朓於庭前。卧醒亂花，續李白冰壺之句；助流泛艷，繼歐詹蟾兔之編。嗟乎！疾舒難定，明晦有期。若天路之瞠瞠兮，懷紆鬱以多疑。至中衢之皓皓兮，眉批：此段總收迴應首段待月意。抗情志而云怡。彼草木之無意兮，亦預識乎盈虧。豈生人之積感兮，不有慕於清時。望舒迴于此方兮，皎江關以不夜。纖阿總于九州兮，推冰輪以無私。是故初夜非早，深更非遲。苟輝光之在望，皆當褰衣以待之。

於是起舞更屬筆爲亂。亂曰：伊姮女兮便妍，移光景兮翩躚。折芳馨兮此夜，乘彩鸞兮何年？

又曰：玉女姣兮予含睇，振環佩兮揄脩袂。光之出兮東山，予之迎兮西澨。惟今之明月兮，雲半天而徐映。願來年之仲秋兮，拂鐮巒而早麗。

古藻紛披，幽香競秀。追蹤六代，騁鬈《騷經》。

恭擬聖駕巡幸淀津賦 以"刻玉遊河，披圖觀洛"爲韻。

南安徐玉本

欽惟皇帝在位之十有三年，午運方中，寅承御極。書負馬圖，治光龍翼。聯顯懿而普離明，紹清和而稽乾則。眉批：頌揚起。宣祉福於鬼區，布威靈於絶域。玉漏司晨，銅壺置刻。蟻穴覃恩，螟巢荷德。賓遠來自星東，廉近首夫冀北。維梁父之堪追，復泰山之是式。

時則桂殿澄霞，楓宸啓旭。月使停鸞，雲官峙鵠。士行似銅，王猷如玉。眉批：此段臣工恭請巡幸在先。鈿砌陳詞，瑶階率屬。僉爾而進曰：陛下義問丕宣，仁聲遠燭。象獻龜文,符昭鳳籙。允宜駕八駿以徜徉,馳兩龍而躑躅。臨夏屋以宣綸,布春風以鼓俗。於是帝神悅懌,天眷徽柔。勤餘甲帳,駕肅辰斿。鸞書乍下,鳳諾頻周。騰黃遍諭,眉批：此段將巡幸之時。保赤誠求。奉蒼靈于月窆,頒紫誥于風丘。金車甫馭,玉勒頻遒。揚旌亥步,警蹕庚郵。電轂塵飛驃騎,虹旂彩映驊騮。建欈槍之干旌,樹招搖之華輈。騰千群之雜遝,扈萬乘之宸遊。則見蒼頭霧集,綠耳星羅。雨師啓道,風伯裁波。鐘鳴吼獸,眉批：此段實賦巡幸。鼓伐靈鼉。前茅把鉞,後勁荷戈。曳珠旛而戛玉,拂銀霰而鳴珂。楊柳共春旂一色,紫芝與翔鳳交柯。蝶翻花而結綺,鶯拂樹而投梭。宛委持庚辰之戟,平陽觀甲子之河。

　　皇帝幸於淀津之上,眉批：點淀津。方千地亘,尺五天垂。涂經北冀,路近南皮。寧河駛輦,渤海搴旗。盧龍接柂,涿鹿延帷。求中和而經處,揆景緯以裁基。廁熊羆之部曲,列鴻鷺之曹司。過丁沽而水激,環甲仗而雲移。貢三金于鳳籥,脩五玉于鸞墀。華里承辰則北赴,溫房卓午則西馳。日浴桑池而絢爛,風臨蘭甸而紛披。盛矣哉,勒功觀岳,脩禮錫符。眉批：此段再足題面。茅苴白土,草匭黃衢。沈璧握河之典舉,封山紀石之儀敷。奏鈞天之樂,披蓋地之圖。或陳詞而歌九有,或獻頌而仰三無。或焚香而迎帝駕,或擊壤而祝王謨。既堯巡兮舜狩,復禹步兮湯趨。邠詩籥動,翹舞戚娛。溫飽在席,葆佾陳蕪。蕙圃蘭唐之薈蔚,椒丘桂苑之縈紆。彼七十二家其莫比,何千八百國以咸愉?

　　我皇猶且具辛勤于翠幕,眉批：此段寫聖躬勵翼氣象。矢寅畏于青壇。旰宵神靜,夙夜心單。春冰負重,秋駕思難。就日則齊虞周鼓,宣風則正舞虞干。沛洪施於五仗,宏愷澤於金鑾。下土群謳夏諺,上儀式序春官。省耕省斂而膏流蟹戶,遊豫遊休而寵渥漁灘。此所以黃童忻舞,白叟忻歡。切龍顏之景仰,群雀躍以瞻觀。宜其天瑞輝煌,地符懿爍。玉節徐通,眉批：此段符瑞作結。銅鉦式廓。拓東酉之新疆,進西申之遠略。咸航海兮棧山,乍踰林而越壑。踐八九以遝迨,超五三而可作。宣景福于龍樓,冊奇勳于鳳閣。又奚俟夫玉檢金泥,赤文綠錯,紫鷟鳴岐,黃魚湧洛也哉!

徐、庾瓣香,臺閣氣象。玉堂金馬,典重高華。

澄海樓賦以"故觀於海者難爲水"爲韻。　　晉江許邦光

浩浩乎巨浪掀豗,洪濤灌注。轉地軸而虛涵,闢天樞而鼓鑄。眉批:就海起。環山海之雄關,渺臨榆之烟樹。眉批:點出所在。沃日蕩雲,噓烟吐霧。盤礴委輸,汪洋渾濩。洵勝境之絶奇,閱千載而如故。其上有樓,蔚爲壯觀。厥名澄海,俯視層瀾。眉批:入樓。近連橫岸,遠接重巒。控銀潢之浮柱,架碧落之迴欄。聳朱甍而翥鳳,起雲構而翔鸞。叢楹綺錯,藻梲鱗攢。遥連浩渺,極望瀰漫。引登臨之逸興,雖周視其莫殫。

爾乃陟飛構,傍綺疏,負紫極,凌太虛。眉批:雙頂實寫。懸流之所蕩搏,奔浪之所吸噓。餘波之所縣邈,別流之所依於。既浮空而泛湧,復發地而卷舒。溟溟灝灝,莫測歸墟。濆濆浡浡,誰究其餘。偉一瀉而千里分,直接鴻濛於古初。當夫霽旭初升,晴光宛在。風溢檻而揚颸,霞當軒而散綵。上下澄輝,丹青異彩。眉批:就晴景寫。列金支之九華,濺明珠之百琲。水瑩冰而波淪,流引鏡而川匯。孤鷲飛而凌霞,群鷗翔而戲海。喜憑眺以豁眸,每流連而留待。若乃水暗遥津,陰生曠野。潮奔雷而喧騰,波屑雨而傾瀉。眉批:就陰景寫。沙汭隱其葩華,鱗螺雜其丹赭。霧岫聳乎盧龍,烟島迷乎對馬。亦莫不意縱浩然,神騖觀者。憑臨層樹之中,引睇重淵之下。則有帆懸蒲幅,舟泛木蘭。趁琴高之跨鯉,眉批:就遊人寫。投公子之釣竿。鮫人潛淵而織錦,海客贈珠而落盤。車渠的皪,珊瑚鬱蟠。文鱗彩貝,火齊木難。奇莫窮於悉數,論莫罄乎更端。是則仰憑傑構,眉批:就物寫。聿起宏基。非海無以表兹樓之壯概,非樓何以昭望海之鴻規。眉批:樓海雙收。飛楹走栱,乾軸坤維。疊磐石而屹嶪,沈覆釜於渺瀰。長城之墉綿亘,孤竹之墟坦夷。洵守險而天設,豈假力於人爲?

我皇上道慶鞏甌,治臻平砥。際堯日之延洪,奏禹功而誌美。眉批:頌揚結。載舉東巡之盛儀,祇謁橋山而苾止。敷奎藻以摛詞,仰天章而繼軌。從此溟海波恬,朝宗績紀。常來萬國之同,永奠千年之水。

擷徐、庾之菁華,飛潘、陸之駿彩,騰文結綺,驅濤湧雲。

南掌國貢馴象賦并序　以"天子有道,萬國來王"爲韻。

安溪潘思光

皇朝受命,至德覃敷,東窮日出之鄉,西極王母之國,無小無大,咸稱外藩,獻方物。廼有南掌國,多産奇象,養而馴之,重譯入貢,群公臣民,觀者若堵,以舞以樂,能馴人心。天子方却珍異,眉批:揚詡得體。貴用物,而遠人賓服,宜昭大化,遂納而蕃諸靈囿,與鳥獸魚鼈,同呈咸若之休焉。此所謂天子有道,萬國來王者也。生等躬逢盛事,而荒陋弗文,莫克擄辭發藻,以繼終軍白麟之對,張説鬭羊之篇。既蒙授簡,益用汗顔,遂再拜稽首而獻賦曰:

惟聖哲之御天兮,眉批:頌揚起。翔鴻化於八埏。百順備矣,萬物育焉。時則神龜出,苞鳳翺。麟遊郊而躑躅,龍畜沼而蜿蜒。迨九府之錫貢,眉批:陪襯入。悉輻輳以臻前。外如雉自越裳,車循姬公之指;獒來西旅,《書》仍召伯之篇。或致天馬於大宛,或得鸑鷟(鷟)於朝鮮。雖遠物之弗珍,識遐志之惟虔。眉批:點南掌國。

粤若蠻邦,雕題交趾。南掌稱雄,在海之涘。覘海波之不揚,知聖人之在此。眉批:次點"貢"字。乃懷會朝,乃遵方軌。望風孔殷,輸誠曷已。於是悉土之奇,眉批:次點"象"。搜邦之美。曷云其臧,曰惟象爾。爾其望首若尾,眉批:翻"馴"字。動若丘徙。力可撼山,氣欲吞沚。疇能束以羈靮,眉批:賦"馴"字。加以鞭箠。彼蠻機張,是度是揆。降之以所伏,投之以所喜。浸擾浸狎,載安載止。順彼之性,會我之旨。於是呵之而行,嘑之而起。頫則如蹲,昂則如峙。有戢其蹄,有帖其耳。通昧任之音聲,應《簫韶》而拜跽。爾乃戒使臣,賫符璽,不辭重洋之遥,奚憚迅濤之駛?景神京於九天,盼紫極乎萬里。眉批:完題面。屬兹懷方,媚於君子。是蓋德奉三無,仁昭九有。眉批:此承上就受其貢,實賦象之馴。道本無外,類寧憎醜。乃啓明堂,共球咸受。建章流鶯,青瑣垂柳。人方鼓舞以山呼,物亦踴躍而趨走。俄而禮賓賜衣,蠻隸傳酒。爰命奏《騶虞》,歌群友。象則張牙任鼻,蹄足頓首。鼓進斯前,金退而後。或橫或縱,或左或右。類鵷鷺之蹌蹌,如貔貅之赳赳。是故視其形恢然而壯,察其色淡然而縞。任力於朝,眉批:再賦象。何至焚身;貢琛於國,殊非懷寶。羞衛鶴之乘軒,陋齊馬之繪藻。蔭紫陌之長槐,踐上林之豐草。是則齊率舞於有虞,眉批:一語束收,合頌揚之體。同攸伏於在鎬。蓋示服遠之大觀,非有奇獸之侈道也。

夫夏甲豢龍,禹服未勤;周穆馭駿,蔡公進勸。若茲象之調良,豈君子之所遠?眉批:襯說以寬其勢。矧南掌之可嘉,越阻深而來獻。盛不狎侮,游無係戀。塞淵是秉,識騋牝之三千;台德爲先,壯玉帛之有萬。爾乃聲教彌敷,眉批:再敷衍衆物,回應首段。裔夷共式。白虎輸於朔方,文犀來自西域。狻猊戢其威,孔翠歛其翼。或不勞而畢致,偕茲象而食息。同集嘉祥,靡稱猛力。矧此奇姿,尤饒馴德。匪獸之雄,厥性不忒。其善養諸,以觀四國。

誶曰:猗休哉!馴象兮,曷其來?南掌之邦兮,天地之垓。負異質兮爲物魁,入上國兮表雄才,眉批:曲終奏雅,收結完密。承輦轂兮不見猜。黽馳騁於閬苑兮,暮偃息於靈臺。浴太液之清波兮,薰御爐之微香。舞彤陛兮倚岩廊,眉批:敷揚合度。收結"貢"字,點水不漏。左虎踞兮右龍驤。尚桓武兮抑徜徉,不攫搦兮寧猖狂。使者南旋復故鄉,象睠顧兮又徬徨。豈不懷歸兮,樂太平之光昌。魚不淰兮鳥不獮,麟與遊兮鳳與翔。槐棘有餘地兮,苑馬有餘糧。不識不知兮,娛我聖王。

賡歌颺拜,典麗喬皇,揚、馬鉅篇,恍惚遇之。篇中頌揚得體,起結承轉,融洽分明,尤爲藻不妄抒。

海城臺閣似蓬壺賦以題爲韻。　　晉江黄藻華

緬勝概於閩邦,眉批:總起點清題面。壯巨觀於渤海。水瀠洅以奔騰,山迴環而崒崣。列雉堞兮連雲衢,駕鼉梁兮落虹采。敞高閣以踴延,峻崇臺之爽塏。江城之圖畫如披,蓬島之仙家宛在。

爾其凌扉巘兮盡起,累确砰以經營。眉批:就海城起蓬壺。朝納潮而夕吞汐,枕獅嶂而跨長城。或塘霓覆突,或高轅崢嶸。山重水復,路直烟橫。聳層層兮

幻綠曆，簇點點兮立文鯨。軼招靈與望海，匹紫府與玉京。羌閩州之福地，認海嶠之寰瀛。見夫藻扃畫閣，彩徹瑤臺。眉批：又就臺閣寫到蓬壺。列芬橑以布翼，縷荷棟之環材。玉柱亭亭而軒鬻，朱欄曲曲以排來。交女牆之麗嬰，泳水練以瀠洄。問仙人兮何處，渺滄海於一杯。十丈瓊樓在即，三千世界頓開。

當夫曉色曈曨，晨晞爍灼。眉批：寫晨景。列罨畫兮樓臺，望水雲兮宮閣。裹窈窱以延足，跱鱗昫以坻崿。巨壘擘其塞峩，崇墉環以交錯。傍金闕則星斗可捫，睇海門而魚龍出躍。何眼界之甚寬，閬閬閭其寥廓。

及其夕照抹紅，暮烟染紫，眉批：寫夕景。轇轕雲連，溟濛霞綺。指鐵鎖之長城，迷金波之海水。閩王點則威武巨樓，越王臺則趙佗峻趾。桔柚南中，荔支樹裏。宇業業以高驤，屋蓬蓬而迆邐。亘龍堂貝闕以懸居，擬金臺紫館而酷似。

若夫樹懸金鑑，眉批：寫晴景。鏡拭青銅。萬家烟火，遠渡蒿蓬。蛋雨收晴嵐以外，閩烟霽榕郭之中。分牛女於荊楚，跱旗鼓乎南東。珍臺騫產以極壯，磴道盤曲而房通。堂堂閶闔，旴旴穹窿。列髤彤之繡桷，垂晃燿之金缸。炫兮若珠闕瓔房，匪勾連以要眇；幻兮若碧城翠水，抗左右而玲瓏。固已硞砑豁閜，而同出於鬼斧神工。

至若雨闌風颯，眉批：寫雨景。雲委濤驅。境迷海市，浪蹴天吳。駭湏瀱與潨漙，隱鯤鱗於蓬湖。瞰黿宮而縹緲，眺鮫室兮模糊。屯雲則序窌臺榭，瘴霧則觳觫郭鄍。參差凹凸，如有如無。山撐空而劈石，水激湍而噴珠。境若浮家泛宅，界疑赤縣元都。指齊州於九點，削天外之三壺。此皆海城氣象，而爲閩疆壯圖者也。

客有泛靈艖，眉批：寫遊人結。迴寶舲，望海潮，攀江樹。臨水人家，喚舟古渡。撫神宇之熹微，愛靈丘之復互。崇基宏敞以曼延，石壁岩嶙而擁護。攢羅乎瑤筍石箇，唼喋乎鷄鶊鷺鷥。迭埃壒之塵紛，成清都之妙趣。固宜鶴馭控驂，龜床趨負。跨鯉來遊，飛鳧以赴。信烏越之奧區，洵仙源兮得路。賽三秀之神奇，鞏十閩之牢固。又何不對海國以貽情，追列仙而作賦也哉？

境鬱紆以嶙岣，象陸離而繽綺。古艷穠芬，兼而有之。

紫帽山賦以"開襟坐霄漢,揮手拂雲烟"爲韻。　　晉江方　翀

維時清居硯北,爽氣西來。金飇晨動,玉宇朝開。遙瞻秀色,麗矚盈懷。眉批:起二段叙將遊山。嗒然無耦,托興山隈。邀春釭兮醽醁,緬幽跡兮蓬萊。空歷落兮念慮,孰遠寄兮追陪。

爰有躎屨良朋,掛錢逸友。款扉傾談,松枝在手。謂當此高秋之餘,九日之後,佳緒如抽,孤情可負,曷不探雲峰之麓,而區區於凝塵積垢?毋乃徒梏閑曠之胸,而過抱拘墟之守乎?於焉启幄漫吟,浩蕩滿襟。眉批:此段叙遊。相携離郭,石筍是臨。潮方週兮岸側,艇獨出兮橋陰。繄紫山其不遠,遂縱步以追尋。眉批:點出紫帽一句,揭起下數段。分白石以晤語,詳往古而來今。蓋是山也,紫爲名,帽爲標。映綠水,凌丹霄。崇溫陵之蠱叠,鎖溟渤之迢遥。其東則羅棠、石馬,幽奇騰踔;其西則九日、金雞,振奮捷趫。眉批:此叙山之名勝。南則浯嶼、鷺津,澄泓杳漠;北則葵朋、雙髻,岁嶼岩嶢。而况渺瀰林泉,暗霭縈拂,攬不盈掌,萃爲仙窟。眉批:此叙山之有仙。是處傳聲,千年留碣。丹甃甘冽,水有鯈鯈之魚;煉竈迷茫,石有垂垂之髮。而客有所獨異者,金粟何以特聞?此尤人間所咄咄者也。

嘗試披卷而對,借麈而揮。眉批:此承上段賦金粟洞事。沉瀣可以服食,毛羽可以爲衣。計文叔之幻術,思九轉之輕飛。一握兮來兮自,鄭重兮送將歸。咏遊仙兮欲接,窺囊事兮終微。是以弄墨伸毫,眉批:此叙遊興。操觚染翰。結想天末,相期雲漢。呼吸帝座,莫名鶴影之機;顛倒岩光,僅作花蔿之贊。彼夫明霞絢爛,眉批:就"紫帽"二字生發。淑景澄鮮。長光千里,一碧萬川。纍結者甫開而旋合,凝聚者方散而復連。縹緲峰頭,自具盍簪之意;巍峩絶頂,詎無高戴之緣?豈必如人而如馬,祇覺非霧而非烟。是則兹山勝概,更僕難論。遊歷不一,考鏡斯紛。眉批:總收。謝康樂所未及至,柳子厚所未之云。儘是東南一片影,直教杖撥萬層雲。

客於是倚松而歌,眉批:應第二段首。枕石而卧。或往或還,或起或坐。以懷

古之情爲樂,以談天之口爲賀。遂相與潦倒于岩崖,眉批:去路蒼峭。忽不知皓月之出于吾左。

天趣遥深,風神秀露。有"料理鶴糧,松花如雨"之致,的是到家。韻脚"拂"字係五物韻,而篇中所押"窟"、"碣"、"髪"、"咄"係"月"字韻,古韻、《韻略》"物"、"月"俱未通用,但司馬長卿《上林賦》"郁郁菲菲,衆香發越。肸蠁布寫,晻薆咇苾。於是乎周覽泛觀,縝紛軋芴,芒芒恍忽","越"字、"忽"字係六月韻,"苾"字、"芴"字係五物韻。雖先用"吐芳揚烈","烈"字係九屑韻,古韻"屑"亦通"月",不通"物",是"物"、"月"通用,古有之也。又第九段"論"、"雲"二字,韻亦未通用。按魏陳琳《馬腦勒賦》"託瑶溪之寶岸,臨赤水之姝波。爾乃他山爲錯,荆和爲理,制爲寶勒,以御君子",名爲兩韻,而首二句不入韻,古又有此法。又真韻,古韻、《韻略》俱通"文"、"元"。

憶閩山賦　　　　安溪李光地

惟閩山之高大,眉批:就閩山起。耦華岱而與齊。鍾神秀於南嶠,奠吾廬之正西。眉批:言其初登以下漸臻絶頂。晨余陟於平阯,日中而始躡乎危梯。矯中峰之峻極,猶勞心於阻隮。及次巒而稍憩,有仙鋪之庭院。眉批:賦山上之庭院。若斷裂之曾冰,等戔裁之素練。廣可坐乎百人,勢舒掌而平面。信神者爲之工,匪人域所經踐。豁兹巔之曠迥,羅童髻之諸峰。水淙淙而環流,眉批:賦山上之水。覆異卉之青葱。忽大石之中拒,溜剞溝而深通。閱萬年之穿穴,緬涓滴於濛鴻。我欲窮其源始,闢荒蹊而頹莽灌。至靈寶之所開,纔沾濕而如汗。距數里以成流,越里許而成澗。遂懸長瀑以高飛,沃深潭之龍伴。眉批:賦其絶頂。策餘力以黽勉,乃直上乎中之峨。眺武夷於雲際,俯莆漳之陵阿。眇近郡之青紫,盡壑底之乾贏。倏白雲其下湧,漭滄海之浮波。行日月於須眉,眉批:以上賦閩山正面。走風雷於懷抱。偉人寰之若兹,矧翱翔乎天之道。念朵靈之何時,眉批:四句轉捩。計顯迹之晚早。邈天地其無窮,諒兹山之不老。眉批:以下賦"憶"字。

昔吾夢抵崔巍兮,乃在乎甲之秋。睇游俠而渡江左兮,哦《離騷》之覽冀州。登絶頂以寥廓兮,云當見今古之長悠。心驚惶而來下兮,殘劫灰之未收。始悟古人之言升中兮,天與山其相接。故賢達之栖懷兮,常危躋而嶮躦。猶思及餘年以成吾書兮,眉批:"憶"字獨見其大。勵巉巖之石篋。借烟縢以雲扃兮,託千秋之大業。日翳翳以呈黄兮,山沉沉而變蒼。鶩歸塗而乘急景兮,微飈發乎金方。雖無上之苦辛兮,有犇躓之周防。月色滿於平楚兮,孤青浸乎寒塘。眉批:寫足"憶"字。縈兩紀之舊踪兮,獨往來於寢寤。非兹遊之有啓於余衷兮,余何爲乎永慕?思投老以尋諾兮,既中虚而弱步。尚耿耿於攀援兮,倚巨靈之休祜。

上半賦閩山,後半賦"憶"字。氣質樸茂,意蘊精深,非時下筆墨所及。

小山叢竹亭賦以題爲韻。　　晉江張連芳

梅石東偏,桐域北遶,有紫陽之講院焉。宅幽而深,眉批:叙亭起。地僻而小。瞻彼高亭,余懷渺渺。昔爲文教之淵藪,亦越于今覗雪烟兮縹緲。方其未有斯亭也,朱子以《周易》筮之,眉批:别開蹊徑。遇《艮》之《震》,遂成兆焉。其繇曰:毋壞其基,勿戕其杪,幽人居之,爲世師表。朱子曰:"嘻,我知之矣。聖人已往,二氏潰閑,吾弗振拔,誰與入乎聖域賢關?夫艮者山也,《詩》人有言,高山仰止。余懷其間。眉批:總寫題面。況震之象爲竹,睢園策策,湘水斑斑。培而植之,亦足遣我餘閒。"乃闢壙地,爰召良工。輂石積土,山勢攸崇。龍縱兮勃崒,層崿兮叠讞。鬱深兮巖巒,刻峭兮岎峒。眉批:賦山。平如削兮飄物外,纍如髻兮入望中。施青衣緑兮烟霞朦朧,縈紆迴抱兮連曲徑而接芳叢。於是龍孫稚子,以蕃以育,竹外有山,山前積竹。枝枝化龍之勢,叢叢棲鳳之簇。春宜愛日,秀容可掬。眉批:賦竹。夏宜急雨,塵氛能沐。宜輕風虚懷維谷,宜積雪勁節幽獨。比君子之清懷,舍斯竹其誰屬。山青竹茂而亭以形,朱子乃開絳帳,垂典型。溯周程之秘藴,眉批:賦亭。闡孔孟之遺經。顧而樂之,謂吾與二三子,得朝夕於此亭也。瞻言小山,時深翹企。興思叢竹,彌拓心靈。斯山斯竹,功將誰銘。吾以名吾亭。迄於今,哲人不作,山竹改其舊觀。高亭委於風露,而堯典之霖,後先相附,重修厥亭,以寄仰慕。是以文人學士,眉批:題後寫足。對介石而心

貞,撫斷梗而憶故。巖巖賡泰岱之詩,蔽芾誌甘棠之賦。幸私淑之可期,願後塵之敬步。

　　　　古致歷落,瀟然不群,自非時下蹊徑。

洛　陽　橋　　　　　　　　晉江陳大玠

維閩越之奧區,眉批:先寫洛陽江之險。乃獨闢此妙境。海浩浩而天空,雲渺渺而留影。忽馮夷之震怒,濤洶湧以狂逞。力排冥兮撼山,懼過涉之滅頂。于是旅客為之動魂,行人為之停旌。貨賄絕其利,輿馬稽其程。逢治泉之賢守,眉批:入將建橋。念巨浸之逼此城。爰爾卜與爾筮,問輿梁之可成。既稽疑而叶吉,乃布告于神明。遣一倅以下海,願示期之有徵。倅憂心之莫訴,醉臥崖而裸裎。醒忽忽而如有感,持故牒以求生,上有字醋之形。於是守大喜而發令,惟八月之良辰。建酉之廿一日,眉批:寫橋之成。水不潮而岸有垠。爰鳩工而命衆,戒鼛鼓之頻頻。費金錢兮巨萬,喜不日而通津。變萬古之絕險,為亨衢之維新。

爾乃春水生而春波漾,携酒榼而至止。眉批:寫橋上之遊。賞芳草之芊芊,凭雕闌以徙倚。衆謔浪以喧嘩,忘形骸于汝爾。矜題柱之多才,如雲烟之落紙。若夫鶯喈喈以織柳,眉批:寫江中之遊。荷田田而生池。駕一葉之彩鶂,蕩微波于中坻。日朝湧于雲際,俄奇峰之陸離。至若中亭月出兮,佳人窈窕。眉批:合寫。夜潮風微兮,金波浩渺。雲收霧歛兮,天高月小。維漁家之夜樂,聞歌聲之繚繞。若乃合萬派以歸壑,水寒冽而澄清。瞰長江之無底,餘沙垠之可行。謹蓋藏以自裕,樂萬寶之告成。眉批:收結。會童叟之來往,歌厥功之匪輕。

歌曰:泉之守,蔡端明。造長橋,長虹橫。波浪平,萬民寧。

　　氣質渾樸,意度幽閒,迥非時下蹊徑。

洛陽觀潮賦以題為韻。　　　　　晉江林學洲

晉惠之區,關泉之望。洪濤怒飛,層瀾交錯。如江如漢,如河如洛。眉批:從洛陽潮起,入"觀"字。震百谷以動搖,增萬安之遼廓。懷清子往而觀焉,第見大浪

飛灑,涌湍騰躍。四十七道水奔趨,三百六丈橋盤礴。浩浩乎,湯湯乎,噴蜃市而駕鰲山,驅陽侯而馳海若。盼水國之紛騰,動淵衷以駭愕。乃就滄海客而問焉,相與顧潮頭而諮度。

客曰:"此唐宣宗所謂山川之勝,大類洛陽者也。昔者莆田蔡氏,眉批:寫潮未起。叠石成梁,乃濟車馬,乃供相羊。當夫風將水縐,海未波揚,橋亘虹而兩跨,水澄鏡于中央,亦足怡情澤國,洗眼雲光。忽長波之浹渫兮,聳巨浪以飛翔。眉批:寫潮正起。走濤頭之一線兮,縱水脚乎八方。噴漚越樹,激浪傾檣。礪石折而倒捲,道松蘸而生涼。偉萬頃之滾滾兮,混二水而茫茫。其始至也,海門澎湃,眉批:寫潮由遠而近。空隙瀰漫。銀分練影,玉作花團。倏泬泬以箭發,旋溰溰而蛟蟠。遂乃掀翻雪點,迅鼓風湍。河伯決波以傲睨,冰姨倚浪而槃跚。萬馬突圍而走海,六鰲聳背以揚瀾。呼吸一氣,磅礴無端。風雲變色,天地為寬。加以鷗飛鷺浴,霧積雲攢,估帆來往,漁舶諱譁。眉批:潮之襯景。更足以增景色,佐盤桓,斯誠洛陽之奇觀也。當斯境也,吾子亦對之,而有餘歡乎?"

懷清子乃憮然曰:"客第觀于水,而覺其景之難描也;吾乃念前哲,而嘆其心之甚焦也。在昔海天浩瀚,江水紛囂。浮天無岸,沈淵難橋。不有賢守,架石江腰。則水捲欲立,眉批:未有橋潮無由觀。瀾湧莫消。地軸撼而欲動,風車起而助飆。則雖鯨波潋灩,鯤浪飛跳,吾與子曾得從江上以逍遙乎?故吾謂一物之制,一事之調,名山大川之利賴,造舟作揖之懋昭,皆古來賢人君子精神之所寄,而況此洛川之潮乎!"

客乃爽然意移,穆然神遇,謂:"斯語之可宗,請濡毫而作賦。"

懷清子於是發浩歌,伸積慕,曰:"伊昔洛江,狂瀾注也。拆地搖天,渺難渡也。眉批:有橋潮方成大觀。以頌功作結。猗歟蔡公,經綸布也。檄神叠橋,慶遵路也。風捲潮來,勢紛騖也。雷吼江鳴,聲倍怒也。橋平漲滿,翕欲住也。汐溢湍飛,又奔赴也。作濠濮觀,得真趣也。對景興懷,殷景附也。泂溯無從,願入廟而瓣香炷也。"

笔情豪放,合江海為一手。

聚米爲山賦以"指畫形勢,分析昭然"爲韻。　　晉江王克岘

惟建武之八年,眉批:起語山立。帝自西征隗囂,至于漆水。部伍縣延,旌旂邐迤。挟貔虎之淵深,聳戈矛之山起。電鞭閃爍以戒塗,星使長驅而齊軌。前陳列夫爪牙,後統率以臂指。眉批:起題入馬援。將迅發以犁庭,究允豫乎摩壘。廼召馬援而訊之曰:"朕以隴坻岩疆,西州隸籍。長負固於一方,蠢跳梁於曩昔。既用王元之詭謀,復倚公孫爲勝策。眉批:此段叙光武之諮馬援。螳奮臂以當車,蜂莫茀而辛螫。踵銅馬與緑林,效犨青與眉赤。乃道謀有築室之殷憂,豈竹破匪行軍之碩畫。願借箸以前籌,請披圖而審擇。"

馬援於是拜手稽首,眉批:此段叙馬援進策。疾趨而進曰:"臣惟隗囂之衆,土崩可決,瓦解奚停?顧傳聞不如親見,耳熟不如身經。眉批:叙事歷落分明。臣昔遊關隴,今歸闕廷。備詳輿地,深察情形。見夫山隱轔以鬱鬱,谷庤窔以冥冥。雖夸娥未命夫二子,眉批:入題面。然力士豈待夫五丁?試爲山於斗帳,待聚米於空庭。亶觀夫米之爲類也,虋芑秬秠,箕蔬黍穄,眉批:此段賦米。薌合明粱,秉遺穗滯。溉坯蟲康,糳精粗糲。揮霍紛綸,轉輸迢遰。既比櫛以崇墉,亦錘量而斗計。嚴非種之必鋤,識彼疏之自替。伊握粟而因糧,用審時而度勢。"

於是星羅碁布,則略陽成紀遥分也;粟秔苗莠,眉批:此段賦題面。則番須天水餘氛也。霏霏漠漠,布濩葐蒀,則瓦亭安定,牛邸之蠻觸成軍也;星星顆顆,羑漫糾紛,則雞頭山道,王孟之蟣蝨巢蟲也。鸒斯獂坻,相去則朱圉緹縶也;朝那陰密,翹瞻則嶺雲棧雲也。然後九迴之坂礚硿,同穴之山峙壁。上邽之楊樹徑圍,眉批:此段賦山之呈形。薄落之烏水詭激,靡不運嶓冢以雲深,通雒門而煙冪。羅陳腐兮粲紅,列晶熒兮鮮皙。前春揄兮雜陳,忽舍呀兮分析。想糠秕之簸揚,佇銷鋒而鑄鏑。眉批:此段寫光武之得策。

天子於是召吳子顔,宣耿伯昭。蓋延承詔,岑彭爲僚。乃相與俯貅豸,睇岩嶤,窮隱奧,靖紛囂。窺世界于蓮花之内,洞須彌于芥子之么。敵在吾目中矣,將迅掃乎沸羹與螗蜩。既而高平瞥見,第一瞭然。眉批:此段賦其成功。囂叢闕

徑,鳥道屯田。試懸軍以深入,果轉戰之無前。混此疆與彼界,又何論乎畦町與陌阡。天子於是嘉其練達,賞其精專,曰俞汝賢,老壯窮堅。眉批:結亦古雅。鍾鼎之鑴,史書並傳。

窮源訖委,古色斑斕,文似史遷列傳,賦如平子《兩京》。

三老五更賦以"貴德尚齒,以明人倫"爲韻。晉江王　昀秋嵐

客有觀夫太學儀隆,眉批:渾括起。引年典貴。物備几筵,饌供脯餗。合齒德以欽崇,奉儀型而敬畏。油油然生孝弟之心,秩秩焉萃雍和之氣。因以知人倫之教有原,而欲考更老之名何謂?爰乃就博士而問曰:"僕聞老人之稱也,耄耋以年,耇耇以色。曰艾曰耆,杖鄉杖國。呼爲叟則尤尊,序以長而矜式。老之號或統詞,眉批:就"老"字側帶"更"字。更有之名竊未識。豈老成之高年,惟更事爲碩德。抑更叟之成文,若老考而可測。"

博士避席而對曰:"其等攸殊,其位各當。其取義也有由,其稱名也不妄。眉批:疏老。國老爲老,其在公卿之上也;庶老爲更,是則保息之養也。老之謂舊,舊聞淹貫之備訪也;更之謂迭,迭陳善道之足尚也。彼蔡邕之說或混淆,若康成之注固明暢也。"

客曰:"老更之名,則聞命矣。敢問爲三爲五,曷取爾乎?"

曰:"才之三者,天、地、人;尊之三者,德、爵、齒。眉批:疏"三"字。三德宣而列浚明,三綱立而敦倫紀。古者鄉飲則三賓獻酬,朝政則三公燮理。蓋三者居數之成,成衆之旨。象三辰以命名,與三台以比擬。老之有三,蓋取諸此。若夫五也者,似音之備乎羽、徵、宮、商,如官之兼乎口、鼻、目、耳。帝有五而草昧開,臣有五而賡歌起。五爲伍而成行,五相得而濟美。且更以明倫,眉批:疏"五"字。惟其達五倫之源委也;更以立教,於以敷五教於遠邇也。備五位之班聯,肅五方之瞻視。五以紀之,亦良有以。且夫老、更之號,以隆其名也;三、五之數,以定其程也。粵自三代以降,禮意不明。建初之時,拜三老者惟一伏氏。永平之朝,拜五更者惟一桓榮。眉批:總寫三老五更。後周之三老傅于謹,後魏之五更有游

卿。名雖尚而不廢,數則虛而不盈。是故不深維夫名義,不知禮制之所由成也;不追考夫古昔,不知後世之有紛更也。吾子好古,請畢其説,以求典制之精。原夫先王定制,簡策具陳,名不虛立,意可引伸。試思爵列五等,豈止一位?國建三卿,豈止一臣?爲之參觀其類,自足考核其真。若乃慎夫簡擇,嚴於選掄。眉批:補足題意。或虛其位,以俟其人,是則官不必備之意,而非名實之不相因也。"

客聞之,欣然色喜,悦志怡神,曰:"善哉子之言,何其有脊有倫也!僕幸得涵濡德教,講習成均。欣三禮之明備,奉五典以遵循。今而後,益曉然乎盛時之典則,接前古而如新。"

  古香古色,經義紛綸。原評

有文事必有武備賦 以"刑作教弼,文資武全"爲韻。

晉江許邦光

國家總宙馭宇,天澄地寧。九有斯靖,八荒來庭。焕文昌之戴斗,眉批:首段敘修文偃武。占旬始之藏星。挂榑桑之瑘弩,解細柳之兜鈴。固已覆盂瀚海,息燧戎亭。定三革而隱五刃,陳六典而厝九刑。猶復安不忘危,居不耽樂。庫修蘭錡之兵,劍淬蓮花之鍔。以時勤獮狩蒐苗,其物辨鐲鐃鼓鐸。眉批:次段入武備。廬人别其短長,司馬教之坐作。蓋以偃武而修文者,古今制治之規;撲文而奮武者,神聖保邦之略。縱弗尚乎刑誅,要當震其威教。舉以九章,屯以七校。眉批:承上言寓武備於文事。士習戎行,人知忠孝。蒐車乘於井田,告訊馘於學校。練萬卒之貔貅,嫻六韜之龍豹。將以宣我武之惟揚,動斯民之胥傚。

亶觀夫武備之設也,眉批:此段再賦武備。位配招搖,神司太乙。參旗井鉞之森羅,龍甲犀渠之崒崒。屬句陳使前驅,進蓐收爲右弼。電發風行,陸讋水慄。星彏狼弧,網張天畢。霜戈雪戟之鋒,鶩鵝魚麗之律。靡不釐整兵容,充盈軍實。壯神勢於騎官,耀寒芒於斧鑕。故其有之也,除戎器,掃妖氛,開弸月,列陣雲。戢止齊之嚴肅,環羽衛之繽紛。眉批:此段再賦"有"字。或制革於六屬七屬,或設羽於三分五分。句兵刺兵之殊用,車戰野戰之異群。士噆控鶴之卒,國陋水犀之軍。眉批：筆勢翻騰。豈不以《書》陳坶野，《雅》美淮濆，《頌》稱獻馘，《傳》紀策勳。《周官》有邦國征伐之典，《禮經》垂春夏干戈之文。蓋於古而爲烈，匪斯今而始云。雖復枉矢匪彩，天予藏鏃。眉批：再開說不尚武。黃塵全洗，白羽不麾。緝禮裁樂，偃伯卷旗。獻歌盈乎儒館，鳴桴稀於疆陲。似五戎之弗用，若九伐之罔資。

然而聖人之治世也，遵之乎蕩平之途，游之乎詩書之囿。始納民于福祿之林，眉批：再轉合題面。終扞民於金湯之府。道德以爲阻塞，禮義以爲干櫓。既九功而洽昇文，亦三曾而苞大武。故能化光區寓，威暢垓埏。輪裳震懾，甌瀆緜聯。息衝輣於野外，舞干羽於階前。粵海同其文軫，荒徼投厥戈鋋。眉批：收結。使夫朝熙門穆之世，埜懽里怦之年，道路有雁行之恭讓，邊境無鹿駭之播遷。于以信弧矢之利威天下，而帝王之道出萬全。

鎔經鑄偉，驅濤湧雲，固自詞來切今，氣往轢古。

温陵詩鈔卷三

古　　體

傳經教稼圖影賦有序　　　　　　安溪李鴻翔

余性務本，雅敦稼穡絃誦之業，馳驅皇路，廿載於茲，牒訴倥偬，日不暇給。而公退之餘，時懷素心，嘗於官舍中闢地爲田，以耕以穫。積書成倉，以哦以咏。雖鹵莽報余，糟粕貽誚，然性有所安，聊以自娛，且以是爲式穀之實，庶幾雲礽無息無荒焉。爰爲之圖，以志余心，顧而樂之，不啻引鏡而窺吾影也，遂欣然援筆而爲之賦。其詞曰：

余性秉此廉潔兮，年彌高而有恒。每怡情於林阿兮，又好重以修能。依農桑於隴畝兮，披黃卷於青燈。紐金章於此都兮，心恍恍若有憑。於是開松徑，浴春風。蔭修竹，據高桐。石巋岩，草青葱。結明室，倚蘭叢。眉批：此段賦傳經。招友朋，携稚童。爰啓靈編，用發吾蒙。鉛槧披兮霞映，牙籤潤兮露融。稽帝王之升降兮，究皋旦之爲功。常學古而快心兮，曠百世而相逢。彼秦漢以下之區區兮，恒徒矜名利以爲雄。掞詞華於縹囊兮，羨才人之獨工。漫沉吟乎緗帙兮，若絲竹入耳之渢渢。邀四壁之馬卿兮，飛一樽乎江東。

若乃方春時和，爰發土膏。人無不耕，地無不毛。命我農人，斯動桔橰。荷蓑荷笠，以刈蓬蒿。東南其畝，胼胝載勞。眉批：此段賦教稼。火耨水耕，稻下黍高。水田漠漠兮溝塍分理，長禾旆旆兮隨風倚靡。五穀鋪芬兮原隰迤邐，實穎實栗兮黍稷嶷嶷。天和地利，疇離厥祉。載賡黃茂，田畯至喜。於是策駑駘兮命巾車，將遍歷兮菑畬。慶西成之有秋兮，黃雲四起於丘墟。騁原野而極目兮，窮遊觀之所如。頌京坻於曾孫兮，幸三農之有餘。匪茲匪今，其樂只且。豫鳴雷動,高歌蓬廬。

歌曰:上下寥廓兮光華曜,安耕鑿兮舒吟嘯。木石鹿豕,靡競靡較。眉批:收。武陵之風,巢由之調。式歌且舞,亦富亦教。

高簡渾融,無剩辭弱調,駸駸乎與古為徒。

造父使馬賦以"均力和心,故口無聲而馬應轡"為韻。

晉江陳道景

夫何馭六轡以廣運兮,羌躡足于絕塵。追風而行所無事兮,眉批:渾起題意。振策而動若有神。比王良之善御兮,同伯樂之識真。覿空空之妙手兮,誰調養之適均。昔周穆王之觀遊兮,乘八駿於九域。表和鈴之鏘鏘兮,自犇騰而有則。問効駕以展軨兮,惟左右為羽翼。眉批:大造父。因念謀馬謀人兮,始恍然曰造父之力。溯造父之養馬兮,每矢志之不邪。鼓化裁以盡利兮,知其功之正多。觀遄征之穆穆兮,爰飲澗而婆娑。迨人馬之相得兮,信本乎心平而氣和。用綴以儵革兮,和以鸞音。眉批:入使馬。導其馨控兮,神厥縱擒。既不言而自喻兮,匪亂氣之憑臨。遂令神行官止兮,一若指使於臂,臂使於心。技匪疾而匪徐兮,妙駸駸以按步。胡不倚而不乖兮,實涵養之有素。眉批:以下實賦題面。任中矩而中規兮,皆心手之保護。原學習之多年兮,當奏巧呈能而試求其故。神如馴象來越裳兮,隨縱送而疾走。形如木鷄養紀家兮,眙蕭蕭而不吼。是惟巧故神兮,乃馴其心而若鍼其口。馬依造父而循途兮,造父得馬而神趨。不揚鞭與執策兮,每人意之悉符。左之左,右之右兮,即此追風逐電,見之而疑有疑無。蓋意與謀兮神與迎,和其志兮躡其爭。止乎不得不止兮,行乎不得不行。故駕輕而就熟兮,究難掩夫嘉聲。嗟庶類之感化兮,極功用于無為。咸指揮之中節兮,豈微物之無知。心乎愛兮,神與企而。然則大丙兮不足誇,眉批:餘意。方叔兮侶非寡。乘月駟與天閑兮,皆魚魚而雅雅。又何論七尺之騋兮,及夫駉駉之馬。

迺歌曰:建極綏猷兮,下方丕定。遵道遵路兮,萬物退聽。彼一技雖末兮,道以小而可觀。矧至教之神兮,群欣欣以響應。方聖王馭民兮,化不勞而自治。

憑樂御輿德車兮,托深仁與大義。眉批:頌揚合題旨。維泰運之中天兮,得專譬諸造父之攬轡。

詮題融洽,應節諧心。

造父使馬賦以"均力和心,故口無聲而馬應轡"爲韻。

晉江蕭漢才

周穆王承數聖之勳業,值六宇之平均。將騁雄心於遠覽,眉批:製局先言求使馬之人。因切鷟輅以時巡。乃進在廷而詔之曰:"朕欲臨幸九州,遨遊萬國,孰能爲朕効馳驅,執羈靮?下下高高,無往不得;左之右之,弗煩餘力。超然長鶩,千里一息。有之,朕必使之掌大馭之職。"有臣造父從容而進曰:"臣愚無識,不知其他。眉批:次入造父。惟有使馬,臣實足多。王誠不棄臣,臣當使車由馬安,馬與轡和。駕輕就熟,若忘經過。"穆王曰:"善哉允若,茲朕其試女之如何。"

於是發明詔,降德音,肅儀衛,鏘球琳。隊仗工整,眉批:次言任以使馬。矛戟陰森。以爲偏方嶽,廣照臨,當惟造父能稱朕心也。遂以前驅之務,屬其專任焉。維時造父,執金鞭,眉批:以下實賦。承玉輅,範馳驅,謹跬步。聲不待宣,節目相赴。服麾外馳,驂弗競鶩。蓋自朝發至夕駐,閱新途如習故。眉批:此就坦途寫。想其循康莊,過平皋,進不傷前,退不過後。以恬以熙,如群如友。匪軍事之銜枚,類夜奔之裏口。奚但如《詩》所謂兩服齊首,兩驂如手也。若其陟巉巖,眉批:此就崎嶇寫。歷崎嶇,經曲折,度盤紆。兩驂如舞,六轡如濡。周旋任意,疾徐靡呼。雖使紀昌射虱,視虱如箕;庖丁解牛,目牛全無,較此猶粗也。美哉使馬,信莫能名。

穆王顧之,大愜皇情。乃謂造父,暫憩鈞衡。朕遊樂甚,寧之歌聲。爰歌曰:"電可逐兮風可追,經險阻兮若坦夷。御之神兮旦與丙,如可作兮當逐而。"造父拜而和曰:"駕六飛兮馳九野,眉批:此以歌發出規諫之意。技雖神兮傷大雅。王獨不見古之臨兆民兮,懍乎若朽索之馭六馬。"王載歌曰:"六宇寧兮八荒定,君樂遠遊兮臣以正應,吁嗟臣兮泂不佞。"乃動睿思,悟聖意,命回鑾,襄至治。

造父獻綏，仍復按轡。於是王歸坐朝堂，勤政事，眉批：收束。念蒸黎，殷撫字，一時之望風被澤者，皆以爲造父使馬之賜。

布置歷落，歌詞尤得神致。

黄鐘養九德賦以"黄鐘養九德"爲韻。　　南安陳桂洲

稽中聲於天地，驗中氣於陰陽。維黄鐘之一律，爲萬事之紀綱。月隸于子，色配乎黄。叶五行之時序，養九德以發揚。眉批：就黄鐘之理，總挈題中大意。元化中含而清宫旁達，正始初肇而庶類咸昌。致德産之盛大，應歌叙于無方。

爾乃踵伶倫之巧，取嶰谷之節。按曆于緹素，候氣于仲冬。眉批：先叙黄鐘。參來玉琯，撞起初鐘。導微陽之藹藹，鼓盛德之雝雝。五音六律，于焉托始。六府三事，以爲統宗。冠三微之首，配一元之功。既出滯而宣幽，復通微而達雝。眉批：次言其用。律本是主，八風克從。以之昭德象功而鳴其清和豫泰，以之動民諧物而助夫孝友祗庸。蓋理固存於精微，妙莫窺其形象。十二之律，更迭以相旋；眉批：實賦題面。八十之絲，均調而不爽。四時休和，百物長養。其在水、火、金、木、土、穀，則相生相尅，而皆賴至和之氣以節宣；其在正德、利用、厚生，則惟叙惟歌，而咸由元音之調爲鼓盪。此考樂者觀律府以宣揚，而制音者謹伶人之職掌也。

我皇上德備中和，眉批：頌揚實賦。化洽九有。溯太初之聲元，襲乾坤之氣母。黄鐘定其正聲，乾元應其用九。治定而功成，民殷而物阜。暢萬寶之滋生，登斯世於仁壽。權衡度量由此調其平，節氣歲時因此握其紐。此太和所以充周，而至德於焉深厚也。乃知統氣成聲，含元處極。本造化以爲工，運洪鈞而作則。推始于一陽，涵育乎九德。四方統理而咸宜，百穀充暢而滋息。大哉！眉批：收束有力。黄鐘之爲音，豈樂師之所能識？觀州鳩之告于景王，而嘆其至妙之莫測。

實能見音律之玄，所以充周府事者，故理淵懿而氣清健。古音疏越，吐納宏深。

量鼎得其象賦以"同律度量衡，黄鐘爲根本"爲韻。　晉江王克峻

客有觀黍谷之律，驗緹室之筒。究伶倫之所製，稽虞帝之所同。考器以形，

將摩挲乎周鬴漢斛；窮源及委，眉批：虛起。先推測乎截竹均銅。乃造洞微先生之所而問焉曰："僕聞制器之昭，眉批：制局。遡源同律，索之無窮，衍而愈出。眉批：先點量鼎跌起。先王于是象厥規模，著爲作述，量勒嘉銘，鼎占有實。彼象數之攸分，果何由而慎守勿失？"

洞微先生瞿然而作曰："何子見之膠而固也？僕雖闇昧，請狀其體度之喬皇，而示以制作之森布。"在昔聖王，抒方圓之設施，本矩規爲措注。窺槖籥而妙運黃鐘，眉批：先寫量鼎。積參黍而彰爲權度。蓋以光文德聿，觀五量之有成；而以列神姦群，欽九鼎之初鑄。於是鉅典垂，宏規創。龠合之器繽紛，彝鼎之形雄壯。玲瓏之製變而通，陸離之姿環而向。雖使工倕神機，公輸巧樣。曾無敢紊其徑圍之宜，而殊其哀益之量。故能達諸質劑，眉批：次寫得其象。靖厥紛爭。無偏無頗，是經是程。嘉量布兮臻其極，金鉉燦兮利於貞。別春分秋分之制，遵饎是粥是之銘。斯皆循職而效順，誰云剖斗而折衡？眉批：再進一層探源"禮"字。運古文于古賦之中。且夫帝王之治天下也，以天爲則，以禮爲綱。因天之則，守禮之章。禮在朝廷，先冠裳之作繢；禮行郊廟，先罕瓚之流黃。然後舉而措之，故量鼎之用，各得其常。是以制器尚象，握機在胸。偕宮室而並飭，眉批：再賦得其象。與律呂而相從。有耳有足，爲釜爲鍾。和均關石之旁，嵌空莫狀；俎豆尊彝之側，絁赫爲容。莫不靦之神竦，挹之志恭。喟然嘆曰："此萬事之化，起于黃鐘。況乃訪《戴禮》之紀載，凜《考工》之昭垂。辨奇耦於枲氏，眉批：推廣言之。撫螭紐於夏時。正我權量之用，肅茲鼎彝之司。此又非徒慶成功於大禮，而更將溥至治於無爲。"稱引未已，乃系以頌。頌曰：聖人作則，言提其元。前民利用，黃鐘爲根。貞我百度，量鼎獨尊。厥尊之象，亘古常存。

先生之辭甫終，客乃穆然而自思，廢然而自返。曰："僕今而後，知御世之有經，眉批：歸宿。行禮之有本。"

　　　　勃崒理窟之中，探原星宿之上，氣力雄邁，音節高洪，此大著作手也。

　　　　量鼎得其象賦 以"同律度量衡，黃鐘爲根本"爲韻。　晉江陳　琬

聖人在上兮，天下大同。事罔弗立兮，政罔弗通。道罔弗足兮，氣罔弗融。

嘉量允臻其極兮，實鼎爲實於中。仰制器之尚象兮，眉批：虛冒。蓋惟其清明之在躬。懿夫量之設兮，眉批：承入。昭公私於畫一。鼎之登兮，薦馨香於有苾。信平準之無差兮，亦貴重而莫匹。緊斠酌而成之兮，奚嗇朱之明而曠之律？彼量之爲於槀氏兮，原有其度。改煎金錫兮，不耗以貽誤。然後權之準之兮，乃惟量之既具。眉批：一段量得其象。左爲升兮，以象陽升之數；右爲合兮，以象陰合之素。仰者爲斛兮，象顯承之狀也；覆者爲斗兮，象隱庇之樣也。象動以天兮，外圓之所尚也；象靜以地兮，中方之爲量也。

若夫鼎之爲貴兮，丕顯是成。眉批：一段鼎得其象。崇鼎兮骨重，郜鼎兮器宏。壽夢鼎兮吳之寶，二方鼎兮莒之名。口在上兮，象安乎上而鎮重；足在下兮，象立乎下而參衡。象氣所仍兮，蕭之大而不覆；象才所任兮，鬲之撐而不張。奇數惟足兮，參天不倚；偶數惟耳兮，兩地有常。此所爲以金而以玉兮，占吉而占黃也。

爾乃量非小物，鼎超大鏞。眉批：此段照注疏，再進一步賦量鼎之得象。有庣兮，兆之著顯；有概兮，既之舂容；有耳兮，貫之斯得；有鉉兮，舉之斯從。是則鼎有禮之象兮，亨足以享上帝；量有樂之象兮，音足以中黃鐘。仰我皇之大德兮，眉批：頌揚結。俗易而風移。惟審五量之正兮，不侈九鼎之奇。律以聲而作則兮，度即身之是爲。固宜其制作邁前古兮，同乾坤而永垂也。

亂曰：崑崙爲萬派之源兮，黃鐘爲萬事之根兮。器數之末，道所存兮。道所存兮，制作尊兮。

又曰：義以爲祖，仁爲本兮。量頒天府，眉批：古音古節。無益損兮。鼎登天廟，跨璧琬兮。貴用物，崇法物，禮教遠兮。

句句還他實落，詮釋典雅，古光陸離，應推注經之才。

洞簫賦　　　　　晉江周一夔

維江南之名山兮，眉批：先賦竹。有叢生之妙竹。節疏闊以直上兮，中空洞而絶俗。聲中鳳凰之鳴兮，調叶鈞韶之曲。公輸顧而色動兮，師襄過而情屬。

運以斧斤,加以樸斲。眉批：次賦取竹,爲簫點題。象牙紛綸,魚鱗攢簇。朱脣璀璨,彫孔歷硦。因天性之自然,爲洞簫之品目。

爰有恬淡之子,專壹之夫。天地不辨其高下,日月不知其有無。維精神之畢致,眉批：次寫吹簫。祇音聲之是娛。形憔悴而慘淡兮,氣吞吐以鬱紆。按宮商於既適兮,循衆族而弗殊。繁會叢雜,何其富也。爛漫紛葩,淵以茂也。羌嘈啐似華羽兮,忽震拂以憑怒。疑凌節而集湊兮,旋趣期而奔赴。

爾乃靜聽其曲,眉批：次寫聞簫。微審其音。直兮而暢,繚兮而深。翩然而舉,杳然而沉。或綿連而絡繹,或漫衍而浸淫。或低徊以徐度,或放曠以長吟。其聲壯似鐵騎出陣,眉批：極寫其聲。其聲幽似寒鳥在林,其聲和似鏘鳴佩玉,其聲激似月夜孤砧。喜聲發,則心曠神怡之致也;怒聲發,則劍拔弩張之容也;哀聲發,則淒風苦雨之夕也;清聲發,則高山流水之胸也。遂使壯夫激昂,眉批：寫簫聲之所感。高人恣肆,逸士流連,羈客歔欷。潛蛟爲之起舞,遊魚爲之出聽,別鶴爲之審顧,翔鸞爲之和鳴。言不能悉,物不能名。群美皆備,衆變畢呈。雖鍾期之靈悟,嚴春之專精,鄭涓之術妙,晉曠之意清,誰能摹要渺之狀,罄欸曲之情者乎？

蔚然而鸞鳳躍,鏘然而韶鈞鳴。原評

先祖考試賦存日經刊,茲就家稿中再登數篇,尚當續梓文稿全集以質當世。學曾識

綵縷穿七孔鍼賦 以"玉繩湛色,金漢餘光"爲韻。晉江許邦光

若夫瓊宇秋來,眉批：就七夕輕引到題。金閨緒觸。杵擱砧閒,廊回徑曲。瓜果新筵,蘭房未燭。人間則七日辰良,天上則雙星會促。雲窗迥而綵伴相邀,霧閣開而綵衣競束。扇忽拋紈,眉批：起"穿"字意,引到綵縷。指争伸玉。捲珠簾兮悄悄,出翠幕兮層層。望河明之似水,借星影而爲燈。鍼停繡罷,縷擘神凝。問佳名兮紅線,占吉兆兮赤繩。七孔心知,五紋手摻。眉批：點七孔鍼,寫將穿。或首俯兮當階,或肩隨兮倚檻。癡惹情多,巧嫌乞减。臨風則整線遲遲,向月而停波湛

湛。妙手纖纖,眉批:賦"穿"字正面,點染"七"字。柔懷默默。羌宛轉其依依,致纏綿而得得。珠九曲以蟻穿,網千絲而蛛織。鬥角花綬,鉤心碧縹。床分七寶之裝,錦絢七襄之色。則有長生殿裏,百子池潯。眉批:此宮中之穿鍼。未繡鴛鴦之帳,不縫翡翠之衾。相驪連愛,私綰同心。乍雙穿以條緊,更並結而情深。瓊篸則鳳翼纏管,瑤筐則燕尾剪金。又若蟋蟀堂中,鳳凰樓畔。眉批:此深閨之穿鍼。自顧朱顏,獨舒素腕。當金錢之卜人,拈綵綫而徐看。孔密頻拋,絲輕恐斷。和別緒以交縈,把相思而共貫。褰雲幄兮纈細紋,坐花兒兮懷碧漢。莫不龍梭期得,眉批:總承。鴛杼任虛。安羊燈兮取次,問蟢子兮何如。縫密密其暗度,思綿綿以俱攄。年復年兮香纖積,夕何夕兮錦衿舒。擬仙契於秋諾,補墜歡乎春餘。

然而美人青瑣,織女紅牆。鍼刺心以俱痛,縷牽恨而彌長。眉批:轉生別致,拍合七夕。空穿望眼,誰結斷腸?孰若青鸞可駕,烏鵲爲梁?永佳期於此日,樂繾綣其未央。何必臨瑤席而壓金綫,望牛渚以傍蟾光。

繽紛穠郁,結韻幽深,不數六朝金粉。

青玉案賦　　　　　南安吳國鄉

馳遐情於香草,寄逸思於美人。愧投桃兮難報,念解佩兮無因。志飄飄以度雪,姿皎皎而出塵。有懷兮欲吐,含意兮未申。眉批:就報贈意起。諒薄物之不堪持贈兮,獨對使而含顰。想夫錦段遙將,錯刀已拭。非物惟人,於玉比德。數家珍兮尚多,緊至寶兮難得。本結綠以呈材,眉批:起到題。雜空青而辨色。韞委然之菁英,出苕華之雕飾。

其爲狀也,不簠不簋,疑璉疑瑚。仰本方於奠觶,俯或類於覆盂。眉批:賦其狀。鄰滌筆之雪盌,近貯心之冰壺。篏玲瓏兮周八面,破廉角兮削四隅。信制器以尚象,非不範而不模。若乃自他有耀,美在其中。橫窗紗而色混,入袍袖而光融。眉批:實賦題面,就點染掩映處著筆。奪深青於遠岫,映晚翠於遥空。錢歸囊而塗血,鏡出匣以磨銅。回步兵之傲眼,蛻廣陵之清風。伴人兮惟竹簡,送酒兮有荷筒。陋車渠之皓白,笑瑪瑙之殷紅。羌瑂搜兮難罄,亦擬議兮未工。

嗟我懷人，用塞良友。案以勸其加餐，玉以表其絶垢。眉批：就投贈賦題情。誓不爲贈遠之采蓉，誓不爲送行之折柳。願比敬於齊眉，更占乎乎盈缶。情脉脉兮九迴腸，風蕭蕭兮獨搖首。

至於鴈門目斷，梁父心傷。眉批：又就別後賦題。緬擊鉢兮才敏，憶引杯兮興長。捧晶盤以比潔，漱瓈盞以分芳。青燈何年入夢，玉顏此際相望。斫琅玕以作質，鏤玳瑁而爲裝。承紺唾而杳渺，貯紅淚以微茫。撫道遠之莫致，悵佳期兮不忘。

乃爲歌曰：玉爲案兮贈所思，目渺渺兮水之湄。瓊玖匪以爲報兮，懌彤管之我貽。物之輕兮意之重，漫以擬夫無當之漏卮。

神清藻密，響逸思深。

眼鏡賦　　　　安溪李光地

及余歲之方壯兮，眉批：就少年時跌起題面。辨白駒之散花。試玻瓈以著目兮，如山行之霧遮。越雊數之一周兮，當堯夫之始娶。忽有闇之自中兮，知蟬蛻之何處。丐此寶於西家兮，長耍鼻而不斲。又牽耳以防墜兮，若犇豨之在服。

繄吾受之離光兮，固獨有此晶瑩。曾幾何而瞀瞀，假石麵以偷精。心憒憒以未平兮，恨攝生之未固。眉批：以下就用眼鏡賦其理。察玆理於大荒兮，亦欣然而有悟。吾氣之充腹兮，何以日乎三餐。吾裸然以乘陰陽兮，歲又何以乎裘衣。逮熒衛之失馭兮，致二鬼之遊嬉。彼區區之草木兮，烈山奚取而嘗之。信萬物之我役兮，審吾生之爲貴。日月何所不容光兮，必發欒於陽燧。蓋真精之自然兮，本一氣而同流。得其所憑依兮，乃成功我收。昔虞后之四目兮，豁廣寄於天下。眉批：又推廣言其理。及其苗裔之重瞳兮，褊不容夫范亞。樂工以耳眂兮，靜者以心觀。惟其初之必合兮，如地之輸灌乎山川。抱耿耿之褊心兮，謂附贅之可詫。瞽既得夫希通兮，遂上手而稱謝。

一眼鏡耳，精言之，廣言之，乃有如許名理，信乎文以載道，言必有物也。先生著作精粹，爲世所宗，賦特其小道耳。

茗　賦
晉江黄朝陽

有清癯叟與豐頤生集城西之悾庵，悾庵主人設茗飲待客。眉批：制局。數椀而後，豐頤生發難曰："癖哉！世人之嗜好也。吾聞松實爲餐，毛女輕舉。菊英是珥，王喬得仙。益知通心，昌陽九節。耐飢却老，伏兔千年。葛花解醒，眉批：先用陪襯言茗之有損。蔗漿除渴。石蜜潤燥，靈芝通天。木傳思仲，籐號何烏。或熬膏以爲餈餌，或煎汁而勝醍醐。是皆滋榮衛，通津液，強筋骸，壯血脉。氣弗峻而平，用匪伐而益。長飲可保眞元，久服能登仙籍。若夫曰茶、曰檟、曰蔎，殊其號；曰茗、曰荈、曰臯盧，異其風。名不列于上品，味非嘗于炎農。好尚益自唐人，權税起于德宗。與酪爲奴，貽譏王肅；懼水爲厄，取笑王濛。而嗜之者每多多而益善，豈鄙見所可通哉！"

清癯叟忿然作色曰："夫飲膏粱而腴者，不足言淡中之致也；縱流啜之欲者，不足言咀嚼之味也。眉批：四句總言茗之有益。稽昔蒙山五頂，產石花露芽之奇；建州北苑，有龍團鳳餅之製。眉批：賦産茶、采茶之異。霧露所聚，卉木攸翳。斷崖絶巘，陽開陰閉。采揉既早，蒸焙斯繼。藏宜燥濕，研必精細。閬苑之群仙所共珍，上方之貢獻無虛歲。此其品尚矣。爾乃西蜀有神泉、獸目、碧澗、明月，眉批：賦産茶之所。南楚有六安、樊山、巴陵、茶陵，吳越有九華、陽羨、舉岩、日鑄、鳩坑、陽坑。此乃川岩之秀，草木之英。宇内重其種，古今著其名。眉批：賦其狀、其色、其地、其采、其烹點之誼。其爲狀則有如麥顆、如雀舌、如懸針、如抽棘、如胡人靴、如犎牛臆。火搶雲旗，龍鬚蟬翼。笥固稀奇，芽亦難得。其爲色則有紫如晚霧，綠如曉雲，潤如浮烟，皺如波紋。其地有嚴樹、桐樹、洲樹之異，其摘有社前、火前、雨前之分。其烹點也，水泉辨其高下，火候辨其早遲。雲脚雪乳，辨其聚散。青甆碧玉，辨其合宜。若夫好古有志，發憤下帷。寒更殘漏，體倦意疲。眉批：賦其功用。一酌而神思頓爽，勝懸梁與引錐。又有風流學士，韻趣高潔。爐火扇紅，名姬烹雪。陋錦帳之羊羔，耽佳事之可悦。其或寒窗寂寞，勝友相過。談心促膝，辨論生波。喜佳茗之叠進，忘引飲之已多。又或探石室，歷禪房，看嘉卉,爇異香。巖泉甘洌,茶茗精良。眉批:以上皆言其益。名僧對酌,嫩葉新嘗。極清幽之雅趣,何羨玉液與瓊漿。是故覽盧仝之咏,陸羽之經,丁謂之錄,文錫之譜,蔡襄之製法,蘇軾之治效,皆名賢所講究,豈不甚章章哉?"

於是悾菴主人莞爾而笑曰:"二君之論詳矣。第由前之説,毋乃賤之已甚;由後之説,著其長而略其短,眉批:收合爲持平之論。皆未爲持平之論也。夫天有陰陽,地有剛柔,雷動、風散、雨潤、日煊,物之所以始也;氣有升降,眉批:先言補泄得宜之道。性有寒温,味有甘酸苦辛鹹,物之所以異也。別美惡,審補泄,裁有餘,益不足,以適中和,人所以有辨物之智也。今夫茗之爲物也,其性寒,其味苦,其氣得陰中微陽,可升可降,苦以瀉心,寒以除熱。眉批:次言其益。火熱下降,清氣上行,故其效於人也,去穢濁,醒昏睡,平脹滿,消痰積,解渴煩,悦心志,皆其功之所致矣。然狃目前之利者,貽後日之憂也;尚尅伐之能者,損長生之福也。五行不可偏旺,五臟不可偏勝,眉批:次言其損。收到持平之意作結。五味不可偏服。夫養生之道若治國然,用得其宜,雖暴夫悍卒,皆可駕馭以收功;用失其宜,即赤子蒸黎,亦能爲患於心腹。故曰釋滯消壅,一日之利甚佳;瘠氣耗精,終身之害斯大。獲益則歸其功,貽患則亡其害,豈非福近易知,禍遠常昧乎?"

二士聞言,憬然有悟曰:"固知先生明於物性也。"於是蝦眼猶翻,兔毛重瀹,再酬酢之而散。

鴻漸著經,君謨進錄,皆言其功,而王肅則以爲酪蒼頭,綦毋旻則著"伐茶飲序"。要而言之,除煩去膩,不可以無。然暗中損人,殆謂不少,坡翁之論爲平也。篇中總括茶譜,迅筆疾書,而清言妙理,時見于翰墨間。至其調高貌古,則漢魏之遺也。

木之神不二賦以"萬殊一本,其生不窮"爲韻。　晉江安　邦

華必有實,眉批:總起。實復滋蔓。生不窮,數有萬,秉坤維,本乾健也。依彼平林,名木萬株。滋生不已,原本奚殊?何爲而改易柯葉,眉批:跌入到題。何爲而勃發枝梧?是有種子,植使扶疏。眉批:開。徒觀其萌者盡達,勾者畢出。

合抱輪囷,干霄蔽日。採其華,忘其實,猶爲但知其二,而不知其一者也。蓋結實果於華林,發菁華于氣本。摩勒海梧,紅鹽馬䩄。椰子德兒,玉樞赤裒。落花飄飄,結實離離。眉批:寫木之繁生。播地中而隱伏,生叢木以紛披。降嘉種之數粒,發蔭樾以千枝。如薌合,如薌萁。似穎栗,似秬秠。深樹藝,發葳蕤。蓬蓬勃勃,槭槭巍巍,集枯集菀,爲本爲支。皆發生乎果實,而開謝之不移。實起元於貞下,眉批:一語合題。故無慮陳根萎翳,憔悴而凄其。

蓋以樹之實,着地之生;眉批:實賦題面。因地之生,結果以成。青芝赤箭,玉幹金英。開花完果,布葉敷榮。皆本神皋之所出,而復老樹之所更。當其樹之於地,豐草芊眠,何庸芇也;發之以時,眉批:再寫其發。大生廣生,罔湮鬱也。精氣內含,久而必伸,無長屈也;地與時同,勃然而興,無或拂也。是則求之有本,而欣欣向榮。奚殊唐棣逢春,而得韡韡之鄂不?眉批:收束。乃知乾爲之始,誠爲之通。一實萬分,其生不窮;無華而實,不漏而豐。木雖萎謝,子伏地中。得氣而生,依然碧叢。爲主爲宰,成始成終。細推物理,造化元功。

老靠無支,自備一格。

秋桂賦　　　　晉江陳大玠

伊歲序之遞嬗兮,氣獨肅于三秋。月含輝而歛華兮,眉批:從月中桂起。光爍爍而欲浮。中隱約而如見兮,美廣寒之清幽。或云川岳之影,或云玉兔之形,吾直以爲丹桂之精英,所固結而綢繆。

爾乃飄雲外之香,落月中之子。沾化雨而拂風清兮,浥甘露而映霞紫。讓百花之芳菲兮,眉批:賦月桂。衆搖落而吐蕊。拂遊塵于壽靈兮,邀王母之玉趾。非天上碧桃所能希,豈日邊紅杏之可比?是宜培於瓊樓,植於瑤池,與千歲之蟠果相擬,胡爲傳種人間,眉批:落到本題。使萬木得爭芳而鬪美?俄焉氣干霄而勃勃兮,眉批:實賦題面。勢凌雲而珊珊。不競妍於春葩,不誇艷于夏卉,而同心獨結乎秋蘭。既等薑之辛辣兮,復類菊之耐寒。影橫斜于月夜兮,芳繚繞于空山。步雲梯而直上兮,許一枝之我攀。狀元紅兮姮娥皎,榜眼黃兮玉兔閒。

歌曰：隱逸兮惟菊，君子兮惟蓮。眉批：□路亦悠。牡丹之富貴兮，孰若蟾宮之秋桂，伴嬋娟而友神仙。

落想清奇，結韻高遠，翛然塵外，漢魏遺音。

道邊松賦有序　以"大義渡至泉漳東"爲韻。　　南安傅修孟

謹按君謨使閩部時，令夾道植松七百餘里，泉人歌之。今道旁罕有所謂松者，不識甘棠勿伐，何時翦棄若是。而自會城迤邐南行，往往村墟驛站間，有古幹礧砢，溽暑蔭幄，則榕木也，非必定是昔時遺產。然榕南方木，垂鬚入地，輒復生樹，則槎枒不絕，理亦宜然。昔程師孟嘗遍植於福州，所云臨去猶栽木萬株，則宋事也。泉南舊志亦云，宋時自譙門至戟門，多植是木。榕與松別，今泉人蓋有呼榕爲松者，或傳語之訛，而志閩地者，偶未之檢耳。又榕木不產於建、劍，則於閩縣之"大義渡至泉漳東"，其事適合。敬抒管見，漫效揣稱。其辭曰：

步江亭之寥朗兮，眉批：就道邊起。遵道周以綏帶。風飀瀏以扇塵兮，拂攢柯之尤最。撫軨輢而還睨兮，杳蓊鬱其宏大。羌徙植而移根兮，眉批：入道邊之樹。寒尊尊茲濃翠。逮城隅之萬株兮，罨環郭之桐刺。呷霞色於臨漳兮，接柳江之平地。涉壺山與泉水兮，路漫漫而鱗比。叩將拊祝融使按節兮，散芒熛使歛轡。拜蒼色之下風兮，鄂佩膺乎古義。眉批：翻"松"字。乃使君洵栽松兮，何蘗烈之罔護也。云蔽芾安可同兮，曷所憩而勿慕也？行客告予以歊蒸兮，指千年之古樹。既諦際以夷懌兮，詎龍鱗之界路？眉批：剔清是榕見主意。枝生根以垂垂兮，幹節節以低注。將榕陰之十畝兮，糅塪塌以寒霧。藉以松爲宜植兮，奚焉起於義渡？維履以追曩兮，緬惠風之所至。剛十里而五里兮，紛爲郵而爲置。旦發軔於蘭水兮，懷故居以憶賢。徑萬安之宛虹兮，摩遺碣乎江壖。盤蕟苯以蔚若兮，眉批：實賦題面。挐莖柯而參天。駢交錯而虯衍兮，熨行色乎花韉。悠繫馬以嘆息兮，陰森森其蟬蜎。上有奇南之香馥，下巀沏以清泉。舞群鳥之啁哳，戛車鼓之喧闐。叱木魅之晹晱，止匠石之雕鐫。

曰崑崙之千仞兮，縈道側其曷以然？遂驂鸞以延佇兮，聊翱游以相羊。聽

䬳奠之歌熟兮,車辛夷而瓊粻。眉批:指出傳語之訛,再用陪襯以足之。 顉羈旅之遄征兮,行翻韻以州漳。何五鼉而三鼉兮,彼權輿之莫詳。指枬榮爲杏實兮,渾柜柳於柏黄。固流語之多訛兮,曷勿溯現前之青蒼。雲霏霏以界道兮,黔烟雨之濛濛。流蘇委垂兮,木麻覼髳。征衫遥映兮,邊野通融。指閩山兮東復東,緑晴村兮蕙芳叢。眉批:收束完密。薦團餅兮盤荔紅,千秋遺蔭兮六月長風。

古艷穠香,登《騷經》之堂而嚌其胾,非貌爲似也。至采風釋木,應與《嶺南雜記》、《閩小紀》並傳。

道邊松賦 以"大義度至泉漳東"爲韻。　　安溪李清英

客有從三山來者,問於閩風樵人曰:"蓋聞閩爲隩區,眉批:就道邊陪起。志稱都會。其山則有九日、五華之名,其川則有五虎、九龍之大,其果則有宋家之香,其木則有晉朝之檜。日余南遊,兹焉息斾。發軔乎閩江,秣駒乎漳瀨。眉批:入"松"字。蔚有蒼松,夾道陰藹。綿延七百里而遥,挺拔一千尺以外。行客飂飉而送凉,炎天蠡喬而無害。彼何人斯,蓋樹德若此之利賴也?"

樵人曰:"吁!客之好古最矣,獨不聞良二千石之姓蔡者乎?向者有宋初年,仁皇履位。眉批:原題。乃眷吾閩,宜勤撫字。曰維蔡襄,汝生斯地。閩部需人,汝往視厥事。我公來官,去害興利。當斯時也,丁税減而農無憂虎之苛,石橋成而旅不作鯨之餌。眉批:陪入。仁惠之聲既揚,善政之舉以次。於焉觀周道而徬徨,感暑月之薰熾。士女犇趨,商賈駢坒。馬風馳而如飛,汗雨流而若漬。歊毒未除,民今方瘁。蔡公曰咨,我之弗恤,其何以爲務民之義?眉批:入題面實賦。乃使封人視涂,野廬掃路,司里鳩工,場人掌樹。取材於徂徠之墟,得種於景山之圃。畢役丹霞之洲,經始緑榕之渡。青枝蔚其霜含,翠影黯以雲布。濤聲寒而萬徑生風,凉氣招而千山若霧。龍盤枝而綴鱗,鶴栖幹而警露。垂四郡之清陰,甦一邦之流寓。所爲去碑思而來歌暮也。當夫驕陽晞,火雲閟,眉批:二段賦行人之得蔭。溽暑蒸,温風至。則有墨癖山癯,羽流士類,乘爽跨驢,傍陰按轡。逶迤過去,儼託凉軿之中;彳亍行來,似依廣廈之庇。披噴壑之颼飀,掃當

天之晞曬。朝陰則刺桐彎環，夕影則木棉廣被。此幽景之宜人，而足娛耳目、悅心意者歟？更有遷客欀笠，大賈錦韉。攀高枝而繫馬，倚廣蔭而維船。盼孤根之埪塓，喜密葉之連綿。木蘭陂上停驂，無憂酷熱；洛水江頭繰馬，祇覺清便。斯其澤流閩土，德徧海堧。實與壺公之水，蔡公之泉，萬萬相懸也。"

言甫畢，客喟然嘆曰："信哉，密學之賢乎！"

樵人曰："未也。今我皇上仁風翔洽，暑雨無傷。求福不回，則濟濟榛楛之君子也；眉批：頌揚結。壽考作人，則芃芃棫樸之辟王也。干祿豈弟，則松實不求於偓佺也；用物為寶，則鉛松致貢於青揚也。枯冒之澤溥矣，覆幬之恩無疆。固已西被月嶲，東漸扶桑。北暨遼瀋，南達潮漳。又何有於小惠未徧，如宋臣蔡襄也，豈不昌哉？"

客曰："於！若是隆歟？僕本鄙人，巍巍蕩蕩，非僕所能名也；浩浩淵淵，非僕所敢妄推崇也。請作一詩，俾歌以祀蔡翁。"

歌曰：道邊松，大義渡至泉漳東。眉批：就原詞作去路，另備一格。問誰植之我蔡公，歲久廣蔭如雲濃，甘棠蔽芾安可同？委蛇夭矯騰蒼龍，行人六月不知暑，千古萬古長清風。

蹊徑自別，興趣非凡。

鶴處雞群賦 以"群雞喧卑，獨鶴超特"為韻。　　同安莊逢春

繫胎化之仙禽兮，稟火德之氤氳。眉批：就鶴起，虛籠"處"字意。得其秀而最靈兮，雖抱質而成文。作翱翔於金穴兮，時陵轢乎青雲。若遺世而獨立兮，豈凡鳥之與群。乃有朱朱凡畜，眉批：入"雞"字。喔喔荒雞。崔冠修聳，丹頸宵啼。唱征人之涼夜兮，競走狗於青齊。飽稻粱而自適兮，託塒桀以卑棲。笑昇天之無仙術兮，甘涵跡於塗泥。爾其遨遊門巷，俛啄丘樊。眉批：入"群"字。雌雄相友，膈膊爭喧。其麗兮不億，有徒兮實繁。

忽仙客之來下兮，獨首出而掀掀。揖道士之羽服兮，眉批：入鶴處。乘大夫之高軒。體昂昂而玉立兮，衣翠翠而風騫。豈不同此羽族兮，胡貴賤之難與等

論？望之儼然兮，卓然在兹。適從何來兮，遽集於斯。眉批：承上實賦。若以寡而勝衆兮，實以尊而臨卑。擢位置於千仞兮，駕尋常而百之。雖惡居於下流兮，暫寄身於等夷。眉批：關合正意。君子群而不黨兮，賢者涅而不淄。想國士之樹立兮，見碩人之威儀。則有如領袖魏舒，瑰奇王戎。眉批：承上轉入，正意夾寫。北海大兒，東京甲族。仲子爲巨擘于於陵，趙良稱一士於函谷。在晉廷之上，絶世風姿；立魯國之門，一人儒服。使餘子兮紛紛，如公等兮碌碌。世所稀兮無雙，天若生兮使獨。胡霄壤之懸殊兮，仰下風而難託。眉批：將世俗之隨群襯寫，筆勢屈曲如意。雖與偕若油油兮，竟難合而落落。笑末俗之雷同兮，肯隨群而唯諾。豈立異以鳴高兮，實賦質之不若。故自別於凡儔兮，將置身於寥廓。舉世盡爲雞群兮，君子獨如野鶴。

於是鳶肩名士，鵷班群僚，眉批：即用襯托，就未如鶴者言。或工刻鵠，或擅射鵰。誇爲儀於片羽，問雲路於清霄。豈不高自寄託兮，未足絜其風標。矧雄冠之不武兮，敢頡頏於扶搖。誠出類而拔萃兮，羨立品之高超。

既賦而歌之曰：瑤池之區，鶴栖息兮。翩其下來，何奇特兮？處雞之群，孰比翼兮？軒其霞舉，有絶德兮。萬夫所望，民之則兮。士各有志，以爲式兮。絶類離群，立爾極兮。假兹羽翰，步天域兮。

落墨古雅，結韻清新。摘艷熏香，屈、宋遺響。

鷓鴣賦　　　　　晉江陳大玠

翳羽族之珍奇，眉批：陪起。惟鳳凰爲之長。采九苞而岡鳴，雞曉唱以應響。秉五德之異姿，蕃族類而競爽。爰有山鷓，眉批：入題。自呼其名。山雞之弟，竹雞之兄。碨磊是集，匊匊而鳴。眉批：賦其聲。鉤輈格磔，鏗鏗鏗鏗。匪戀北徂，迺迭南行。想其擅越雉之徽稱，類班鳩之窈窕。白點臆而珠圓，赤繡背而金皛。嘴曲一灣玉鉤，翅展雙聯錦標。尾無司晨之飛揚，眉批：賦其形。爪若飛奴之窄小。色麗紫霞於朝，光奪紅日于曉。楓林影隔而丹流，斑竹身藏而元宵。

爾乃遨遊鬱礴，盤涽幽深。翔不遽集，栖必擇林。眉批：承上段一總起下段。五采麗飾,數聲好音。雖羽毛之類聚,實異慧而靈心。擬夏翟以比美,寧儔匹于凡禽。况乎銜葉山阿,眉批:承上段賦其性。覆身林木。肖偃鼠之飲河,若三餐之果腹。按月數以翺翔,隨歲周而轆轆。雖迴翔于西東,惟開翅必南矗。

若乃跡絶朔漠,産出南方。于越之岡,于桂之陽。眉批:以下運化鷓鴣故實,運以杼軸,乃化堆垛爲烟雲。歌傳金谷,影入瀟湘。聲聲啼曉,處處避霜。翹首日照,背葉夜翔。鳴常對對,飛亦雙雙。儼如鷺序,宛若鴈行。時翩舞而隨陽,旋盤飛以逐影。度秋水于湘江,啼夕烟于越井。憶春殿之如花,緬錦衣之整整。弔屈子於長沙,懷二妃而耿耿。傷行路之客心,隔天涯于東嶺。於是烟蕪戲暖,錦翼初齊。雨昏青草,湖邊萋萋。黄陵花落,樹暗鶯啼。遊子征衫,灑淚分携。佳人翠袖,半掩眉低。相呼相唤,春深日西。孤竹廟裏,暮雨雲迷。汨羅祠畔,殘暉晚栖。秦人解曲,越女含悽。維爾他鄉鳥,不辭巢,不別群。能愁北客兮,眉批:此段相間,以舒其氣。南人慣聞。綺羅新着兮,彩焕金雯。荔枝叠唤兮,半夏風薰。報晴報雨兮,聲徹行雲。昔有爲之歌曰:"行不得哥哥,東有木公西王嫂,南面設曹北張羅,行不得哥哥。"眉批:餘音繞梁。余爲倚歌而和之曰:"行去得哥哥,東有扶桑西恒河,南懷故都北婆娑,行去得哥哥。"

　　明遠《舞鶴》,正平《鸚鵡》,膾炙千秋,似此興高采烈,繪水繪聲,恍惚無數鷓鴣飛鳴紙上,鄭鷓鴣不得專美于前矣。

　　　　　碧海掣鯨魚賦以"海波不揚,百靈效順"爲韻。　　晉江王必昌

　　解牛者游刃於虚,承蜩者累丸以待。捕蛇則業三世而能尊,貫蝨則注十年而神在。眉批:翻起。然而遊不極乎盧敖,步莫恢乎章亥。騁洸洋兮三島十洲,覿璀璨兮九光五采。臺閣構於蛟宫,波濤抗於鯨海,猶未萃百靈而究璚奇,吞萬竅而激硠礚也。

　　懿夫海之爲狀也,滄瀛浩渺,蓬嶼嵯峨。蕩沃焦而灌濟,連析木以沓拖。眉批:就海中之物反振鯨魚。湍飛蹴雪,沙捲頹波。樓騰翠蜃,梁駕修鼉。丹虬烏鱺,綺貝繡螺。文魮磬鳴以瑍孕,顊螖肺躍而璣多。淫淫乎,洩洩乎,殊形詭色,萬

怪包羅。固不第鯨魚之橫海孤遊,突兀而婆娑。眉批:魚。獨是海號歸墟,鯨為巨物,其處也或並螭蟠,其潛也非同蠖屈,其縱也掉千里而靡崖,眉批:寫鯨魚反起掣。其吸也噏百川而遠迄。聳金背之穹窿,鏗華鐘而髣髴。駴跋浪以雲崩,怒吞航而飈歘。之而霞爛以熒熒,鱗甲風生而弗弗。渤澥恣其超驤,方壺失其嵬崛。翳冠山之纍貝,擘華之巨靈。誓汝從而,亦不於焉。蹲乎員嶠,濯乎扶桑。不假銛鈎之引,無煩巨粒之芳。竿不持乎千尋之具,綸不垂乎百丈之長。運以神工鬼斧,迅若陣馬風檣。眉批:正寫"掣"字。沫為之噴,鬐為之揚。其掣之初也,如轟雷之激響。其掣之繼也,如閃電之掠光。蛇一掣兮紫金裂,鰲一掣兮玉山藏。似鈴索之掣於樹間,禽鳥胥伏;類颶風之掣於水上,魚龍皆僵。

爾乃景耀神州,流安地脉。山則隱現乎三,谷且委輸乎百。晶宮巉嶵以輝煌,眉批:三段寫足題面。銀闕崢嶸而昱奕。踞鯤鯢之顛,瞰鮫人之宅。始靈黷之乍消,終瀆渝而遠跡。彼任父與詹公,曾未足供其揮斥,又何侈乎星騎太乙之精,劫沈昆明之石。瀾乍迴兮漾碧,日方浴兮磨青。蝄象徊徨而匿影,天吳却走而遁形。角燃犀而熠爍,珠剖蚌以瓏瓊。龍可屠兮,金殫泙漫。鯤偕化兮,水擊瀴溟。帆穩張鷖,浪消捲鯉。豈但波臣貢珍而獻瑞,馬銜循軌而揚靈。是知坤厚能敦,坎流斯傚。陽侯自循出没之常,川后亦展涓毫之效。望洋詎阻於漩濚,眉批:題後收束。向若不驚夫趹踔。尋源泛牛斗之槎,探境鼓蓬瀛之櫂。疏觕蠇兮平切和,舞冰夷兮聲謷嗃。靡不滂濞沖瀜,迤逓雲橈。夫何介豪之跋扈跳梁,鬱浪之汗瀾卓趏也哉!

客有覽蛟窟之離奇,向驪淵而發軔。鱗屋窮其瑰觀,龍堂資其博訊。四隩溢以澄清,千里播其靈潤。眉批:從遊人結。海息浪而安瀾,鯨偃波而靜鎮。於是乎仰盛世之德威,而廣東鰊西鰈之咸賓順。

　　　雄邁絕倫,漢魏諸家有此筆力。

溫陵賦鈔卷四

律　　體

三階平則風雨時賦以題爲韻。　　　　　晉江黃岳牧

緊聖人之治理，普大化之渾涵。鬱乾符於月馭，揚坤軸於虹驂。紫府晨開，瑞日則中天常再；眉批：頌揚總起題面。丹霄夜靜，文星則同色惟三。扇和氣於朱風，詎止祥徵壬婦；灑香塵於白雨，行看慶溢丁男。惟橐籥天垣，協紀啓璿宮之彩；斯周回帝座，順時昭雲笈之函。原夫紫宮彩耀，絳闕文佳。占象緯之拱辰，和風默應；驗天時於建子，靈雨胥諧。爰有六星相次，常先列宿無乖。眉批：先賦三階。居然級下，三三比連雲於甲觀；宛見行分，兩兩同插漢之寅階。號建三能，魁下常標天柱；光凌八紀，司中並煥星街。

懿夫皇圖永奠，帝治常精。昭乾度而天儀自合，煥離宮而君道能成。是用休和上著，感應相生。儼聯貫于編珠，分寸不差金闕；眉批：次賦"平"字。譬輝煌於合璧，高低總配玉衡。信堪銅尺，量來度齊天脊；直似絲繩，比處輝耀地平。爾乃感蘋末之吹噓，妙橐中之消息。爽籟通機，靈辰協德。惟彼和風，眉批：次賦風之時。自符晷刻。鴻毛乍動，早調八節之音；羊角初鳴，宛合三辰之則。是處鉛烏試驗，象見星樞；隨時鐵馬輕敲，符傳天極。兼之天街布潤，地氣交融。下沾濡之時雨，應淡蕩之條風。十日靈昭，西海初迎河伯；眉批：次賦雨之時。三春澤遍，東郊喜遇社翁。起雷雨於屯盈，迥異丙丁之配；占風雲於坎化，適調壬子之通。比戶觀星，經緯遙分紫落；南天占候，嘉祥合應青空。是則法象懸於中天，休徵被於下土。陰陽順布，妙天澤於神皋；綱紀宏開，轉帝車於紫宇。配君臣民而成象，眉批：總承實寫。列垣昭如砥之形；合上中下以呈祥，刻日符太平之

數。樹罕鳴條之響,寧須閣號折風;庭無破塊之聲,何必殿名飛雨。

然而天子方肅然起敬,穆然靜思。揚神功而符象度,欽懋績而展鴻規。命百僚以修庶政,眉批：收入聖敬實賦。合萬棄而調三時。愈安四輔之居,鳳閽日永;常切三垣之紀,鶴篆光熙。用使和蕩花風,久靜封姨之駕;輕勻膏雨,長昭禁伯之司。遵景命於元苞,衡平樞正;驗祥和於泰宇,物阜民怡。於是庶職熙工,群黎感遇。共沾化育之宏,咸仰仁恩之覆。喜甲區之循候,靈光常耀胚胎;傍乙夜以占天,元運自符鑿度。眉批：以臣民熙皞氣象結。杖鳩式化,群欣黍谷之春;秧馬迎和,載起桑田之慕。宜其世盡雍和,人安保護。調天中之玉燭,渾忘帝力之歌;瞻斗極之樞機,敬上星經之賦。

簪笏雍容,冕旒秀發,休徵氣象,官樣文章。

動靜互為其根賦以"五氣順布,四時行焉"為韻。　安溪陳科捷

太極難名,二儀迭輔。自屈而伸,由散而聚。溥亭毒以成功,眉批：先疏動靜。任機緘之所鼓。或闔或闢,其道有常。為耦為奇,厥數皆五。故其於前無端,於後無既。靜非虛寂之云,眉批：起互根意。動匪紛紜之謂。淵然對峙,固兩在以並程;浩乎流行,自同原而一氣。閉則幽,發斯迅。顯藏符,斂舒印。眉批：實賦互為其根。靜於無靜之際,有物為留;動於無動之中,隨時以進。用止知行,就逆見順。復之來也本坤,艮之成也出震。眉批：承上段點互根,言其故。此中相根,亦交為互。窺靜之因,悉動之故。在有開而必收,乃先蓄而後布。自然沖穆,弗歸於無。不息飛揚,豈失乎素？

曦降娥升,寒歸暑至。斗指十二之辰,眉批：推言其用。星纏三百之次。運歷者千,序周于四。萬物于焉退藏,群生忽而暢遂。萌達句出,奚凋落而無餘;地坼冰堅,見豐亨之有自。天迴兮地轉,陰斂兮陽施。不易兮其位,不違兮其時。迨午中而既極,居子半以為期。眉批：再收入題面,結出所以然。動為靜體,靜為動基。驗循環而不已,歸造化之無為。何莫非命為之終始,而氣為之推移也。

聖握疇籙,道契璣衡。眉批：就政事頌揚,貼合題面。知來藏往,輔相裁成。體

一元而合撰,參兩大以並行。健順同流,乾坤之端倪可接;德刑並用,春秋之溫肅迭更。以知著《圖》之妙,實契作《易》之先。交易變易,道不二也;誠通誠復,氣乃全焉。變合無方,眉批:到底凝鍊。而五行之用以著;神明莫測,而先天之理斯傳。

理蘊玄妙,醇氣堅凝,璞玉渾金之品,原原本本之談。

友風子雨賦以"出岫無心,友風子雨"爲韻。　　　晉江王克峻

有觸石之奇姿,呈垂天之妙質。既爲絮以繽紛,亦如羅而綿密。襯淡淡之輕烟,映遲遲之旭日。嚶其鳴矣,眉批:總起題面。求風伯以班荆;鶴可和兮,召雨師而造膝。信同類之相從,詎無端而錯出?體本輕清,物誰結構?冪則彌空,拂之滿襃。其出也全大塊之噫,其至也挾崇朝之溜。眉批:承上入題。篆《巽》文之善入,君子偕行;占《屯》象之滿盈,建侯有後。同聲相應,居然濟濟良朋;一氣相關,詎曰遥遥華胄?知作合之在天,識道源於出岫。

觀夫風之爲用也,眉批:言風自有友,轉到雲之友風。土囊暴起,空穴潛敷。始破萌而開甲,繼吹稿以噓枯。花底封姨,桃李不言而自契;樹頭少女,燕鶯有意而相呼。方到處以披襟,雌雄互應;若入林而把臂,月露與俱。詎知麗澤之兑,酒在上天之需。固唱予而和女,豈何有而何無?

若夫雨之爲用也,眉批:又言雨自有子,轉到雲之子雨。小既爲霂,久亦名滛。或終朝而有暴,或三日而稱霖。驂屏翳以翶翔,無棄爾輔;駕元冥而奮迅,以盍其簪。宛爾承歡,河伯猶能應召;群焉侍側,龍孫不媿嗣音。乃託生之有自,實有滸之遥臨。彼飄流兮非二本,我舒卷兮本因心。夫其合必有謀,似維其有。眉批:此承總承實賦。不介而孚,攸往無咎。象著西郊之易,不雨原殊;歌傳豐沛之詩,大風有取。悦堪持贈,兼賡習習之章;夢固多情,并挈祁祁之偶。鍊而生水,物有自來。御以行空,彼洵吾友。至若一南一北,自西自東,眉批:此就風雨並至實賦。應以披拂,從以空濛。友不鳴條,定有黄遮鼎上;子無破塊,應看白起封中。逢干吕之悠揚,祥當入律;遇非烟之紛郁,膏並施功。奇矣鍾靈,不崇朝而雨;快

哉求助,得無鄉之風。

乃有漠漠未收,油油午起。眉批:此就雲寫起實賦。以彙而征,相生不已。交阜財之有道,琴奏能知;孕潤物之無聲,水源託始。細纔偃草,真看蘭臭之同;密似散絲,宛覺螽斯可擬。義通雷益,悉同志之朋;象合雲雰,並孿生之子。若斯之類,所以點綴層霄,眉批:收結。絣幪下土。善於沾濡,工於茹吐。精神廣大,幻衣狗兮其餘。氣象氤氳,出山川而終古。共推一德,情勿二而勿三;同應太平,日或十而或五。宜乎伴輪囷而獻瑞,凱布和風;本霎霽以揚休,肅昭時雨。

機緒分明,意境關照,可謂胸有成竹,意到筆隨。

赤雲如馬賦以"《離》卦用事,占在南方"爲韻。　　安溪陳科捷

當夫蕤賓協律,眉批:就夏至起,總挈題意。伯趙司時。衡垂土炭,漏永銅蠡。天子於是定心於靜,南面而治。駿赤駵之駕,建朱雀之旗。坐明堂之太廟,考至候于渾儀。乃命太史,以其屬登靈臺而占之。望五雲而必書其物,徵萬物之相見乎離。

斯時也,陽曜方舒,景風聿屆。溫回北陸之陰,眉批:先就雲寫出大意。氣發南交之界。呈非霧之絪縕,蔚奇峰其罨畫。斗杓指處,乘碧落以高騰;圭影中來,出蒼垠而遠掛。猗垂象之難名,殆因方以按卦。其爲雲也,眉批:此段賦赤雲。色取正南。稟丙丁以內朗,鬱澪暑其中涵。譬燭龍之乍過,隨鶉火以相參。則見虹流亘極,霞落橫潭;朱華綴樹,紅石飛嵐。標赤城之爛爛,裛寶鼎以醃醃。彤蓋亭亭,值繼離于作兩;絳衣裔裔,瞻煥彩而成三。其狀伊何,權奇瑰異。既弄影以散花,復行空而按轡。眉批:此段賦如馬。靈早炳於《河圖》,形疑孕夫天駟。怳八尺之妙姿,騁千里之能事。則見兔走龍翔,風生電遂。噓吸星衢,飛揚月肆。綠耳空群,黃門絕類。旋陸野以清塵,將頓轡而委地。氣蒸炎海,不勞夸父之鞭;光絢慶霄,長掩蚩尤之幟。體陽之健,合八重卦而專契乾爻;含火之精,經十二辰而適當午位。蓋赤雲之縹緲,眉批:總承。有如馬之騰驤。映丹堁而照耀,夾華轂以輝煌。倬中天而際會,居大夏以當陽。啓精英乎嶽瀆,符紀縵於虞

唐。況應期而干呂，寧辨祲于保章。發揚瑞色，焜耀靈光。既垂八柱，遂施萬方。豈獨軒后合符，眉批：襯託。感作釜山之瑞；周王沉璧，浮來洛水之祥也哉？

于時史臣，執簡以待。揚于邦家，播諸寮寀。大書特書，無荒無怠。昭至德于一人，被隆麻乎千載。奠金甌于山車澤馬，將無尚諸；調玉燭於畢雨箕風，於是乎在。眉批：二段就題面上寫出太平氣象。天子曰欽，弗爽所占。凡茲景運，實本堂廉。惟解慍之關懷，候每懸于莢砌。倘有年之著象，咨可息夫茅檐。行既內修，飛赤烏而不懼；功將遠馭，貢大宛以何嫌？佇登封之符應，奚禆補乎黎黔？是知王者體天之道而不與道違，眉批：總論題意。奉天之時而不爲時用。蘊如神之智，則畜及四靈；應扶日之徵，則運丁三統。法五行之令以驗燠寒，辨九土之宜以頒耕種。所以治非小康，物歸大共。微臣筆謝曹、韓，詞慚屈、宋。尚繪寶馬之圖，敢獻卿雲之頌。

顧視清高氣深穩，文章彪炳光陸離。唐賦用韻，自三韻至八韻不等，平仄次序亦未有定格。太和以後，始用八韻，又例取四平四仄。後唐莊宗同光時覆試進士，盧質用五平三仄，大爲識者所誚。宋試進士賦，並以平仄依次用韻，其後亦有不依次者。大抵唐賦押韻，以一平一仄相間諧音，故不依韻腳次序。今則官限之韻，不可差移矣。篇中取四平四仄相間諧音爲韻，蓋唐法也。

甘雨滿缶賦 以"誠信盈滿，質素之器"爲韻。　　晉江陳崑瓊

事求崇實，聞恥過情。務宅心於寧靜，時矢志於真誠。惟孚尹之中藏，含章可久；斯真精之流露，應念皆亨。眉批：全題在握。不介而孚，譬彼甘霖之洋溢；自他有耀，用窺滿缶之空明。夫其飭言行以交修，極幾微而必信。無妄兮止常安，不貳兮形胥順。戒欺求慊，每致慎於三緘；眉批：此段原誠信之本，拍合題面。右有左宜，肯虧功於九仞。嗤彼無源之水，立涸堪羞；同茲有本之泉，盈科始進。則見心存履潔，志切永貞。眉批：此段說誠信，賦題面。幸積中之不敗，凜無軌之難行。假靈府爲灌滋，好是心虛能受；借天君爲涵養，寧云器小易盈。勿二勿三，維居

比初爻之是叶;惟貞惟一,知終來他吉之畢呈。

原夫甘雨之爲物也,禀氣於陽和,賦姿於天一。眉批:此段詮甘雨,却句句是誠信。始行險以安流,繼盈溝而不疾。適符習坎,見洊至之有孚;迥異挈瓶,或驟盈而乍溢。羨應天之不爽,澤沛崇朝;欣劾信之如期,占逢十日。

若夫缶之爲物也,眉批:此段詮滿缶,正喻兼到。制從坤土,中則務虛;掌自陶人,外維其質。類太璞之能完,異卮言之日出。不雕不琢,渾含蘊奥之天真;有本有文,自裕精純之寧謐。奚必紛華是尚,特表樸誠;何須金玉其相,居然縝密。

爾乃斥詐僞以不存,惟忠貞之是務。時吟尚絅之篇,眉批:此段總承。日誦虛車之句。傾而不竭,別具淵泉。擴乎有容,無嫌質素。爲説誠中形外,積厚者流必長;寧須挹彼注兹,息深者達自裕。由是誠之所至,動無不宜。眉批:此段寫誠信之感孚。極豚魚而可感,合大造以無私。恰如雨施雲行,足覘滿盈之象;還是中虛應順,聿彰質素之姿。彼夫短綆之臨,固難得而喻也;惟此原泉之出,庶爲足以方之。

我皇上愷澤旁敷,湛恩廣被。清心一片,務敦實而黜華;内美中含,眉批:貼合題面,頌揚作結。期存真而去僞。何啻玉壺之潔,招損爲懷;匪同宥坐之卮,持盈是事。知宅衷有類夫瓦缶之資,宜尚質雅慕夫陶匏之器。

體物瀏亮,説理晶瑩,意義環生,雙管齊下。

長烟引輕素賦以題爲韻。　　　　晉江楊慶脩

沈沈郡閣,灩灩方塘。白鷗幾處,紅樹千章。罩簾鈎兮晻靄,眉批:虛虛起全題。濕屐齒兮微茫。送浦外之餳簫,半簾薄霧;停花中之酒舫,一徑斜陽。搖曳新機,織雲裳而細膩;玲瓏輕素,引烟氣以方長。爾其徐沈繡闥,半掩畫船。非寒雲之鬖䰄,若微雨之纏緜。居然香霧迷離,樹隱平郊之外;疑似春陰羃䍥,寒侵曲檻之邊。擬教衣襯五銖,眉批:寫"烟"字。縠曾積素;可是樓斜一桁,簾欲拖烟。則見杳靄如連,冥濛無盡。屋隱雲巢,柱迷石筍。睡來繡鴨,襯柳色以方濃;眉批:寫長烟起"引"字。渡得花牛,繞晴絲之正緊。畫出酒旗疎舫輕紈之映日

無痕,添來野水寒鴉素縠之牽風徐引。幾條斜染,一色遙呈。欲作驚寒之色,微聞吹水之聲。恍疑履曳飛雲,結雲陰而縹緲;眉批：二段均實寫。恰是綃輝積霧,掩霧色以縱橫。愛細葛之周遮,風含柔軟;認素羅之錯采,烟引重輕。遂乃裊裊欲凌,飄飄如澍。徐約波紋,莫尋江樹。一任寒砧細擣,薄靄斜侵;記同繒幭初翻,祥氲微吐。繪幾層之雲水,恰宜亭短亭長;聚數縷之烟氛,最愛積縑積素。

客有錯綺才工,餐霞癖痼。長愛景光,自怡真趣。莫待氣清天朗,試來杏子之衫;擬當霧集烟霏,製就神絲之布。眉批：就情景結。故香羅疊雪,好吟杜老之詩;而蠶繭裁冰,試誦吳都之賦。

紆餘爲妍,獨饒雅潤。

海日照三神山賦以題爲韻。　　晉江曾玉光

考封禪于龍門,識祥符於渤海。島外風光常暖,瓊闕遙開;壺中日景偏長,地儦宛在。烏輪萬古,蒸茶白以颶颰;眉批：全題在握。羲馭三竿,射雲槎而欸乃。看祥光兮湧出,山中七日無多;問朱曷之昇時,世上千年有待。

地是神洲,居維精室。眉批：就神山入,段末起到日。歲月偏閒,時光甚逸。漾金晶於福地,百丈紅垂;立玉島于海門,三峰秀出。望洋而離離陸陸,天開尺幅之鮮;臨岸則雨雨風風,人悵一帆之疾。金爲宮而銀爲闕,色麗艷陽;楹雕翠而瓦溜珠,光分曉日。有仙則靈,無私必照。縈霽曙之清暉,眉批：接賦日照。鎖朝屏而料峭。十分暖意,海瓊子之羽扇應開;百道晴光,安期生之銀床有耀。何朝來有象,常懸鑑于洞天;豈寒盡不知,偏騰光于海嶠。

爾乃赤魚息度,白鹿停驂。眉批：二段就神山實賦日照。黃庭點化,丹篆静參。凹凸籠暉,何問壽山有八;崚嶒逗昶,恰符瞿峽云三。果然雲窟最深,日邊落翠;畢竟仙鄉甚遠,天際飛嵐。愛暘谷之融和,風情獨得;分咸池之浩净,色相虛涵。宜夫自成仙籍,獨隔凡塵。接崆峒之巨概,類姑射而稱神。長教海國懸輝,訪道從誰借渡;漫向山間紀歲,尋源何處問津。大地凝祥,開金繩之朗鏡;靈峰標勝,轉寶界之紅輪。記將影射冰桃,團團疊玉;數得光浮瑤筍,箇箇堆銀。所以依稀

翠黛,隱現青鬟。眉批:寫出可望不可即之意。迷離琳宇,變幻石關。地闢神居,摹有無之飛岫;雲扶靈曜,橫三兩之畫山。景紫館而負暄,峰眉隱隱;眉批:收束題意酣足。緬丹丘以流彩,石骨斑斑。可知半約烘花,傳到宜春之曉;爲計長年破雪,消來永晝之閒。

我聖人盛德光輝,春臺和煦。眉批:頌揚結。鷺班衍瑞,咸廣北海之歌;虎拜呼嵩,共上南山之句。行見繼離長耀,晉仙醞而稱觴;還欣指日齊光,集嘉祥而獻賦。

風情泉湧,筆彩花飛,興趣玲瓏之作。

海日照三神山賦以題爲韻。　　晉江陳崑瓊

眺望晴空,日華散彩。光射瑤池,輝澄碧海。初升若木,欣霽色之方開;眉批:淡淡入題。還照神山,羨清輝之宛在。幾度薰風拂處,信覺曈曨;一番宿雨收時,遙添綺綵。

爾乃騰朗耀於層霄,煥晶瑩於瑤室。金烏倒影以高懸,赤烏銜光而迴出。無數羲鞭羿射,上下輝連;偏多蜃市鮫宮,眉批:就海日起神山。水天色一。未卜仙人何處,凝眸而紫襲暮烟;但看峭壁齊標,翹首而紅烘曉日。維時金闕輝煌,眉批:入神山轉到日。瓊臺炳耀。凌萬仞以岹嵲,挺三峰而奧窔。蓬萊伊邇,濃連方丈之巔;海島稱奇,黛染瀛洲之嶠。峰自何時聳出,暗靄晴曦;石從誰處飛來,玲瓏朗照。眉批:承上日與山合寫。插碧天而鼎峙,抱金鑑以半含。縹緲層巒,別饒真趣;嵒嶢遠岫,時吐晴嵐。空明色相之中,峰偏周夫六六;掩映虛無之際,徑莫辨于三三。則見一輪初徹,萬象俱新。眉批:就海日實寫照神山。過咸池而細浴,經黃道以時巡。依稀靈鷲一峰,林麓遙增蒼翠;彷彿齊州九點,洞天更覺嶙峋。倘教霞彩並飛,奇無不出;如共雲羅遍錯,助若有神。境獨超于世宇,高迥隔乎群山。瑤草煥金莖之色,翠微點仙掌之班。眉批:就神山實寫海日照。有時曙靄方升,分明可即;忽值斜曦半落,隱約難攀。昨夜月明,有客停驂柳港;今朝雨霽,誰人擷秀松灣?疑有仙居,半在十洲之外;欲尋天路,幻呈三島之間。

爰有躡屐思遊,登高能賦。眉批:寫三神山之可望不可即,後路燦爛。宛旭景之遙懸,悵仙鄉之難遇。光連紫極,耀螺黛以昭融;彩絢重檐,煥鵝青而和煦。始尚丹流翠聳,列一幅之畫圖;繼而嶂複巖重,遠九霄之興趣。惟此治符離照,臨四表而無私;因之瑞紀瀾安,極八方而景慕。

格律謹嚴,風華掩映,最合賦家相生相承之法,允非率爾操觚。

海日照三神山賦 以題為韻。　　　　惠安王懋昭

伊碧水之迴環,覺神山之宛在。眉批:就神山起含到海日。十洲路遠,鷟邀洞客之乘;三島風清,藥待仙人之採。駕六鰲而遠聳,正看金碧橫空;捧一鏡以高懸,旋見雲霞出海。

爰有照耀陽烏,眉批:此段接寫海日照。晶明石室。清輝則是處昭融,煥采則無邊洋溢。天開畫嶂,漸來暘谷之輝;地峙青螺,每拱黃人之出。羲馭回六龍之駕,魚眼射波;鬱華成五色之祥,鯨鱗浴日。爾其方丈迎輝,蓬瀛煥耀。烏踆曉掛,光生彩翠之嵐;眉批:此段接寫照三神山。龍燭春懸,影弄灣環之嶠。正三峰之特起,晻靄朝暉;更六曲之交青,蒼茫夕照。此景物絕異於人間,而光華最宜於憑眺者也。

況乃一輪光滿,眉批:再就海口寫照神山。萬象奇探。銅鉦半掛,彩珥微含。曉岫笙吹,不是緱山月下;露華盤接,何如宮闕天南。壺中之賣藥人歸,日方過七;島外之觀棋柯爛,年已經三。爾乃徐窺石洞,載駐羲輪。曈曨午徹,照嫵偏勻。眉批:此段合發題面。洞口桃開,岸夾仙源之浪;雲間犬吠,鹿歸午徑之春。蓬壺之日晷方長,應記高春緩度;瑤島之海天初霽,爭憐合璧生新。蝶幻雙飛,仙子衣何燦爛;羊成乍叱,洞天石已嶙峋。斯勝境不關于志怪,而真形奚假于搜神?

是以躡屐登峰,每思九華;撫琴淨几,眉批:此寫翹想之神完題。欲響群山。懷仙居之秀麗,想日色之爛斑。秋色巴陵,只道神仙難接;春暉蓬島,豈同雲雨空還?沸水冰融,鴉背殘陽之外;恒春樹暖,鳳翔霽旭之間。誰不望神洲與仙島,

致心曠而神閒。

方今黃道幾旋,眉批:頌揚結後路不薄。仙巖如故。光生殘夜,冰桃之丹實生輝;朗徹烟嵐,青鳥之香翎半露。射紅光于滴翠,芙蓉誤石氏之城;迴彩暈于含青,霞綺疑赤城之路。又何必華峰搔首,載賡謝客之吟;峋嶁登歌,更續唐人之賦也哉!

間架分明,風華掩映,恍惚置身蓬島間。

海日照三神山賦以"蓬萊宮在水中央"爲韻。　晉江黃魯玉

浩浩乎天高海闊,眉批:全題在握。漲暖晴烘。日初升夫暘谷,山迥出乎衡嵩。一鏡飛騰,逗祥光之靄靄;三峰突兀,含春氣之蓬蓬。漫尋世外奇蹤,星槎泛碧;試看山間妙景,霞彩流紅。

原夫東臨渤海,西接瑤臺。晨曦遠馭,霽色遙開。眉批:此段賦神山。邈衆山之皆小,涵萬象而兼該。地闢深幽,未卜仙人何處;波明瀲灎,競傳玉女曾來。想當年洞口桃然,行到瀛洲員嶠;知此日雲間犬吠,坐經方丈蓬萊。則見金鑑遠浮,練拖雪浪。銅鉦高掛,眉批:此段入海日照。輝映瓊宮。立鯨鯢而紅鱗點點,標洞府而紫氣曈曈。七十二所之烟霞入望,偏多綺麗;三十五官之宿曜迎眸,不盡玲瓏。山從誰處飛來,幻留異蹟;石自何時聳出,訝著神工。羌鼎峙以插空,亦重光而煥彩。眉批:二句總承。爲問斜陽渡口,人呼隔岸之航;那知返照峰頭,天壓不波之海。眉批:二段實賦題面。孤雲去矣,一輪朗燭無遺;神雀翔兮,七寶裝嚴宛在。經歲月以如斯,歷古今而不改。倒影空明,近天尺咫。海瓊子羽扇方搖,安期生銀床可指。倏爾光芒萬丈,淺深掩映夫滄洲;自他燦爛十分,上下昭融於碧水。豈是九華地縮,頻參壺裏乾坤;也曾七日丹成,不記山中甲子。於焉蛟室潛淵,眉批:此段寫足"照"字。珠騰炳耀;蜃樓噓氣,霧掃朦朧。遠樹撐而峰縮鬢,飛泉落而澗飲虹。乍升乍沉,半在滄溟之外;眉批:日山收繳完足。疑隱疑現,如游圖畫之中。祇因浴向咸池,天門洞闢;旋覺照臨瀛海,仙島靈通。

聖天子治符離照,眉批:此段頌揚。道協乾綱。玉珥輝煌於八極,黃人拱守於

中央。煦嫗偏勻,争說高春緩度;陽和遍燠,應欣合璧生光。奚誇海島十洲,横碧落而星辰欲摘;江瀧三片,眉批:收繳到題。接青天而雲霧遙將也哉!

清才華茂,壯采霞飛,而紀律又極宏整,允稱藻繪之章。

春江花月夜賦以題爲韻。　　　安溪陳科捷

昇平寰宇,眉批:總點題面。淡蕩陽春。眄流波之方長,欣花木之俱新。羲降娥升,君子惜時而寶璧;晝長宵短,古人乘興以燒銀。浮生不過百年,行樂惟兹三月。丹樓迥而急管沉,彩鷁飛而繁笳發。眉批:此段就春江起花。瞻河漢以低徊,覺蓬瀛其怳忽。海雲起處海潮乍生,江漲平時江岸未没。把濃香于芳甸,何事錦帆;拾遺翠于滄洲,無煩羅襪。

當夫艷陽催信,穠卉呈葩。團團匼匝,爛漫横斜。眉批:此段賦花。菲菲載秀,灼灼其華。杏蕊邀於遊轡,蘭芽覆于晴沙。連理枝垂,時引鴛飛過侣;相思樹繞,長憐蝶夢爲家。兼有皓輪,恰當良夜。玉浪縈迴,金波上下。宛通道于星津,眉批:此段到月夜。羌乘虚而羽化。霞照水以捧珠,雪著林而凝麝。彼光彩之常懸,候景光而如乍。桂花不定,向汀畔而遥舒;棹影旋浮,出天邊而高瀉。

斯時也,楊風拂而千巒競色,穀雨過而萬澗流潨。鶯間關以並窴,蟾掩映以凌釭。溯美人於隔浦,逢玉女其窺窗。眉批:即景生情,憑今弔古。群魚戲而趨暖,巨鯨落以驚瀧。感曹、劉之勍敵,望吴、楚之大邦。孰得時而暴起,誰失險而遽降?隋監陳以合轍,賈傷屈以同腔。春未盡而花簌簌,眉批:再總題面。花當開而月幢幢。恐佳期之不再,致勝事以難雙。瓊筵啓,玉佩瑽;羽觴舉,鼉鼓摐。皓齒青蛾,爲歡只在今夜;長裾彩筆,流恨有如横江。於是樂極興酣,意移神露。伸紙揮毫,綴之以賦。

亂曰:古與今兮新復故,景暄和兮幾回度。望舒圓兮腹顧兔,明有時兮困陰霧。秦淮水兮日夜注,想芳菲兮江邊樹。招香魂兮不長駐,悲所生兮樂所誤。駕扁舟兮任吾遇,鴟夷子兮良欣慕。

題面逐字銓發,題情興會淋漓,蘇玉局《赤壁》、《超然臺》有此意趣。

長江天塹,以限南北,題出陳後主故篇中,憑弔生情,比唐人七古,更覺寄託非凡。

月中桂樹賦 以"森梢萬古,託根九霄"爲韻。　　安溪陳科捷

冰輪遠掛,玉宇高臨。魄初散素,波漸流金。緑膏飄其靈麗,丹樹鬱以蕭森。眉批:虚籠題面。碧落無塵,疇假人間之種;青雲有路,長迷仙客之心。爾其露泡仍滋,風吹不裋。眉批:承上略用陪入。夜色纔分,天香乍噴。芝謝秀於商田,蘭辭芳於澧畹。升沉任化,承吐景于五三;培植何年,間舒光于千萬。當夫清商發,肅氣交;銀盤滿,玉斧拋。花鑽金粟,蓋偃琳梢。眉批:此段就月中實寫。陰覆月娥之宅,葉環桂父之巢。一曲《羽衣》,挹濃芬於細吹;千秋靈藥,散餘馥于香苞。

豈特素秋,不移終古。眉批:此段用烘襯寫。映彩榆星,比芳瑶圃。綵筆難圖,綺園弗譜。結根廣寒,流耀下土。覺鄧林著美,猶空羨于一枝;若嶺嶠傳馨,亦僅存乎八樹。至夫林中閨秀,樓上幕僚。眉批:此段就對月之人寫。詞人庭際,隱士山椒。懷公子兮徘徊,望美人兮寂寥。思一攀兮何日,因長倚兮此宵。氣欲薰人,念託身於紫府;子曾落地,徒結意乎丹霄。是則多情,於焉有託。想顧兔之初升,棨扶桑之旋却。眉批:以下二段承上兼賦其理。涵大造之清虚,向長空而旁薄。月則時值虧盈,桂則不虞凋落。質於無質,常漾水而增華;形於無形,每含雲而吐萼。故其生于月窟,蘊乎天根。本二儀以灌溉,緣九道爲籬樊。挺扶疎於千載,紛散布于一元。貝闕珠宫,恍横枝于清夜;蒼岑碧海,幻斜影于黄昏。勢聳千尋,光陵萬有。垂於無垠,樹乎不朽。眉批:以攀桂結。宜乎春之三,秋之九。觀國之賓,登壇之友,群騁賦月之才,而誇折桂之手也。

氣清而古,不蔓不支。璞玉渾金,盛唐矩矱。上聲"樹"字,爲"種樹"之"樹"。"樹木""樹"字入去聲"七遇",篇中押"樹"字出韻,而語自佳。

律中黄鐘賦 以"黄鐘爲萬事根本"爲韻。　　晉江王　籛竹坪

正仲冬之節序,眉批:從時令起,清出眉目。定大樂之宫商。用宣幽而出滯,爰

退陰而進陽。化兆七均之始,管裁九寸之長。應元氣之潛推,律開半子;審中聲之位次,色配上黃。粵自音聞鳴鳳,器取籋龍。樂出虛而有籟,清間濁以相從。眉批:就樂引入,逗起黃鐘。本聲應聲諧其調,正律變律統其宗。視所主以爲司,自合六宮而迭運;順乎機而不滯,胥歸大化之陶鎔。故琯則終於大吕,而數必起自黃鐘。

爾乃審音入律,節樂定時。際一陽之初動,察六位之推移。氣母潛通,微啓融和之序;天心來復,特昭槀籥之吹。眉批:正寫題面。普三十六宮之春氣,合陰陽以交遞;肇二十四番之信樞,亦動静而互爲。其氣溫舒,其音濁溫。溯生氣之萌芽,按裁管之分寸。管八十四聲之變調,惟君率臣;孕三百六日之陽和,自坎入巽。導和而八風應律,眉批:寔寫所以中黃鐘。侔輪扇之移;鳴豫而四氣均律,合斗杓之建。啓端倪於造化,理自含三;鼓鬱勃之生機,功呈吹萬。由是陽律調,祥和備,漸消慄烈之威,大有安舒之致。眉批:推進一步寫爲萬事根本。統萬端於子位,本自下濟上以爲功;抒妙蘊于子聲,任右退左旋而咸利。子開三統,位冠夫地闢人生;宮綜五音,律諧夫角民徵事。

然而律之蘊奥,眉批:翻一段尾,仍反收到題。説甚紛繁。或推校尺而擬議,或即累黍以討論。專恃秬秠而審音多誤,但求金石而妙理奚存?又何論一十二苗之妄作,二十四扇之徒煩。反使參錯乎陽律陰吕,何從推尋夫月窟天根也哉?

欽惟皇上理契淵微,道通幽遠。眉批:頌揚作收束。時隆敬授,推一氣之循環;樂奏和平,訂三分之益損。所由四序亨嘉,八音清婉。氣乘乎律,俱由天籟之自然;聲起於鐘,咸識衆音之有本。

此長男學作者。運典措詞,頗見秀洽。

人　日　賦　　　同安柯來春

人惟寅而始生,眉批:就題字梳剔得勢而入。日惟春而有取。既協日於三元,乃占人於七數。謂爾日之告吉,户易銀旛;覺斯人之迎祥,家裁錦縷。夫其靈辰著號,淑景遥臨。烟漸舒于玉圃,眉批:叙原人日來由。旭初展于珠林。記承華之殿前,鶯飛翠羽;望清輝之閣下,鷺列瑶簪。試辨芳名,曾愧邢家學淺;無嫌盛飾,却憐趙氏情深。故教寶線流輝,珊樹應翻舊綵;漫說靚妝助艷,翠翎竟惜多金。則有碧幌朱甍,眉批:此賦深閨綵勝之樂。瓊窗綺幕。遣春何事,欣日暖兮載陽;改歲幾時,數人生兮行樂。裊釵頭之荳蔻,小貼玲瓏;横簾押之珍珠,輕枝綽約。添薰沐於玉臺,媚嬋娟於綉閣。賈家之人勝相沿,宋女之梅姿間作。

若夫油壁尋芳,眉批:此賦遊春之樂。金鞭寄興。屐躡高原,轡探曲徑。芙城南之細草,乍試紅芽;解橋畔之條風,微澌碧瀅。樽開竹葉,醉醑液於飛觴;菜煮銀薑,携青絲於屈橙。競踏蹟而來遊,合登高而選勝。至於巷卜陰晴,邨嬉雞犬。陽有脚而爭迎,景無邊而輒轉。誰家煎餤,香生粔籹之薰;眉批:此就人日事實稚廣言。何處散灰,笑戀駃駒之棧。依曲簹以絲纏,揭薄綃而葉卷。錦匣賽艷以聲喧,筠筐蘸緋而色靦。斯豈獨鞭春去後,費多蠟燕絲雞;而孰非戴勝招來,敲斷金針玉剪。是以筆墨含芬,珠璣散彩。杜子美江湖之句,眉批:就古人人日題詠收。寄詠一方;魏東平月日之銘,留題千載。晉風荆俗,李商隱考古有懷;雁後花前,薛道衡驚心何在?莫不覼景春臺,垂芳翰海。人愛日而俳徊,眉批:就二字收結。日宜人而樂愷。一番綉出,天輝蜀錦之霞;幾度妝成,地偏隋宫之綵。

點綴是日故典,又要就"人"字、"日"字作意刻畫。首段疏剔得勢,餘就事實渲染,掩映風華,亦能不負題意。

春陰賦 以"樓臺望轉深"爲韻。　　晉江曾承基

若夫春光未老,眉批:就春到陰,籠起題面。春院轉幽。香添鑪鴨,啼澀林鳩。竭來雪比花南,輕寒漠漠;檢點雨絲風片,淑景悠悠。紅重綠肥,到處烟迷畫閣;桃明柳暗,無邊氣壓朱樓。眉批:段頭承陰來,實賦題面。時則流雲正淡,宿霧未開。始迷離乎空際,漸羃䍥夫城隈。静緑樹之蜂衙,庭如吹水;隱青山之螺黛,客倦登臺。深巷餳簫,莫倩賣聲之吹暖;漢宫蠟燭,錯驚暮色以傳來。四圍黯黮之天,一片空濛之狀。眉批:就近景賦春陰。尋芳有約,當白晝以疑暝;鬥草初回,訝黄昏而還亮。無限賞心樂事,只任嘗騰;分明美景良辰,不勝惆悵。愔愔如夢,

餘弱絮之紛飛；惻惻生寒，養名花而未放。

爾乃沉遠翠於江干，净頓紅於陌上。青標野店之旗，眉批：就郊外賦春陰。白認長隄之舫。西園載酒，增薄醉之新愁；南浦送君，黯銷魂於遠望。至若睡足海棠，潤滋階蘚。眉批：就物賦春陰。罩芳草而模糊，礙游絲之宛轉。闌珊幾日，燕外泥融；醖釀多時，花間露泫。十里五里，霏香霧之如塵；長亭短亭，度尖風之似剪。未雨初疑經雨，濛濛而遠近不分；似晴却又非晴，處處之芳菲難辨。眉批：入賦春陰。則有美人解珮，名士題襟。怕春暉之遲暮，探春意之淺深。蝶困鶯慵，屢攪綿綿之思；登山臨水，難忘杲杲之心。安排棐几湘簾，待晴窗而試墨；料理朱絃玉軫，遲霽景以鳴琴。何當天朗氣清，眉批：收到春晴是去路。學羲之之修禊；更喜坐花醉月，追白也之高吟。

　　句句雅切春陰，幽嫺澹宕，情景如親，是李伯時畫觀音菩薩手段。

葭蒼露白賦 以"所謂伊人，在水一方"爲韻。　　晉江龔維琳

三江紅蓼之汀，十里白蘋之渚。月下砧聲，風前蛩語。眉批：渾含題意。望楓荻之蕭森，盼純英以延佇。誰處蘆花瑟瑟，半掩魚床；幾時蔓草瀼瀼，難分鷺嶼。懷彼美兮堪思，悵伊人兮何所？當夫繞岸風微，平原雲蔚。木零落而正秋，眉批：此段點染，秋景陪入。菊清疎而堪慰。芙蓉江畔，未現紅妝。楊柳汀前，猶餘爽氣。增逸緒於朝烟，寄芳情於衆卉。蓁苓可思，溯洄誰謂？

時則南溪葦夾，北渚花垂。藍分別浦，眉批：此段賦葭蒼。碧釀芳池。冒秋光而迤邐，曳風色而斜欹。紫籜烟清，翠逗三分霜意；白頭節晚，錦拖幾樹冰絲。暢生意於春田，歌宜出彼；寫微吟於秋水，懷悵謂伊。復有蒼苔院濕，白苧衣新。看爲霜而乍結，擬如雪以初勻。眉批：此段賦露白。金井宵闌一色，蟾孤皎皎；玉階夢静三更，鶴警頻頻。訂前度之鷗盟，白從今夜；探遙汀之鴈信，横到水濱。舊雨年年，對金莖兮欲滴；秋風處處，記玉樹兮懷人。

葭荻生寒，露華耀采。惆悵三秋，眉批：此段總承。徘徊數載。牽餘緒兮偏長，惱遙神兮頓改。鱖魚蘆上，望斷南江北江；沙鳥堤邊，淒增十倍五倍。覿風

景之非遥,恍美人之宛在。於焉照影低迷,臨涯徙倚。眉批:二段承上,即景寫情。一角晴烟,半灣流水。薄采則翠滴蒼然,相思則蕭歌蓼彼。苔磯隱約,寫芳堤送客之懷;荻港青熒,發何處尋君之旨。豈不以我向山阿,子居遠室?憶良士兮多情,期寒修兮無日。徒見碧水茫茫,蒼波汩汩。潯陽過處,認將遠艇形雙;銀漢斜時,繪出長天色一。惟此中之有人,每覺呼之欲出。乃知迷離野色,縹緲寒光。露灑葭而緣岸,葭垂露而成霜。悠悠結想之時,眉批:總結。夕陽無限;往往尋踪之處,一水相望。驛路逢人,想芳梅之未寄;江濱有客,怨淒草以何方。遥知秋可言懷,堪續南浦送君之句;豈但萱能改悶,漫譜西堂憶弟之章。

烟景蒼茫,情懷縹緲。

恭擬聖駕巡幸淀津賦以"刻玉游河,披圖觀洛"為韻。

晉江王文寧

欽惟聖天子之馭宇也,眉批:頌揚起。鳳組膺鰲,鱸圖錫極。舜律風從,禹疇篆刻。調玉琯於十有三年,奠金船於八十一域。際榮光之獻瑞,喜動龍顏;欣清晏之呈祥,德霑烏弋。臣工啓奏,河源安析木之津;眉批:領到淀津。綸綍重宣,輿頌遍中山之國。爰乃披丹篆之璇圖,贊蒼牙之寶籙。昔在聖祖,禹甸遥巡。亦越高宗,堯封遍矚。眉批:此段將巡幸之前。我皇既尊祖而敬宗,亦省風而觀俗。開鳳闕以臨軒,展龍樓而率屬。宣兩翼之鸞聲,列八旗之部曲。樂奏乎依日來雲,符輯乎泥金檢玉。

天子於是乘五輅,肅九旒,麾虹采,裛蜺斿。望天津而啓蹕,眉批:此段巡幸之時。指淀海以飛驂。遠經丁字之沽,羽林列仗;幸傍辰居之側,絳繢(幘)傳籌。居然蓋地圖披,駕隨青鳥;宛似瑤華書載,路啓驊騮。紺闕珠宮,表神皋之壯麗;銀河玉井,邀聖駕之觀游。時也蜺旌雲委,霧轝星羅。車連翠鳳,鼓應靈鼉。眉批:二段巡幸正面。華蓋七星,驛駐桃花之驛;黃圖三輔,波平瓠子之河。分二十八宿以齊驅,溝盤白馬;列三十六皇而並駕,路指紅螺。萬柳陰中,法駕聽鳳韶之奏;五花樓外,群工賡《魚藻》之歌。則見夫宸旒掩映,宮扇紛披。花飛芝蓋,

温陵賦鈔

柳共春旗。百僚擁衛,萬騎争馳。倘登萬歲之山,嵩呼聲應;細閱九河之道,睿慮神怡。寰海鏡清,白雉獻朝宗之瑞;塗山玉輯,黄龍昭曳尾之奇。平弱水之三千,不少馬圖龜字;望瀛洲之第一,無非禹碣堯碑。

況乃天顔日霽,眉批:此段頌恩詔及御製。帝澤春敷。皇輅初臨,躬行祈穀;鑾輿甫至,詔降蠲租。吉語齊宣,聽蒼髦之擊壤;歡聲遍起,喜絳縣之歌衢。天子乃抒睿藻,闡苞符。鐫垂露于璇題,焜煌麟角;拓懸針于文石,照耀鴻圖。洵千秋之曠典,爲百代之神謨。由是蘭臺翥鳳,藜閣翔鸞。集桐軒而獻賦,眉批:此段臣工獻頌。倚蓬觀以揮翰。呈赤雁之瑶章,敢邀睿鑒;倣白麟之嘉頌,望冠文壇。弓秀馬駒,獵碣紹東都之會;玉符金簡,文昌焕北斗之觀。慶榜新開,多士就瞻乎雲日;壽星叠見,眉批:收。萬邦仰拜夫衣冠。是皆我皇德邁羲軒,治符河洛。珊網宏開,衢尊遍酌。德車過處,頌華封而兆姓奉觴;玉輅迴時,歌眉壽而千官獻爵。幸沐光華,敢傾葵藿。效東方數萬言之頌,眉批:結出擬賦。此時珥筆粉廊;擬杜陵三大禮之篇,他日校書禄閣。

陸離彪炳,典重喬皇,自是金華殿中氣象。

恭擬聖駕巡幸五臺爲民祈福賦以"地在晉省,山名清涼"爲韻。

安溪李宗度

聖天子治炳中天,恩敷大地。肌淪髓浹,八表凡獻誠心;澤渥膏濃,九重彌滋德意。當三月布穌之候,詔舉時巡;眉批:點清全題。陟五臺祈福之山,躬修祀事。懿錫福之意虔,實保民之心在。眉批:從祈福意。登諸仁壽,靡不獲乎一夫;養以和平,慶咸沾於四海。比閭方課夫耕桑,群祀必昭其儀采。故凝禧受筴,培洪基以億千萬年;而展義觀風,隆盛典於一十六載。

爰馭六龍,眉批:此段叙巡幸。俯臨三晉。霓旌指處,祥光燦雲日之輝;鳳蓋經時,瑞靄增川原之潤。聽謳吟之載道,封有祝而壤有歌;欣近遠之來同,獻爲琛而輸爲賮。輦駐文殊之院,景超海島三山;駕臨真武之宮,跡騁河精八駿。爾其地當太原,疆爲晉省。眉批:此段實疏五臺。統韓、趙、魏以稱雄,控燕、齊、秦而接境。五峰上聳雲霄,二宿遠連參井。池開七佛,映帶明月雨花;洞號三賢,迴環斗峰鷲嶺。山靈毓秀,當年之幻化曾聞;象教通微,此日之神庥猶炳。所以能作黔首之庚桑,而得仰承翠華於申景。則見驅坦道,越崇山,瞻佛塔,向禪關。鴈門於焉眺望,紫府于以躋攀。帳殿崔嵬,眉批:承上二段實賦。傳笙歌於法界;林巒掩映,肅鵷鷺之仙班。始而念切民依,華旗乍至;繼且誠昭神貺,綵仗將還。舉凡長養生成於此日,莫不歡欣舞蹈乎其間。

蓋省方觀民,眉批:四語束。一人溥無私之聖化;而懷柔式序,萬國瞻有喜於天顏。眉批:再就前代之巡幸陪。是知因時立義,緣實著名。巡以觀其所守,幸以恤夫群生。虞廷則五年乃舉,周室則一紀而行。然命市命師,雖云古王之典禮;而祈年祈穀,孰若我聖之精誠?故當春餘夏首,時和景清。纔聞布穀,已過催耕。整巡方之法駕,慰望幸之興情。祭告聿修,眉批:貼祈福意。祇爲籌深兆庶;豐亨有象,惟期瑞慶寧盈。是以典雖同夫遊豫,山獨取彼清涼。地逾岱嶽而西,陋漢秦之紀功鐫石;祀崇斗杓以北,軼三五而昭德薦香。感于神明,至誠惟通以一念;眉批:收結。膺茲祉福,錫極且遍乎萬方。從此世永雍熙,歡歌樂利。疇不心同葵藿,快覩廣颺也哉!

聲律和雅,氣象光昌。

舞雩歸詠賦以"舞雩歸詠春風香"爲韻。　　　　晉江周　瑀

春日遲,春花舞。覿品彙之暄妍,羨韶陽之和煦。會心不遠,寄丘壑於胸中;結伴偕遊,暢化機於眉宇。到處烟光萬頃,眉批:輕籠題意。春色無邊;歸時天籟數聲,惠風正普。

蓋有高人達士,呼友攜徒。春光正好,春服堪娛。微颷乍起,和氣漸敷。眉批:此段起遊舞雩。目成色而耳成聲,總無私於造物;神欲行而官欲止,爰閒步于舞雩。則見暖拂堤邊之草,眉批:此段賦風乎舞雩。香生陌上之薇。吹到而芬芳撲鼻,飄來而馥郁侵衣。人物恬熙,每增韻趣;樹林陰翳,悉露霏微。聯袂而迎,任送蒼庚之調;披襟以待,願留青帝之歸。然興有時終,樂有時竟。芳華未邁,將

73

伸快意之觀;眉批:此段賦其歸。情緒漸闌,豈續夜遊之詠。數依微之人影,歸思正濃;指縹緲之夕陽,塵心俱净。憶昨寨芳至止,未興浩曠之歌;于今薄暮言旋,共適流行之性。

維時少長咸集,眉批:此段賦"詠"字。景物聿新。苟寂然空返,幾貽笑陽春。雖無絲竹管絃之盛,自有唱酬詠答之人。時行物生,歌吟共適;仰觀俯察,風雅並陳。魚自躍而鳶自飛,曲寫化工之致;水忽流而花忽謝,妙傳樂意之真。眉批:此段承上實賦,就本地風光寫。爾乃聲和幽谷,韻洽深叢。芳意乍過,愈添文思;輕飄徐度,宛繪高風。有懷沂水潺湲,恰助詞章之永;到處春衣搖曳,群欣寄託之同。指童冠之何心,烟雲爛漫;謂陽春其有託,興致玲瓏。既而共成雅調,眉批:此段就既成詠言,是去路。各竟佳章。遥吟適意,好句留香。信口成聲,允天機之潑潑;倡予和汝,儼節奏之洋洋。從知春意闌珊,喜樂且須永日;更快詩才典雅,歸來莫負韶光。

調叶宫商,筆饒逸韻。丰神流暢,工雅絶倫。原評

赤壁後遊賦 以"復游於赤壁之下"爲韻。　　南安徐玉本

昔蘇子之謫黄州也,過臨皋,探楚岫。緑楊橋外,詩酒曾携;眉批:從謫居入題。赤壁水濱,山川如舊。邀來二客,扶藜杖以相從;掉入三江,趁波紋之微皺。自昔西風秋起,露墜兼葭;于今北渚冬寒,霜封橘柚。維勝境之剛逢,儘前遊之可復。

時則斜光倒影,暝色涵流。啼鳥選樹,眉批:此段寫十月之景,起到"遊"字。離雁落洲。望別浦之寒星,雲陰黯黯;瀉空潭之漲雪,練影悠悠。漁弟樵兄,盡步鴉頭之襪;桂橈蘭楫,都停鷁首之舟。廼邀群而彳亍,爰結伴以遨游。客於是告蘇子曰:今且薄暮,聊備新蔬。既撒筥而有酒,眉批:此段有酒有魚,是遊前之景。復舉網以得魚。玉醖香黄,捧出庚甀之樣;銀鱸鮮白,通從丙穴之餘。船差容乎載鶴,人或約彼騎驢。月白風清,寨荻洲而小立;沙明水净,賦桃葉以相於。爾乃挾飛仙,聚詩癖。逐水愛山,浮家泛宅。石城拍浪,眉批:此段寫舟中之遊。指孤壘

之降旗；鐵鎖橫流，認前朝之折戟。何處煙消蘭渚，静夜無人；忽聞水落蘋溪，平沙有迹。前番釃酒，暮天之野蓼新紅；此日鳴榔，斷岸之江楓盡赤。遂乃踏蠟屐以侵尋，攬素衣而登歷。攀栖鶻之幽奇，跨驚虹之震霆。一聲長嘯，羌谷應而山鳴；眉批：寫岸上元遊。萬籟俱宣，亦風飄而水激。擁亂峰之數點，微聽遠寺疎鐘；懸皓魄於長天，遥倚樓頭橫笛。爲看孤燈明滅，映入前汀；從教烏帽清寒，怕臨絶壁。

俄而野館更闌，莎堤人去。涼宵漏盡，短棹舟移。夢結煙波，眉批：此段寫遊後之景。記到黑甜之處；月斜島嶼，還當白醉之時。訪道士於華亭，松風領趣；仍羽人于洛浦，芷草興思。指仙蹤其猶在，忽言別以何之。蘇子於是度小橋，策匹馬，遠思醒，塵念捨。溯昨事于雲遊，長娛情於風雅。眉批：幽情逸韻，餘音繞梁。快哉亭畔，晚時老鶴歸來；寒碧堂前，曙起殘鴉去也。託江山爲地主，盡是花朝月夜之中；感煙雪于天涯，争如故國梅花之下。

　　流水今日，明月前身，妙的切後遊意景，故無浮烟浪墨。

温陵賦鈔卷五

律　　體

望衡九面賦以"帆隨湘轉,望衡九面"爲韻。　　晉江陳鴻翥

有漁父者,眉批:就漁歌起,虛籠題面。生涯自足,寄跡非凡。秋風短棹,箬笠輕衫。欸乃高歌,愛青山而逐水;飄然獨釣,隨翠浪以張帆。飛來一一之峰,玲瓏日照;叠出三三之徑,縹緲雲銜。眉批:點衡山,帶出湘水起題。

懿夫衡山中峙,湘水旁隨。迴環染黛,曲折呈奇。爲擬蓬島神仙,影入一奩冰鏡;誰識匡廬面目,波分萬派琉璃。望佳景之悠然,高矣美矣;泝流光而容與,左之右之。爾乃風清日朗,水白葭蒼。山明明而莫即,眉批:到題。舟汎汎以輕颺。耳目一新,是處洞天小有;烟霞萬狀,箇中景物非常。方疑道擘五丁,別開境界;頓訝石班九子,迴繞瀟湘。徙倚迢遥,溯洄綣繾。眉批:二段實賦題面。愚公之迹乍移,玉女之容可辨。浮去蒼烟點點,熊耳低垂;闢來丹嶂層層,蛾眉半卷。人類穿珠之蟻,望窮樹古雲長;波同經軌之途,映徹峰迴路轉。九面環看,幾回遥望。或綽約兮多姿,或峇岈兮相向。或平分伯仲,生面獨開;或下侍兒孫,笑容可狀。既愈轉而愈奇,亦更幽而更曠。縈紆兮如沅九曲河中,眉批:點染"九"字。隱約兮如游九重天上。引人入勝,如坂周九折之途;令我怡情,如壺闢九峰之嶂。自南自北,共此奇觀;不即不離,天然色相。

於是神遊寥杳,曲譜輕盈。眉批:再就帆上之望,寫足題面。興遄飛乎水埃,目延佇於湘衡。隨細漲之周回,蒼顏不斷;送輕篷兮宛轉,翠屝頻更。別具化工,細認新妝於石丈;幾多賞識,屢留濃緑於山兄。彼夫瓊島三千,眉批:陪。雲夢八九。一丘一壑,携酒聽鶯;某水某丘,傍花隨柳。曷若隨湘水以凝眸,望衡陽而

搔首。眉批：題意滿足。不減山陰道上，應接忘疲；如入武彝岩中，清光別有。環螺痕於初霽，相逢都佛髻之幽；曳鴉色於斜陽，何處尋仙鬟之後？斯蓋造物鍾靈，地輿永奠。標勝概於蔚藍，瀉空明於澄練。秀接重重紫蓋，繚繞峰頭；錦張疊疊畫屏，寵崧水面。所以輕波轉處，眉批：收結。雲中之樹木皆春；即教畫艇歸時，天際之芙蓉猶見。

風神綽約，刻畫處巧不傷痕，自覺天機清妙。

桃源賦以"秦人避居，遂成洞壑"爲韻。　　晉江蔡鴻捷

烟水蒼茫，尋源何處；桃花爛熳，入勝誤因。惟武陵之名地，得靈異之芳津。眉批：總起題面。岸夾紅英而乍落，野鋪綠草以如新。蕭然洞壑春陰，可能隔世；邈矣人烟晝靜，舊是避秦。眉批：原題點出隱者。

曰維太元晉代，爰有黃氏道真。本捕魚以爲業，忽迷路於溪濱。望長林而彳亍，傍古洞以逡巡。面面靈山，同非舊識；悠悠幻境，境豈無人？水到窮時，未甘返棹；徑將盡處，僅可容身。憑他路轉峰回，眉批：先寫逢桃源。閒覓壺中之白日；頓覺花明柳暗，別開世外之紅塵。眉批：此寫從山口入，見其中之風景。于是捨輕舟，携笭器，且止且行，亦驚亦戲。小口髣髴而有光，良田依稀之盡利。一望平原，幾灣曠地。雞鳴陌上以呼群，犬吠雲中而走避。不是人間城郭，日月特長；何非水際村莊，風烟迥異。則有高人扶杖，眉批：此寫見其中之人，各延至家。稚子牽裾。耒耜相將於隴畝，衣冠仍法乎古初。問我漁人，來從誰處；謂余嘉客，延至其居。地僻渾如太古，風淳直偏里閭。擬蓬島之路遥，且向仙家投宿；儼綏山之果熟，猶從人境結廬。遂乃殽饌前陳，杯盤敬備。眉批：此下二段説有饌供客之殷。繾綣多情，殷勤雅意。爭道昔時避世入山，惟恐不深；豈知今日看山閲世，翻來共醉。休論運會之升沉，惟願桑麻之暢遂。卧羲皇兮自足，那驚歲月易流；問漢魏兮不知，空嘆繁華如寄。于焉舉樽勸飲，洗盞復傾。相邀在舍南舍北，欵留呼漁弟漁兄。第見丘墟歷落，阡陌交横。夕陽鴉背，眉批：再總叙一番，倍覺興會。曉月鶯聲。水面落花，山中旦暮；簷牙掛雨，洞裏陰晴。想無塵事相牽，詎石室之

游誤入;誰解宿緣猶在,恍邯鄲之夢初成。

爾乃綢繆意倦,拂袂長辭;信宿情深,沿流相送。尋短棹於臨溪,掃白雲之擁洞。眉批:此寫其回。此中可樂,叮嚀勿道于外人;去後相求,惆悵應愁於殘夢。猶是桃開樹樹,十里五里兮路斜;依然水漲盈盈,一聲兩聲兮笛弄。既而得返家鄉,擬尋舊約。故道胥忘,前津已錯。去日無心管取,偏能足我畋漁;眉批:此寫再來,而不知其處。今朝有意重來,何獨靳予丘壑?山杳杳兮鎖雲烟,林蒼蒼兮飛鸜鵒。從此桃花遍是,仙源到處迢遥;烟水無涯,春色對人寂寞。更何取乎榴洞有神仙,而爲樵者之所樂。

間架分明,意境儵遠,儼然一幅桃花源圖。隱者姓名,見《三洞群仙録》,此等題得如此點出,應試最利。

碣石賦以"津門雄鎮,禹蹟所存"爲韻。　　　晉江張慎和

遵海濱而極目,窮眺望於天津。對滄波以盼景,考勝迹而逡巡。眉批:靠定冀州說,渾含一篇大意。地誌冀州,自昔王畿氣象;山求碣石,欲徵海砰嶙峋。南望九河故道,依稀其歷落;東連三島烟波,浩渺以渾淪。載稽《禹貢》,詳考津門。曾聞宛在水中,眉批:將苞淪於海意,隱括題前,然後跌起全篇議論及主意。常溯洄而不見;何處屹然山立,幾縹緲而無痕。証彼前踪,時徘徊於勝地;求兹異迹,宜參酌乎群言。試看趙地燕郊,按圖可驗;遥溯韋書酈誌,前說堪論。

想夫大河之北,渤海之中,昔傳名於夾石,眉批:先指出所在,再引出議論,翻劉文偉馬谷山在九河之下,及《肇域志》馬谷山即由碣石之說。今追溯於禹功。書本孟堅,水著遼西之號;志徵地理,山稱冀北之雄。從兹紊縣驪城,相傳不一,遂使《水經》、《郡誌》,訛謬略同。至謂馬峪山間,即是河流歸宿;豈知鴈門關内,原自壤接西東。更有臆說難憑,傳訛莫信。當山石柱,爭看兀立之形;枕海大橋,竟說横空之峻。眉批:又翻諸誌,波瀾更壯。彼仁山杜祐之見,固附和而漫稱;即《隋書》孔疏之文,亦搜羅而空引。大抵憑《漢書》之論,莫能果得夫定方;未嘗登武帝之臺,於以明徵夫巨鎮者也。彼夫章武爲大海之門,碣石拒逆河之戶。眉批:此段據酈

道元、韋昭之説，指出爲水所漸，淪入于海。主意妙，以《禹貢》冀州爲憑。嵯峩舊跡，已沉淪於澒湧之波；瞻眺尋踪，猶想像諸清漣之浦。況《夏書》分地，原定疆於冀域之方；而《國策》稱饒，又配位於燕南之土。雖茫茫無跡，傳聞已等於仙山；而兀兀當流，疏鑿時懷於神禹。所以遐想舊觀，追思名蹟。憶片石之巍峩，連萬重之青碧。眉批：此段收束前意，一縱一橫，論者其當。迴瀾大海屏藩，分衆壑之流；砥柱雄關鎖鑰，固中邦之宅。想昔日一峰起處，原非鷟嶺飛來；豈今兹萬派歸時，真是巨靈已擘。緑水蒼茫，青山何所？眉批：再繞出苞淪既久，所以衆說紛綸。思涯岸之可窺，冀溯流於遠嶼。遥瞻島夷之外，海色連天；回望大陸之間，烟光映渚。方識苞淪雖久，固當在彼一方；止因泱漭無邊，遂爾竟成道阻。

聖天子契參河洛，符闡乾坤。徧懷柔於喬嶽，祝嵩呼於至尊。眉批：以頌揚結。固宜禹甸騰歡，岡陵獻頌。又復舜巡舉典，封濬敷恩，則夫指南山而祝嘏者，豈僅碣石之右？津淀諸村，思禹跡之所徧，皆聖澤之普存也哉？

　　　　主蔡傳，援據酈道元、韋昭之説，以冀州爲確憑，而又將諸説異同，縱横議論，筆筆歸宗。以注疏之雄才，爲律賦之鉅觀，可謂辭倒三峽，筆掃千軍矣。

丁字沽賦 以題爲韻。　　　晉江楊濱海

考漕河之舊壤，眉批：原題。披圖記之遺經。瀆視侯以受秩，水稱德而紀靈。浸溯淀津，天爲開墾；渠惟永濟，勢若建瓴。然而流不同於三泖，眉批：來路分明，叙出必穿永濟渠，溯丁字沽之原。力安比夫五丁？千山漁塞之餘，横來瀦洞；萬里鳥飛之外，流接青冥。故必決排犖，淤塞渟。斯水似丁形，三汊渾如懸瀑；而沽教丁注，衆流儼若聚星也。

當夫疏道未施，奔騰正肆。爲雲之舌弗興，眉批：翻未穿渠之先，此係引沁水而達於涿，源委分明。決雨之渠待治。望沁流之溯湃，宛同子午谷遥；盼涿郡之岩嶤，漫詡庚辰戟試。乃咨算步之臣，乃命乘槎之使。圭璧陳，犧牲致。踏泥橇，策水驪。具畚挶兮周遭，量土塗兮識記。馬圈溝曲，經麋迤以來歸；眉批：實疏穿渠，賦丁字沽正面。點出自白河入。丁字沽由易水而達於涿。鴈汊水岐，瀉澄泓而遠洎。浪噴鮫

宫影動,掛將簾影低迷;波掀魚滬痕沉,印却枕痕細膩。白河道亘,路由千里以遥輸;易水風蕭,派轉百盤而浡至。眉批:以煬帝事襯。憶昔苑西綵剪,紛崇甲殿之觀;于今河北渠道,細認丁形之字。

由是樹柵築堰,立埭開塗。眉批:賦既穿渠之後。既資灌溉,亦利轉輸。泝北直以飛艘,樓船相次;閘南流而濟運,艫舳遥趨。處處丁男,輓笯穀而聲聞欸乃;村村丁壯,撈縴繩而勢引轆轤。人依楊柳溪邊,頻喚船而欲渡;漁傍蘆花水際,維貫柳而待沽。於以達方州之穀運,於以便力役之漕夫。此固足媲賈公之隄石,遠過武帝之歌瓠者也。

惟我朝德水澄清,盆漿沃注。瓜蔓安流,荻苗順赴。靈蠁切屬以平均,眉批:頌揚結。富媼蕃釐而生聚。法準平以出治,理慶百川;鑑盂水以綏猷,福長一路。翠華所至,親籌疏濬於庚郵;圖繪所呈,廣拓封疆之亥步。寶籙永持於萬禩,帶礪長盟;費琛遠貢於八紘,梯航納賦。固率土以難名,彼穿渠何足數哉?

不點綴丁字,而來蹤去路地理歷歷分明,自是敷陳能事。

黃金臺賦以"燕昭好士,臺置千金"爲韻。　　晉江龔維琛

兀嶎幽都之畔,岩堯易水之邊。溯舊聞于日下,懷往蹟於風前。眉批:眉目清楚。以人爲鑑,所寶惟賢。當衡縱擾攘之時,從今禮郭;伊慷慨悲歌之俗,自古稱燕。原夫後乎子噲,厥有燕昭。脩怨於齊,時存芒刺;詢謀于衆,下逮芻蕘。眉批:先從燕昭好士起題。猶恐禮賢無術,裹足難招。如其士肯從吾,安惜雙南之價;苟或惠而好我,爰擎一柱之標。維置金兮持贈,羌築臺兮相邀。

當夫六國相爭,七雄並號。眉批:再就題外渲染而入。形圖越相,百鍊彌剛;座謝魯連,千金聿報。叢臺則鼎士相隨,稷下則謀臣共導。類皆卑禮以招,中心實好。而況欲尋國恥,宜收群策以交襄;倘其去廣禮羅,疇輕千里而來告。而欲使俊乂踵門,英豪接趾。眉批:此段入黃金臺。縱爲仄席之求,難並封軛之美。爰乃百尺樹標,千金募士。如淵淵兮擲地,王曰何以利吾;若熙熙兮登春,賢者而後樂此。雖覆一簣,第試仰以觀焉;豈謂一鈎,洵覺多爲富矣。巍然層構,兀若高

臺。惟善爲寶，眉批：承上寶賦。俾遠斯來。品標萬丈之山，礪還用汝；德擬九層之棟，篤必因材。凌雲而瞻矗矗，映日而仰恢恢。樹人以保黎民，是吾寶也；得士苟利社稷，庶有豸哉！則見衍由齊來，辛由趙至。有樂毅之奇才，得蘇代之良吏。眉批：此段就得士之效洗發。廿八將鴻圖可並，材擬奠基；五百金駿骨堪酬，珍同惜字。登宜從善，不遺小善之投；德比捐山，如拜他山之賜。惟幾度之低徊，費一番之措置。彼夫鳳凰已杳，銅雀空傳。長樂之鬥鷄邈爾，眉批：陪。未央之望鵠蕭然。曷若此需才孔急，式禮爲先。柱石功高，跨登瀛之十八；鼎鉉望重，笑食客之三千。仰之彌高，地是翹材之館；永以爲好，人推選士之錢。所以駕烏驄而過臺下者，不禁撫古迹而流連。

我皇上黃軒入鑑，白屋旁尋。謂其臺曰靈臺，成宜不日；眉批：頌揚結。思我度兮王度，式覺如金。賢爲關而聖爲域，家之寶而國之琛。何須禮士慕燕，空侈梯榮之有路；儘道鑄人師孔，應推斷利於同心。

  信手拈來，自成妙諦。行文研鍊流麗，雅貼停勻，所謂百鍊剛化爲繞指柔者。

石渠閣賦 賦以"礦石爲渠以導水"爲韻。 惠安駱鍾球

文明昭煥，景運休隆。天地之菁英日聚，古今之墳典無窮。啓東觀之煙霞，藝林璀璨；披蘭臺之圭璧，翰苑玲瓏。眉批：冒全題，點出題面。重道崇儒，思鈎玄而提要；函今茹古，欲判異而考同。況石渠之飛閣，昭曠代之文風。匪尋常之塗墍，極巧異之磨礱。粵自秦火圖書，漢章載籍。眉批：原題。孝宣繼世，廣置儒臣。甘露初年，蒐羅史策。縱橫得失之林，條對源流之迹。六經根柢，簇藝苑兮彬彬；諸史淵涵，蒸艾壇兮奕奕。豈第稟經酌雅，遵要旨於聖賢；抑將遠採旁搜，構遺文於金石。

惟層梯之傑出，集名哲以師資。眉批：以入建閣。上則凌霄突兀，下則接軸逶迤。石分馬乳之精，朱欄遂築；渠噴龍涎之味，曲渚堪滋。建本蕭何，豈數藥房炳蔚；光傳劉向，詎誇鴛瓦陸離？貯牙籤兮開瑤圃，崇寶翰兮耀鳳池。巇嶪四

圍,渾訝西山擘處;徘徊一鑑,好參活水來時。豈沁脾之可託,乃架石之是爲。爾乃鄰鄰水閣,濟濟賢居。眉批:二段承上實賦妙,皆切石渠發揮,故非浪費筆墨。玩彼廉稜,不借媧皇之鍛鍊;覷茲習坎,儼占羲卦於庭除。自得助於他山,已琢磨而志美。當觀瀾於流水,乃停蓄而有餘。閣以此建,名遂方諸。列座千層,正冲霄而森笋;靈又百代,直探源而問渠。

由是傑檻凌虛,重簷結綺。礌砢構處,宛如員嶠雲騰;波縠迴來,豈似坳堂水邇?搗堅光於六籍,名山之渾沌乍開;傾瀝液於群言,學海之淵源彌旨。偉碩彥之鴻才,標譚經之盛軌。敲金戛玉,鍊諸子之金丹;別派分流,縶百家之香芷。好擬西崑策滿,夜滴銀青;宛同天祿藜燃,神傳金紫。其創也有自來,其名也有所以。別有嵐翠風流,秋屏嘯傲。巢鳳凰而錫嘉名,眉批:此段陪襯。表麒麟而標鴻號。實稽古之未聞,非尊經之所好。曷若茲之丹閣宏開,名流競造。奠崔嵬之體勢,百鍊而鑿鑿靡窮;通涇渭之瀠洄,渠成而淵淵可導。藏函關之赤檢,畫棟雲飛;撲閬苑之香芸,疏櫺煙冒。

方今聖天子博學右文,經經緯史。瑤函擅東壁之珍,縹碧輝西園之美。眉批:頌揚一結。孰英華之不蘊,德必儲精;象江漢之朝宗,道皆窮委。士也雅慕琳琅,思窺涯涘。恍霞爲蔚而雲爲蒸,若珠在淵而玉在水。方且泳游芹藻,上躋同室之辟雍;豈虞鼓吹典墳,未折漢儒之玉壘。

闡發石渠,雙管齊下,端莊流麗,兼而有之。

尊經閣賦 以"聖人之道在六經"爲韻。　　　晉江龔維琨

明倫堂畔,仰之彌高;觀德坊前,於斯爲盛。維層閣之巍峨,資文人之考鏡。眉批:起渾括大意,眉目清爽。經者常也,別白以定一尊;道若路然,淆辭必衷諸聖。爰增泮璧之觀,實布藝林之慶。眉批:次段叙建閣之人,是原題法。則有熊汝達者,遠臨泉郡,來守海濱。用班講學之期,庚言早凛;久切宗經之志,甲令共遵。猶恐虛文徒事,鉅製莫新。爰乃構傑閣之巍然,春風坐我;依賢關而屹若,化雨沾人。其始也,仰觀於上,俯察乎卑。載瞻名勝,聿奠崇規。爲詢敬一之亭,得茲隙地;

遂倚道南之宇,眉批:此段敘閣之得地。弼我丕基。聖域崇高,儘所立之卓爾;禮門峻絕,每跂余以望之。則見層層兮二翠在前也,瀰瀰兮百源迴抱也。玲瓏兮四窗闢而八牖開也,璀璨兮三間建而六楹造也。卜丁巳以兆基,眉批:四段、五段實賦題面,高華宏麗。迄戊午而獲考。匪似分門別戶,徒面乎牆;將俾託宇執經,悉遵大道。

爾乃巍焕其觀,陸離其彩。如聳樓臺,如更爽塏。厚爾基而勿忘勿助,經庫常新;密爾坦則爲範爲模,經郛永在。復乎莫尚,宛從善之如登;瞻之在前,亦曰古而弗改。厥竣之年,鄉薦名售,眉批:此言閣成後文運日開。禮闈捷卜;德可躍三,行皆登六。維斯士之譽髦,寔賢守之樂育。間過大成殿右,局壯巍巍;遙連據德齋頭,堂開肅肅。允矣始基勿壞,無忘竇氏之重修;相濟有功,必賴盧君之共築也。

我皇上教宗六藉,統洽千齡。立黌宮之矩矱,樹頖沼之儀型。尊無二焉,眉批:頌揚語亦不泛。書聿陳夫庚子;道則高矣,藏用發夫丙丁。維厚棟而奠基,不數石渠之建閣;亦崇文而稽古,并超虎觀之談經。

層次井然,詞華雅贍。

唱旗亭賦以"雙鬟發聲,涼州一曲"爲韻。　　　　晉江蔡鵬翀

昔開元才人,詩並鴻名之擅,眉批:原題。筆誇龍鼎之扛。詞合傳於樂府,曲異奏於湘江。名士與佳人齊會,吟聲共酒興未降。眉批:總挈來路分明。聞紫調之交加,約以多而爲貴;迨紅腔之細轉,信寡二而無雙。

方三詩人之詣旗亭也,提壺歡飲,眉批:此段敘聽歌題壁,及待雙鬟之唱。酌斗開顔。傍欄杆而徙倚,俯簾幕而迴環。門外之簾影斜欹,沽春沉醉;座中之詩偏雅詠,畫壁幽閑。請更聽夫一曲,爰待唱于雙鬟。則見夫羅袖香飄,眉批:此段敘雙鬟之唱《涼州》。玉環聲發。眼轉秋波,身宜仙骨。腰折柳而輕盈,氣吹蘭而飄忽。琵琶曲奏,羌引徵而刻宮;楊柳歌傳,笑吟風而弄月。莫不聲入雲霄,韻流瑤闕。古調淒清,新腔激越。

猶憶絃箏乍理，笙笛初呈。王龍標二絕先謳，眉批：此段轉叙先唱高、王之詩，後及雙鬟。漫誇獨步；高達夫一篇繼詠，未足稱名。則寒雨諸吟，堪笑若曹潦倒；而春風一曲，請觀彼美訂評。檀口開兮絕唱，香喉轉兮新聲。遂覺歌如所願，唱出非常；眉批：此二段叙雙鬟之果唱《涼州》，爲一時勝事。餘音繚繞，逸響幽涼。伊一彈而再鼓，乃較短而絜長。當年甲乙未分，誰評月旦；此日歌詞細按，雅愛秋娘。吟當館舍春寒，地匪名于喜雨；咏到樓臺月落，境豈關乎沉香？嬌聲甫畢，雅韻未休。憐他粉黛，如此風流。從知好句欲仙，調合紅顏之選；且喜新詩絕世，賡同《白紵》之謳。按檀板之幾聲，珠穿好語；撫梨園之一部，曲譜《涼州》。固宜滿座笑喧，眉批：此段叙既唱之後，三人歡笑，諸伶拜服。諸伶意失。感少婦之幽吟，憐高人之傑出。似爾館娃技妙，也解評詩；愛他鳳藻詞工，偏能叶律。歌驟翻乎白雪，奏出雙雙；拍雅合於紅牙，聲來一一。眉批：以之浼之得意結。之浼於是盞酌鵝黃，杯浮蟻綠。快然興酣，超然意足。瓊筵酒進，固宜一咏一觴；巾幗詞傳，定咏乃金乃玉。鬭六宮之佳麗，雜聞環珮之聲；吟口絕之騷章，好入《霓裳》之曲。

注意《涼州》一曲，而高、王之唱，亦點染有情。篇法靈雋，韻致翩翩，居然風雅。

溫陵名勝賦 以"山川人物，甲於全閩"爲韻。　　晉江蔡鴻捷

川嶽靈奇，光開古郡；乾坤清淑，瑞鬱名寰。帷甌閩之疆域，聯淮海之星闌。眉批：總挈一段，先寫溫陵形勝。接聲華於吳越，異遐僻之荆蠻。碁布星羅，海嶠争雄於上國；錦紛繡錯，溫陵特峙乎中間。下跨清漳，浩渺烟波一望；上連壺岬，嵯峨峻嶺重關。襟江帶海，憑谷負山。桐城延亘，晉水潺湲。螺邑偕武榮設障，溪山并高浦周環。誠一方之巨鎮，眉批：段頭二語總冒。抑四海之難攀。

於何見之，人物山川。以言乎山，則清源拔地，葵岫插天。紫帽凝嵐而洗雨，羅裳叠翠以浮煙。眉批：此段叙山。龍首虎頭，雙峰突兀；鳳凰鸚鵡，數里蜿蜒。春陰霽雪初開，寶蓋金釵競秀；秋晚閒雲極净，夕陽文圃争妍。朋嶺崢嶸其壁立，虹山屴崱以崖懸。石鼓大旗，奇形高矗；梅花苦竹，怪狀鈎連。眉批：段末

就山起水。各段俱鈎連綺合,最爲完密。九日曾棲高士,三魁舊隱靈仙。碧繪大眉小眉之黛,青堆東帽西帽之巔。故若屛若藩,直抗衡於五嶽;而爲流爲注,更融結乎重淵。

其爲水也,橋跨洛陽,長虹曳練。波回石筍,皎月流銀。荷香湖上,草拂洲濱。眉批:此段敘水。溜石浯江,捲紅波兮滾滾;弓潭仙溔,湧碧浪兮粼粼。漲滿金溪,會雙溪之別派;瀾安白瀨,並黃瀨之通津。曰獺窟,曰龍淵,滄溟莫測;名玉欄,名鳥嶼,溯湃時頻。石馬銅魚兮浩渺,葛洲驛坂兮清淪。此其畀峙安流,眉批:段末束山川,起人物。闢奥區於環宇;別有遺風餘韻,留古蹟於前人。

想夫考亭過化,山竹叢生,羅子謫居,石梅香拂。眉批:此下三段實敘人物。此段就古蹟實賦人物。瑞蓮之佳氣鬱葱,甘雨之祥光蒸蔚。經史曾隆其閣,載籍猶存;琴泉時敞厥軒,風徽未訖。亭名五老,仰先世之典型;堂號四鄉,緬盛時之黼黻。他如紫雲石塔,爭誇薄海奇觀;崇福松灣,競羨晉時舊物。蓮花刹第一禪林,泉南國無雙古佛。雖屢變於滄桑,詎長湮於塵坋。要惟地脉之靈長,斯見人才之騰鬱。蓋自常觀察作養功多,姜別駕栽培化洽。眉批:此段就昔賢實賦人物。榜開龍虎,歐陽之品望巍莪;運兆鳳麟,盛均之科名崨嶫。顯曾、傅之經綸,溯留、梁之德業。忠愍、忠毅,貞心萬古不渝;文節、文莊,正學千秋取法。陳紫峰一代師儒,詹怘亭三朝鎮壓。王遵岩之雅望,孰不欽崇;張襄惠之剛風,誰能褻狎?侍郎顧氏,器宇獨宏;都督俞公,神威不怯。惟英哲之昭彰,信文名之稱甲。其餘或建殊勳於廊廟,或薰盛德於州閭。眉批:此段旁推交通言之。段頭妙得渾灝流轉之氣。或以翰墨而珍石室,或以布衣而隱草廬。品行文章,指難勝屈;節廉忠孝,史不絕書。至若伯華幻術,文叔仙居,畫稱吾野,佛尙太初。譚紫霄之練法,蔡冲應之逃虛。出處殊途,並擅名於風流洋溢;仙凡異路,皆托跡於年代升除。實相承之未艾,寧一覽而無餘。炳炳烺烺,登《閩書》兮不朽;彬彬郁郁,耀國典兮相於。眉批:此段推原山川,總發人物,回環自成章法。

乃知佳山勝水,每生哲士名賢。人非地而奚傑,地非人而曷傳?甫降申生,衍於唐、宋、元、明之世;山輝川媚,應乎牽牛、婺女之躔。無諸啓土以來,都會金湯孔固；南渡避居而後,海濱鄒魯依然。家家子讀詩書,鬱風雷之變化；處處地栽松柏,儲楨幹以純全。猶得謂荒陬僻壤,遠滋南偏,陳風不聞於太史,眉批：後路完密。選勝弗入於瑤編也哉。迄於今韓魏國之徽猷未泯,真西山之道化猶新。蔡忠惠之恩膏永被,王梅溪之政蹟堪遵。鯉郭揚靈,五邑盡龍門之選；雲山毓秀,累朝多鳳閣之臣。所以獻媚增輝,眉批："二句收繳"山川"二句。氤氳乎興雲致雨；立功樹德,師濟乎搢笏垂紳。眉批：收繳人物,氣勢紆餘,收束有力。山川人物,甲於全閩。洵匪虛聲之揚厲,直爲盛事之敷陳。

  韻腳八字,提一篇之綱,起承轉合,聯絡迴環,有汪洋之氣勢,妙鍼縷之裁成,洵爲長篇矩矱。

小山叢竹亭賦 以題爲韻。　　　　　　晉江曾寶光

  爾乃白雲深處,眉批：總起。一簇青螺；碧樹密中,千竿綠篠。環晉水以靈鍾,鬱高亭而秀繞。鱣堂如舊,仰鄒魯於海濱；馬帳依然,比程周之師表。近接松灣古蹟,逸韻俱流,遥連梅石幽芳,遺徽未杳。結廬人境,不來駟馬高車；得意天心,觸處落花好鳥。愛四時之不改,眉批：點清"山"字、"竹"字。竹植宜最；凛一簣之或虧,山名以小。

  憶昔紫陽夫子,眉批：點出朱子原題。講學其間。倡道八閩,地倣鵝湖之會；潛修一室,人分鹿洞之班。想嶽嶽之開譚,豈特耳傾龍老；憶觥觥之豎議,應教頭點石頑。鵞字毫揮,鉤似銀而畫似鐵；眉批：點"山"字、"竹"字。鶴書石刻,骨肖柳而筋肖顏。竹手植於何年,君子每欽如竹；山飛來於何處,仁人本自樂山。爰建亭於斯土,眉批："亭"字實賦題面。遂不日而告工。地闢數弓,匝濃陰而不斷；窗開四面,凌遠勢以當空。喜瞻竹而切磋,蹟追淇水；譬爲山之進止,座入春風。隱几亦青,愛峰容之幾叠；捲簾皆綠,憐个字之成叢。則見色映芸編,影侵簡牘,眉批：此承上段就當日之景寫。午晴清晝,春如笑以依依；丙夜殘釭,秋助聲而薮薮。坐研朱而點《易》,當軒則佳氣常涵；時提槧以攤書,入案而生機可掬。雲收户外,展來翡翠之屏；烟鎖樓前,低拂青鴛之屋。列箺篔以

千畝,逕即三三;具窈窕於一拳,峰殊六六。得自下升高之意,懸知只有此山;信謙虛受益之心,誰謂可居無竹。觀其額題過化,學稱典型。羌何嫌於室陋,眉批:此又承上段,就後人追溯寫。惟獨貴夫德馨。爛桃李之滿門,景茲人傑;茁芝蘭而繞砌,羡此地靈。爲思講幄開時,帶晴嵐之淡宕;遐想臯比擁處,敲綠玉之瓏玲。藝竹傍山,豈僅羅含之宅;崇山修竹,漫誇逸少之亭。

迄今人往風微,興思企慕。瞻廟貌以如新,鞏石基之永固。薦春蘭兮秋菊。思報馨香;簇玉樹與瓊枝,共沾雨露。青應未了,眉批:重修斯亭,是題後意。對依舊之山形;密不須刪,愛後彫之竹樹。苔斑蘚駁,憶當年醉墨之書;石赤字青,知昔日題籤之句。矢弗諼於君子,常吟有斐之詩;切仰止於前賢,願效登高之賦。

賦題面須貼切朱子講學之所,賦朱子講學又須貼切題面,更宜不落陳腐,方爲風雅擅長,知此事固須能者矣。至其筆情,淋漓瀟灑,翛然出塵,尤爲天才亮特。

小山叢竹亭賦有序　以題爲韻。　　　晉江周　禮

按誌,小山叢竹書院,在府城隍廟傍,宋朱文公種竹建亭,講學其中,圖自手書,鐫于石,是爲小山叢竹亭也。地處高阜,其氣獨溫,溫陵之名,實肇於此。明嘉靖通判陳堯典,重構斯亭,更名過化。國朝康熙中,徐之霖重建。近今傾圮,欲求數竿,蕭然無存。夫昔賢流韻,於今未艾,何時剪伐至此,則修舉廢墜者之責矣,遂爲之賦。

何亭無竹,再至爲墟;何地無山,一覽皆小。眉批:點清全題。惟溫陵之佳境,亭尚流傳;有叢竹之名區,山還繚繞。冠書院於平岡,宛衡山之奇篠。有宋朱子,來止其間。闡道原於濂洛,眉批:入題古雅。衍心法乎孔顏。吾亭適成,名以誌喜;高山仰止,竹不須刪。益寡哀多,解心虛者,有如此竹;下學上達,進吾往者,譬如爲山。

爾其爲竹也,修莖嫩節,眉批:此段賦竹。綠影新叢。碧葉參差,雅宜向日;青

霄直上，幾欲凌空。净洗娟娟，沾及時之化雨；香生細細，親滿座之春風。無改柯而易葉，覺外直而中通。

由是肇錫嘉名，眉批：此段將山亭與竹並寫。載栖幽屋。鎸貞石而長存，匾手書而悦目。山開四面，映桐郭之斜陽；亭踞孤峰，標鯉城之一簇。有斐君子，居乎隱隱高亭；所謂伊人，宛在猗猗綠竹。當夫檢緗帙，抱遺經，雪案白，藜火青。構斯亭兮秀爽，眉批：實賦情景。植斯竹兮瓏玲。偕花草於講堂，青來曲檻；並梧桐於瞻紫，植向空庭。是知山不在高，有賢則著；竹何須問，惟德斯馨。故其時咸仰昔賢之蹟，而群依過化之亭。

厥後修舉無由，荒涼少趣。峰高路轉，緬梅石之能開；眉批：寄望重修，回應序意。樹碧嵐光，瞻松灣之斜露。塑尊嚴兮遺像，翹企傍徨；留斑駁之字形，低徊仰慕。好待濃陰手植，載賡衛武菉竹之詩；還將佳句心裁，爲比唐宗小山之賦。

清超洒脱，翹然不群，洵爲清水出芙蓉，天然去雕飾。

小山叢竹賦以題爲韻。　　　晉江周廷璋

人與地而俱傳，道因人而克紹。緬徽國之醇儒，乃宋時之師表。輪山作簿，吏治可風；泉郡明經，薪傳匪小。眉批：籠題眉目清楚。構亭講學，地託孤峰；種樹成叢，陰生細篠。近挹溫陵勝概，山微露其苕蕘；遠敷鄒魯休風，竹亦饒其窈窕。

爰尋古蹟，實號小山。曉煙淡抹，春水迴環。幸高賢之寄傲，眉批：此段叙山，段末到"竹"字。覺勝地之寬閒。匪曰一卷，如登道岸；居然九仞，直入賢關。築書舍之數椽，潛修得所；簇幽篁之萬个，生意勿刪。一片平陵邐迤，旁聯梅石；四圍蒼幹低迷，斜拂松灣。爾其竹之叢生也，秀筠掩映，眉批：此段叙竹，段末帶小山。嫩葉青葱。篩金待月，戛玉迎風。微侵翡翠床前，濃陰欲滴；半幬珊瑚架上，疏影幾叢。直節堪師，悟持身之由直内；虛心共仰，同進德之在虛中。講席暇時，不數蓬萊之幹；書帷讀後，擬吹嶰谷之筒。艮則爲山，胸有成竹。翠黛在前，清陰可掬。按地脉之蜿蜒，眉批：此段總。知扶輿之清淑。拓兹勝境，可堪壁府同觀；始自何年，競道紹興時築。

掃苔痕兮憑眺,鐵畫如新;瞻石刻兮徘徊,銀鈎十幅。層巒聳翠,迥殊培塿之觀;勁節干霄,移植淇泉之澳。迄於今手澤猶存,眉批:題後收結。風聲永播。小山宛在,如瞻泰岱興思;叢竹長青,竊比甘棠愛護。分桂香之馥馥,山因竹而增妍;映石筍之森森,竹倚山而成趣。徒令騷人訪蹟,寄情則即景題詩;逸士探幽,弔古則濡毫獻賦。宜乎年湮代遠,眉批:去路。曾經《堯典》之圖新;碣斷碑殘,又賴徐公之復古也。

細貼山竹生情藻,不妄抒筆有餘妍。原評

　　　　金粟洞賦以"千年世界藏金粟"爲韻。　　　　晉江王家修

丹丘積霧,紫帽含烟。眉批:陪起渾籠題面。卧雲亭渺,試劍峰連。蕭寺花深,莫問蛻巖道士;空山草淺,言尋古洞神仙。接開石之蓮華,峰排十二;悟化金於粟粒,界越三千。

伊昔文叔,栖真自得,妙術争傳。晚翠鎖凌霄之塔,清聲聽飛瀑之泉。眉批:原題起。有洛陽之過客,將羽士之尺箋。遺紅粟兮半升,書疑乞米;幻黃金之幾撮,地訝鋪蓮。點土盡成藥,貯青囊之裡;化砂同妙火,分丹竈之邊。契靈心於此日,溯勝蹟於當年。爾其別得神奇,非關巧慧。眉批:二段承上實賦題面。儼居紫府之間,宛到青城之際。華胥之幻夢遥通,赤縣之仙寰斜睨。如花生曇鉢變化無端,如芥内須彌包羅一切。泥丸鍊就,池開方丈之山;海粟浮來,人在羲皇之世。則見石壁高懸,洞天入畫。地少塵囂,宅非湫隘。竹拂遥空,泉流清派。困如可指,仲儒之十斛空誇;沙擬乍披,方朔之一囊宛挂。曾説珠成滿地,麻姑猶遜神靈;非同米忽聚山,馬援高談勝敗。疑真疑假,莫分秬秠前身;是色是空,已隔蓬萊寶界。

爰有山間嘯傲,林下徜徉。吟芳草而山鬟映碧,眉批:此段叙題金粟洞。剔殘苔而碑字留蒼。書題自宋,事溯于唐。間來棋局談心,遥分嶺樹;試向天湖挂杖,共話滄桑。客是採芝,劫外烟霞許乞;翁非賣藥,壺中境界如藏。任他秭在太倉,莫得點金之術;猶記種分員嶠,曾傳化粟之方。豈無緑潭波净,紫澤宫深。

89

巖號羽僊，眉批：開合筆意流利。松關蕭瑟；峰名羅漢，蘚磴崎嶔。曷若山房緩步，洞府留陰。白雲有意，流水無心。古寺之疎鐘欲暮，小窗之寒月低臨。如開洞口桃花，乞誤胡麻之飯；定訝枕邊檀屑，幻成透骨之金。粒非採自華山，雙瓶倏化；鉢欲分諸香國，三徑重尋。蓋其骨本非凡，身原離俗。到此懷人，多時托足。炊烟而餼熟青精，繞戶而峰環碧玉。倘遇餘糧未化，囊盛五斗之秔；眉批：去路亦悠。應疑滿金初開，虹醉半壺之醁。則一莖九穗，何殊市駿之燕金；而千倉萬箱，豈數飛蟲之晉粟？

融洽分明，手柔弓燥。

紫雲雙塔賦以"東西兩塔，雄鎮海邦"爲韻。晉江王　昀秋嵐

梅石居北，松灣在南。眉批：起總籠。古稱佛國，地闢梵宮。祥雲披紫，海日凝紅。別有洞天，徑彎環而疊砌；真成法界，塔對峙以凌空。聳石骨之嵬峩，允占雙江形勝；擁雲窗之窈窕，都教八面玲瓏。

粵自桑蓮瑞獻，花雨香迷。異夢徵於黃氏，神機悟夫菩提。於是室因佛建，寺假僧棲。楹新藻繪，窗飾玻瓈。寶殿森嚴於前後，眉批：原題。粉廊迴互于東西。而一十餘丈之雙塔，乃鳩工築削，屹然若天梯。其倒映也，若雙橋落於宣城。其中分也，若雙峰劈於仙掌。其左右並列也，若雙室分大少之形。眉批：點"雙"字先合寫。其高下相連也，若雙陽現低昂之象。矯亢兮若雙鳳之翺翔，蜿蜒兮若雙龍之騰上。雙尖高插，恍然銅柱峩峩；雙璧半遮，訝是瓊臺兩兩。夫鎮國者，傍東壁以崚嶒，列瑤階而迨逡。風飄繫索之鈴，烟鎖藏經之榻。九成溯咸通之制，數百年殘碣模糊；眉批：寫東塔。八角仍淳祐之規，十七丈石欄環匝。佛現如來寶相，永鎮齋壇；龕流舍利明光，長依石塔。夫仁壽者，眉批：寫西塔。香爐鑄鐵，寶蓋磨銅。奠西方而基固，配東塔而勢雄。碑考貞明之始，名賜政和之中。五色光揚，猶記瑞雲夜起；千鈴嚮（響）振，曾聞寶鐸聲洪。訪異蹟於當年，僧自證匠心獨運；聞前規於故老，王審知神夢先通。

觀其拔地嵯峩，摩空崇峻。天柱雙擎，雲梯數仞。抗雲漢以高凌，作海疆之

重鎮。鯉城環望，眉批：總寫。雙條之寶炬齊輝；烏嶼遥瞻，雙點之明星錯認。分到泉山爽氣，嵐光掩映以青浮；高臨貝闕清虛，虹影交加而紅襯。則有鷟鶴伴聯，烟霞情倍。凌絶頂以攀躋，覽奇觀於瑰磈。歷階而上，步連寶級丹梯；眉批：塔可遊觀。遠望無涯，目極方壺瀛海。摘星辰於頭上，層層之雲路遥通；參烟火於龕中，朵朵之蓮香宛在。

于今風喧鈴鐸，雲護旛幢。勝概猶標第一，圓廬依舊成雙。客訪禪林，時有衣香履跡；燈懸佛室，長輝金炬銀釭。眉批：弔古作結。固偕塔號凌霄，擅鉅觀於海嶠；還並塔名關鎖，重古蹟於閩邦。

布局整齊，摛詞清雅。原評

八卦溝通潮賦以題為韻。　　晉江楊濱海

夫何瞻鳳麓以下車，步鯉城而投轄。洞開六六，山擅靈區；塔峙雙雙，界聯寶刹。川原宛爾其孔長，地脉照然而可察。眉批：此段就泉城起"溝"字。形比丁沽之水，折記汉三；潮通丙穴之泉，溝穿丈八。厥濬之初，是名爲卦。噴浪疾趨，飛流作界。位符六子，羌異勢而同形；道貫三才，亦分支而別派。眉批：此段入八卦。度坤軸之廣輪，驗坎流之遠屆。臨漳門外，環筍水以縈洄；德濟渡頭，匯龍潭而澎湃。當夫决排未就，眉批：實賦八卦。不泛填卦爻字義，就本實疏證。疏瀹是謀。如舉舌而渠開鄭國，如築塘而蹟邇錢鏐。如匯濼而鑿熊耳，如割壤而拓鴻溝。導自雙門，法陰陽之定數；分爲二井，按方位以陳疇。引巽水以南來，萬派會歸頫甓；向兑方而西折，一灣繞過譙樓。則見瀉素濤之滾滾，來碧浪之漻漻。眉批：此段入通潮，不抛八卦。氣吞日月，勢吸雲夢。其縱橫畢赴也，宛卦畫之周流，乾元活潑。其絡繹群趨也，宛卦爻之變動，二氣交通。穿來活水潾漪，樓宜喜雨；到處清流潋灎，門接仁風。由是水潴濠塹，源蕩沃焦。懷襄已息，閼塞全消。眉批：實賦通潮。檣楫通而逐浪，板閘置以候潮。水拍月城，添四圍之漲淥；穴探易井，指一線之迢遥。人居畫錦坊邊，好疏泉于花徑；客在行春橋下，掉出浦之蘭橈。

方今聖天子握珍符，闡象數。契先天之學，道邁百王；披蓋地之圖，風傳四

布。眉批：餘霞散成綺。九州表厥里疆，四海成其貢賦。所以發精華于河洛，爰徵鱗甲之文；而紀封潛於山川，莫程章亥之步。

　　一枝玉樹，皎然凌虛，是從五伐三洗後得來，非塵埃中物也。賦溝賦潮，貼切八卦，妙不泛填字面，就本實疏證點染。佐以風華，雍容嫻雅，故爲獨出時流。

夫子泉賦以"宋泉守王梅溪有詩"爲韻。　　　晉江王必昌

水以聖傳，地緣人重。文則吾欲從周，禮曾學之有宋。眉批：直起入題。試啓大成之殿，玉振金聲；得入夫子之門，夏弦春誦。繞頖璧以迴波，擬甘泉而作頌。功深蒙養，探源來混混之機；派接巽流，墜緒尋茫茫之統。

在昔隆興之始，禮殿之前。薙蕪而出，既清且漣。黃啓宗之號肇錫，眉批：泉之始見。傅秘閣之記初傳。不觀其瀾，何取於水？無若掘井而不及泉。鄒魯海濱，契心源者七十；泗洙橋畔，沐教澤於三千。眉批：泉之得名。化桐郡以詩書，得梅溪爲領袖。舊蹟未湮，微波可漱。溝分八卦，卦合陰陽；川接百源，源逢左右。從此流而不息，猶足霑溉後人；如其酌以厲清，無愧廉能太守。

爾其渟澄不滓，瀲灔亦芳。溯儒宗於宣聖，欽雅範於素王。逝者如斯，宛在川而有會；是之取爾，念飲水其何妨？性豈猶湍之急，眉批：此段實寫夫子泉。瀾非既倒之狂。那得問渠，笑皆盈之溝澮；可以濯我，悟自取於滄浪。既關情而景仰，爰駐足以徘徊。香聞芹藻，净掃苺苔；壇疑種杏，石亦綻梅。惟兹泉之始達，儼在上而遡洄。如淵斯曰其淵，頭頭是道；習坎而入於坎，汩汩然來。沂可浴乎，點真吾與；瓢曾飲也，回誠賢哉！無虞涸竭，幾費品題。浪靜賢關之外，眉批：深一層寫入。波環聖域之西。心以此洗，古與之稽。奚殊濯之以江；等盈科而放海；如遇學乎爲圃，疑抱甕而灌畦。走欲循牆，怳居讓水；言之終日，好傍愚溪。乃知未得爲徒，每殷翹首。人宜潔己而來，舞習上丁以後。筮協井收，虛存謙受。就其淺矣，何煩挹彼注兹；眉批：後一層寫題。資之深焉，彌覺流光積厚。尋歸源而滴滴，欲罷不能；緬善誘之循循，所立如有。

于今摩挲古石，拂拭殘碑。名賢戾止，騷客賦詩。居喜聖人之近，澤留君子之遺。眉批：吊古作結。其勢則然，搏擊之勞奚待；有本必是，靜深之量難窺。固宜別派分流，衍千條而合貫；升堂入室，統百世而爲師。

藻思綺合，波瀾宏麗。

洛陽橋賦 以"山川之勝，大類洛陽"爲韻。　　晉江王大鯤

考方輿於桐郡，標名勝於泉山。萬壑犇趨，人居澤國；眉批：入題。雙峰對峙，勢若重關。孰爲砥柱於海天，不待授鞭之渡；誰駕螭龍於雪浪，無嗟杭葦之艱。儼天開乎水府，伊地出於瀛寰。

懿自君謨，軼後超前。起宋朝之中憲，眉批：叙事。溯皇祐之五年。慮關津之地隔，通晉惠之界連。海國陽侯，落銀濤而詔應；潮邊醉吏，報醋字以書傳。釃箭水四十有七流，旋成孔道；糜金錢一千四百萬，横亙長川。爾其神功廣溥，惠澤昭垂。中流結構，眉批：此承上段再叙事。倚岸庋基。胡瀠濜以遠邁，異訇匌而渺瀰。排鴈齒而長，跨三百有六；翼石欄而廣，成一丈有奇。曩時魚滬濤翻，雷响羅裳之島；今日蠏簾風定，瀾安筍水之湄。障百川而東也，曾九曲可方之。至若遙鎖魚城，眉批：寫橋上之景。別開雲磴。居然清紫之奇，髣髴洛陽之勝。高車駟馬，時聞題柱爲徵；容軌通州，何借濟人以乘。探龍灑西村之雨，猶沐恩波；載鶴登晚市之艫，殊多逸興。疑是牡丹開處，鬭姚、魏以名家；想諸烏鵲填時，渡女、牛以遠勝。美矣斯橋，溫陵要會。環樹千邨，襟江一帶。眉批：二段旁推掩映。始汩没而彌天，終委輸而觀大。蜃光結市，烟澄樓閣之中；鼇駕負山，日照蓬萊之外。原舊號爲萬安，仰端明之姓蔡。得宋帝所表彰，知厥功之爲最。

于時易水爲梁，舍舟馳駟。病涉何聞，攸行咸利。繄巨手之稱能，若天上之殊異。輪蹄絡繹，那知海扇乘風；舴艋歸來，誰見天吳整轡？賓從黿背朝宗，三千界而遙；人赴鵬程扶搖，九萬里而至。想洛地之風光，應物華之相類。是以固若金湯，環諸城郭。青山一桁，擅勝美於晉安；綠嶼三洲，共葳蕤於河洛。不待燃犀以照，並走蛟龍；縱教買紙難圖，別成丘壑。彼澄秋水之虹橋，或掛輕罌乎

短彴。雖佳景之離奇，非通衢之繡錯。况值一人有慶，天子當陽。眉批：頌揚。梯航駢集，清晏凝祥。欣徒杠之有政，占海浪之不揚。喜斯橋之綿亘，皆德水之汪洋。願作檥於巨川，天航易渡；豈待清於人壽，地脉靈長。應現黄人，眉批：結亦莊重。媲十洲而獻瑞；奠安紫石，鞏百世而作梁。

妥貼排奡，自在游行，此爲大家。

洛陽橋碑賦 以"記文書筆，並精千古"爲韻。　　晉江王家修

魚滬濤喧，蠣房鱗次。桐郡名區，萬安勝地。數丈虹橋掩映，影落晴波；一雙碑石璘㻞，雲鋪濃翠。文人題處，應誇吐鳳奇才；過客停時，共賞籠鵝妙字。渡通烏嶼，眉批：籠題。千年仰蔡氏之功；景似洛陽，半榻訝顔公之記。

爾其端明始造，晉惠中分。溯初年於皇祐，錫嘉號於唐君。眉批：就橋起碑。攸行咸利，病涉罔聞。釃水扶欄，石壁幾經風雨；剜苔剔蘚，墨花盡是烟雲。勒岸畔而玲瓏，潮平斜照；置祠中分帖妥，花點鴻文。當夫蛟宮累趾，鼉背驅車。眉批：再賦橋。迴瀾瀰漫，孤棹容與。緑嶼三洲，微辨溪漁之路；銀濤禹叠，想傳醋字之書。春深座上無塵，伊人何在；日暮江頭有雨，樂意自如。筍水遥通雲外，憶曾載鶴；潮橋錯認雪中，記否騎驢？

厥有字大碑高，眉批：實到"碑"字。辭精義密。翠滿草堂，香生芝室。春蘭秋菊，芬芳不隔籠紗；柳骨顔筋，節奏都憑濡筆。吐幾行之珠玉，顧視清高；寄萬古之文章，聲名洋溢。則見風景鮮妍，眉批：以下三段承上實賦。江天清迥。拜切高山，問來小艇。超藻華於戴子，詞異雞碑；擬雄健於韓公，筆扛龍鼎。峴山紀德，縹緲共誇；泗水銘勳，依稀欲並。又有篆分去鳥，波静長鯨。儼集一臺之妙，嗤成十字之名。忽驚鴨緑漲時，前山雞唱；疑是牡丹開處，斷岸鵑鳴。鐵畫銀鈎，何人印跡；秋風古木，此地關情。豈是玉樓之記，愛兹書筆之精。披緑字於間庭，連茵草色；拂黄埃於斜月，到耳江聲。神功廣被，韻事争傳。清辭絡繹，妙手雕鐫。數里寒簫，地匪揚州廿四；一樽清酒，夢通弱水三千。不教沙石頻磨，分明沙畫；合是花苔斜上，仿佛花箋。

是以德比甘棠,澤深化雨。各共停驂,文辭纂組。空傳往事,人間日月幾何;好讀遺編,眉批:收。石上風烟並古。對舊碑兮景仰,秋入江濤;染大筆之淋漓,字題橋柱。

的切碑字落墨,點染洛陽事蹟。風華掩映,氣度清高。

萬歲山賦以"築壇遙祝,以效嵩呼"爲韻。　　　晉江陳世清

客有捧日情殷,瞻雲志肅。際海宇之咸庥,樂間閻之蒙福。眉批:籠起大意。心勤向闕,未經果報春暉;念切思君,欲頌爾康弗禄。幸值山林形勝,萬歲崇名;遂申堂陛深情,一壇遙築。

爾其溫陵勝地,奇特山巒。林近桃花,形如九華;城依桐蔭,岫列千盤。矗矗高呈,久已垂芳郡乘;眉批:就山起到頌祝。巍巍卓立,幾經詠賦騷壇。自有此山,直與乾坤永遠;如仁者壽,端堪頌禱欣歡。則見萬峰卓犖,眉批:連點題字。萬壑迢寥;萬家瞻仰,萬岫來朝。鳥雀喧呼,如欣鼓吹;兒孫羅立,似列臣僚。山色長存,修竹茂林之外;山靈水(永)護,來今往古而遙。巖壑無更,峰巒永矗。地存萬古之松,林長千章之木。徑永闢乎三三,峰惟留其六六。眉批:實賦題面。崇高有象,不知籌屋幾添;太古依然,詎藉華封三祝。

乃有攬勝名賢,投簪致仕。君門望遠,展葵藿以夷猶;蠟屐登臨,披荆蓁以至止。負烟霞之素癖,向山頂而心儀。問甲子兮何年,效山呼而色喜。眉批:二段皆入王意,不脫"山"字。自是朝天有志,振古如斯。當茲就日關情,亦良有以。爰築崇壇,虔脩禮貌。午陛如臨,寅恭是傚。情深拜石,不辭米老之顚;念切望雲,詎歎狄公之孝?向丹崖以頂禮,期不衍兮不忘;憑素念而祝釐,爰是則兮是效。足知山因人而始著,人以山而益隆。眉批:推進一步。此地千秋不朽,其心終古無窮。嶺秀鶴松爲祝,鶴齡鞏固;岡呈鳳竹還期,鳳紀高崇。有如取法《豳風》,人欣稱觥;若是典型漢代,瑞樂呼嵩。

聖天子化光松牖,瑞啓蘿圖。海宴河清,疆恢亥步。淵渟岳峙,福備辰樞。率土之濱,臣鄰燕喜;普天之下,億兆梟趨。夫孰不祝一人之有慶,偕萬彙以歡

呼也哉？

布置謹嚴，詞亦工整。

韞玉山輝賦以"精神見于山川地也"爲韻。　　晉江蔡學鯤

扶輿挺秀，造物鍾英。眉批：渾起，扣到題面。蔚靈氣以流光，地不愛寶；抱冲和而著美，誠則能明。積中發外，通德類情。喻純修於片玉，方聲價乎連城。未妙琢磨之用，已涵天地之精。眉批：就玉説入，起題。

爾乃祥符啓，至寶陳。球琳瑯玗之品，琮璜琬璧之珍，可以庇嘉穀，可以禮明神。迸發寶光，驗精輝之無假；包涵元氣，知宏韞之有真。當其太璞深藏，圭璋未薦。眉批：賦其韞。或流温於碧水之涯，或埋種於藍田之縣。真精團結，既瑟彼而可欽；瑞氣和融，尤温其之足羨。眉批：賦其輝。振鶴羽兮增輝，聳雞冠兮表炫。莫不收素彩於中藏，發清華乎外見。

懿夫崑崗之上，元圃之隅，眉批：就山起，實賦題面。託卷石以藏身，隱菁華而不露。依層巒而結體，現光景之特殊。眉批：承上段實賦。美在其中，但覺欽斯朗潤；光遠有耀，未能測彼規模。是則發見本乎充周，物猶如此；若夫光輝由于美善，德必周于。既已韞玉，自然輝山。綠野呈奇，表乾坤之鬱勃；白虹貫氣，映日月以迴環。試看列嶂千尋，應訝青雲干而直上；何必光芒萬丈，眉批：承。始知白璧聚在此間。固知根心自能生色，由偏可以窺全。章以含而能發，華雖斂而必宣。彼埋寶劍于豐城，眉批：陪。光能射斗；藏明珠于赤野，媚每澄川。海底珊瑚，紅波乍逗；沙中金色，寶氣常鮮。夫豈若茲玉之渾埃塵而不染，眉批：轉。傍巖壑以生妍。

方今聖治光昭，山靈表異。美玉呈祥，先時獻瑞。精華焕發，恍善氣之迎人；眉批：頌揚拍合題面。光彩瑩明，已清輝之滿地。如使卞和再遇，應望荆野以流連；何須彭蠡重逢，待記方流而致意。是則薦陳可貴，盈尺非多；拂拭頻加，徑寸非寡。然而鬱瑞色而纏綿，眉批：收合題意，寓自重意。布清光于巖野。將求以華國，固宜韞匱而藏諸；毋老乎空山，是必待價而沽也。

遣辭瀏浣,按節和諧,儘有雍容閒雅氣象。

韞玉山輝賦 以"精神見于山川地也"爲韻。　　同安莊逢春

維山崔巍,有玉玡璨。含清温之異質,託巖壑以資生。眉批:總起全題。韞於中而縝栗,輝在璞而晶瑩。遠自他兮有耀,章内含兮可貞。翠壁千重,寶穴萃乾坤之氣;白虹一片,瓊華分日月之精。緊大地之鍾靈,胚胎而出;抑豐年之瑞色,蟠結而成。彼其秉資磊磊,蘊采璘璘。眉批:此段先賦玉之韞。谷隱其秀,嶽孕其神。禀陰陽之巧合,抱堅白而獨純。藉一卷之磅礴,涵元氣之渾淪。煉月華而受魄,胎巖腹以藏春。理緻凝而外固,璧肉粹其内勻。是造物之無盡藏,未發幽光之秘;知爾音之在空谷,已成不世之珍。

爾廼寶焰宵騰,寒芒晝炫。疊嶂丹浮,眉批:此段賦山之輝。重岑碧絢。移靈曜於天街,焖瑶華於林甸。石養晦而能明,木含暉而更蒨。疑絶頂之韜霞,訝荒椒之積霰。孱顔一帶,表裏雙清;嶄岏千層,玲瓏八面。巖扉不夜,恍遊虚白之鄉;石室嵌空,如入靈光之殿。知在中之美,闇而日章;固有餘之藏,隱而必見。是以貞同石介,寶豈泥污?騰光者形躍躍,望氣者來于于。眉批:二段承上實賦。赤者吾知其爲瑪,碧者吾知其爲瓐。紛陸離兮五色,羌輝耀兮十區。遠而望之若貝闕珠宫,蓄金銀之夜氣;近而即之若琪花瑶草,迎瑞露之朝濡。乍分明而浮紫翠,旋繚繞而入虚無。歌碣石之紫衣,猶疑吴山之幻;襲梧臺之華篋,有若宋人之愚。維玉可貴,維石非頑。其光奕奕,有象斑斑。雪月交輝,豈冰臺之百尺;瓊瑶爲島,疑碧海之三山。當其匿采烟霞,似惡其文之著;故其歸真巖谷,依然抱璞而還。若彼昌城夜火,扶沼朝烟。流膏丹水,種璧藍田。眉批:廣言五輝之類收入題面。化霓文於闕里,浮藻艶於洛川。雖奇珍之間出,亦何地而不然?乃其韞也沉深不露,其輝也映照生妍。實孚尹之旁達,想圭角之俱捐。護雲根兮彌潔,涵石髓兮逾鮮。看此地之儲精,昭回于漢;問他山之攻錯,雕琢何年?

迨夫哲匠時逢,良工踵至。眉批:此言琢玉成器,是題後意。徘徊翠微之旁,睥睨夜光之氣。抉寶藏之淵深,發名山之幽邃。椎鑿而出,磨來琬璧之光;追琢其

温陵賦鈔

章,飾作敦盤之器。遂方圓而別圭璋,用蒼黄以禮天地。方今聖運光昌,物華都雅。瓊璉垺商,玉瑚媲夏。鳴珂佩於風前,集共球於日下。眉批：頌揚亦合題面。幸蒙拂拭,已酧結緑之珍;得藉陶成,載薦流黄之斝。共珠蘊以媚淵,並金鎔而躍冶。惟瑶瑾之稱良,豈碱砆之可假？誠斯世所希乎,故君子貴之也。

　　品格鮮明,容華都雅。

温陵賦鈔卷六

律　　體

聚米爲山賦以"指畫形勢，分析昭然"爲韻。　　晉江許邦光

漢光武計定秦州，駕征天水。眉批：直起。蕩三輔於土崩，整六師而風靡。犟地脉之孔長，揮天戈以遥指。扼金湯之固，眉批：振起題神。直將高爲谷而深爲陵；除苞蘖之萌，宛若苗有莠而粟有秕。所以白蛇奮跡，蕭相國先取圖書；而赤伏中興，馬將軍重新壁壘。

爾其當成紀之屯兵，眉批：承上段馬伏波入原題。建伏波之神策。控提封於隴右，高據嶔嶔；按形勝于襃中，夙經區畫。立談操券，穴中之蟻難逃；借箸前籌，井底之蛙可獲。異日鑄銅作式，侍懸金馬宮庭，眉批：入題。此時聚米爲山，如覿玉門版籍。爰有芒尖細細，子粒星星。眉批：此段承"米"字起到爲山。散瓊靡以滿地，綴瑶蕤於盈廷。隴樹平拖，擁出蠶叢之路；秦煙遥點，披來螺髻之屏。現萬仞之崔嵬，宜高宜下；撑千盤之蜒蜿，半紫半青。偏疑金可爲城，聊寄碎金之粟；何異黍堪名谷，争傳粲黍之形。則見夫邐迤層嵐，嵯峨疊砌。香聞五里之餘，眉批：此下二段實賦題面。色雜二紅之際。星爲羅，碁爲布，添一握以呈能；比如櫛，崇如墉，撒千堆而作勢。谷斜分夫子午，便看種玉之奇；呼不借乎癸庚，誰設量沙之計？畫圖地上，似傳漢室千門；縮脉目前，寧假長房末藝。譬學山而方覆，豈積土以維勤？盡鳥道之崎嶇，斜看了了；儼羊腸之曲折，遠布紛紛。累去雪菰，彷彿岡浮積雪；鈔將雲子，依稀棧起連雲。出丘壑于胸中，別具長城萬里；運機籌于帳裏，早知天下三分。

遂乃審厥盈虛，相夫攻擊。徑路便便，林巒歷歷。倘或投鞭而渡，眉批：旁推

交通,淋漓興會。舟應剖䊕之徵;如其建戠以驅,輿借飛糠之析。法開八陣,依然累石成行;餉載盈車,豈是資糧可檄? 糟丘初聳,應同達士速營;塵飯乍排,堪笑兒童飽喫。蓋惟其練才行伍,矢志聖朝。熟氐羌之險塞,期功績乎崇朝。藏六甲於寸衷,不數孫公計巧,_{眉批:收結完密。}驅五丁於尺地,奚須力士勢驕? 繪中國之一隅,還類太倉稊小;盱群峰之九折,直看滄海粟漂。始知芥子之奇,須彌能納;何訝蓮花之幻,世界聿昭。

況我皇上攬經緯,握坤乾。睿略精明,決行軍之萬策;聖威赫濯,_{眉批:頌揚結。}被至化於八埏。月窟來庭,受大球小球而炳若;風丘奉土,徵納秸納秿之丕然。以故溝壘重堅,天啓雄關百二;廣輪遠拓,人歸大地三千。則洵乎山國共通虎節,而邊隅長息狼烟者也。

"米"字、"山"字,迴環雅切,又能典重喬皇,妥貼排䔿,其一種光明俊偉之概,允堪辟易千人。

聚米爲山賦 以"指畫形勢,分析昭然"爲韻。　　惠安曾　鈺

龍起春陵,蜂屯成紀。誇士馬之富强,恃河山之表裏。_{眉批:起題。}當更始射烏之日,北略金城;合公孫躍馬之交,西連玉壘。憑其地險,夷庚之大道莫由;震以天威,太乙之靈旗遠指。

夫惟炎漢中興,伏波建策。屢懷擇主之忱,遂定安邊之畫。_{眉批:點明題由,虛起題面。}師皆飽宿,海陵之粟流紅;敵可乘虛,隴坻之山凝碧。既絶庚呼之苦,計豈量沙;方登辰告之聞,言非投石。當夫略陽既取,隴道未經。嶂嶔嵌而插漢,岩巀嶪以列屏。道塞雞頭,豈有移山之術;_{眉批:入題。}峰開螺髻,祇憑聚米之形。方天外之削成,早見土崩於三輔;訝掌中之指處,儼同石擘於五丁。爾其玉粒分披,香秔狼戾。試籤糟糠,莫分精糲。_{眉批:二段承上,實賦題面。}鋪來白粲,乍看翻雪之容;移到青精,已具連雲之勢。險可攻而幽可伏,要害分明;小爲霍而大爲宮,林巒互蔽。無端嵂崒,倏爾紛紜;令傳蓐食,影駐斜曛。千里饋糧,宛轉飽太倉之米;一拳據險,依稀飛隴首之雲。看量斗之勻圓,鰲身半映;駭撑空

之突兀,鳥道中分。是知定志在先,運謀貴析。當開示而心融,眉批:此寫其運謀於先。早高低而目擊。笑彼渺浮滄海,計出下人;即非暗度陳倉,糧原因敵。雄關百二,誰敢封函谷之泥;突騎五千,何須序雲臺之績?由其情形熟識,眉批:此推其由於卓識。闇練素昭。誨敦鵠刻,學棄蟲雕。知中原有定鼎之祥,心歸漢室;見天水僅處堂之燕,敗卜隗囂。此時手畫地圖,眉批:後路滿足。隴右之山川已得;他日疆開銅柱,蠻南之烽燧全銷。

方今聖天子恩周九域,德屆八埏。師歌偃伯,詩詠豐年。開疆過馬邑龍庭,早平疏勒;眉批:頌揚結。納秸過河源月窟,詎紀燕然?直見海內永清,豈徒平夫隴道?膚功既奏,又何羨夫文淵也哉?

軒豁呈露,矯矯不群,有王景略捫虱而談氣象。

聚米爲山賦 以"指畫形勢,分析昭然"爲韻。　安溪李宗京

漢室中興,天戈遙指。眉批:原題直起。既清新莽之氛,未一隗囂之軌。按地脈乎隴中,振兵威乎天水。行糧無阻,制敵不藉量沙;眉批:襯起。借箸而籌,運謀寧資破紙。所以繪山川於南劍,籌邊高德裕之樓;而傳險要於西秦,聚米新伏波之壘。當夫地阻崎嶇,途驚險陀。未定主謀,難施群策。眉批:此寫未知地勢以前。仁者雖稱無敵之師,帷中未見運籌之客。既憂蜀道之難,誰通秦川之隔?帝曰吁,汝其爲我圖功;衆曰俞,臣其爲君擘畫。

將軍乃指山爲勢,積米成形。眉批:此段入題。似按廣輪之土,如披《山海》之經。積少爲多,數點之螺峰忽現;寓遠於近,一灣之佛髻頻青。恍過西天,藏須彌於芥子;如談東海,現蚊睫之焦螟。爾乃細撒微凹,斜增少銳。既布瓊靡,遂紛瑤砌。縈縈則有嶙峋之呈,眉批:以下實賦題面,此段就聚米起。疊疊亦見岡陵之麗。揮六師而震發,如循蟻磨之中;擬九仞之崇隆,斜判羊腸之勢。恍惚長房縮地,五丁之開鑿無須;依稀子敬指困,二酉之峰巒遙綴。於是乎連靄靄,遠峙紛紛。湧壺中之日月,眉批:承上段賦爲山,一片而下。宕掌上之煙雲。高爲谷而深爲陵,宛印康莊之路;八爲精而九爲鑿,半拖層麓之紋。恍粒汎於神江,不覺江城

如畫;異粟漂於滄海,早知海宇無分。則見聳層巒,撑絶壁。古道微低,長途堪歷。眉批:此段就"山"字起。分靈島之神奇,恢麟臺之功績。列關河兮百二,粒粟能藏;陳黍稷兮十千,嵐光疑滴。不數飛糠幻影,糠輿之妙謫曾誇;倘教累黍呈奇,黍谷之嘉名肇錫。瞭如指掌,儼同碁布而星羅;細若披圖,真覺條分而縷析。迄乎軍中鳴鏑,馬上揚鑣。鼛鼓如驚風雨,眉批:此寫其進軍成功。旌旗上出雲霄。當時合浦書勳,宛藉珠光獻瑞;此際藍關紀路,寧煩銅柱爲標。草本疑兵,怪同咄咄;木堪製馬,靈更昭昭。此真將軍之雄略,而能掃靖隗囂者也。

恭惟我國家,修文偃武,盡人格天。靈歸四内,化溥八埏。小醜咸空蟻穴,眉批:頌揚結。千秋直靜狼烟。則奮虎步而展奇勳,何止途開蠻洞;嫻龍韜而謀遠略,寧惟石勒燕然也哉?

規模開拓,氣象光昌。"米"字、"山"字,亦迴合有情,不負題藴。

海不揚波賦以題爲韻。　　　　　晉江曾寶光

浩浩乎萬派會同,衆流歸匯。眉批:先就海起,次説揚波。跡莫測於盧敖,步難窮於章亥。奔雷湧雪,向若者神驚;決岸排山,望洋者色改。漫説瀛洲學士,可能擁扇以麾江;除非牛渚客星,眉批:轉入題面。誰許浮查而渡海。乃晏呈碧澥,全消萬頃以無痕;而清比黄河,不似千年之有待。

懿成王之幼冲,眉批:原題。運宸衷於密勿。緝熙紹兮有光,聲教同兮暨訖。醴泉出地,早蒸盛世之醍醐;澧水來廷,共助太平之黼黻。斯瑞應特傳於使命,重三譯以來朝;而休徵遠達於越裳,眉批:到題。見四方之無拂。爲問陽侯河伯,知驚濤駭浪以全無;亦如惠雨和風,信破塊鳴條之皆不。爾其魚龍隱匿,蛟鱷潛藏。波臣告退,海若安常。眉批:二段實賦題面。靜百川之奔赴,息羣瀆之汪洋。大曰淵而小曰淪,瀉漣漪以交注;圓折珠而方折玉,迴縐縠以生芒。鷺島烟消,弗覿蜃樓海市;鵬壖沙白,惟看雲影天光。彼喝水之神奇,空傳幻誕;即射潮之故事,亦近荒唐。何庸深廟祀之求,始覺風分流擘;正好趁鏡清之便,相將席掛帆揚。難兹爲水,凈却餘波。鄂敦迴洑,淖爾同科。風静允川之漲,霧空姑墨之

坡。越貴德堡之墟，百盤轂轉；曳昆都侖之浹，千丈練拖。碾去玻璃，船似車而流駛；乘來舶艎，帆如鳥以飛過。想潮落長年，無須寫浩瀚於枚生之筆；看波澄萬里，何必興感慨於《瓠子之歌》。

聖天子學海精深，恩波布濩。既風動之化臻，亦川流之道裕。清黃交匯，欽水德之揚靈；眉批：頌揚結。涇渭尋源，訂《水經》之襲誤。來王來享，沿江漢者亦類朝宗；無黨無偏，慕仁義者咸知遵路。彙衆淵而合軌，大溟渤之駢羅；綿萬世於無疆，卜隄防之鞏固。斯則邁姬周盛治，重賡潤海之詞；是雖借孫綽長言，終愧測蠡之賦。

波瀾浩瀚，氣勢汪洋。

海不揚波賦 以題爲韻。　　　　晉江陳昌時

鯤壑翻瀾，蜃樓結綵。納萬派以朝宗，爲衆流之奔匯。眉批：就題面翻起。迴旋地軸，進盧肇以談潮；激宕天輪，偉木華之賦海。噴龍堂之駭浪，勢欲撼乎三山；騰蛟室之驚濤，功尚遲於九載。雷轟洶湧，豫章之擁扇孰施；風盪潑溇，博望之浮槎何在？揚帆言志，雖破浪之有人；測水來朝，豈涉川而無悔？

懿夫至德重光，四方無拂。眉批：入正面，就外邦來朝講起。越裳獻雉，盡屬名珍；西旅貢獒，備陳方物。值周室守成泰運，治化雍熙；當成王涖政中年，昇平黼黻。悉臣悉主，曰亶其然；來享來王，亦莫敢不。惟功成於竹帛，酋長皆歸；故德至乎淵泉，波臣亦屈。三年底定，烟波永息乎百川；萬國攸同，聲教覃敷而四訖。時則重譯之國，志切尊王。既相安於異域，將入覲乎帝鄉。眉批：二段實賦題面。烏弋黃支，種分南詔；雕題交趾，類別西羌。擊楫而來，深幸聖人在上；獻琛交至，願依君子之光。慶河伯之効靈，水如不競；觀陽侯之息怒，瀾豈其狂？性本涵虛，轉覺盈而不溢；機原流動，飜疑靜乃有常。昔時濁浪排空，民咨浩浩；今歲澄波映日，志在洋洋。擬之風不鳴條，爲仁恩之浩蕩；律以雨非破塊，乃盛德之昭揚。於是布帆徐渡，畫舸輕過。慕一人之雅化，恬千丈之清波。萬里風和，不盡練紋可數；一番景霽，還如鏡面新磨。早知行在地中，安於地脉；爲想源從天

上,澹若天河。尺浪不興,未借燃犀於溫嶠;急湍既寂,好偕垂餌於志和。笑他喝水仙人,技惟止此;嗤彼射潮力士,績竟如何?

方今聖天子愷澤旁敷,深仁遠播。海晏重廑,河清可賦。達舟楫于遐方,眉批：頌揚結。騰駿騑於上路。不貪異物,行看織錦罷坊;能合歡心,早卜翠裘却賂。然九州共貫,咸思獻禮輸將;六合同風,儔不傾心企慕。將見駥青雲而入貢,西域偕來;寧徒瞻碧海以觀光,南方畢赴。

氣象光昌,題情雅切。

百川學海賦 以"是故惡夫畫也"爲韻。　　南安陳步蟾

小德如川,上善若水。時出不窮,會歸有以。象無疆之日進,由淺入深;法至健之天行,窮源尋委。孚常卜夫滿盈,眉批：起從喻意說入。道豈終於卑邇?海原可法,孰謂欲從末由;學本無窮,須知有本如是。不見夫揚子之云百川乎,量不辭盈,功深挹注。漸沆瀁而沸騰,旋蒼茫而委輪。大矣哉,幾若河漢之汪洋;廣矣哉,直同滄溟之奔赴。眉批：寫百川。得左右之逢源,悟機緘於觸趣。用能流而不息,果然潑潑無垠;於以擴乎大觀,非復泙泙如故。眉批：翻一段說不學。向令安於小成,忘乎本務。益利莫占,損虧罔顧。徒讓大海以鬵淪,但爲方川之沿泝。既非虛而能受,誰稱滾滾源泉;亦復小而易盈,竟失泱泱體度。將量形其淺,莫成巨浸之觀;亦勢處於卑,難免下流之惡。而乃一往莫返,萬派爭趨。盈而後進,道焉可誣?眉批：轉入學海正面。遵河伯之順軌,成谷王之規模。交匯衆流,寫朝宗之體勢;包羅萬有,化迹象之虛拘。居然日有就而月有將,進吾往也;遂乃息之深而達之亹,逝如斯夫。

是知志可竟成,深乃有獲。詣欲造於淵深,功必勤於累積。勿謂觀而難爲,自當踐其成迹。頭頭是道,眉批：推原"學"字。宜看活水之來;滴滴歸源,共説細流不擇。自是觀瀾有術,何難竭夫吾才;如或望洋而驚,毋乃懣於女畫。士也矢志沈潛,恥居污下。探理窟而情殷,眉批：從正意結。望文瀾而心寫。知皆擴而充之,何患力不足者?將見與道爲適,匪溝澮之皆盈;如川之流,若晝夜之不舍。

矻矻殫窮年之學,藏焉修焉;淵淵爲無息之誠,悠也久也。

機流神爽,玉潤珠圓。

鑒止水賦以"觀美惡者,必就止水"爲韻。　安溪林文斗平階

鑑無疲於屢照,水以止而後安。懿清光之如許,灼美惡而不刊。眉批:直起。色即是空,不没形自具衆形之體;動驗於静,以有定而成無定之觀。維潔也,一塵莫污,澄而取映。維虚也,萬象胥納,境覺其寬。原夫秉質殊形,賦姿異撲。或醜或妍,或臧或否。或刻劃而無解於無鹽,或唐突而難掩乎西子。或嘲才貌之不颺,眉批:題前。或咏清揚之有美。照人秋月,偏欣芝宇來迎;坐我玉山,堪笑蕭(蒹)葭相倚。類既極於萬殊,品難精夫一揆。窮形盡相,惟當俯瞰淵泉;盡態極妍,早見悉消渣滓。眉批:此段言水可鑒。

蓋水之爲物也,秀徹晶瑩,清淪淡薄。牢籠百態,覺涇渭之分明;漱滌萬緣,豈澮溝之易涸?鑒人復以鑒物,已極乎至虚至靈;觀水何必觀瀾,第取夫知善知惡。淳泓不濁,始知燿必自他;可否攸分,豈第知夫大略?爾乃影列森森,神流灑灑。赫赫在上,眉批:此段正賦題面。明明在下。得主有常,形容難假。有時酌而覺爽,清流可以明心;有時别而不淆,明鏡何須燿冶?此其静深有本,曾擬仁人;抑且活潑不羈,無殊知者。

我聞以銅爲鑑,可正衣冠;以古爲師,可知得失。維此水之淵淳,眉批:再足一段。昭規模之畫一。何異越犀遠照,探海族之幽奇;更如秦鏡高懸,極人寰之纖悉。來者必應,原不設以成心;去者不留,在乎觀之有術。於此見美醜之分呈,即淵源而可必也。以故衡物高賢,量才俊秀,或舒嘯而頻臨,或寄懷而相就。悟彼源頭活趣,眉批:推進一層。開妙覺以徘徊;撫兹川上清光,若逢原於左右。明也察察,何至混濛;息之深深,寧譏遺漏?

歌曰:有洌寒泉,于沼于沚。流而不盈,安其所止?且往觀乎,眉批:以古歌作。知彼知己。

又歌曰:光可以鑒,必取於水。清且漣漪,直窮到底。逝者如斯,君子

所視。

　　唐人試賦，工于說理，蓋以是爲制科，半如經義也。是作全學唐人，而運以流動之筆，如書法之善學古帖者，得其娟媚也。

　　　　鑒止水賦以"觀美惡者，必就止水"爲韻。　　　　晉江陳毓庚

道求妙契，物重靜觀。虛斯無礙，明乃克殫。譬淵深之有本，眉批：總挈全題。喻坐照以無難。識參玄妙之微，全瑩靈府；思泯機關之細，總定心官。蓋人本同於握鏡，而術無異於觀瀾也。眉批：先賦水。

原夫水之爲物，合萬派以能融，會衆流而鍾美。孚占習坎，功等於無體無方；象取養蒙，用周乎或源或委。眉批：轉入"止"字。乃不測者其流，而能安者其理。净琉璃之界，則至道洋洋；耀水晶之宫，則吉祥爾爾。若乃至人之明悟也，志本大中，心袪適莫。澄懷是宰，機直動以天倪；眉批：此寫聖心之定。滌慮而安，化儼通於橐鑰。本不用爲至用，先覺常惺；以無形待有形，矜心勿作。宛似持衡有定，物難昧夫重輕；居然屢鑑不疲，形莫逃夫美惡。眉批：此寫聖人之鑒物。遂使察邇之時，燭微之下，如泥在鈞，如金鑄冶。想真精之莫掩，表裏胥涵；驗内蕴之無窮，眉批：段末翻跌"水"字。塵氛不惹。萬殊歸於一本，如印印然；一本應夫萬殊，是空空者。詎待臨淵興羨，始信理之昭彰；何曾樂水爲懷，乃見情不容假。

然而象有所同，形惟至一。水自著其安瀾之觀，鑒亦表其居貞之吉。虛能生白，眉批：此段轉入題面。千般色相俱明；精自照人，一點瑕疵不失。其天浩浩，何論夫順流遡流；成性存存，真同乎正出懸出。洵取鑒之無窮，而反求之可必。良以水之性，眉批：又就水疏題面。擊則上衝，行而下就。問津待渡，路向桃源；汲綆頻探，海窮星宿。頭頭是道，理本著於古今；滴滴歸源，化實敦夫夜晝。周而不滯，自空洞於其中；静則如神，早淵涵於在宥。乃知意不相感而每相符，物不相謀而適相似。眉批：總承總收。知其所止，悟本體之静深；作如是觀，別妍媸於彼此。宏量鎮夫坤元，安貞通乎艮止。眼前皆妙諦，雲有影而天有光；静裏契太虛，神彌清而趣彌旨。

方今聖天子巽命重申,乾綱持紀。河清誌慶,貢獻盡解向風;海晏呈祥,眉批:頌揚結。來王共知測水。欽睿鑒之高懸,樂恩波之普被。將見人皆砥礪,莫能掩其瑕瑜;豈惟俗尚淳龐,盡皆呈其臧否。

義蘊融浹,辭旨明通。信手拈來,自成妙諦。

波紋賦以"春水緑波,桃花浪暖"爲韻。　　晉江蔡鴻捷

鸚鵡洲邊,三江路永;鷓鴣臺畔,十里隄春。維長橋之新漲,蹴瀲灧之清淪。拂輕颷而起縐,弄晴旭以流銀。眉批:起題輕倩。何處剪來片片廻衝雁齒,幾時裁就重重細蹙魚鱗?爾其野店霧開,山嵐雲委;夾岸樹青,橫溪烟紫。津迷柳絮,三折微波;港泛梨花,一篙新水。邈爾生紋,眉批:承上段實賦波紋。斐然結綺。可是浣來湘女,解拖練影之層層;除非織向鮫人,難覓梭痕之靡靡。

當夫曙氣初分,眉批:此段就曉景寫。曉陰細觸。玄鳥驚飛,春鋤暖浴。想昨夜雲堆擘絮,垂遠海以吹紅;趁今朝風似剪刀,透長川而碎緑。輕如鋪縠,慣看轄影分明;柔欲牽絲,莫聽機聲暗促。若夫雨沾白芷,霧濺青蘿。霏霏古渡,漠漠寒波。眉批:此段就雨景寫。績冰縷以紛如,漫倩魚梭擲去;染翠綾而蔚若,悔教燕剪裁過。乍捲乍舒,灧灧觸桃花之岸;不刀不尺,行行拋杜若之坡。及夫連天光於下上,排雲影而低高。眉批:此段就霽景寫。呼雁奴以新霽,鳴鳩婦而嬌號。欸乃舟搖,繒裂一聲柔櫓;郎當屋倚,錦分幾樹夭桃。擬澄時而如練,看觸處之生濤。若乃夕陽澗口,暝色津涯。眉批:此段就晚景寫。斜飛倦鳥,淺凂殘霞。影隨畫棹依依,船傍緑楊水閣;光浸紅衣冉冉,人歸碧樹山家。遂使南浦送君,誤贈良朋之紵;東郊鬥草,錯尋越女之紗。蕩漾欲飛素絹,沖融更雜銀花。

乃有載酒青簾,吹簫白舫。眉批:此段寫遊人。中流擊楫,細逐迴瀾;小渚停橈,欲欹淺浪。信道風行水面,自成天地之文章;何須錦濯江頭,錯鏤波濤之花樣。由是一鑑春明,三灣日暖。攬衣池上,拂兩袖之風清;駐馬湖邊,蹴層霄之雲懶。誰是釣從濰涣,眉批:收繳全篇。難分玉繭絲絲;有人剪買幷州,空羨龍綃短短。眉批:淋漓酣足。隔別港而光浮,漾前堤而痕斷。要使心常不競,任波折之

未平;總教源則長來,掬生機之日滿。

　　神凝秋水,筆架珊瑚,羽扇綸巾,諸葛君居然名士。妙切紋字,不但是賦"波"字,故爲藻不妄抒。

　　　　　波紋賦以"春水綠波,桃花浪暖"爲韻。　　　　晉江王克屼

東風入律,南國回春。啼鶯清晝,語鳥芳晨。花氣襲人,霧霏霏而似重;草情礙馬,烟漠漠以如勻。幾度風來,眉批:輕輕到題。綠盡垂楊之港;一番雨過,皴成拾翠之津。爰有微波,生於碧水;宕若青羅,舒如純綺。初小漲以沖融,眉批:此段點出波紋。又交流而渺瀰。桃花片片,斜翻桃葉渡頭;魚尾筵筵,細漾魚梁濠涘。詩敲群玉,曾憐裙幅拖來;句咏放翁,不盡轂紋蔚起。

當其曙色浮光,流漸汎綠。眉批:曉景之波紋。晨露未晞,朝霞乍矚。攀江樹之迷離,望波紋兮連屬。曉煙一抹,鏡暗青銅;新水三篙,溜融寒玉。戲雙雙之灘鷺,縠坐千重;護兩兩之鴛鴦,綾鋪幾束。及夫夕陽低岸,眉批:晚景之波紋。暮景銜波。虹收匹練,雲斂纖羅。愛春情之如許,佇極浦以若何。雁字橫江,疑成三折。鷺拳投嶼,不礙潛過。美人濯錦,初歸繡文蕩漾;遊子寄魚,纔罷鱗采婆娑。別有柔飈拂杏,暎浪漂桃。銅鉦日掛,眉批:晴時之波紋。卵色天高。波自不興,識陽和之有腳;紋於何起,信風水之相遭。客居罨畫溪邊,偶然看漲;人在水晶宮裏,未賦觀濤。若乃伏風闌雨,敗絮摧花。蘅皐日暗,眉批:雨時之波紋。芳沚烟斜。似墨波深,到處空濛難辨;如螺紋隱,當年透皺曾誇。思長道兮未言,盈盈一水;念佳人兮何許,森森無涯。

至於冉冉芳洲,層層細浪,眉批:此段推廣言之。春無地而不生,水無時而不漾。裁能受月,小池亦渙文章;差可容舟,曲港總聞吹唱。蹙洛神之素襪,影落波間;飄湘女之羅襦,跡留江上。由其舒柳風和,驚梅候暖。世慶熙臺,氣回陽琯。流皆習坎,灩灩無痕;眉批:餘音如縷。澤盡盈科,溶溶如散。此後潭清潦盡,秋色偏多;祇今練曳藍拖,春光正滿。用作賦以臨摹,敢濡毫而編纂。

　　穠纖得中,修短合度,想見張緒當年。

調水符賦以"調水置符，往來爲驗"爲韻。　　　同安陳貽焜

堂堂子瞻，受知神廟。簽判鳳翔，恩榮鶯詔。值鳴琴放鶴之餘閒，眉批：總起題面。每躡屐登山而憑眺。忽得泉源，穿來月嶠。共關茶痕，新添詩料。慮渴飲而難償，約置符之惟肖。一泓白水，結半世之知交；七品清官，願十年而不調。蓋其携九節之竹筇，披三峰之蓮蕊。金天戶外，眉批：先賦玉女洞水之美。紫黛攢眉；玉女洞前，丁當到耳。康谷差比其玲瓏，慧泉難逾其清泚。携謝家之句，不教空上茲山；除揚子之江，安得有如此水？獨是前身五祖上人，眉批：次寫宜調水。此日一行作吏。石泉槐火，夙願未酬；駱谷驪山，懷清有志。縱求無弗與應，信源頭之來；而贗或亂真，難憑郵足之寄。遙憶洞天，何緣縮地？明知矢志於不貪，常覺繫懷之難置。則必勞堂吏，遣奚奴，挈壺遠取，眉批：次寫宜用符。運甕轉輸。然而十瓶之來誰辨，七種之記輒殊。注彼挹此，爾詐我虞。韻事新添，雖錫鎮山之帶；清風舊約，誰藏記事之珠。召寺僧而申契，爰剖竹以分符。眉批：寫其剖竹爲符。嫌紙會之斷殘，倣桐圭之形象。規爲圓而矩爲方，持其一而符其兩。結作同心，看如合掌。伐淇園而作矢，豐殺皆平；截嶰谷以爲筒，分寸不爽。南泠立辨，曾半假而半真；左券堪操，因倏來而倏往。向林泉而徵調，入松院以敲推。乍送瓶笙之響，眉批：以下承上實賦。旋看急板之催。分銀河於濺沫，味玉液於新醅。無分東西，是之取爾。若合符節，豈不信哉！彼指水要盟，何用自投白璧；苟歸途見怪，不須明證金杯。

今日使者未至，前度先生再來。不怕石頭路滑，同參玉板禪師。呼童煮茗，對客裁詩。舌本清芬如舊，胸中冷煖自知。重遊勝地，留記當時。似我多情，問主人而看竹；此君可意，枕流水以樂飢。信覺山川之異，共欣風雅之爲。是則境界偏奇，雲霞飽饜。勝事如新，眉批：襯。孤懷獨占。泉屋之銘已没，上孤山者尚託謳吟；乳井之跡就湮，過儋州者不勝慨念。況夫石壁高懸，仙潭瀲灔。雖訪殺青之竹，剥蝕無存；而望生日之雲，眉批：去路。留題可驗也哉？

騷情韻筆，白雲穿破碧玲瓏。

玉壺冰賦以"溫潤資天質,清貞本自然"爲韻。　　晉江方　翀

美因雕見,堅以凝存。具瑩膚而默歛,儲灝氣而待温。眉批:渾舉題面。隱隱渾全,含光歸于凍水;兩兩必合,精色耀于高崑。爾其素肌栗密,潔體清潤。對華靡則弗蒙,遇蕭森則能慎。眉批:承上段入。既盈有孚,亦悦而順。三冬時至,喜澌泮之尚遙;一旦交輝,覺形神之乍印。中藏得象,外顧何資?眉批:就題面寫入題意。琢琤琤兮斯能有就,鑿冲冲兮寧辨攸宜?老防若辱,孔信不緇。會意者貴,圖影者癡。足性真而忘爛漫,均類聚而絶游移。落落穆穆,深深淵淵。方諸取于入夕,眉批:此下二段再還題面。明水尚于從先。引致縱云由人,昭彰實係在天。論理殆玄之又玄,難參頓漸之議;寫生雖白之猶白,疇窺即離之緣。所以莫逆於心,猶居同室。誦詩獨感于寒江之篇,讀子常懷于秋水之峽。墨翟氏黄亦可黑,覿此若迷;劉中壘青出於藍,觀兹未必。信知幾其爲神,願疑事之毋質。虛而實,瀏以清。屏空擅乎琉璃,簾尤失乎水晶。眉批:此段就題面,再轉入題意。洞見者肺腑,足驗者平生。内朗勿欺於暮夜,共處曷異於孤行?

是故風人悦其純粹,志士取其幽貞。月魄映來,際重寒而靡變;眉批:此寫詩人之取譬。日華射處,並增燦而助瑩。始皓素之求侶,終微妙之相成。是則欲納凌陰,維璧與琬。眉批:此承上段,合寫題面、題意。獲符珪璋,亦微而婉。直如朱絲之繩,正有其源;清如玉壺之冰,良非無本。幻元霜於杵臼,不汝疵瑕;絶寸鐵于梨梅,莫或益損。節亮者望殊尊,守嚴者風彌遠。情但抱真,事未任智。愛身用以舉似,壯履規于馴致。乎尹旁達,思同德之所由;涸陰冱寒,問投機之奚自。眉批:以下歸題意收結。乃知冷艷并露,翕受使然。髮可鑑尚爲陋説,眉畢照豈屬虛傳?罄摹擬之至極,概粗疏之盡捐。契若兄弟之匪他,采不加於粉地;道惟爾我之有是,毫無雜于丹田。

渾樸堅凝,神理俱到,宛然初唐風格。

梯田賦以"瞻彼山田,如梯有級"爲韻。　　晉江王克峋

客有驅馬七閩之野,見夫蠻烟羃䍥,眉批:就七閩引入。蜑雨簾纖。牡蠣墻

頭,排迢遥之麥隴;離支花外,蓋周匝之茅檐。樓依劍水溪邊,千層迴矚;閣在幔亭峰畔,百尺群瞻。爰有山田,是誰疆理。突兀爲鄰,嶄巖相倚。昀昀者隰,眉批:此段入山田。段末起到"梯"字。勢將下而仍高;每每之邊,形既伏而還起。擬以奕棋之局,更覺崇如;方諸乘屋之梯,何慚劙彼。

爾其爲地則層巒岣巉,叠嶂迴環,薑叢忽闢,鳥道方攀。有類虵盤,眉批:寫梯田之地。誰料烏犍叱去;難容馬足,那知黃犢驅還。問綠畹之何方,溪深九曲;盼青畦兮是處,海聳三山。其爲狀則或升或降,若斷若連。橫斜凹凸,左右後前。散如邨落,眉批:寫梯田之狀。整似市廛。迂迴往復之中,綺交繡錯;屈曲崎嶇之内,南陌東阡。水複山重,疑是封苔之磴;花明柳暗,別成剔蘚之田。其爲田頗難舉似,其於梯亦可喻諸。隴上鋤雲,眉批:此段實賦題面。訝躡雲而出地;峰頭犁月,疑取月以凌虛。驚瑤草之拾來,芳疇草長;認綠桑之倚去,曲徑桑疏。既升階之有象,亦拾級之堪如。若夫秉耒之儔,連蹤以上;披蓑之輩,舉足方低。競欲摳衣指一層而更進,不須著屐望百丈而思躋。眉批:此段就耕者寫。亦田亦梯,組交綺合。結絕頂之苑廬,登樓酷似;蔭中峰之林樾,緣木亦齊。田如可夷,直欲荷移山之畚;階原天設,誰能去完廩之梯。

至若好雨一畦,春流十畝。灌何別於天淵,漑何分於前後。眉批:再就山田刻畫"梯"字滿足。潤盈科之懸瀑,抱甕奚勞？資激水以行山,推輪兼取。他時穫稻,攀援黃葉山頭;此日種秧,下上桃花洞口。雲泥一概,廛三百而俱占;霄壤齊觀,耦十千而咸有。既而割雲則萬井風清,炊玉則千家烟濕。稻傳再熟,南邦之土無不耕;畝收一鍾,東國之祥有再集。此由切本富於深宮,故能勤菑畬於小邑。眉批:頌揚作結。行見航越裳之海,穗秸皆輪;何止梯閩地之山,田園如級。

　　機調圓熟,刻畫處無斧鑿痕,自覺流利工雅。

　　　　　梯田賦以"瞻彼山田,如梯有級"爲韻。　　　晉江林萬青

　　芳邊日暖,綠野風恬。雉飛麥隴,犬吠茅檐。好雨一犁,方見平疇有事;寒泉幾道,非徒下隰是瞻。蓋阡陌之不恒,眉批:領起山田。坤輿亦拓;而橫縱之有

象,《艮》卦如占。當其禹甸肇開,眉批:就平地之田引入。周原初履。每蕩蕩以平夷,非巖巖而岌嶷。錯分上下,無非此界此疆;畎別南東,亦是我疆我理。方謂其平如砥,同桑田之説于;孰云有級如梯,眉批:入正面。異阪田之瞻彼。

若乃近崎嶇之地,依磈礨之山。眉批:先寫開山,逗起"梯"字意。闢蠶叢兮屈曲,開鳥道兮迴環。招力士以鑿來,黃犢無難于往返;召愚公而移去,青鞋若快夫登攀。不須泄泄闐闐,桑生畎外;自見高高下下,田在草間。

夫梯之爲象,積丈尋而高峻,具差等以緜延。眉批:此段寫"梯"字。釼砌則層層堪比,飛樓而處處相連。逢變幻之如仙,將矜取月;遇廣寒之有路,聊藉升天。此則攀木引繩,自誇崒崔,眉批:拍合到田。誰料綺交繡錯,可例園田。觀夫斜斜整整,密密疎疎。或連或斷,若實若虛。千重酷似,九仞宛如。眉批:實賦梯田。則爲長垂,非登樓而去矣;嶄岩未剗,詎完廩而捐諸?期瑤草之拾來,草奚須茀;想青雲之躡去,雲亦共鋤。

於是過紫陌,步青畦。盼昀昀兮依雲磴,眉批:寫瞻彼山田意。望每每兮近山谿。倬彼甫田,激水每分夫下上;易于長晦,種秧可辨乎東西。編徑畛則霄壤相懸,人難區之以井;通溝澮則天淵不隔,我惟擬之以梯。

爰見駿發爾私,思媚其婦。咸連步于岡巒,群摳衣于林藪。眉批:就耕田者寫。訝綠桑之堪倚,農事正忙;疑紫閣之共登,良朋成偶。惟不稼而不穡,難云貞吉階升;倘載柞而載芟,定見陳因歲取。固百億之不無,亦九年之必有。是蓋制産有恒,服田甚急。篝車滿處,爰陟屺而陟岡;蓑笠荷時,若徂畛而徂隰。水複山重之路,眉批:題後滿足。頃亦有千;蠻烟蜑雨之鄉,畝無妨十。在納其穗秸,既航海以輸誠;豈蓺彼稻粱,不梯山而拾級?

　　步驟安閒,正喻俱到。意境匀稱,雅合體裁。

　　　　梯田賦以"瞻彼山田,如梯有級"爲韻。　　　同安楊　城

緊層巒之壁立,聳萬丈兮留瞻。勢高盤於野外,形叠架乎峰尖。眉批:就"山"字起題意。開鑿何時,破天荒而獨創;延緣遞上,憑地勢以增添。初疑路入雲

衢,瑶草拾來不遠;却望人耕樹杪,綠桑倚去無嫌。爾乃因象呈奇,肖形相擬。眉批:入梯田。維田遠叠於巖端,如梯高插乎雲裏。巧布層層之勢,上接下連;勤催澤澤之耕,緣此升彼。等無容躐,真同天造地設之奇;狀若削成,堪詫鬼斧神工之技。田稱上上,畝亦閒閒。課園丁於秋隴,畦菜甲於晴山。眉批:承上實賦。穀雨來時,綠漲而梯痕掩冉;桑暾照處,紅侵而梯影斑斕。剛逢舉趾之辰,連步以上;恰對當頭之月,引乎欲攀。則見是穟是蓑,若引若連。陟則在巘,眉批:此段就田實寫,下二段就耕田之人寫。倬彼甫田。比猱升而緣木,依鳥道以齊天。其登也,俯林木之參差,怳倚欄干十二;其降也,仰桑麻之縹緲,宛凌世界三千。天外浮嵐,幻空中之樓閣;隴頭積翠,躡絕頂之雲烟。擬鑿險以縋幽,步步入勝;試登峰而造極,飄飄欲仙。

爰有山農携鎡,野老荷鋤。眉批:此就男人寫。陟崚嶒以眺望,依犖确而菑畬。春雨犂邊,偶尋蹊而嫌滑;秋風阪上,每着步而來徐。試小立於稻畦,應防履錯;時踏歌於莎徑,酷似凌虛。豈訪雲階月窟之踪,欲摩穹兮直上;倘吟採藥看花之句,比扶杖兮何如。又有携筐少婦,饁餉山妻,趁三春之曉霽,眉批:此就女人寫。出二月之香閨。最憐磴級露濡,湘裙染翠;頗愛層痕印淺,羅韈沾泥。結伴行遲,想追攀而歷亂;經過路險,亦緩步以登隮。乍疑閬苑歸來,遠上瓊華之闕;錯認蟾宮謫降,漸辭玉宇之梯。

彼夫上下厥田,眉批:陪寫開合,以疏其氣。南東其畝。三百取禾,十千維耦。或成畊畫之文,或世井疆之守。然而耕雲鋤雨,祇稱平地之農;望杏瞻蒲,空仰下民之首。惟茲千層嶡屴,遠則俯瞰乎川原,萬級崔嵬,高如上摘乎星斗。遂使蘁叢獨闢,嶔嶔皆上地之腴;鴉嘴相連,嶢确勝平疇之厚。艱難以趨稼穡,既登者歲慶屢豐;率育而遍來牟,中熟者年亦大有。

洪惟聖天子貴粟重農,眉批:頌揚結。春省秋給。鷺鵁青旂之駕,勤課其耘;紺轅縹軛之旁,欣歌乃粒。所以割黃雲於嶺上,層又數層;叠翠浪於陌頭,級高一級。納稼禾者接武同升,踏棧度者懸崖孤立。信是康由天降,好將穗秸以納來;并看誠自遠輸,莫不梯航而貢集。

才情茂逸,刻畫鮮明。

敬勝義勝賦以"敬勝則吉,義勝則昌"爲韻。　　晉江陳宗疇

　　緬郅治之隆平,勅幾康於神聖。懋大德以建中,迪前光而執競。偏私悉泯,惟秉義以提綱;安肆早除,仰宅心之主敬。眉批:總挈全題。葆懷來於有密,浩浩其天;屏聲色之外緣,存存成性。

　　維昔成周,武功耆定。秉黃鉞而乍麾,眉批:原題。誦丹書而敬聽。盤盂几杖,垂銘訓兮心存;周召畢榮,劻贊襄兮職稱。雖陳疇訪範,道契乎刻玉披圖;眉批:起題。獻雉貢葵,瑞比於金船丹甑。猶必辨理欲於幾希,凜公私之交勝。其居敬也,功必乾乾,心惟翼翼。眉批:此段賦敬勝。惕衾影於旦明,悚鑒臨於淵默。盟心若水,嚴冒貢於非幾;防意如城,務己私之必克。敬則無逸,知稼穡之艱難;敬則罔愆,示臣僚以法則。其制義也,夙著範圍,眉批:此段賦義勝。常操慎密。義與利背,剖析勿惑他歧;義與欲分,閑存務嚴爾室。義爲質也,化適莫而胥捐;義若路然,遵蕩平而罔軼。當夫樞機獨運,徵向化之攸同;迨乎操縱自如,儼行軍之有律。宰萬事之紛紜,登兆民於迪吉。

　　於是敬義常伸,謨猷悉備。向郊壇而對越,眉批:此段總承合發。敬著肅雍;統淑慝而甄陶,義神措置。燕閒寂處,顰笑必矢端莊;龍袞照臨,權衡悉分品類。爲想乎成一德,蘊甲胄於胸懷;居然動出萬全,成干櫓於禮義。良由劼毖永貞,緝熙綿亘。羌黽勉以交修,眉批:承上實賦"勝"字,亦洗發不落空。亦就將其靡罄。《采齊》《肆夏》,恍止齊步伐之不愆;雷令風行,早禦侮後先之交應。誰解敬容穆穆,首存五事之中;須思義氣稜稜,應作三軍之勝。有是哉化始《二南》,武成七德。如同金鏡之箴,迥異韜鈐之式。眉批:題之韻脚,出《後漢書》。補出此層,更見完密。乃考後漢之史書,稽光武之銘刻。臨深履薄,奉斯語爲法程;禹律軒圖,鏡前修而警敕。曩日爲山聚米,處帳幄以運籌;斯時息馬投戈,統垓埏而作則。

　　恭惟聖天子功高虞、夏,道闡羲、黃。端辰居之錫極,眉批:頌揚結。勤乙夜而披章。敬授人時,肅紀綱之百度;宣昭義問,頒彝憲於萬方。猶復有翼有嚴,

仰宸修之茂密；眉批：收束鎮重。固宜無偏無黨，煥帝治之光昌。

分疏合發，警鍊光昌，如珠在貫，如金在鎔。

斲雕爲樸賦以"除去文飾，歸彼淳樸"爲韻。　　安溪陳科捷

緬彼漢家之治，眉批：原題起。承乎秦氏之餘。政術悉原乎黃老，風規如溯乎太初。典章則還文於質，法網則轉密爲疏。謀向郊原，僅見叔孫之禮樂；取之册府，徒存鄭國之圖書。百戰功成，馬上之遺風猶昨；三章約在，關中之苛令已除。恐雕鏤之用爲工，去其泰甚；惟渾樸之風是尚，眉批：點題。守厥權輿。爾其草創纔經，浮華務去。眉批：此段言風化之施。舞文之吏靡興，讒説之徒長拒。賜先父老，敦孝弟於窮簷；產惜中人，飭儉恭於禁籞。瞻土木則未央，長樂寧急前圖；仰壇壝則大畤，甘泉還從後舉。百僚冲約以從風，萬物恬熙而得所。所以遵兹澹薄，眉批：此段言政俗之行。舍却紛紜。俾力農而勤織，勿組纂以鏤文。弓矢斯張，更何施於寶玉；尊罍具列，良不假于雷雲。土鼓簣桴，合神人而共奏；金徽瑤管，當問燕以無聞。有楗桷以庇身，豈藉丹青之飾；苟弋綈之適體，奚煩錦繡之紋？

蓋由葆其天真，惜乎物力。欲返古以如炎如羲，眉批：此段再言其故。豈化今以爲晏爲墨？知雕之風日趨而靡止，乃作法於凉；見樸之用每折而仍全，乃因時垂則。觚不觚而聽其自然，事無事而祛其過刻。與民更始，道最切于推誠；使世可行，法毋容以致飾。此太史之微言，有以見卯金之明德也。

是知王者長駕而遠馭，眉批：二段收束完題。亦謹小以慎微。獄市常憂一擾，簿書奚補萬幾？匪紛華以共事，惟渾默之同歸。鈎距何情，豈藉深文之吏；筆刀雖設，長存不顯之威。其雕也若然，其樸也如彼。想申、韓之爲心，視班、垂而更侈。事無貴於虛文，律獨嚴于巧抵。期善作以善成，俾有張而有弛。昭典型于一代，奉切盤匜；播軌度于群工，飭深簠簋。

國家重熙累洽，眉批：二段頌揚結，亦合題面發揮。俗厚風淳。既渾渾而噩噩，復炳炳以麟麟。業繼箕裘，舊章不替。氣蒸模冶，大器常新。甄陶兼及萬彙，樞極

運于一人。所以垂衣而致雍熙,搢珽而欽肅穆。華祝者輸心,衢歌者鼓腹。世極崇隆,民安茂樸。銘盤箴牖,猶兢兆庶之依;玉簡金甌,何止千齡之卜。

質厚以醇,氣清而健。題義、題面,正喻交融。

闢宇啓籥賦以"和風起而儀鳳"爲韻。　　南安徐玉本

昔在晉世之舉賢也,地綱宏設,天網廣羅。蔚龍興而雲慶,眉批:就《晉書》起,渾冒全題。儀鳳舞而風和。既飛翹於巖穴,復託乘於津河。禮門義路之遵循,並收蒿艾;聖域賢關之鼓舞,雅咏《菁莪》。立極開元,辟九臯則廣延士雋;盈朝闢宇,啓四籥則齊集王多。於是平原陸雲,生逢盛世,眉批:此段入陸雲傳。善頌淵衷。林少伐檀,正值舉元薦愷;庭升荒芷,咸欣明目達聰。天開群玉之府,人到蕊珠之宮。策進黃軒,均沾化雨;身揚白屋,載扇淳風。清德鳳翔,開軌物於三無以上;彥英梟藻,運陶鈞於九有之中。

爾其闢宇也,材隆大廈,幹採玆巖;道博漢京,門開若市。眉批:此段賦闢宇。丕宏選佛之場,遠播鳴珂之里。木應占祥於百室,步雲衢則結綬彈冠;桂偏擢秀於一枝,探月窟則紆青拖紫。集賢良爲德棟,夏屋渠渠;環衆説爲經郛,福門止止。固莫不鵠峙鷺停,蛟騰鳳起。猶恐搜羅之未備,眉批:此段賦啓籥。更加槖籥之無遺。古器精金,元模默運。重關叠鎖,幽鍵誰司?鶴野聞聲,真覺聽金不寐;鴻逵得路,雅堪勘鑰以匙。棟梁榱桷之俱登,龍門啓處;杞梓蘭芨之並獻,鳳管開時。歌作人秀挺珪璋,路能由是;慶多士音殊金玉,室豈遠而?福禄之林可造,壽仁之域爰窺。所以龍翔濟濟,鳳翽師師。眉批:此段總發。良才光贊,髦士用儀。空如鑑而平如衡,三升直上;獻其能而收其器,四岳攸咨。從善若登,託庇者升堂覿奧;得門寧寡,成材者厚棟奠基。果然臺是登春,慶風雲之際會;到底室能生白,遊日月之恬熙。

今我皇上宏開鐵網,璧擬金方;朗徹冰壺,珠論玉貢。庭則擅夫握蛇,門則光夫吐鳳。作文林之表式,歌兔罝于中林。眉批:頌揚作結。隆國棟之栽培,荷鴻庥于上棟。現出嫏嬛福地,匝寓蒙恩;遊將快樂仙宮,賓門選衆。彼有晉之鋪

揚,又烏能相與伯仲哉?

　　樹義精深,鑄辭宏偉,固是鳳閣鉅觀。

　　　　　闓宇啓籥賦以"和風起而儀鳳"爲韻。　　　晉江周學曾

　　稽陸雲之紀傳,眉批:原題總起。有晉氏之廣羅。喜人才之傑出,樂薦舉於英多。太宇宏開,翼鳳振翔天之采;四門遠播,蒼龍興躍海之波。雅宜仁義爲巢,摘霞光於玉宇;劇稱山淵合量,充圖錄於瑩河。禮門啓向三宮,登梁棟而廟廊合選;聖域昭來八極,運陶鈞而橐籥含和。眉批:就治化入。

　　原夫休徵廣被,大化攸同。出經綸於日下,扶潤色於天東。立極開元,紫府曾看託驥;達聰明目,青衢並擅儀鴻。於是鼇紀宏張,翱翔鴛鷺;鵬霄振發,馳騁羆熊。拱德棟於黃軒,輝通寰宇;闓福門於赤縣,道洽祥風。則見合明良,歌喜起,鐵網舒,元綱理。眉批:以下賦題面。天開日朗,真成四達之衢;衡正階平,共暢八風之旨。允出才之路博,地化魚龍;見積屋之木高,門充杞梓。指六經爲堂奧,規模則四海爲家;擴萬物之津梁,開闢則重關載紀。

　　爾乃人文意重,風雅教垂。騏駬齊鑣,八駿得馳驅之地;樞機默運,九鴻宏管籥之基。昭潤澤於青雲,衣冠翔步;拓回泉於圓海,牖户無私。抱表懷繩,造大廈則精華蔚若;升堂入室,秉洪鈞則氣象偉而。野辭九皋,鳧藻耀升龍之象;木登大匠,鹿鳴占翽鳳之期。由此群士應時而起,眉批:此就賢才寫。衆才以類而知。捧日有心,進皇階而舞蹈;梯雲得路,入帝座以追隨。信看德寓丕宏,日衢耀高明之彩;何異斗杓在御,天籥停啓閉之司。明堂禮義之宮,鴻軒廣造;璧府圖書之闕,鳳管遙披。瑞玉晴川,開襟茂對;昂霄聳壑,納牖同熙。騁才俊之縱橫,合是福堂楨幹;啓户庭之廣遠,允爲禮圃光儀。

　　我皇上道妙乘時,賢收選衆。才清秀策,綏是結而冠是彈;文美名香,眉批:頌揚結。珠爲論而玉爲貢。天衢雲霽,途開四極之輝;聖室光生,才盡萬間之棟。顯少微於西極,尊風與陵雪並高;擴文陣之長城,秋月偕晴雲齊送。穎標岩穴,環海宇而優游;乘託河津,御賓門而磬控。則何不三才合度,天遊萬仞之鱗;八

柱承徽，人簇九苞之鳳也哉？

鳳翥鸞翔，高文典册。原評

中和節百官進農書賦以題爲韻。　　惠安楊思聰

民天惟食，眉批：總冒。平秩自東。問八政之居先，道宜稽事；咨群僚以交贊，治協和衷。將有益而卷開幾暇，庶陳圖如矇誦聲中。未詔螯成於維暮，先申敬爾于在公。眉批：原題，先敘改定中和節。

原夫鄴侯改制，唐軌更訑。陋晦日于貞元，敕移休澣；當仲春之初吉，節定中和。駘蕩韶光，緑野春晴雨足；芳菲生意，繡塍塵軟風過。彼句萌之萬物，各自樂兮如何。眉批：接寫中和節，孕起"農"字意。於是陽氣蒸濡，春泉清洌。微動土膏，齊回軋苗。養花天裏，數行榆莢葳蕤；布穀聲間，十里桑麻點綴。宜春酒罷，邨邨碌碡去忙；生子囊餘，處處笠蓑未輟。休說翠幰緣幄，闠上巳之繁華；漫同小鼓么琴，度天正而紀節。是宜念卑服康田，史書禾麥。眉批：接寫重農，引起百官，孕書字意。何分厥有年中年無年，孰別夫一易再易不易。雖祈年勸相，田疇已首推三；恐暑雨祁寒，補助難終畝百。君曰疇知稼穡，往欽哉匡余一人；臣曰政在養民，贊襄哉率我百辟。

於是準《月令》，按《周官》，眉批：實寫農書。搜羅雲屬，箋注星攢。或草泥穈畯，或黍穀春闌。不周粟，元山禾，種宜致辨；陽山穄，南海秬，類可畢嫥。耒耜成經，器則冶金斲木；田家占候，時則暘雨燠寒。況復瓜緜棗熟，蠶老桑殘。社方貓虎，土鼓黃冠。咸登朝宁，備載文翰。庶幾悉土物於五方，原高隰下；協農時於九穀，風霽露團。爾其魚佩容都，鯨鐘響振。眉批：實寫進農書。仿《豳詩》之故事，上自台衡；效保介之來咨，下通田畯。不煩三篋，別有謨猷；非必萬言，咸傾忠藎。如將封事，量日影於花磚；勝上地圖，雜雲瞻於琛賮。所爲從容而陳，拜手以進者也。

維時唐帝，乃登紫極，駕蒼龍。晴臨仙仗，春滿雲松。玉案堆來，裝緘雅飭；眉批：此就受其書寫。瑶函開處，字畫橫縱。繙餘筆，點墨丹，薰琴乍歇；覽去意，兼

詩畫，乙夜未慵。想見杏雨菖煙，白鷺水田點點；風塲霜圃，黃塵村路重重。知《烝民》之率育，眉批：略用陪筆。在貴粟而重農。是日也，廷開喜起，殿集簪裾。戚里尺傳，歸六府三事之內；欽天時授，準作訛成易之初。總以留心地利，軫念耕餘。宜乎惜粒食於田功，眉批：收結。黍粟記司農之獻；重民依于職事，臣鄰詳本業之書。農首春耕，二月諏吉辰而入告；治宜共濟，百官先小卯以篤攄。是知禪文芝曲，不逮農祥；瑞麥嘉禾，斯稱本固。惟盛世之時和，慶大田之豐屢。兢業事康，協恭道裕。又何必金錢會上，眉批：後路點染。空聞絲管之喧；撲蝶亭中，漫抒珠璣之賦。

櫛比鱗次，和雅雍容。

貞元陸宣公主試賦以題爲韻。　　晉江陳時昌

春官太史，試院文衡。眉批：起筆冠冕。權司校士，職入承明。文運宏開，盛治叶鼓鐘之化；人才廣聚，承平奏雅頌之聲。豈五色而目迷是誠，自群材而手拔已貞。遊馬足於長安，盡赴春官之試；錫鸑音於禮部，竟傳主院之名。

惟唐德宗之世，敬脩文教，紀號貞元。講席集賢，院開麗正，眉批：此段寫天子開科。題名列字，寺敞慈恩。思報國獨有文章，誰具掄才之識；念經邦端資黼黻，宜開策士之門。執玉尺以量才，閣臣待命；立金門而讀詔，天子臨軒。眉批：入命宣公主試。廼命宣公，大興培育。以宏神京，以追棫樸。取材實備於六朝，得士無殊於二陸。彼其初當年少，內相榮名；不負生平，諫言累牘。遂使黃麻受詔，上主禮闈；能將青眼憐才，下觀場屋。幾番更直，新承內禁之綸音；一代文昌，再煥中唐之科目。

於是春恩浩蕩，眉批：此寫士子入闈。禁署傳宣。天街互擁，雲路爭先。聽鈴聲於鎖院，候日影於花磚。盼足下之雲生，集紫綬蟬聯而進；望諸生之霞舉，紛白袍鵠立以前。星使新頒文柄，應歸詞翰；風簷爭試高才，誰是謫仙？深沉院裏，肅靜闈中。筆鋒璀璨，墨瀋光融。選詞命意，黜怪求工。眉批：此寫闈中文戰。俊才登而不抑，私託絕以明公。百道詞章，真堪射斗；一毫關節，洵不通風。詩

製韻於御溝，衣沾柳綠；賦分題於明水，筆襯花紅。照來千朵白蓮，騰雲烟於東壁；唱盡三條紅燭，畫風月於南宮。遂乃出天門，眉批：此寫放榜。開殿宇。澹墨紙張，香名字縷。臚唱標聲，鼓吹按部。走馬争看，乘龍快覩。紅綾賜後，儘多門集鸞鳳；黃紙貼時，不愧榜稱龍虎。兆叶芙蓉鏡裏，消空江秋水之吟；香生桃李園中，報及第春風之府。可是鰲頭占去，傳批詔之門生；依然鳳沼歸來，記登庸之座主。

千古佳談，一朝靈瑞。惟賞鑑之獨真，自賢才之畢試。眉批：此寫一時得人之盛。偉兹昌黎，沛然道義。崔群則比於白日青天，李絳則著其忠言直志。王湿秉鈞軸之權，馮宿掌絲綸之位。歐陽職居博士，仁孝聲傳；元賓官止校書，潔清節異。當日師門同出，座芬玉筍之班；爾時春榜齊登，帖寫銀鈎之字。從此文詞競市，飛來翰藻新聲，何殊衣鉢相傳，添得廟堂故事。

方今鳳閣高搴，龍樓遠赴。宸章炳焕，眉批：頌揚結。聲教覃敷。睿藻輝煌，文思廣布。詔傳視覺，廣收玉鳳之篇；人赴棘闈，高折銀蟾之樹。從紫陌以尋春，喜青霄之得路。將捧名經而看千佛，多士登科；且侍香案而引群仙，詞林奏賦。

筆仗光芒，辭藻冠冕。官樣文章，雅與題稱。敷陳處俱能照主試，着筆不泛填應試字句，故為藻不妄抒。

温陵賦鈔卷七

律　體

砥厲廉隅賦以"儒者不刓，方以爲圓"爲韻。　　晉江張光憲

士期樹立，必重楷模。凛方正以自持，硜硜介節；恥圓融之非計，眉批：此段總起。抑抑德隅。既表正而形端，神常存於守軌；亦外方而内直，志每恥於破觚。卓彼孤標，尚其及鋒而用；操兹峻節，真堪磨厲以須。蓋必廉隅之是飭，斯爲砥厲之鴻儒。

懿夫學尚精嚴，性宜陶冶。眉批：此段寫要砥厲之故。惟不逐於時流，乃無羞於學者。仰不磷之操，不曰堅乎；矢如石之貞，不可轉也。倘順脂韋之故習，終嫌錯矩而偭規；非高峻削之孤踪，寧不毁方而合瓦。是以道貴自持，節宜不屈。凛嶢嶢之易缺，勵志則然；眉批：此段入題。矢介介以自堅，脩身豈不？雖無虧於昭質，自見剛方；還有待於功脩，頻加拭拂。苟砥節之未彰，何以不推移乎物？於是磨礱志切，激厲功殫。鑽之彌堅，眉批：此二段實賦題面。豈云剛則必折；確乎不拔，何慮方之易刓。雖觚稜之太露，覺圭角之常完。如堂之有廉焉，簷牙卓卓；如階之有隅也，磐石安安。擬其貞修，固堅强之難犯；論其梗概，亦勁直之不刊。

爾其岩岩表象，嶽嶽懷方。眉批：此又言其砥礪之具。以道義爲琢磨之具，以詩書爲淬礪之場。借攻錯於他山，完兹勁節；儼陶鎔於良冶，勵彼堅剛。伊鋒銛而芒鋭，藉刮垢以磨光。何殊刃發於硎，淬淪其鍔；無異玉輝於璞，追琢其章。洵廉隅之克守，因砥礪而益彰。所以禮門義路，斯道必由；行表言坊，眉批：收完題面。君子所履。砥其行也，確然示正直之可風；礪其節焉，凛然戒模稜之足鄙。

樹厥清丰，成茲懿軌。伊芳躅之足欽，信嘉修之所以。不雕不琢，若全渾朴之天真；如切如磋，益裕典型之粹美。

我皇上大觀在上，至道無私。立懦廉頑，納萬方於軌物；磨鈍勵世，眉批：此二段頌揚作結。勗九有之風規。宜乎練要之儒，咸思共奮；闇修之士，群識自爲。當斯時也，作礪者懷材欲試，敦廉者操行益堅。礱斲功深，懷席珍而待聘；圭璋成器，競抱璞而欲前。類從繩之則直，豈因方以爲圓？疇不争自濯磨，以無負聖天子作厲之大權。

靠題發揮，語見精彩。

寧靜致遠賦 以"非寧靜無以致遠"爲韻。　　晉江張光憲

縶寸心之恬澹，綜百事而範圍。知安貞之爲吉，悟憧擾之多非。眉批：渾括大意。一塵不染，萬感俱希。息之深深既退藏於至密，達之亹亹自攸往而弗違。

原夫乾專而靜，地一以寧。眉批：探根躡窟，原題之蘊。道原邃密，心本虛靈。太極之機緘，固廓然其不雜；陰陽之橐籥，亦混兮其無形。消息微參，通神明於於穆；元亨未起，蘊出入於虛冥。於是守寂抱虛，眉批：此段實賦寧靜。潛乎默領。馨澄心以爲宅，素蘊靈明；渺衆慮而不緣，無容馳騁。風光月霽，有以净其襟懷；味澹聲希，用以澄其意境。斯誠握徑寸之晶瑩，而足貽泰宇之寧靜。

彼其潛心不露，盛德若愚。將何思而何慮，眉批：此段實賦致遠，轉折自如，妙義環生。亦若虛而若無。然而靜與爲主，動實相須。類勿用於潛龍，卷之愈密；如求伸於尺蠖，用之則孚。當行庭之不見，裕利涉以無虞。聖域賢關，優其邁往；登峰造極，任厥馳驅。瑩然粹然，心以清而不滓；可大可久，道以蓄而非迂。是蓋溯不動之寂然，眉批：此二段總承實賦，層次亦極分明。知感通之有以。惟虛則直，清其鑑於不聞不覩之先；無欲故通，儲其精於有爲有能之始。允矣儒生氣象，功課於虛；洵乎王佐謀猷，道充諸己。然則業在自脩，道期無累。抱經綸於在宥，藏器以深；澹物欲於先幾，歛鋒不試。將殊途而同歸，亦百慮而一致。苟余情之渺渺，用志不紛；將脩道之遥遥，行遠有自。緬往哲之芳型，仰前徽而如企。況乎

世際昇平，道探原本。静專動直，偕天地以同符；軼後超前，邁帝王而猶遠。眉批：頌揚合題。仰聖學之高深，勵下士之忱悃。何殊向若而驚，無異臨崖而返。敢不洗心滌慮，捐沓至之紛華；息志凝神，探前途之奧閫。

理扶質以立幹，文垂條而結繁。息深達豎，的是到家。

大德不德，下德不失德賦　　晉江張英傳

原夫秉彝既具，眉批：原題之前起到題。禀賦維良。未分百慮，同具五常。迨渾沌之漸破，遂懷抱之殊方。有色有形，衍出萬端變化；見仁見智，各循一派津梁。故植品之攸分，淵源以判；斯稱名之各異，等級攸彰。

爰有大德獨登，形容難指。眉批：一段大德。浩乎無涯，淵然無涘。不思不勉，由來通變隨機；乃聖乃神，豈以偏端著美？從心規矩，符太上之無名；隨手經綸，異片長之徒恃。任是樂山樂水，叩之穆如；渾乎一藝一材，望之卓爾。維彼小德，聊以自全。眉批：一段小德。踰閑是戒，潔己爲先。一片硜硜，豈比金聲玉振；予懷耿耿，愧言學聖希賢。倘云蕩廢準繩，雖不至此；如曰備全德器，未敢謂然。守轍循塗，清夜之問心無愧；省身克己，旦明之勵志維堅。望不官不器之程，趨之欲赴；守亦步亦趨之矩，致之以專。

蓋惟品詣分途，高卑異路。或造極而登峰，或蹈常而習故。眉批：此段總發。就深就淺，從來以漸而升；斯邁斯征，庶得以安而固。道無方而無體，惟化者爲能渾跡于淵微；詣或精而或粗，苟守之亦足律身於軌度。乃知德原同具，人自有爲。彼大德乃積小以高大，即下德亦登高之自卑。眉批：此段言下德俱可進于大德。由善信而至於神，何人不可語上；循轍跡而安其舊，作聖亦以有基。願親江漢秋陽，登于彼岸；勿任山蹊茅塞，引以他歧。

惟我皇上巍蕩則天，歛敷何迹。無聲無臭，已通帝載于精微；亦保亦臨，眉批：頌揚結。猶切聖功之增益。將見薰陶所被，中材胥已成功；樂育之休，下學皆能有獲。從兹大德下德，胥仰甄陶，又何有能有猷，不霑化澤也哉？

分發合發，各還實義，妙無影響之談。

秋夜讀書賦以題為韻。　　　晉江張慎德

縶金風之徐拂，秉玉軸而冥搜。繼晷燃膏，慮每澄於清夜；枕經藉史，功不輟於素秋。四座勿喧，騰書聲而朗朗；眉批：渾寫題意。萬緣俱寂，渺意象以悠悠。幾歷五更之漏，獨憑萬卷之樓。手不停披，何啻書淫而左癖；目不給賞，洵稱充棟而汗牛。

原夫業精於勤，時不可假。窮年矻志，眉批：先賦讀書，題前拓步。既不扇而不爐；刻意銘心，亦無冬而無夏。金雞警兮向晨，玉漏催兮問夜。誠拱璧之足珍，比千金之為價。夫固涉獵乎西園之富，歷四序而皆然；包羅乎秘閣之藏，雖片時而罔暇。乃者白帝乘時，朱明退伏，眉批：次入秋夜。菊綻疎籬，蘭芳空谷。乍來爽氣，燠寒遇其平分；正值日中，昏旦均其疾速。蓋秋主乎兌，將研慮而悅心；夜求諸陰，復凝神而游目。美景斯逢，通宵可卜。樺燭三條，珠璣萬斛。桂枝盈砌，飄芸軸而香襲簡編；蟾魄窺簾，映縹緗而光襯書簏。漏寂歷而響沉，燈晶瑩而影獨。胸懷灑落，渾消宋玉之悲；志氣精專，願效歐陽之讀。

於斯時也，披子史，擁圖書，搜四部，探五車。月白風清，蘇學士之鴻裁留心玩味；眉批：即景生情，淋漓興會。雲微河淡，孟襄陽之雅句滿志躊躇。鐵馬錚錚，簾外推敲以和汝；寒螿唧唧，壁間斷續而助予。開卷有得，其樂只且。凡觸當前之萬象，皆助興會於三餘。當其載咏載吟，且歌且賦。耿耿不寐，何煩蘇氏之錐；落落寡儔，未接袁宏之步。方且茹實咀華，知新溫故。叩寂寞以相求，想羹墻之如晤。眉批：去路悠然。幾不計乎春秋，又遑知夫旦暮？俄而蝶夢之未成，忽覺梟鐘之已度。

胸懷灑落，興趣清超，想作者自寫其會心不遠之致。

三冬文史足用賦以題為韻。　　　晉江許邦光

東方朔抱異材之瓌瑋，儲美質於梗楠。積學而世推經笥，妙齡則日對書龕。金馬門前，曾承詔敕；麒麟殿上，眉批：起題渾雅。初列朝參。獨宏淹雅之稱，寧止

胸懷藏萬;來應賢良之選,如同策問奏三。乃拜手稽首而上書曰:眉批:入上書,起到博學意。臣以一介,躬侍九重。位不都乎卿相,名早擅夫儒宗。擊劍學書,成童夙好;博聞辨智,幼慧攸鍾。瓊島十洲,記徧蒐乎方夏;瑤編萬卷,讀不間于嚴冬。當夫窮年冊誦,繼晷膏焚。每閉廬而功苦,詎窺園而志紛。滿床凍筆待呵,字挾風霜之氣;一點寒燈耐冷,眉批:入足用。篇連月露之文。自可禦冬門外,雪深數尺;何論餘歲庭中,陰惜計分。則有象數既陳,鴻章肇起。眉批:此段賦文。玉版金鏤之奇,馬圖龜疇之始。闡三才之彝訓,文能宗經;洩兩大之苞符,文皆精理。取其多者爲富,宛倒廩而傾囷;極乎博以致詳,紛左圖而右史。若乃鳳紀披函,眉批:此段賦史。麟經吐玉。綴事編年之有法,總屬微言;騰褒裁貶之必嚴,胥徵實錄。收千年之寶貴,不數球琳;綜百代之典章,如探菽粟。行將兀兀,業原必精於勤;敢詡便便,學然後知不足。蓋向藝圃以樵蘇,眉批:總賦由其勤學,是以足用,完題面。開書田而蒔種;獵漁則美必兼收,枕葄亦功期致用。府探群玉,幾許蒐羅;船獲真珠,倍加鄭重。稼穡豐年之蓄積,莫罄珍藏;太羹雜俎之充盈,常饒清供。此臣所以當卒歲而徬徨,合百家爲貫綜者也。

是其肆力鉛丹,遊思竹素,無間始終,奚分新故?眉批:題後。棄測來來之字,偏欲問奇;蓄占脈脈之詞,何如妙悟?書奏三千餘牘,當年策上公車;口誦四十萬言,昔日胸羅武庫。然大言固屬近夸,倡辨終非本務。未若聖朝崇尚儒修,天子廣開賢路。賜爲宰相,眉批:頌揚結。必用讀書之人;號取大夫,盡是登高能賦。將見杖燃藜火,定來秘閣下觀;豈其天降歲星,遂讓漢時獨步。

天惟大雅,卓爾不群。

五經爲衆說郛賦以題爲韻。　　晉江龔維琛

揚子雲囊括書林,眉批:原題直起。包羅藝府。篋早讀三,車曾閱五。既用賦而升堂,更宗經而託宇。推折衷於一是,仰之彌高;隨睥睨於群儒,觀者如堵。爰取譬乎爲郛,疇貽譏於踰矩。

原夫圖書啓奧,雅誥垂型。或爲筆爲削,眉批:叙五經,即拖起"郛"字意。或有

曲有經。聖域巍然,本閎中以肆外;賢關屹若,儼列屋而閉肩。不由户者誰能書,宜陳夫庚子;得其門者或寡藏,孰括乎丙丁？若夫衆説之雜陳也,眉批:叙衆説,回合五經爲郛意。名法之家,九流備列;子史之部,三味並垂。共懷鉛而握槧,咸布席而披帷。門户自張,面乎墙者徒立;藩籬雖寄,遊於聖者難爲。似擁百城,夐乎尚矣;如瞻五仞,跂予望之。其作郛也,以義理爲垣墉,以道德爲基棟。眉批:此段叙五經所以爲郛。以删定爲繕修,以聖賢爲帷幪。樹無形之保障,壁壘一新;立斯道之干城,夫門誰豇？縱令偏師直擣,鑽而彌堅;寧虞入室操戈,攻之者衆。第見奥義並包,名辭高揭。大哉聖人之道,下學者言就爾居,眉批:實疏爲郛,言恢之而彌廣。廓乎夫子之墙,及肩者善爲之説。通户牖於賈、王、鄭、孔,槖鑰默司;闡閫奥於周、邵、程、朱,金湯隱設。卮言不越範圍,秭語胥歸鍵閉。高高其在上也,遥知從善如登;恢恢其有容乎,一任分門而列。豈斬關以奪隘,豈告命於入郛？奠厥攸居,窺牢籠於邊笱,眉批:暢所欲言,絶無影響。確乎不拔,羨崇仡於陸厨。有客解圍,疑經者乘堘弗克;莫予敢侮,尊經者循墙而趨。燦乎五緯之經天,會文章於琳府;巍乎五嶽之配地,羅丘索於瓊都。

方今聖天子渠閣招賢,經筵宣諭。示我周行,循夫故步。師欽面北,群通乎册府儒林;望重指南,快覩乎禮門義路。通計三年,學深五庫。眉批:到底不懈。固已堂開肅肅,琅函軼委宛之文;奚論殿美巍巍,傑構誇靈光之賦。

　　就五經衆説,確貼"郛"字立論,原原本本,旁推交通,洵戛戛獨造之作。

爾雅爲九流津涉賦以"藻客英儒,靡不耽味"爲韻。

晋江蔡常雲

啓載籍以摛華,眉批:原題總起。披遺經而搵藻。彼元聖之文章,經西河之尋討。箋蟲魚於郭璞,遂爲學苑共珍;辨豹鼠於終軍,尤使詞壇争寶。支分派別,千江匯以合流;遡委窮源,九達通其孔道。則有士人,爰稱文客。倫常道德,眉批:此段儒家流。明訓義以增修;禮樂詩書,辨方名而獲益。雖以龍門積策,何只千篇；要之虎觀談經，必先四釋。斯沿泝以相從，極泳游之自昔。其或緇黃異彥，道墨殊英。承史胥之逸軌，載巫祝之餘聲。《書》克讓，眉批：此段道家流、墨家流、名家流。《易》鳴謙，非推原之無自；奉郊壇，祠寢廟，亦受法之易明。第是畢律方言，究何爲而難混；其於商周繹號，皆有賴于別清。他若農多爲士，法亦本儒。秬黍糜苗，眉批：此段農家流、法家流。知榮英而實秀；柯刑律矩，辨鹹獲與囚拘。苟或觀種書而錯解，守成憲以徒愚。漢陰丈人每自勞於滋灌，河上卿尹將民狎而溺濡。至於步推遥遥，眉批：此段陰陽家流、縱橫家流。行邁靡靡。保章訪厥天文，郵驛詢其地理。陽名歲月，災祥歷歷可稽；藪野丘陵，府極明明堪紀。是雖窮星河于漢表，未必難通；寧云測宿海於泓坳，誰知所底？亦有繁稱博引，大小兼該。巷議街談，收羅罔不。眉批：此段雜家流。説或訝於支離，文多參以詰屈。石金珠玉，披圖共考其珍；卭蠻鰈鵝，鑄鼎同昭其物。豈其泛濫而無歸，將至波流之肆拂。凡皆涵濡無倦，浸潤是耽。眉批：此段總。比迷津之資筏，寧過涉以没驂。就淺就深，因人胥別；爲清爲濁，取類並參。如大海之瀠洄，難窮一一；等洪河之曲折，恰數三三。

後之人向涇渭以分流，從淄澠而辨味。眉批：此段就後人説。合五雅而助波瀾，衷群言以資灌溉。或有觀於流水，盈科乃行；將如許以問渠，有本斯貴。是其問津昔聖，共知辨論之功；於以平涉中流，獲免桿維之畏。

窮源溯委，縷析條分，妙於"津"、"涉"二字，俱有關會，故能語必透宗，藻不妄抒。

熟精文選理賦以題爲韻。　　　　　晉江張繼聲

梁太子博望招賢，眉批：先就《文選》講起，原委分明。留心簡牘。有美皆收，無書不讀。位儲宮而象應台星，開寶笈而芬流汗竹。自周室以沿兩晉，編卷者積十有三；因崇賢而及五臣，注言者增三得六。如彼陶鮑異器，供我聽聞；宛同蕭鷇垂輝，顯人眉目。眉批：點"熟"字。作於前者，固心裁之獨標；述於後者，寧耳食之不熟。

緊盛唐之子美,爲詩學之大成。眉批:溯子美之詩。擁几攤書,小子欣其見;課兒讀《選》,老夫伴其名。大山小山,休誤山而解谷;大翼小翼,漫言翼而疑輕。蓋緣理爲文,眉批:"文"字、"理"字咀嚼而出。飽飣胥化;而因文酌理,齟齬弗生。溢縹囊而盈緗帙,略蕪穢而集清英。斯充實以爲美,眉批:點"精"字。務純粹之必精。其體不一,厥途攸分;以類相次,有條不紛。論其賦則莫若《三都》、《兩京》、《長楊》、《羽獵》,論其詩則非僅河梁贈友、韋孟諷君。東征、西征、北征,紀諸行役;四字、五字、七字,增其見聞。眉批:此段臚列選體,先包孕"理"字于中。上而補闕弼匡,辭歸典則;下而贈賓指事,義重懇摯。試看天地文章,莫非花木鳥獸;多見古今才子,不盡月露風雲。思軋軋其如抽,隨爾虹霓俱吐;口言言而有物,憑誰筆硯欲焚?凡此者非一名之可數,一事之足云。莫不垂條立幹,因而合組成文。

故其熟也,響徹呷唔,功深黽勉。眉批:此段實賦"熟"字。英華馥郁,芸臺剔其碧蟬;絡繹沉吟,甗甒舒其春蘭。譬諸美種,恐莨稗之不如;若作和羹,合鹽梅而皆善。無論十年賦就,讀不厭長;即使千金買來,價豈嫌腆?宮商片片,字裏鏗鋐;腹笥便便,筆端驅遣。洶集腋以成裘,允青錢之萬選。而其精也,眉批:此段實賦"精"字。取神膏,窺意髓,剖魯魚,分亥豕。笑糠麩之徒肥,穿澠淄於何底。摘宋艷而薰班香,短劉墻而劇賈壘。三曹七子,至此渾成一家;陸海潘江,因之卓立中砥。飄沈、謝之風流,駕鮑、庾之輪軌。彼蒙莊柱史,言終涉於虛空;即稷下徂丘,議究歸其鄙俚。何若茲之時閱七朝,數逾千祀,原委分明,始終條理也哉!

至如蘭亭遺載,病其麗詞;賓戲偶題,依其故步。眉批:旁推言之,亦收熟精內作收結。神明總在乎人,稽考不惹于素。倘盡熟精茲《選》,行將綠換青衫;況當朗照秉衡,詎可槖囊黃布?惜生汲羞短綆,莫測文瀾;知局跼聞,未諳《選》注。幸瞻太學兩齊之規,敢擬瀟湘一夕之賦。

縷析條分,字字還他實落,自非熟精《選》理,那得如此融洽分明!

　　　　　詩雜仙心賦以"正始明道,詩雜仙心"爲韻。　　晉江龔維琛

尋妙悟於詩歌,覓幽情於吟詠。語獨脱夫言詮,慧自關乎心性。維骨節之

高超,表丰神之韶倩。偶焉得句,眉批:渾起題意。境界俱佳;邈爾含毫,塵緣都淨。允爲趣得清虛,豈第風歸雅正!

爰乃文繹雕龍,詩傳正始。則有公幹升堂,眉批:原題。仲宣隱几。徐擅清詞,應推才士。名備列乎四家,號本登夫七子。妙非關學,應參覺悟因緣;句欲如仙,眉批:扣題。默證圓明宗旨。懿哉仙之爲品也,迢遥珠闕,眉批:此段賦仙,段末轉合題面。縹緲玉京。餐霞兮皎潔,服雪兮鮮明。鸞鶴滄洲,無事換他凡骨;蓬萊翰墨,不知修到幾生。本來天上文章,霓歌獨唱;翻覺人間靈慧,羽客同評。當夫命意超超,眉批:此段賦其命意。精心灝灝。融瀝液於霜清,净聰明於雪澡。其鍊格也,如守丹竈之堅;其研思也,如鑄《黄庭》之寶。其造懷憂憂也,如九轉之度金丹;其絶世飄飄也,如三峰之浮瑶島。伊構意以傳神,允加功之有道。迨其拈毫摇筆,抒藻摘詞。五字風騷,眼狹三千之界;眉批:此段賦其落筆。九天唾咳,品高廿四之詩。消烟火之餘氛,是空是色;結水雲之夙契,不即不離。覺珠篇兮可采,羌玉句兮堪披。象外應超,塵中不雜。誰爲解脱滿懷之色相虛空,是大光明落紙而雲烟離合。眉批:承上二段,實賦題面。或丰姿綽約,似神棲姑射之巖;或意想飄飄,似身坐菩提之榻。彷彿索書石室,疑有疑無;依稀鼓曲湘江,若贈若答。是蓋清思卓爾,妙趣飄然。契嘉符於丹篆,眉批:此再原其所以然。啓逸步於青蓮。懷裏星辰,招羅胸之廿八;毫端風雨,飛拄腹之五千。流水空山之外,朱霞白鶴之邊。果然境到華胥,猶記前身有夢;自是妙参元著,好宜明月爲緣。當拈來兮得意,若飄舉兮登仙。

彼夫剪紅刻翠,眉批:陪。錯采鏤金。麗句偷雲之曲,高情迴雪之吟。曷若風流自賞,迹象難尋?想入非非,駕神斤而超鬼斧;才高爾爾,出月脅而穿天心。遥知道證拈花,眉批:收結。頻結前生之慧;儘道人看起草,頓開大覺之襟。

語結靈響,悟參化機,自是"君身有仙骨,世人那得知其故"。

詩雜仙心賦 以"正始明道,詩雜仙心"爲韻。　　晉江陳毓騰

劉舍人藝苑胸羅,眉批:原題直起。彩花筆映。著妙諦於《雕龍》,明詩章之歌

詠。渺衆慮兮絶塵氛,雜仙心兮歸醇正。百篇吟就,眉批:總挈題面。應知悟可通禪;九轉丹成,詎獨詞堪稱聖?當夫寄興遥深,眉批:寫結想之初。凝神伊始;琢句飄然,含毫邈爾。傍壁府以吟哦,對騷壇而徙倚。紅塵不染,心迹雙清;紫筆初揮,烟雲四起。嵇詞阮旨,恰欲抒其新機;島瘦郊寒,何足方厥妙技?則見鼠鬚寫就,蠶繭吟成。眉批:寫落筆之時。慧業三生。探驪珠兮的皪,異獺祭兮縱横。貯入錦囊,恰是昒昳俱化;刻餘紅燭,欣看水月交呈。信有别才,走雷霆之精鋭;都無凡骨,净冰雪之聰明。

爾乃妙契真詮,闡明奥道。意珠晃朗兮涵空,眉批:承上二段實賦。心鏡圓靈兮在抱。逸興遄飛,微氛却掃。笙吹緱嶺,曲聽玲瓏;瑟鼓湘江,句推巧造。元圃丹霄之上,元箸超超;光風霽月之中,深思浩浩。於是得心應手,意到筆隨。清詞奪目,佳句搜奇。匪獨彈之古調,匪招隱之清詩。眉批:略在宕筆。匪八叉而成賦,匪十載以構思。似遊碧落之天,霏霏意想;如入清虚之府,渺渺襟期。下筆有神,喜珠璣兮並唾。抱才無敵,盼藻采兮紛披。良以智舍晶瑩,靈臺周匝。意蕊交舒,詞條非雜。飄忽無端,眉批:推其由于知慧。推敲恰合。頓開茅塞,乍披曉霧於蓬萊;巧闢藻思,旋寫雅章於繡楊。羅星辰之廿八,寧云小技雕鎪;集《道德》之五千,真覺英姿爽颯。迨夫歌停雪案,興寄錦牋。全除障翳,悉棄蹄筌。記瓊樓之十二,眉批:此又寫吟成之後。憶玉闕之三千。落落人間,聚三華之精氣;亭亭物表,擬小謫之神仙。回思七步吟酣;獨領壺中秘訣;還認幾生修到,不參世上塵緣。

方今聖天子求賢意切,籲俊恩深。起草挑燈,選向棘闈之地;揚風扢雅,闢將翰墨之林。猶復幾暇摛詞,引商刻羽;味餘典學,戛玉敲金。宜乎東觀文人,共奏凌雲之句;西清學士,長懷捧日之心。

藻思玲瓏,清辭瀏浣,自是啣華酌雅之才。

心正則筆正賦 以"柳公筆諫,用正君心"爲韻。 晉江王家修

墨摘金壺,管扳松牖。雲烟落於行間,珠玉陳於座右。眉批:虚起題意。惟三

絶之由稱,必六塵兮非有。事直同於簪筆,格其非心;法不學乎聽江,空諸妙手。綠天居處,客笑書蕉;青緱橐來,人應夢柳。

有唐穆宗,臨池意得,肆柿神通。眉批:穆宗之問一段。乃顏筋之並羨,知柳骨兮欲同。定因不律傳神,縱橫入妙;爲問如椽得夢,波折誰工?風送霞催,不數草書於鄭老;泥印沙畫,豈求筆法於張公?眉批:柳公之對一段。柳公於是正君心,憑諫筆,效脫巾,嘻造膝。從繩若木,須知反側都無;垂露非秋,自覺楷模不失。技也而進乎道,識游刃之有餘;手也而應於心,通斵輪之妙術。無偏無陂,從心不踰;一撇一波,脫穎而出。帝乃漸改其容,思從厥諫。欲勵精勤,宜袪倨慢。净胸中之芥蒂,眉批:穆宗知其以筆諫一段。掃盡塵氛;笑夢裏之筆花,成諸譎幻。志爲之帥,得神不藉公孫;心苟無瑕,作奏還嘻何晏。

是知筆效針懸,心惟義種。中節斯佳,閑邪爲重。眉批:實賦題面。意在先誠,鋒殊漫縱。異杖頭之默諫,直欲言所難言;資毛穎以繩愆,何妨用所不用。豈不以理寓百爲,眉批:再原題意。君先百姓。宜奉規箴,倍深畏敬。纖波濃點,誰云不學而能;折矩周規,惟凜無邪之行。則不遠也,非聖人誰可與歸;心誠求之,法君子能好其正。彼夫當車以諫,秉燭曾聞。眉批:陪。工傳執藝,士記用文。未若託毛公以示悟,眉批:開合流利。傚元后以克勤。今瘦古肥,論空詡於長史;家雞野鶩,書並謝乎右軍。惟求亦式而亦入,乃可作師而作君。故心以筆傳,其機如此,而筆緣心正,不異所云。

士際右文之世,倍思行己之箴。寄深情於素管,通至理於綠沉。眉批:頌揚結。口如瓶,意如城,詩懷相室;鉤爲銀,畫爲鐵,字盡成金。此時亦步亦趨,暫向雞窗而勵志;他日載言載筆,爰登螭陛以啓心。

意到筆隨,語無泛設。

人澹如菊賦以"《詩品》典雅似之"爲韻。　　晉江陳時昌

若乃澄懷結想,渺慮評詩。秋來荒徑,人在疎籬。却紛華而不事,眉批:渾起題意。甘淡泊以自持。志抗名流以上,家依彭澤之湄。得趣獨高,綠愛琴眠之

處；無言静契，紅飛花落之時。眉批：襯起。非因有癖耽梅，修能得到；料識其人如菊，淡自相宜。夫菊白可披圖，黄如列錦。韻古香新，眉批：先寫菊。風淒露寢。景緣曠以清饒，芳因孤而寂甚。風霜骨鍊，傲人在晚節三秋；富貴名羞，寄夢等浮雲一枕。眉批：入題面。此司空圖所以寫清幽於籬曲，淡比高人；而評典雅於詞林，妙傳《詩品》也。

有如才子摘華，騷人考典。眉批：就《詩品》着筆。秋水神澄，春風座展。姿屑玉而更清，才生華而非淺。閒尋老圃，惟餘傲骨相親；静對寒花，應許芳盟可踐。方悟此花不俗，本來之骨相依稀；安知非我現身，此日之形神偃蹇。又如騁賦詞林，聯吟花社。眉批：又就聯吟寫。志趣清高，襟懷瀟灑。撫樹神諜，對花心寫。好携紅友詩懷，別契高風；幸遇白衣杯酒，相逢大雅。爲想人如花瘦，在相看不厭之時；可知容比秋芳，當欲辨忘言之下。

至如漱石之流，閉門不仕。心鍊成冰，思清於水。眉批：就隱居寫。秋雨蓬廬，故園梓里。友相問兮同心，世無人兮知己。家在紫桑之墅，僕本閒人；夢回叢桂之山，花同處士。夜夜憐香憐色，的應瘦骨同君；年年秋雨秋風，驪作忘形契爾。夫何比擬之未工，而精神之弗似哉？是觀夫晴雲寫意，賞雨凝思。春買玉壺之色，眉批：收結大意。座留佳士之儀。凡皆丰神絶世，雋品摘詞。況以菊與人而俱淡，人比菊而何疑？岑寂相關，莫辨象於爲真爲假；蕭閒共契，更傳神乎不即不離。則評典則之詩，是可讀也；而寫雅人之趣，如是得之。

人淡如菊，是題面；典雅之詩品，是題意。妙能兩層俱到，其筆致蕭疎，則仍當以題語贈之。

人澹如菊賦以"落花無言，人淡如菊"爲韻。　　晉江龔維琳

客有詩品蕭疏，眉批：就詩品起，渾籠題意。襟期磊落。三生契外，想到無言；百慮捐時，情餘雅託。羌欲辨以俱忘，豈相遭其嫌泊？鉛華質謝，清宜白露之踪；塵世緣超，爽認高秋之約。眉批：先賦菊。

原夫菊之爲品也，清癯得相，隱逸名花。掩映暮山之紫，迷離夕照之華。有

时送酒人來,杯傾月下;幾度題糕客到,韻寄天涯。三徑猶存,芳聯此地;六街曾賣,眉批:次賦人,就詩品着想入。想結誰家。乃有風騷逸侶,月几名儒。品是秋神玉骨,懷澄翠竹碧梧。兩晉清風,閒吟時有;三唐逸韻,塵慮都無。遥知九轉鍊成,超然脱俗;爲問幾生修到,契得真吾。羌詩懷之可擬,比菊淡其如渾。眉批:總承。維幽情之若訴,獨静會以忘言。臭味投予一簇東籬之地,眉批:二段實賦。形容寫我千株黃葉之村。許曾晚蝶香餘,不矜粉黛;好向飛鴻響後,坐對琴樽。撫兹瘦影,晤彼幽人。得趣在烟霞之致,探花想色相之真。訪栗里之居,憑誰買笑？尋樊川之宅,爲我傳神。舊緒年年,對階前兮欲寫;前因了了,証籬下以相親。

是知儗必於倫,眉批:醒如字意。品堪共勘。吾廬之賞倍佳,老圃之容寧淡。逗叢陰於桂墅,有客餐英;結疎影於槐階,想君吐茖。秋風滿徑,澄吟而幽意徘徊;芳訊一枝,寄想而高懷恬憺。菊依人而寂若,人對菊而淡如。獨傲之丰姿常在,眉批:再轉題面總點。兩開之佳色静儲。贈我留香,對影忘形之後;契予别韻,微吟賞月之初。倘教花骨裁詩,芳堪共賞;若使柴桑入詠,品自相於。彼夫人烟橘柚,眉批:陪。韻緒清蕭;疎雨梧桐,吟懷芬郁。題叢桂於小山,詠寒梅於幽谷。曷若此花影傳人,詩才擬菊。挺孤芳於人世,眉批:收。開口難逢;羞爲伍於衆香,深情共逐。仙姿如晤,好尋廿餘品之篇;俗子盡捐,爭勝四十賢之目。

寄情澹泊,落墨蕭疎,妙兼寫得詩品意在。

儒爲雞廉賦以題爲韻。　　晉江王文澍

士居四民之首,禽具五德之模。考立言於《鹽鐵》,慕端品之醇儒。借羽翰而取譬,守精白以自娱。鶴立風高,眉批:總冒全題。覺託身之皎皎;雞廉操秉,類啄粟而朱朱。不循温飽之求,清心如水;獨樂虀鹽之素,甘食惟茶。羞比狼貪,信受多之無意;陋爲虎視,宛得食以相呼。

惟彼靈雞,廉堪警世,信不失時。中夜聞聲,因思起舞;眉批:此段寫雞之廉。段末到"儒"字。芳郊斷尾,欲自憚犧。半菽是供,竊比棲桐之凡鳥;一簞自奉,寧

隨嗜鼠之赫鴟。來塒桀以栖群,不羨乘軒之貴;際雨風而報曙,獨矜吐綬之奇。緊翰音之自守,驗脩士之所爲。

若夫儒則兼三才而道備,參兩大而德齊。眉批:此段寫儒之廉。段末到"雞"字。學足三冬,想《伐檀》之載詠;行乎六事,寧竊禄之可訛。同蚯蚓之無求,飲泉皎潔;類涼蟬之自警,吸露清淒。清畏人知,辭大烹之就養;貧猶可賀,當美利而不迷。苜蓿盤空,酌貪泉而覺爽;壺餐味淡,斟讓水而堪稽。心還契乎雌雉,廉合擬夫雄雞。

爾其形雖各異,理本相兼。彼雞也具三鳴而食思求侶,惟儒也輕千駟而取則甚嚴。潀振響於中宵,眉批:此段正喻洽寫,就雞一邊寫來。匪似蠅營之不潔;共傳聲於四境,迥殊狗苟之無厭。司夜簷前,恍凜四知之德;談玄窗下,如通六計之廉。居然鳴自函關,笑竊裘之非偶;頓覺養來紀渻,宛成木而高瞻。仲子雄冠,衣縕袍而不恥;季家芥羽,銜金距以相嫌。學者品重廉隅,志通雅度。眉批:此段就儒寫,正喻兼到作收。察戒雞豚,班聯鶺鷺。蹠數千而後飽,僅存苦學之思;飯三百而無須,誰記戴雞之句?恥攘鄰之或一,恐偶蹈于貪婪;惜進膳之日雙,祇自安於儉素。故應潮表異,鑑逝水以無慙;而食肉堪羞,匪素餐之是務。爰欽廉德之風,敬就儒宗之賦。

寫雞要切"廉"字,寫儒之廉要夾寫"雞"字,不得徒將儒與雞影寫,亦不得空寫"儒"字、"廉"字。作者靈心妙抒,藻耀高翔,固推出群之才。

韓蘄王湖上騎驢賦 以"騎驢攜酒,避游西湖"爲韻。

安溪陳光邦

金山戰後,玉帛和時。關中老將,闕下長辭。盼烽狼之已息,顧鞍馬而不騎。眉批:渾挈全題。試看半壁江山,已等亡羊之失;爲問中原士卒,誰興逐鹿之思?解組而歸鞭頓整,投簪而戀棧胡爲。放眼湖山,自壯將軍顧盼;寄身鞍策,聊當末路驅馳。

當夫將帥北征之日,衣冠南渡之初。眉批:此段言効力之初,跌題面。志欲六宮之復,身經百戰之餘。粉黛從戎,親操旗鼓;風檣成陣,不數旌旗。屯黃天蕩之師,軍聲遠振;比黑風關之捷,神策何如。爲想雄軀,象實同於卧虎;縱思謝闕,心豈逐乎騎驢? 無何朱仙告捷,丹詔遠齎。眉批:此段言所以退居之。玉旨議和,浪子相狐謀自擅;金牌遠召,岳家軍鴻績休題。自顧一身,箭瘢如畫;休期三尺,劍佩長携。所以奏書乞解,上表歸栖。水上有觀魚之樂,静中無征馬之嘶。禿尾相憐,手下時揮欸段;壯心已改,眼前且問山谿。

由是淥水岸邊,玉泉洞口,眉批:以下三段,承上實賦。葛嶺邀遊,蘇堤載酒。人何事與馬謀,業已歸於烏有。百八寺荒烟暮靄,一鞭夕照之時;十五陵剩水殘山,幾陣戰征之後。塵中叱咤,顧長耳以前驅;世外奔馳,笑雄心之自負。却異華陰道上,供來醉李之書;儼然風雪橋中,學得尋梅之叟。但見驚羽初騰,飛星乍試。自覺情移,真成世避。若輩直假麒麟,此公是真騏驥。豈必行來夜月,推敲自鍊新詩;已非鳴向春風,策蹇猶云得志。據鞍吐氣,稱矍鑠哉是翁;執策撚鬚,信清涼兮此地。渺爾五湖縱蕩,安期北闕之勳;休矣單騎逍遥,莫話南朝之事。此間足樂,物外何求? 呼奚童以相從,挈瓶榼兮自謀。儕漁樵而作伴,却將佐之爲儔。三杯酒無妨日醉,一字巾何等風流。請看碧騎乘來,直將笑倒;何必青衫跨出,始許閒游。緩轡當車,但覺不朝不廟;杜門謝客,長兹一壑一丘。時或深情遥結,往事長提;眉批:更就回憶當年處,寫出一段神氣,筆情往復淋漓。昔之舳艫水戰,旌斾塵迷。帳中坐帥,陣外征鼙,賂羞獻馬,力笑縛雞。甲士胸中自有,丁年故里長睽。壯日英雄驃聲華於江北,此時鞭策嘯風月於湖西。原非百里之才,今云老矣;莫作一聲之響,歸去來兮。

迄今詩人才子,牧竪樵夫,低徊往蹟,俯仰名區。眉批:此就後人追思寫出。六橋走馬看來,菱香滿岸;十里暮鴉啼罷,秋水平湖。世不忘忠,想告誡汝曹之語;金猶退避,憶捲收兀术之謨。直教筆墨題餘,名節遥垂終古;試向丹青掛處,馨香端拜畫圖。

戮力中原,王之心也;杜門謝客,豈王之心哉?所謂長歌當哭者耶?妙於閒吟嘯傲之時,傳出悲歌慷慨之意,而題面又能點染有情,不落空泛,故爲佳構。

管仲師馬賦 以"馬智可用,能自得師"爲韻。　　　南安陳步蟾

　　管敬仲識具胸中,眉批:就管仲起。才雄天下。得鮑叔之相知,相桓公而久假。曾説一匡九合,所志在攘楚尊周;還看命將行師,何地不飛沙解瓦?挾無上之智以爲智,珠想探驪;成未見之書以爲書,篇傳乘馬。

　　在昔之伐孤竹也,眉批:題前一層。旆轉風雲,威驚魑魅。將則執鋭披堅,兵則聯鑣按轡。師多克敵之謀,馬挾過人之智。桃花結陣,踏瑞筍以揮鞭;細柳連營,破孤城以拔幟。縶何人策勳馬上,已奪天塹之雄;在彼國執贄馬前,應獻地輿之誌。然而回國班師,山環嶺鎖。前隊車停,中軍甲坐。瞻地勢於東、西,屈將才於牧、頗。管大夫於是闢成説之略韜,進奇謀而貼妥。曰:臣聞擇能而使,眉批:寫"師"字尚虛。宜收不才之才;主善爲師,自有適可之可。

　　於是數馬齒於齊亳,咏馬才於《魯頌》。問前路之迢遙,作上襄之總統。記得飛花踏遍,歷鳥道兮崎嶇;合將剪水鞭來,眉批:寫"馬"字,入"師"字。向羊腸以奔縱。非敢後也,執鞭弭以周旋;薄言追之,越關山而景從。此以知事在人謀,物以理用者也。山谷嶒崚,士卒歡騰。鼓休記里,車陋奇肱。啓邊疆而斬棘,笑絶域之攀籐。兩驂如舞,介駟其朋。已下摧輪之坂,如開覺路之繩。回憶衰草平原,眉批:正寫題面。曾破奇門八陣;每聽酸風鼓角,似經函谷二陵。夙稱款段之才,問雄姿兮猶在;解脱山谿之儉,羞壯士兮未能。向使故徑欲仍,竟忘所自。驚惶南北之天,眉批:揚開一層,亦是翻法。恍惚往來之地。瞻嶺嶠兮岩嶤,息鉦鐃兮鼓吹。擅房星之上駟,躑躅何之;振霸業於中原,臣鄰莫議。屈長材於短馭,也應翹首長鳴;嘆柳暗與花明,得毋鄉心遠寄。今則取故道於齊東,展空群於冀北。凱奏鞭回,勳書銘刻。策其馬復策其功,眉批:拍轉作收。稱其力兼稱其德。河山百二,賴斯馬之斯臧;將士三千,羌既匡而既飭。咏駕予之與歸,實智者之不惑。功真汗血,漫云老矣。何爲相勿皮毛,可知師能自得。此管氏所以爲春秋之一人,而宣材猷於四國。

　　皇上乘乾出震,奠坎曜離。材呈天驥,武耀神姿。養驊騮之種類,振罷虎於

斿旗。將見厚澤深仁,神駿奮龍驤之跡;追風逐電,天閑充扈蹕之隨。詎維獻自大宛,擷采乘西來之馬;何事功高即墨,運籌侈北伐之師。

層次相生,詞華得當。

造父使馬賦以"均力和心,故口無聲而馬應轡"爲韻。

惠安康憲章

穆天子胹寶録,眉批:就穆天子起。紀時巡,騁八駿,歷九垠。撫兩驂兮如舞,御六轡兮既均。千里揚鑣,行疑絶迹;一朝命駕,動若有神。眉批:入造父。造父其名,牧馬其職。校閲乎天閑,遴材於冀北。内和理於乃心,外均齊於厥力。人誠云巧不失其馳馬,亦何知閑之維則。當夫授綏結靷,振策鳴珂。眉批:先寫使馬之前。精神默運,氣象胥和。疾欲追風,奚事喑嗚怒急;驚如逐電,寧煩叱咤喧多。允謀人而謀馬,斯無偏而無頗。

天子於是開九華之扇,振五輅之音。眉批:次寫穆王之御。擁鈎陳以穆穆,張翠蓋以森森。霓旌捲碧,雲罕支金。瞻履道之坦坦,美載驟之駸駸。羨與人之同體,隨所欲而從心。爾其仙仗遥臨,宸輿遠駐。雙耳竹批,眉批:二段賦使馬。五花雲布。開鬃蹀足,隨罄控以無差;促踠高蹄,範馳驅而合度。但使得心應手,幾於神之無方;何須就熟駕輕,斯乃步不失故。如琴兮長調,如絲兮在手。匪伏櫪之堪悲,儼啣枚而疾走。度沙磧以生風,爾雲衢而驤首。玉鞭指點,詎藉揚聲;金鐙輕敲,祇須緘口。迺溯溟渤,上蓬壺。崆峒訪道,岣嶁觀圖。眉批:就穆王所到生情。宴王母於瑶島,弔帝子於蒼梧。瀚海霜清,踏層冰於何有;榆關月落,騰千嶂以如無。飾寶裝兮編金埒,纏青組兮絡珠纓。玉勒新驕,不待沙平草頓;雕鞍穩護,無殊雪盡蹄輕。試聽蕭蕭之韻,宛和轆轆之聲。

若夫駉房毓秀,渥水呈奇。烏孫種降,大宛名馳。眉批:就馬生情。七品高於秦廐,三千軼乎衛《詩》。脊擬虎以窺斑,怒乃撥爾;駒化龍以鼓鬣,作其之而。是蓋用志不紛,眉批:再原題意。呈功莫假。和平有象,譬樂爲御而德爲車;寂静無譁,若神爲輪而意爲馬。較彼雞馴紀渻,宣其然歟;擬諸牛解庖丁,良有以也。

彼夫識則推伯樂爲真,眉批:陪襯。相則以九方而定。固妙技之超群,羌鑒觀之獨勝。孰若執朴前驅,展騂驂乘。指揮如意而形役不勞,徒御休驚而輪轅交應也哉!

辞曰:鑾輅兮遄征,翠華兮下賁。維造父之能兮,欣執鞭而附驥。肇周流於十二州兮,無不徐而按轡。

音節流叶,自合矩矱。

江干多是釣人居賦以題爲韻。　　　晉江陳毓熊

客有晨驅花騎,晚泛蘭艖。甕携舊釀,笛弄新腔。過夫亭長亭短,堠隻堠雙。聞流音之沙鳥,驚吠影之村厖。眉批:輕引題面。十里荻蘆之岸,幾灣苔蘚之矼。指點漁家,斜出蓬門面水;分明釣叟,構連茅屋臨江。迢迢別浦,杳杳晴灘。眉批:承上完題。雲低樹古,潮落地寬。磯眠鳧而浪折,橋排雁而波團。築宅何年,門依渡口;比鄰是處,網繫江干。添來風月之佳,吾廬是愛;占盡雲烟之妙,爾室堪安。眉批:就春景寫。

當夫韶光淡蕩,淑景冲和。松邊垂餌,柳外堆蓑。既面潮而架屋,亦背嶺而成窩。携伴侶以開樽,共話烟波之夢;聚兒童而吹火,時聞舷櫂之歌。草舍家家,繞濤聲而不盡;柴扉處處,掩春色兮良多。至若古木蕭條,秋波渺瀰。蘆白沙堤,葭蒼水沚。鷗鷺爲鄰,眉批:就秋景寫。魚蝦成市。門前楓冷,人各悄然;戶外蓮香,我聞如是。問生涯於笭箵,叟居雲水之間;寄活計於緡竿,家住蓼蘋之裏。有如夜方靜而露凝,宵正深而波照。眉批:就夜景寫。浦外沙明,簷端星耀。地曠情移,境幽目眺。披鶴髮兮沿堤,聳鳶肩兮垂釣。持竿當戶,射灎灎之波光;吹笛依廬,和聲聲之《水調》。有客蓑衣懶脫,臥月沉酣;誰家松牖,開憑臨風舒笑。及夫雨紛村徑,眉批:就雨景寫。霧鎖江津。柳長若帶,草軟於茵。漲高侵岸,蘚滑垂綸。一竿破曉,雙屐沽春。青笠斜風,小立漁莊之畔;綠蓑細雨,偶依雁渚之濱。雲濃堊板,雙扉那知誰氏;烟羃扁舟,一葉莫辨何人。洎乎晴光放,霽色舒,眉批:就晴景寫。虹收後,霞散餘。灣紛杜若,徑罨林於。樹扶疏兮繞

屋,境清曠分結廬。網曬苔階,一抹之夕陽未歛;舟移荻港,四圍之濃靄都虛。迥殊地闢雲溪,醉侯宛在;錯道臺依剡水,嚴子攸居。觀夫畫楫長橋,錦帆古渡。類聚相親,區分久住。泉石心閒,烟霞癖痼。侶鷗鳥以忘機,投絲綸而得趣。一任短垣矮屋,欹老樹以年年;眉批:收束。何嫌蘿壁蓬窗,鬱荒烟而暮暮。客行鏡裏,江村之景難描;人在蘆中,漁父之歌漫賦。

寄情瀟灑,着筆幽閒,宛然漁家小照。

詩思在灞橋風雪中驢子背上賦以"灞橋風雪中驢背上"為韻。

晉江蔡鵬翀

唐喝(歇)後鄭五者,寄興寒香,留情清灞。策蹇子於涼辰,尋石梁於靜夜。索吟思而徘徊,儘風流而蘊藉。試問詩成何處,三分之白雪初霏;最憐路轉幾彎,廿四之紅橋漫跨。

於時風肅肅,雪飄飄。涼生瘦嶺,寒徹層霄。眉批:承上入題。水漲清流深淺,人騎長耳逍遙。短策閒揮,豈必藍關擁馬;騷懷獨抒,翻同蜀客題橋。憶月影之清輝,簫聲昨夜;比霜華之皓素,人跡今朝。於是攜長鞭而遠出,眉批:此段就騎驢寫詩思。段末帶"橋"字。乘款段而相同。匪旅食於京華,漫笑絆身之席帽;任停驂於野店,如鳴得意於春風。倘教尋到梅花,一枝聊贈;何必背來桐月,數韻能工。探驪珠兮吟白雪,跨鰲背兮落彩虹。那不魂銷,眉批:此段承上。段末就橋寫詩思。段末帶風雪。悠然情結。每抽秘以澄神,亦騁妍而擊節。心早覺其如冰,腸何爲而若鐵?架黿梁之特起,江文通佳句猶存;亙鴈齒之長排,白居易幽吟更絕。欲答江城一曲,字挾風霜;微分客路三叉,天飄雨雪。

乃知會心有在,眉批:此段就風雪寫詩意。寄意無窮。欄迴十二,潮落西東。加以涼颸料峭,眉批:縈帶"橋"字、"驢"字。積素玲瓏。擁鼻微吟,清添玉屑;投鞭小咏,韻落江楓。掃滿路之香塵,客如逢於馬上;迷一天之飛絮,人似在乎蘆中。遂覺冷侵韉勒,寒襲襟裾。眉批:此段總承。柱跨長流而照影,花飛六出而騎驢。豈因興寄孤山,尋約西湖而得得;最是情同水部,催詩東閣以如如。逢清瘦之兒郎,策應贈我;遇推敲於京兆,句足契予。其朗吟則清沁心脾,其長嘯則風生聲欬。眉批:陪。杳杳芳情,翩翩逸態。堪笑尋章擁被,徒偃卧以長思;可憐索句閉門,費精神於何在? 曷若此尋香雪裏,雜以仙心;寫興橋邊,騎來驢背者也。

既而得句詠歸,揚鞭回望。霧濕江濱,雲橫嶺上。過水榭以徜徉,立風亭而舒暢。詩骨則冰雪陶鎔,詩料則山川饋餉。眉批:以詩成結,是天路。最愛年年春色,認好景於江城;豈徒夜夜幽香,伴高眠於紙帳。

題緒頗多,不能偏枯獨寫。篇中層層點綴,興趣玲瓏,意境固自不俗。

善呼賦 以"一呼舲來,用無棄物"爲韻。　　　晉江陳雲程

技通乎神,道妙於術。名匪慕虛,用惟求實。杂楠羅於匠手,眉批:總寫題意。不嫌累百而盈千;參苓貯於藥籠,居然拔十而得一。苟薄伎之專長,皆宏搜以勿失。

昔公孫氏居趙授徒,眉批:原題。有叩閽而求見,乃衣褐之賤夫。謂取長而舍短,望棄瑕而録瑜。問客何能,敢比錐囊之脱;眉批:起到"呼"字。從吾所好,宛同天籟之呼。廼收門下,偕謁燕王。顧瀰漫之河水,有漂泊之野舲。匪加疾於順風,呼之立至;眉批:入一呼舲來。看長驅而破浪,廣亦可杭。以息相吹,較懸流而更駛;得心而應,笑拍手以何妨。擬貫月之槎,倐回天漢;想凌風之舸,如履康莊。當夫渡口招招,匪歌卬否,眉批:承上實賦。津頭泛泛,似唤歸來。人恰受乎兩三,輕船遠舉;風將摶乎九萬,幻境頓開。憑齒頰以通靈,比之意馬尻輪爲絶跡;隨聲音以旋轉,方諸行雲流水而無猜。遠逾畫扇示奇,特呈仙法;不數投鞭可渡,用顯奇才。於是向若群驚,臨流争頌。作游戲於偶然,眉批:此言見其呼者,稱爲有用。參變化而誰共。颷回五兩之輕,船引三篙之重。應也如響,千層之浪胥平;至以不期,一葦之風可縱。信衝流兮怫鬱,無能可以爲能;覺隨口以發揚,有用寧虞勿用。

乃知靈心獨闢,妙法不拘。惟懸明之可悟,豈索解之已無?巧在聲中,庶長嘯之倫可擬;眉批:此下二段,寫足題面、題意。思通象外,笑刻舟之見何愚。惟神動

而天隨,恍然聲與波壯;斯風發而泉湧,直是心與化俱。固宜問諸水濱,驗於舟次。招泛波之青雀,我聞其聲;免持檝於黃頭,可坐而致。絕似飛流直下,從中具有神機;不妨大聲疾呼,此翁殊可人意。是之取爾,共推寡二而少雙;子善視之,豈嫌我收而人棄?

方今品重珪璋,猷思黼黻。際聖治而畢揚,奮皇風而弗鬱。眉批:頌揚結。作舟可用,快匡濟之有期;觀海難爲,託泳游而未訖。何有於術精舒嘯,自矜懷玉之才;籍隸門牆,遂詡貯囊之物。

游行自如,航隨湘轉。

善呼賦以"一呼航來,用無棄物"爲韻。　　　晉江黃景溪

造化雕形,群生賦質。禀衆體以分司,離凡材而迥出。苟録長而舍短,休嫌口舌之勞;羌奏績以呈能,別具神奇之術。眉批:渾籠題意。人之有技,本非少寡雙;我取其材,眉批:原題。居然拔十得一。

原夫公孫在趙,執業受徒。收入彀中,似採崑山之玉;廣羅門下,擬探滄海之珠。客從何來,眉批:點出善呼。匪無因而求見;能應得展,爰自許爲善呼。於是束身弟子,列籍門牆。好待隨材器使,不遺薄技片長。眉批:先寫待渡。車過幽州,未即浮槎以渡;風飄易水,虛懷一葦之杭。遂發聲而振響,思鼓枻而揚航。則見停驂河上,眉批:次寫一呼航來。駐馬江隈。悵及溺兮載胥,難飛羽扇;偏濟盈兮有瀰,曷藉木杯?觸口生風,人在洲前小立;憑高舒嘯,船從水面移來。休云猛厲一聲,遠莫能致;直使嘔啞六尺,去而復回。

爾乃藉匏葉以涉深,資木舟爲引重。眉批:二段實賦。聲非加疾,劃然而彩鷁輕搖;籟發於空,倏爾而風帆四縱。技直同於喝水,潮欲怒以胥平;術更妙於叱羊,石雖頑而有用。夫其神靈爲運轉,變化斯須。忽鴻音之洞達,疑衆竅之禹于。固非炙輠談天,瀾翻舌齒;勝似山鳴谷應,舟繫荻蘆。信有感而能通,氣潛爲合;乃觸機而乍動,慮淡於無。應同舟子之招,一曲遥通欸乃;却陋榜人之調,中流競說放乎。眉批:再轉題前,局法靈動。前此挾策以遊,懷才欲試。衣褐而前,

曳裾而至。待時者未發其音，寂守者自藏其器。絶類邯鄲食客，將舒脱穎之奇；却嗤函谷度關，空有鳴雞之智。乃大聲而疾呼，獨離常而表異。徵則可信，寧同櫟社之散材；寸有所長，不慮明珠之遺棄。

方今聖教覃敷，臣工密勿。作喉舌而出納，賦政遐方；寄耳目於官僚，廣搜文物。一藝亦伸，長才豈屈？行見用成舟楫，巨川之利濟是爲；還思續以賡歌，鳴盛之和聲豈不？

前後布置，按部就班，揣摩有素之作。

温陵賦鈔卷八

律　體

蕉鹿夢賦以"薪者夢得鹿"爲韻。　　　　　　　晉江柯　亭

　　考寓言於禦寇,託軼事夫鄭薪。惟浮生之若夢,參消息以何人？作如是觀,風華過眼;原無我相,人海藏身。眉批:渾含大意,點全題。乃身本如蕉中,無有實而人空;即鹿想結成因,豈知夫蟻繞槐柯？羌何無而何有,不鑒乎鹿藏蕉葉;總非幻而非真,説在鄭人之薪也。

　　月斧輕揮,霜鐮是假。眉批:原題。在山之巔,于林之下。瞥跂跂之走險,適從何來;豈逐逐而從禽,幾不如舍。足以捷而得之,肉寧鄙于食者。眉批:寫得鹿藏鹿。佇看場空町畽,不須束用白茅;恍疑地是綠天,但見陰垂翠野。爰得我所韞而藏諸,豈無他人不吾知也？無何心事倉皇,前緣駭恫。四顧躊躇,眉批:寫其忘之而以爲夢。一番恀惚。豈其同巫峽之遊,豈其入華胥之夢？豈其身爲糊(蝴)蝶想入非非,豈其飯熟黄粱事成旹旹？但覺舊迹煙飛,前途雲凍。回憶扇仙園處,一任癡迷;何來耳客覆餘,如斯播弄？發歌思兮于于,歸去來兮得得。眉批:寫其發於歌,爲人所得,復夢而訟之,遂剖分之。假一枕之游仙,悟者番之迷惑。笑指青蕉林裏,地僻山深;行來白鹿洞中,峰迴路仄。空空如也鼠竊阿誰,咄咄怪乎狐疑莫測。遂起秦晉之争,用爲剖分之食。想昨日夢中説夢,鹿蔭凄迷;看今兹神外通神,蕉緣奇特。

　　要之世界空華,因緣翻覆。眉批:結出總是幻夢大意。究實實而虛虛,徒勞勞而碌碌。瞒則蕉窗夢破,參妙契於三生;鹿苑身棲,了蘧廬之一宿。本來烏有,可奈昏昏;身外鶯花,同歸僕僕。祇用兩忘物我,合離爲莊子之魚;何勞一别是非,

覺夢辨鄭人之鹿。

　　原委分明，筆筆靈活，妙得莊、列遺意。

　　　　黃鐘養九德賦以題爲韻。　　　　晉江許邦光

　　稽鑄鐘於周代，溯截竹于軒皇。考維樅之鱗羽，聽並奏之鳳凰。位處乎中，宮原爲本；色居其正，鐘獨名黃。眉批：領起。律諧六六之聲，管新裁夫九寸；德合三三之數，義因肇自一陽。

　　懿夫音吹始氣，韻叶仲冬。開萬事之端，眉批：此段入黃鐘。載鼇爲首；運一元之理，獨得其宗。靜即動根，叩太音之寂寞；和能養物，比元酒之醇醲。故比音本以象功，共按鸞韶之律；而作樂亦期宣德，爰稽凫氏爲鐘。觀夫書勗政脩，治存民養。驗氣化之流行，眉批：此段叙六府之養。順陰陽以鼓盪。該天一與地二，偏就裏而運機；畫離東與坎西，宛在中之有象。庚金受制，豈徒金可陶鎔；甲木初生，緣解木占聚上。位寄四時之土，氣纔踵自黃泉；度基累黍之形，穀似栽從黑壤。

　　若其括散著之萬殊，眉批：此段叙三事之養。隱包含乎衆有。聲上宮而迭起，妙太極之循環；形載道以旁流，得五行之稟受。用則權衡量鼎，俱利均平；生亦春夏秋冬，皆歸篤厚。調二十四氣之正，何分陰耦陽奇；積八十一數之長，誰道寸三分九？是蓋樂器攸齊，宮懸必飭。譜六變八變以成文，眉批：此段總承。定上生下生而爲式。葭飛半子，從知長養之心；琯動微陽，自具神明之德。卦成地奮，合聆豫和；統本天開，可推生尅。自昔七音樂備，追岡鳳之鳴聲；即今九叙功歌，仰州鳩之遺則。

　　我皇上樂御德車，禮門義路。採空桑之管，道邁《咸》、《英》；裁孤竹之箭，眉批：頌揚作結。治超《韶》、《濩》。配雌雄於十二律，無煩嶰谷之尋；較子母乎十一分，不藉伶倫之數。斯固德昭干羽，能乎大禹之昌言；豈惟文著絃琴，僅擬嵇康而作賦。

　　紀律安和，聲情翔洽，自非率爾操觚。

五聲聽政賦

安溪官獻瑤

溯王風於前代，推神禹之治功。擴虛懷以受益，宏大道以爲公。百爾賡歌，猶壎唱而箎和；一堂稽拜，若鼓商而應宫。眉批：總起。宜萬幾之就理，環六合而從風。乃望道其未見，耿予心之忡忡。文命已敷，猶求言之若渴；聲教既訖，仍樂善之是崇。蓋金資乎石礪，而玉錯夫山攻。眉批：點題。爰合五聲以聽政，用闢四門而爲聰。教予以道，眉批：疏教以道者擊鼓。淵然伐鼓。虡業既陳，靈鼉斯樹。掌乎太僕，深不隔于帝闥；置諸路門，高可達於天府。賁鼓維鏞，於論鼓鐘。眉批：疏論以義者擊鐘。五音之紀，六律之宗。妙義循環，莫能名其肆好；深思窅渺，差可比其舂容。鐘鼓鏗鍧，鐸音間作。眉批：疏告以事者振鐸。即事敷陳，因物寄託。昔狥道路，用以當遒人之規；今振宫廷，庶幾儆執事之愆。何以寫憂，戛擊鳴球。眉批：疏語以憂者擊磬。訟然中止，鏗然上浮。遠和金鐘，既騰歡乎九夏；近含玉佩，偏蕭瑟乎三秋。獄訟有疑，與衆共之。眉批：疏有獄訟者搖鞀。韶乃鼓屬，考擊斯宜。一重一輕，宏好生之大德；三赦三宥，致平反于嘉師。

于斯時也，五聲紛其雜陳，重門廓其宏敞。一人端冕而凝旒，多士俯躬而稽顙。眉批：此段總承。既容與以徘徊，亦激昂以慨慷。言無不納，聲入而心通；聽無弗收，德崇而道廣。角爲民，徵爲事，叩以大小而皆鳴；宫爲君，商爲臣，應無遐邇而如響。如遊帝世，偕衢尊以俱來；儼陟帝廷，並善旌以胥往。此昌言之拜，所爲翕受敷施而聖心彌謙；而五聲之聽，用以集思廣益而至治日上。豈非滄海之大不擇細流，泰山之高不辭寸壤？惟納群言于達聰，自治天下于運掌也哉！

今聖天子開景運，撫鴻圖。木鐸振于寰宇，諫鼓設于天衢。讜論日聞，猶必廣其耳目；邇言可採，曾何間于樵豎？眉批：頌揚結。抒下情而上達九重，如聲之響；宣上德而下孚六合，惟政是敷。拜颺追乎明德，獻納盡乎嘉謨。是謂執一中以貫乎萬事，行五至以致乎三無。

樸素渾堅，條達暢茂。唐變古詩爲律詩，變古賦爲律賦。律，音律也，故近來律賦平仄逗字和諧猶律詩也。若高古盤鬱，不失唐律之音，亦登一二,以見近古之作。此作實疏五聲,及集中《玉壺冰方賦》,皆古音古節,力追前人。

焦桐入聽賦以"時人名曰焦尾琴"爲韻。　　晉江王　魁

蔡中郎精能雅擅,鑒賞無遺。才超凡輩,譽噪當時。昔日柯亭,曾尋聲而意愜;今茲樵爨,更入耳而神怡。眉批:點清題字。根磻遠岫之間,桐原非朽;琴藉良工之斲,焦亦稱奇。

原夫桐也者,成雲翁薈,拔地輪囷。葉萋萋兮集鳳,眉批:轉得爽捷。枝鬱鬱兮皴鱗。而乃棄同樗櫟,僵雜荊榛。紛披草樹,困頓烟塵。莫因茗鼎泉烹,槐嫌火舊;豈是沙瓶豆煮,其欲燃頻。未逢知己,難索解人。但焦心如許,焦質旋呈。氤氳暈結,灼爍光盈。煁已印烘,混桑薪而莫辨;眉批:實賦題面。火方始燄,疑野燒而偏明。何知秋兮素著,羌紀閏兮徒名。曩時位置自高,龍門孤聳;此際相煎太急,虯幹空橫。

若有人兮裹裹,倏聞聲兮恍惚。匪箏笛兮淒清,匪石金兮激越。煨同樹柮,驚昭質之或虧;眉批:寫入聽。響徹雲霄,幸餘音猶未歇。倘使裁成綠綺,材必因其如教。飾以金徽,堅平不曰。由是龍腰細斲,鳳嗓新雕。案揩青玉,囊製碧綃。上圓下方,度恰符乎三尺;眉批:寫題意。絲繅蘭擘,絃應掛夫七條。宗少文撫而動情,遊真可卧;陶彭澤橫以適意,尾豈歎焦?雅製斯傳,同形有幾。德具愔愔,誇爭亹亹。彈從石上,眉批:題後一層。泠然之松籟微生;眠傍籬陰,鄂不之棣華正韡。記否調翻落雁,含秋雁之清音;伊誰刻以爲魚,訝魴魚魚之赬尾。是蓋夙稱妙悟,別具靈心。寄懷珠柱,託興瑤琴。眉批:推原作收。中散如逢,合聯牀而按軫;鍾期若遇,定把臂而入林。固宜凉月三更,寫幽閒於蘿徑;薰風一曲,寓冲淡於蘭襟。

格律謹嚴,詞亦清脆。

停琴佇凉月賦以"琴心月色,相得益彰"爲韻。　　晉江龔維琳

玉宇靜時,幽懷雅契。松陰坐處,樂趣閒尋。結逍遥之意想,眉批:渾含題意,

雙起琴月。寄縹緲之胸襟。景緣情而彌韻,情得景而逾深。對丙舍之宵澄,試問何人賞月;撫丁闌而夜永,偏逢有客披琴。

原夫琴之爲用也,聲餘嫋嫋,調協愔愔。眉批:此段入琴起,到琴宜得月。流水三生,認前身之色相;高山一曲,寫別緒於謳吟。有此良材,何處寄將逸興;欣諸素軫,奚時慰我賞心?最宜朗月澄餘,共參妙契;好借青天霽後,默証元音。若夫水鏡輝煌,金波焕發。光聯玉兔之宮,眉批:此段再就有月時寫琴月相得之妙。彩徹瓊蟾之窟。買來雲際,問夙契以徘徊;移到天心,話前緣而恍惚。對此三更夜靜,月可伴琴;恰宜數疊聲希,琴還得月。獨是皓魂未騰,清輝尚匿,眉批:轉入未有月時,寫停琴而佇。素質清奇,幽懷超特。望希光之奚自,疇其和以天倪。把古調之徒懸,期共探夫物色。絲鸞倚玉,披鴈足以躊躇;軫鳳棲桐,撫龍齦而拂拭。伊冰柱之靜排,對銀河而欲即。徒見平川雲委,遠渚風凉。霧霏霏而半掩,星作作而有芒。眉批:此段就佇月寫出一段光景。傳來曲乙之痕,珠簾猶暗;聽到東丁之響,銀蒜徒張。徒倚宵欄,空認鏡花舊相;婆娑曲院,未陳玉女新妝。祇中懷之如訴,待爲用兮交相。

於焉玉軫空陳,金徽静息。豈昭文之不鼓,眉批:此段承入實賦停琴。按譜凄凄;豈嵇散之難尋,問聲默默。沙鳥飛帆而外,萬籟俱虛;天光雲影之餘,一輪猶黑。羌少住之爲佳,詎欲焉而難得?悃悵多時,游移永夕。眉批:此段又就停琴寫出神情。一天静籟,隱涵空際之音;三徑濃烟,半倚松邊之石。西堂人醉,結霞想與雲思;北渚鴈飛,悵天高兮地僻。伊釋手以澄懷,徒支頤而對客。莫尋象外之神,誰悟静中之益?

既而滿輪吐彩,千里流光。物無奇而不耦,眉批:此段寫月出彈琴,是後路,仍收到題面,故佳。美以得而益彰。天隨神動之時,舊緣忽晤;雲白山青之調,妙緒難忘。由來一鑑初懸,堪寫懷於浩蕩;回憶半痕未露,徒結想而傍徨。遥知色可選而聲可尋,孤芳共賞;信道月爲朋而琴爲侶,佳景堪償。

"停"字、"佇"字,乃題中之眼。作者步驟安和,篇法精密,而形容意景,可云妙得神情。

眠琴緑陰賦以題爲韻。　　　　　　　晉江王會圖

　　碧紗檻外，緑綺窗前。落花染露，修竹凝烟。望一片之晴雲，眉批：起題閒雅。幽情俱淡；聽數聲之啼鳥，俗韻都蠲。最宜紅雨半簾，春買玉壺而自賞；還愛青陰滿院，客携瑶軫以閒眠。

　　想夫司空品妙，逸士情深。自饒雅意，別寄賞心。眉批：原題。流水高山，幽懷静契；碧苔芳草，樂趣閒尋。身依舞鶴林邊，眉批：仍用襯起。遥看静瀑；目送飛鴻天外，倦倚瑶琴。人自成幽，境偏不俗。撫石几以流連，抱金徽而眺矚。眉批：以下實賦題情。認前身之色相，好當明月三更；寫此日之襟期，待譜陽春一曲。神忽凝乎槐蔭，面面含青；夢怳入于蕉陰，層層結緑。烟痕低鎖，雲影斜侵。指點路迷淺碧，分明妙契元音。有時伴客彈來，樽中酒滿；偶爾倚松和去，石上風吟。此間一桁濃青，人護碧桃花影；是處四圍淺翠，榻籠緑柳枝陰。羌佳景之堪描，正深情之自具。静裏傳神，閒中領趣。塵緣盡脱，眉批：去路。標世外之高風；妙緒頻抽，擅人間之雅度。好是停將涼月，爰對景以吟詩；若教譜就薰風，應濡毫而作賦。

　　落墨無多，幽韻自遠，妙傳典雅之情。

秋曙聞笛賦以"長笛一聲人倚樓"爲韻。　　晉江黄文藻

　　秋容淡薄，曙色凄凉。玉宇無塵，一派銀河瀉露；金颷散冷，幾行雁信傳霜。木蕭蕭兮葉脱，雞喔喔兮聲揚。眉批：渾起大意。底處懷人，同此宵殘夢警；緣誰寄興，偏聞曲短情長。緬妙技於馬融，洋洋盈耳；誇遺音于叔夏，縷縷斷腸。

　　想爲曉箭催更，寒蛩鬧壁。静院孤零，重闈闃寂。幽懷難假越吟，逸思爰伸羌笛。眉批：就曙起到笛。印桃唇而細吹，調將石婢音腔；循筠管之頻探，寫盡湘妃淚滴。眉批：笛聲一段。爾其爲聲也，斷續相因，抑揚不一。或濁以清，或徐而疾。或高如寒鶴之唳雲霄，或低如潛龍之吟鮫室。或幽如曲窗兒女之談心，或和如丹穴雌雄之叶律。或壯如追奔逐北，奮發爭呼；或急如苦雨凄風，眉批：領起

下三段。飄來未畢。羽徵聯番，宮商互溢。人與物以俱忘，情和聲而流出。

於斯時也，異鄉遠託，命駕遄行。冒曉沉吟去路，眉批：此旅客之聞笛。因秋約計歸程。歲月空抛，心緒郵亭馬跡；家山阻隔，夢魂草店雞聲。聆此《落梅》調切，按夫裂石音生。得無感長途之苦楚，於以灑珠淚之輕盈。其在生憎離婦，久別良人。悵蘭閨兮獨守，悲蕙帳兮誰親？眉批：此思婦之聞笛。半譜《驪駒》，猶記送君浦上；幾聲流水，徒懷折柳河濱。蠑首為之低俯，蛾眉旋且縐頻。丁寧黃鳥休啼，竟見遼西之客；馳逐朝雲寄夢，化為巫峽之神。

嗟乎！李牟歌引猶傳，宋偉風流未已。疑鼓瑟於湘靈，眉批：此謫宦之聞笛，合韻脚意。媲吹笙于王子。秋聲萬籟，應知由是宣緘；悶思千端，疇或忘諸發始。況夫職屬班鶄，心如止水。作客謳吟北榭，鶴樓倦聽《梅花》；學因空戴南冠，鄉膾繫思鱸鮪。瞻鳳闕以徘徊，對霜庭而徙倚。羲奚俟玉琯吹殘，金烏躍起。方檢韻以攄懷，爰揮毫而拂紙哉？

歌曰：卵色初分碧落兮，輕風冷透鷫裘。有恨伊誰難寐兮，雲夢竹吹未休。髮鬢嚴霜催白兮，年華逝水東流。客身容與兮，莫掉歸舟。愁思滿腔相擾兮，一聲長笛人倚畫樓。

纏綿往復，即景抒懷，感不絕於余心，訴風流而獨往。

承露盤賦以"承露金莖霄漢間"為韻。　　晉江蔣壽宗

三更人靜，萬景秋澄。空階氣冷，遠樹光凝。漫言葭色蒼蒼，眉批：點題。伊人宛在；但覺露華湛湛，仙掌長承。

原夫武帝求仙，眉批：先寫求仙到題。赤松未遇。目下祇存方士，遐哉此志難售；世間豈有仙人，惜也當時未寤。爰制銅盤，以承清露。爾乃却崑玉，範揚金，裁雅制，運匠心。十丈高擎，眉批：次言制盤。靈規隱約；七圍環繞，寶殿陰森。年年立盡金風，銅人悄悄；夜夜釀成天酒，玉陛沈沈。光的皪，氣清明。眉批：二段實賦題面。髣髴大珠小珠之落，依稀三點兩點之縈。出也不窮，詎止千團玉顆；求之有道，無逾百尺金莖。則見澄盤皓皓，濃露飄飄。露堆盤而勻圓可愛，盤積

露而燦爛聿昭。于以盛之,銅荷影煥;是之取爾,靈液光搖。無煩神女多情,贈明珠於五夜;未許冰壺共設,浥白醋於三霄。

然而瓊液徒融,晶盤空煥。駕紫鸞而授訣,眉批:再轉言無仙可求。人在蓬萊;望青鳥之回音,目穿霄漢。詼諧曼倩,方且借是以陳規;消渴長卿,奚庸顧此而竊歎?厥後雄心頓悟,方士罷遠。用勤勤以修政,不屑屑於駐顏。眉批:以不用此盤收。一任玉屑紛霏,散漫宮庭之際;無復金盤高敞,徘徊霄漢之間。

氣清體潔,辭旨明亮,宛合唐律體裁,迥非堆垛綺靡者比。

鎖雲囊賦以"謝氏詩源,更嬴妻作"爲韻。　　晉江陳宗器

綺閣風清,珠簾日暇。淑景維新,晴光未謝。瞻碧絮之紛披,望遠山之蘊藉。綠楊岸畔,罥索斜凭;紅杏村中,眉批:籠題渾雅。踏歌方罷。誰家躡屐,攜錦帒以高攀;幾處振衣,籠輕雲而幻化。

則有絕代佳人,嬪于更氏。常誇蛛巧之工,眉批:原題。夙具針神之技。羨雲氣之浮天,欣絡籠之由己。纖纖素手,抽來一段新絲;軋軋圓機,織出五紋端綺。眉批:先寫製囊,將以鎖雲。不禁心懸杼軸,裁囊橐以遠于;遂將思入風雲,仰山陵而陟彼。當夫天晴鬭草,雨霽催詩。暫辭閨閣,眉批:次寫到山,是鎖雲之始。歷盡險巇。耳搖珠而露落,腰鏘佩而星垂。笑出岫之無心,儘許憑余羅致;嘆向空之隨意,漫教聽彼游移。欲少住之爲佳,翩然逝矣;恐一縱而難挽,受言囊之。勢若連以若斷,形半吐而半吞。飛真靉靆,眉批:二段實賦鎖雲,亦有次第。來亦源源。黃絹開時,獸形漸渡;瑤緘啓處,魚尾徐翻。初看錯采縷金,佩緗囊以五色;忽覺分章抉漢,掃雲陣以千番。擬巫峽之靈妃,悔暮朝兮奔走。疑灌壇之神女,恨風雨兮紛煩。

夫其清光皎潔,寒氣晶瑩。聯翩半曉,搖曳五更。劇憐匹練初垂,絲絲入扣;最愛輕縑乍捲,縷縷交縈。收觸石之氤氳,匪望夫而欲化;拾盈山之靉靆,應逢故而同行。眉批:此段寫鎖雲歸來。於是完我貯,喜印盛,問前路,循舊程。差同明月拾歸,滿衫朗徹;恰是清風買得,兩袖涼生。垂橐而來,就裏偏藏靄靄;開函

而出,從中別具英英。夫誰曰繫囊以射,妙技獨有更嬴。拂妝樓而冉冉,颭瓊牖以淒淒。眉批:此段到家,開囊放雲。豈拖成綺之霞,黃昏縹緲;豈散如絲之雨,曙曉萋迷。豈霧縠之輕盈,低垂遠樹;豈烟綃之冪㿥,暗鎖前溪。倘教曳向空中,彷彿織裳天女;如或舒來江上,依稀濯錦艷妻。

是蓋謝氏詩源,曾傳大略。眉批:點出詩源,再以襯筆作開合收結。羌包羅夫一切,巧奪神工;誠網括之無遺,製如天作。唐明皇之承露,第聞八月相遺;桓子景之佩茱,空説重陽共著。孰若此之盛當春曉,看素綵之互呈;貯自秋餘,訝纖羅之交錯哉!

清辭麗句必爲鄰,蘭苕翡翠相鮮新。妙前後布置,次第分明,洵稱細膩熨貼。

鎖雲囊賦以"謝氏詩源,更嬴妻作"爲韻。　　晉江洪輝翰

若夫撲蜨曾闌,油花卜罷;逸思方抽,光風未謝。陟絶頂以攀躋,眉批:輕籠題意。消永朝之清暇。覯卷舒之隨意,縹緲雲岩;遂羅縷之有心,棲遲烟舍。支筇撥去,輕粘白氎之巾;眉批:入題面。拂袂携來,濃濕紅綃之帕。

乃有製彼雲囊,妙憑纖指。初整綫以穿鍼,儼含章而成綺。剪裁有技,祇誇物曲之奇;囊括多方,遂奪天工之美。象楚臣之垂橐,眉批:段末引起出處。異製同工;訪豳地之于囊,殊情合軌。稽韻事于當年,眉批:點出姓氏,實賦題面。問呈奇於誰氏。則有更嬴内子,獨具秘思。縫來翠纈,紝就青絲。停鍼而匹練中通,笑空空於妙手;織錦而迴文外合,想藹藹於君詩。收靉靆于須臾,滿袖烟光縹緲;吐氤氳于頃刻,半空嵐氣低垂。于是徘徊絶巘,睇視山源。持雲囊之如許,鎖雲氣之實繁。眉批:此下二段寫鎖雲之景。水邊之泱漭乍收,恍疑鯨吸;岩畔之青空盡挹,恰似蜃吞。宛同王母笥中,藏真形於五嶽;何異冪人巾裹,絡畫布於八尊。則見夫千條散漫,幾片縱橫。入焉不出,巧與爲迎。此間無嫌於空洞,當中如貫以元精。倘化仙子之裳,何愁羞澀;如作謝家之佩,祇任輕盈。直教坡老肚中,餐盡烟霞之氣;還擬奚奴背上,收來風雪之情。信予取予求之甚便,豈乍收乍散

之迭更。由是携來深室，置諸雕甍。眉批：此段寫放雲之景。中藏則封比丸泥，爲肩爲鐍；外發則開以孔道，不縮不贏。飛向珠簾，拖湘紋以乍曳；近依寶鴨，惹爐篆而全輕。吐一線之輪囷，絲絲入扣；拽幾層之䨓霧，縷縷初成。是則遺事既傳爲佳話，而巧思獨著于更贏者也。

於焉騷人寄詠，韻士品題。匪説乞梭之女，眉批：就後人流傳，作題後點染。如憐織素之妻。有時啓其機緘，囊裏之乾坤宛在；若使藏諸市肆，壺中之日月並提。從茲制擬縹緗，早啓元虛槖籥。豈必飛縈煙霧，猶爲形器筌蹄。我皇上至德淵涵，治功炳爍。棟樑煥其光華，衣被歌其昭燭。仰爲章於雲漢，詎同握管之窺；驅落紙之雲烟，早入簮花之橐。斯則卿雲復旦，貯錦囊以載廣；何啻風起雲飛，憑智囊而有作也哉？

　　筆致輕盈，饒有興會。

仁壽鏡賦 以"仁壽之字，昭然可觀"爲韻。　　　晉江龔維琛

粤若有唐天子，眉批：籠題冠冕。膺寶籙，握坤珍。寓傳納壽，俗擬躋仁。既呈金鏡之箴，以人爲鑑；更耀寶奩之彩，維嶽降神。知精華之大炳，閱光景而常新。蓋有天寶之初，神靈默祐。眉批：原題。祥徵石鏡，依闕下以呈書；瑞貢巴山，望巖中而蔚秀。兩字炳厥奇觀，一奩標夫傑構。德契樂山之性，可以爲仁；福符添海之籌，必得其壽。

原夫鏡之爲物也，眉批：先賦鏡。水心聿紀，金背高垂。繞飛鵲於臺前，光可以鑑；挹望蟾於閤裏，照豈或疲？類以鑄銅致用，未聞剖石稱奇。想天肇錫之名，必有合也；維地不愛其寶，而時出之。爾廼寶篆開祥，大方紀異。眉批：實賦"仁壽"二字，貼"鏡"字。三多共叶，嵩訏呼三；四照長懸，端宜統四。輝澄玉壘，涵元德而徵符；瑞繞花潭，冠福疇以呈字。俾爾壽而富有耀自他，可謂仁之方能近取譬。時也氣融露彩，眉批：實賦"鏡"字，貼"仁壽"。影薄雲霄。瞻萬象之曉歸，蜀中朗映；擬一輪於月滿，劍外高標。環華峰而璀燦，穿石紐以岩嶤。安土能敦乎仁，顯垂其象；人情莫不欲壽，亦孔之昭。徒見夫光澄瀑溜，彩絕塵緣。彤雲遠

繞,紫氣高連。眉批:完足題面。旭旦初澄,符太平之人德;弧南並耀,映寶彩於星躔。恰宜沃土多仁,一仰觀而炳若;如逢雲氣徵壽,應借鑑而昭然。匪鳳舞之蹁躚,匪龍盤之貼妥。眉批:用陪筆以宕之。匪魯邦之紀瑞,木綴芳華;匪晉殿之鑑形,光搖青瑣。配山靈於太古,靜故有常;符心鏡於至人,虛而無我。介以壽而孔綏,稱其仁而亦可。

我皇上珠囊叶瑞,軒鑑鋤奸。身其康強,共祝聖人多壽;恩沾溥博,咸歌天子克寬。陋有唐之瑣事,進斯世於大觀。遙知睿照無私,眉批:頌揚莊重,亦貼切題面。爛光華之旦復旦;從此離明永燭,登仁壽而安益安。

貼切"仁壽"寫"鏡"字,鑄辭運意,俱臻自然,此爲乎柔弓燥。

靉靆賦以"老見異書猶眼明"爲韻。　　　晉江王　錢竹坪

巧奪化工,用成至寶。藉流影之悠溶,灼纖芒而幽討。眉批:籠罩全題。朗懸皎月,固有耀之自他;澄流秋波,驚回光之獨早。儼似碧霄垂彩,不妨肇錫嘉名;助茲銀海通明,奚事維憂用老?

夫以眼鏡之爲物也,朗潤圓規,玲瓏薄片。眉批:從眼鏡點明靉靆。光閃流星,輝騰掣電。惟顧盼之是資,知取攜之良便。匪誇鏡能照膽,莫逃幽隱之情;亦云鑑不辭形,立辨妍媸於面。琉璃爲質,制仿西域以相沿;靉靆輕籠,物獲孫郎而始見。爾其別運匠心,裁成良器。輪自懸雙,目恍明四。分鳥跡於遙空,數螺紋而掉臂。眉批:寫眼鏡,關合靉靆。連環不斷,光似溢夫天河;綵線旁垂,紋交縈乎蒼翠。遮目翻令目豁,果然雲氣霏微;韜光轉覺光多,益信水精靈異。

宜乎高年爭購,老眼常舒。夾雙瞳而不離,輝四照而有餘。眉批:此段言老年用。末察秋毫,無藉燒紅燭焰;痕消纖翳,都疑生白室虛。仰看河漢迢遙,鴻毛自堪遠送。偶或簡編補注,蠅頭不礙細書。世亦有年當少壯,目異儕儔。憾眼光之有限,補天賦之未優。眉批:此段言少年亦有用者。藉團圓之呈采,資遠近以凝眸。備具文房,遠勝金壺珍惜;展開寶匣,勤披瓊帙研求。忽看昏霧頓開,喜無花而注盼;自覺靈珠有耀,照起草兮夷猶。是其遠灼纖微,甚增長譽。彩朗耀以

旁流，眉批：再寫足一段。氣氤氳而深縮。蒼冥目極，刮不待夫金篦；青碧文垂，照自周乎玉簡。映徹層層秋水，倍豁青眸；隔來皓皓晶簾，非關白眼。所由爭傳巧製，特著芳名。通幽則功資短視，靜養則妙藉凝睛。取火有方，彩還迎夫日照；眉批：進一層作收。辟塵可用，吹不畏乎風清。倘逢滌筆芸窗，瑩净混冰甌之質；如遇看花杏苑，光華逾蓉鏡之明。

寫眼鏡，却處處不脱題字，妙在雙管齊下。

記事珠賦 以"紺色一珠，手持心悟"爲韻。　　晉江龔維琳

將欲妙綜理於經綸，匯精思於久暫。年華易逝，悵屈指以如流；眉批：總叙題面。世事頻乘，疇從心而罔憾。幸珠彩之揚輝，觸淵懷以默勘。匪白而青，得赤成紺。維服膺之勿失，自爾生明；忽入掌而知新，不同投暗。蓋有事憶開元，眉批：原題。名傳燕國。金甌卜瑞，望已協乎鼎羹；玉軸司衡，補常勤夫衮職。廣攬經猷，博參物色。自患閱人多故，眉批：跌起。大帶頻書；每嫌助我無端，五車難憶。適有嘉客之來臨，眉批：入珠。忽贈明珠之美質。永以爲好，期自道乎殷勤；眉批：就珠翻起記事。知子之宜，祇遥通夫綿密。方訝光騰照乘，曷裨心源；第傳彩徹媚川，豈加寧謐？謂相耀以贈投，曾奚關於萬一。

乃物情可引，借鑒非誣。何來一串牟尼，眉批：轉入題面，一氣承接。果堪證性；知是當前亥既，爲詔迷途。乍清塵障，長握慧珠。方澄懷兮對汝，宛妙契夫新吾。覩物彩之昭昭，會心不在遠也；觸靈機之乙乙，解人當若是乎？似得良朋，如親益友。渺渺以思，循循善誘。眉批：二段承上，實賦題面。機殊魚混，程途宛闢三三；智悟蟻穿，尋穴遥開九九。通剖疑於剖蚌，逸緒因心；擬探賾於探驪，新機隨手。回妙性於須臾，裕逢源兮左右。遂使寶思搜來，幽懷屢啓；因緣悟出，舊事無遺。徑寸餘輝，如寫環中之妙；三生夙慧，頓增象外之奇。惟靈臺之悉闢，宛金鏡之長持。取諸其懷，但覺依光而撫摩；拈來信手，何煩強憶以支頤。彼夫巧針可乞，智棕堪欽。眉批：陪。對拈花而微笑，撫編竹以況吟。曷若此清機領略，慧照研尋。事以珠探，不啻顯乎微而見乎隱；珠緣事記，依然應之手而得之

心。所以圓妙堪供憶古,餘光更啓知今。

我皇上敬德日躋,聰明天悟。廣被藝林,宏開寶庫。芸軒蘭署,人人共握靈虯;瑤軸琅函,在在若披宿霧。信道輝珠有象,眉批:頌揚作結,莊重雅貼。古囊焕六合之光;固知索燭無須,匜宇仰萬歲之布。彼唐室之遺文,烏足動其深慕也哉?

機法相生,題蘊呈露,自是瀏亮之章。

盾上磨墨賦 以"武功文事,兼而有之"爲韻。　　晉江王克峻

學貴修文,才期用武。伊兩術之難兼,稽六朝而有取。眉批:總起。本握槊而懷鉛,偏援桴而提鼓。挽強弓而識字,人自不麄;投柔翰以從戎,儒原非腐。

曰惟荀濟,厥有子通。眉批:原題。出自德門,實衍季和之派;生於右族,綽有文若之風。乃昂藏以負氣,思慷慨以立功。言有大而非夸,眉批:到題面。軍中檄草;願雖虛而能副,盾上墨融。夫墨以作字,盾以行軍。眉批:此段將盾與墨兩兩分説作翻。一備戎行之用,一留藝苑之芬。此落紙而揮毫,小閣噴千行之霧;彼執兵而擐甲,平沙連萬幕之雲。眉批:段末轉入。何比干以自衛,翻握管而爲文。物有奇而必顯,事以合而不分。於是潑盾鼻而淋漓,眉批:實賦題面。濺墨花而斌媚。笑捧硯之無庸,灑臨池之不事。抒靈心則自出新裁,運皓腕則真饒餘地。索犀文於歃水,犀櫓堪班;咏龍盾於秦風,龍賓可試。文爲甲冑,何妨肖象而成;筆鋭鋒鋩,固亦逢場作戲。若其藻思與高才並擅,眉批:此就用意措詞,實賦題面。雄辭並逸韻齊拈。語必驚人,一紙之甲兵可用;辨能屈敵,兩端之矛盾奚嫌?檄可走而書可馳,筆下車驅馬驟;禮爲干而義爲櫓,行間意正詞嚴。此祖君彦罄竹之章,無能爲役;而陳孔璋愈風之作,豈曰難兼?

然則造袁虎之門,可倚馬而得句;眉批:旁推言之,一氣卷舒,換韻如一段。入曹瞞之幕,可横槊而賦詩。周羅睺之製書,還能入陣;傅修期之擊賊,亦許修辭。彼鼓箛詠於曹景宗,固難比矣;若裘帶矜夫羊叔子,何足方而?良由生當梁、魏之交,品在曹、劉之右。思虎帳以高談,眉批:再就負氣縱談處發論,寫其神情,收束全篇。擬雲臺之不朽。慕終軍請纓之志,人尚能堪;希馬援裹革之踪,才無不有。故時

當草檄,聊偕兵盾而相從;意在從軍,更結文翰而爲偶。

士有懷絶倫之識,具不世之姿。自許能文,願殿前而作賦;眉批:以抱負作結。還思學武,期馬上以行師。此則近豪氣之元龍,固有取爾;何必笑大言之荀濟,不爲賦之。

辭源倒峽,老氣橫秋,而步驟井井,起結完密,允推文壇名宿。

弓膠昔幹賦 以"弓膠昔幹,所以爲合"爲韻。　　晉江蕭漢傑

事雖不類,理可相通。眉批:寫大意。絲繩喻直,衡石比公。而況相維於上下,何妨取譬於膠弓;故談言而微中,乃辨論之稱雄。粵維騶忌得君,驟登卿相;淳于辨士,好尚詼嘲。眉批:原題。不明言以相證,假隱語以微敲。謂居上而臨下,匪恃勢所能交;竟託辭於合幹,因取義乎投膠。眉批:先言爲弓。

蓋弓人爲弓,傳之在昔。美重三均,長期六尺。筋角并收,漆絲咸積。或取其堅,或受其澤。雖求材之類孔多,亦用物之方細擇。而要夫弓之所以利用唯幹,眉批:拍合題面。獨處乎最先;其幹之所以和調非膠,總無能爲役。故方其始也,欲聚器而和弓,先乘時以析幹。柘檍檿桑道有七,眉批:此先言幹。當伐材而已究其精;王唐夾臾屬分三,未定體而早明其斷。射遠者用勢,射深者用直,群看斲摯之無差;赤黑則鄉心,陽聲則遠根,庶幾衡量之弗亂。眉批:此到題言膠。既不迆而可居,遂相膠而投煮。期鎮密而深瑕,戒轉移而齟齬。黃爲犀而餌爲魚,赤爲牛而黑爲鼠。必凡昵之類不能方,斯調劑之時乃得所。於焉昔幹用張,和膠如髓。接其分離,聯乎彼此。眉批:實賦題面。尋罅漏而補苴,彌疏縫以諦視。慮受病之貽譏,防不均而或弛。既滅盡夫空嵌,亦不存夫肌理。調和孔固,洵難比以輔車;倚毗甚堅,何特方諸脣齒?推裁成於人巧,誰曰不然;擬骨相之天成,幾云可以。

由是納諸檠而定矣,按中參而引之。既無移於茭解,眉批:言弓之善。豈有戾乎筋絲?上中與下符其制,三五至九合其規。往體寡而來體多,於革質爲利;往體多而來體寡,與侯弋相宜。陋晉人之穿札,卑楚士之射麋。收東房而爲寶,倚

西序以習儀。孰不羨材美工巧之相得,故能因志慮血氣而有爲。然而塗澤爲工,終歸強納。失厥本真,能無紛雜。雖暫免夫解攜,眉批:轉合題意。詎無虞其折拉?苟究審乎後來,尚抱慼於周匝。孰若識彌縫之正道,使依附天然,終古長見其相合。

層次分明,規模渾樸,是從規仿唐律得來。

弓膠昔幹賦 以"弓膠昔幹,所以爲合"爲韻。　　晉江周一夔

伊滑稽之多辯,眉批:就題正面入。宛觸類而能通;既談言而微中,偏諷諭而不窮。以騶子之説才,取上卿如拾芥;乃淳于之利口,託罕譬於爲弓。

夫弓之爲法,取材必備,應用不淆。眉批:先渾起題面。制之使強,誠有資於骨幹;黏而後合,豈無賴乎脂膠?與筋角殊施,缺焉不可;共漆絲爲用,雜而相交。雖工師而莫外,寧匠氏所能抛?觀夫幹之爲物,眉批:次賦弓之幹。冬則可擇,製之惟今,藏之自昔。柘爲上而檍爲次,呈能而品各分;色欲黑而聲欲陽,中度而宜斯適。明用勢用直之方,辨射遠射深之格。但使得之心而應之手,斲摯必中;行見材維美而工維良,敷施莫逆。然而弓未成弓,幹自爲幹。雖經雕削,尚未合夫規模;眉批:次賦幹之宜用膠。即極精良,猶自呈其渙散。惟厚液之既陳,乃成形之不判。取水火既濟之方,無衰益弗均之嘆。渾銷鎔於六物,惟其所宜;妙張弛於三材,及爾如貫。爾乃相之有方,用之有所。分鹿馬牛犀之族,眉批:二段承上實賦。皆取而資;因深瑕紾澤之施,擇利而處。融之使結,宜往寡而來多;調之使凝,儼倡予而和汝。比其內而不失,象宛類於生成;有所憑以爲功,法何嫌於齟齬?其分之也不無異同,其合之也何殊彼此?弓藉幹以爲基,幹得膠以爲紀。相與於無相與,譬桮棬之器可爲;期然而能自然,匪枘鑿之形堪擬。翩其反矣,未識誰使之然;受言載之,我知其良有以。

然而事之拘者,不可以久;物之矯者,不能無疵。眉批:轉到不能,傅合疏罅。疏而密亦密而疏,勿謂工之不善;離而即亦即而離,每驚質之頓虧。兩美必投,雖圓融而有迹;相資爲便,豈臭味之無差?蓋幹與膠權,縱有附依之勢;而膠爲幹

用,究多勉强之爲。譬之於人,權既可依,眉批:仍收轉題,正面應首段。物何不納?周旋有自,豈必相睽?疏罅孔多,亦終難合。是以君子處世,寧須禮法之拘牽;人臣立身,所貴彌縫之周匝。技也而進乎道,事有可參;物也而會於心,理原不雜。

起承轉合,中邊透徹,所謂水到渠成,文成法立。原評

鑄劍戟爲農器賦以題爲韻。 安溪李鴻儀

昔聖門鎔冶英才,眉批:就聖門起,渾籠題面。甄陶治具。偃武修文,行時乘輅。脫佩升仲氏之堂,負襆謝樊須之圃。緬兩階之干羽,矩從欲而不踰;敦一世於農桑,金在鎔而聽鑄。厥有顏淵,眉批:原題承上。道深才贍。樂陋巷以優遊,登農山而遠念。興禮樂於廟堂,息干戈乎壇坫。頌模範於段桃鳧棗,請云無以鑄兵;眉批:扣題。趨耕耘於主伯以疆,何俟求其寶劍。

原夫農之有器也,鈝鎯同形,剭鐺異格。鈐以割塗,鐮兼穫麥。眉批:一段農器,段末起到劍戟。惟有備於田功,乃無荒乎農隙。一犁春雨,童摧竹馬之鞭;幾度夕陽,鳥喚田車之陌。縱擬被蓑於《管子》,鎧鑐用等耨銚;而觀銍艾於《周詩》,錢鎛何資劍戟?若夫劍戟者,雖示雍狐之美,徒誇斷象之奇。眉批:一段劍戟,段末兜到農器。縱三鋒其曷用,將七尺以奚施?釁啓爭軥,聿動子都之拔;情兼求玉,爰興虞叔之師。幸紫氣之光芒,化龍未去;覘寒鐔之鏑鑠,買犢何爲?

爾乃人誇撫劍,我示明農。屈純鈞而就冶,歛懸剪以藏鋒。眉批:此段入"鑄"字,賦題面。熾獸炭之輕烘,冰銷雪釋;燃麝煤而細揉,陶印泥從。皎潔盤流,正爐火純青之候;菁瑩鏡擬,訝江干漾碧之容。想異時青草堤邊,春風禾黍;憶此日葛蘆塞上,秋水芙蓉。由是望杏扶犁,瞻榆荷蕢。眉批:此段寫其鑄後而農。化雨時巡,休風叠至。亭亭麥箭,青圍耒耜之疇;作作秧針,綠映鎡錤之器。擬鳴琴於單父,游刃有餘;幸借斧於龜山,及鋒而試。

恭惟聖天子禮意風猷,樂情露布。撫縹軛以親耕,循青旂之掌故。眉批:頌揚結。農催牛背,課晴雨於鳴鳩;劍脫虎賁,肅干城於罝兔。固宜擊鼓吹豳,含穌

吐哺。丁男無《采杞》之詩，甲等上《嘉禾》之賦矣。

品格鮮明，風華掩映。鑪錘在手，鼓鑄從心。

賜筯表直賦以"賜卿之筯，以表直也"爲韻。　　晉江黃清華

朝有正直之臣，國頌平康之治。帝覺宴以報勳，民歌功而受賜。惟克杜夫偏私，乃共欽其氣誼。溯金筯之寵頒，編丹書而載記。此宋璟之芳規，眉批：總起全題。載開天之遺事也。

原夫迎於驛路，擢以上卿。節概則霜嚴日烈，風徽則玉粹金貞。與姚崇兮抗論，偕蘇頲而竭誠。遠辭遺愛之碑，眉批：先叙廣平之直。不使諛讒風熾；力却武功之賞，毋令好事心生。遵道蕩平，無反無側；在公夙夜，惟寅惟清。帝嘉乃德，享用多儀。開瓊筵而燕集，鳴玉珮以鵷隨。四輔垂紳而濟濟，眉批：次叙唐皇之賜。百僚在列而師師。孰是剛強不屈，方正自持。最推鐵石心腸，昔日梅花作賦；恰際鳳麟有饌，此時杏宴裁詩。彼一帙尚書，非所賜也；對百壺清酒，何以贈之。用是默鑒孤忠，幾煩睿慮。眉批：次叙賜以金筯。思作礪之惟金，遂前籌而借筯。宜共彝樽，龍勺來自天家；儼同香藥，鹿胎頒諸宴御。劉先主芳筵一落，雷響喧闐；沈慶之金鏤七枚，露恩餼飫。比太白調羹賜食，曷遜尊榮；視孔光置几授餐，益增名譽。莫不寵受懽騰，中懷惸豫。

然而帝德同天，臣心如水。於我何加，厥命曷以。百練縑之賜，眉批：次叙其不敢當賜，轉接俱靈。猶云清德是酬；五熟釜之頒，尚謂靖恭可美。顧大賚之如斯，亦何修而得。此恐厚賞之濫膺，寧謝恩而拜跪。爰釋狐疑，俾其洞曉。筯以相貽，金猶其小。取其直而形端，無或柔如指繞。有爲有守懋乃修，眉批：次叙語以表直。不倚不偏強哉矯。恍伏波之柱幹亭亭，一馮伉之鏡光皎皎。固可與朱雲折檻，垂作世規；陳禾碎衣，留爲臣表者也。

蓋惟論道經邦，宣猷稱職；我儀其人，古之遺直。故筯堪取月，眉批：次總承總叙。況貫月之精誠；筯或垂冰，比清冰之懿德。且物有由成，金爲之式。統日用以爲常，凜堅剛而莫抑。勁節稜稜，小心翼翼。撓之不挫，擬必於倫；健以自強，

鮮不爲則。信乎綸綍之褒嘉，榮於鼎鐘之銘刻。乃知恩不妄承，器非濫假。苟持躬或等於韋脂，雖重貺亦同於缶瓦。其直如矢，寧屑毀方成員；載錫之光，迥異路車乘馬。金者欽也，欽謇諤於群工；眉批：次收結。筋惟著兮，著風聲於四野。將稽首而拜本朝之賜，臣哉鄰哉；對揚以答天子之休，博也厚也。

　　作賦無層次，猶疊床架屋，難免堆積重復之弊。茲作間架層層，而題面、題意，又能在在雅貼，可謂方珪圓璧，瀏浣風華。

　　　　瓦鐵爲舫賦以"日照晴虹，風吹細雨"爲韻。　　　晉江陳　策

　　渠名流永，雪浪涓涓；地擅滄洲，風濤汩汩。撼陽谷兮連天，眉批：起題點清出處。接扶桑兮浴日。維巨漲之激湍，泛飛舫而淳漓。最是瓦堪作艦，曾傳渭北搜奇；還思鐵可爲船，也説淮南載筆。

　　原夫瓦之爲物也，器以土成，質因火爛。眉批：此段賦瓦，起到爲舫。製傳陸氏，赤甋輝騰；創自昆吾，青瑶影照。雅愛雀臺異樣，飾青雀以相宜；爲憐虬瓴新成，雕翠虬而恰肖。喜越冶之偏良，看吴舠之獨掉。若夫鐵之爲用，眉批：此段賦鐵，起到爲舫。生從鹵石，産自良荆。裝就五牙，靈工煅煉；飾將三翼，意匠經營。不煩天地爲鑪，製青艟而炫耀；底事陰陽作炭，鑄赤艦以鮮明。疑銀舸之衝雲影，徹銅壺巨浪；訝金船之載日光，分玉闕新晴。爰見裛裛短棹，眉批：二段實賦刻畫工妙。縹緲孤篷。舟名掇月，艇號駕虹。數番擊楫人歸，聲同叩缶；幾處衝波船過，製訝鑄銅。分明刻就鴛鴦，共花磚而散彩；倏忽飛來鵾舟，雕紫氣而翻紅。既浮沉以逐浪，亦上下而因風。乘槎破浪，鼓枻凌空。多忘掛石爲舧，賽却永嘉妙製；可是雕金作楫，贏他婆睢神工。看舴艋之歸來，遥見銀簪錯落；望笭箵之曬處，漫疑鐵網玲瓏。

　　是維荒經採異，勝蹟搜奇。眉批：再就出處承來。段末推開作勢。浪殊弱水三千，地稱泉室；氣吞雲夢八九，勢接天池。所以春江日耀，秋水風吹。非關渤海浮來，舟因瓠製；恰似越州移得，船以石爲。乃有錦椸輕摇，眉批：就駕舟人寫。絣縞載繫。或乘越蟹之高，或泛蜀舲之細。渾訝舟行陝郡，陳甓石之斑斕；宛如貢進

梁州,侈璆銀之艷麗。羌畫舸兮飄飛,跨巨川兮遠濟。彼夫昆明池內,木取沙棠;赤壁江干,制傳彤鏤。鄴中子建,眉批:以陪襯收結。曾詠貝船;晉代茂先,亦歌牙櫓。曷若茲舫之新奇,獨著遺規于往古。固合馳如赤馬,騰貝闕之烟雲;豈徒巧比翔螭,撼龍泉之風雨。

刻意工巧,措辭雅令,雲山經用,倍覺鮮明。

瓦鐵爲舫賦以"日照晴虹,風吹細雨"爲韻。　　晉江曾寶元

碧浪天連,滄洲地謐。鳴玉鏗鏘,翻銀洋溢。山上之瀑泉飛布,奇信可觀;水中而金石不沉,異還堪述。最是舫船片片,眉批:起題。載浮澄永之中流;居然瓦鐵鱗鱗,輕泛洲人於往日。

夫以瓦之爲物也,土合始成,火攻最要。眉批:一段"瓦"字到爲舫。久或松生,代符竹妙。雅宜覆屋,庇風雨於棟樑;誰仿畫齋,下波濤於海嶠。入水而宛飛鵁鶄,白雪遥封;問渠而儼戲鴛鴦,紅輪正照。至若鑄推陶冶,嗜憶稽生。眉批:一段"鐵"字到爲舫。與金同礪,惟鐵是名。記船下於益州,作鎖而千尋遠截;認網投於海國,獻珊則七尺頻呈。寧惟製馬因他,簷下之秋風乍響;好是作舟用汝,帆邊之春雨初晴。

爾其半篙撑綠,一葦搖紅。不殊奇製於永嘉,帆偏掛石;恰類異聞於越國,船或爲銅。眉批:以下三段,實賦題面。纜索頻牽,擬藉金繩而繫楩;篷窗對啓,儼看寶筏之凌空。倘凌弱水三千,還誤查堪貫月;如入雲程九萬,定應橋認垂虹。則見數聲柔櫓,一笛孤篷。擊楫高歌,缶敲應誤;賦詩橫槊,鉢扣偏同。遥知銅雀樣成青雀,如浮於巨浪;漫道蒼龍性畏神龍,曾負於波中。一葉飄然,下船應嗤夫映日;六州鑄出,乘桴直比乎御風。既瓦爲舫以稱異,亦鐵爲舫而更奇。就淺就深,屋角之銅鉦正挂;獨來獨往,山頭之玉練長垂。休偕磚石紛陳,濟川好用;如共璆銀入貢,航海應資。破浪有聲,幾度猜將雨墜;衝波得響,數番訝是風吹。

彼夫破篾而爲,因蘭以製。金版輝煌,銀裝艷麗。眉批:一段陪。芥舟杯水,堂坳記莊子之遊;銀漢河查,天宇憶張騫之濟。或纏吳錦於船頭,或泛蜀舲於天

際。亦見創造之各殊,而傳聞之非細。要不若兹舫之奇,爲功最普。眉批:轉。泛彼長流,非同小補。祇藉青瑶渡去,背穩騎牛;幾疑翠硯飄來,身輕似羽。眉批:收足。幾聲竹笛遥傳,遏響於行雲;再詠蘭槳不厭,催詩乎細雨。

刻畫鮮雅,隸事風華,可謂不負題藴。

茶僧賦以"晴窗調乳,試分茶"爲韻。　　晉江阮應侯

林子仁清襟洒落,逸趣縱横。空虚四大,解脱三生。半榻清風,眉批:原題輕引題面。醒茶烟之午夢;一甌白雪,話竹院之春晴。依然槐火石泉,消受佛門之供養;恍入松關蓮社,長隨僧寺以逢迎。於是錫茶瓢之佳號,檢茶譜於明窗。眉批:入題渾寫題意。花成出五,品列無雙。詩魔神解,茗戰心降。念飲水其何貪,聊託生涯於瓶鉢;契傳薪之有倡,常浮身世於罌缸。

爾其瓢之爲製也,體成圓相,形異亞腰。眉批:此段就"瓢"字寫"僧"字。盛詩不足,掛樹誰邀?果原可證,冰或堪調。從此皈依清净,有時解破寂寥。得活計於五湖,打包入定;觸應機之三昧,墜地先跳。悟彼前身,曾歸月甕;注兹一勺,閒翫茶寮。爰檢雲腴,細調玉乳。五色烟浮,眉批:此段就瓢貯茶,實賦"僧"字。六銖香吐。具欲取夫楛桲,材可量夫罌甀。偶證聲聞之諦,誰知出自瓶笙?倘聽梵唄之音,直恐猶疑茶鼓。借冷泉以澆背,應參覺悟於三清;貯惠水以灌心,默證圓明於五祖。或取七甌,無妨一試。眉批:二段承上,實賦題面。恍添陸羽之神,如過鷲峰之寺。味乍領而先參,心纔聞而欲醉。何惜本來面目,現身甘露道場;笑他如是因緣,寄意大雲法地。漫説頭原可點,徐參爛石之香;孰云舌不須饒,雅有垂雲之嗜。長依净土,常挹清芬。香塵錯落,茗鼎氤氲。瓶中灑水,竹外浮雲。收世界之靈緣,凡身俱换;結心胸之卐字,濁渭初分。信通體之皆圓,轉輪借汝;倘半杯而可渡,航海逢君。

迄於今爐寒紫笋,鼎膩丹砂。惠泉歙雪,古洞飛霞。瓢零巖畔,眉批:題後去路。人證仙家。而雨脚空傳妙品,水梭亦號爲花。有誰活火分來,共賞參禪之筍;真泉汲去,徐烹透佛之茶也哉?

是茶是僧，雙管齊下。清超灑脱，興趣非凡。

餅笙賦以"水火相得，自然吟嘯"爲韻。　　惠安曾　欽

樂出於虛，眉批：渾籠全題。器神乎技。義蓋取乎雙關，名自兼乎兩美。挈而不假，象偏有類于調簧；息以相吹，狀更難還夫覆水。眉批：點清題字。豈是笙歌入奏，弗貴人聲；原非餅罄負慙，奚知疊恥？既分羽而列商，亦含宮而嚼徵。當夫筵引離尊，眉批：從送別起到題。江停遠舸。添活火之始然，煮寒泉之清可。煙凝碧嶂，時沉古調之輕清；雲在青天，忽送餘音之淡沱。訝嬴女步虛之韻，奏叶九成；恍元君塵外之聲，響流竝坐。分江小杓，如懸玉管之匏；煨榾寒爐，似炙銀簧之火。

爾乃韻諧律吕，節中鳳凰。凄清逾遠，眉批：此下三段，實賦題面。不即不離，惟妙惟肖。縹緲彌長。感而遂通，信匪傳於虛牝；機原相召，渾如發於土囊。寄山水之清音，自成節奏；悟風簫之微籟，宛譜宫商。用可汲泉，不藉施簧。而列管形同啜土，何須玉質而金相？不疾不徐，乍揚乍抑。異筠管之參差，等月堂之凄惻。臨風修竹，和雅韻之泠泠；隔水疏松，答寒濤之側側。錯道媧皇製就，迥出鸞音；若教希道携來，頓殊鳳翼。膽形最好，徒勞墨子之吹；名器雖非，不羨謝安之得。

是蓋元氣潛通，太音乍試。無事經營，不煩作致。小梅春透，寧將玉指之拈；孤竹聲諧，奚待絳唇之吹？譬彼霜鐘候應，却訝何來；方諸緹室灰飛，竟從奚自？誰調金舌，風清琪樹之三千；是處玉人，月冷紅橋之廿四。於時情遊八極，耳想鈞天。疑無而有，將往復旋。俄下叢霄之譜，眉批：此段從人聆其音寫。亂飄僧舍之煙。直從味淡聲希，心窺天外；豈但水流花放，道契象前。濁酒待温，愁溢陽關之曲；水漿乍迸，感深溢浦之絃。依稀綵鳳珠垂，急堪入破；恍忽紫鸞玉振，妙極自然。彼夫翠潤軍持，眉批：陪襯一段。松門曉汲。銀床素綆，碧甃寒深。笑交趾之壺盧，將鏞間奏；嗤汾陽之孤篠，比磬同音。孰若茲之烹泉石上，撥火松陰。得元音之渾穆，符地籟之幽沉。遂使露冷瑶池，莫辨貌姑之唱；月明緱

嶺,難追子晉之吟。用是添幾仲之離情,供坡翁之詩料。足統衆清,眉批:以離情作收,點清題面,繳合第二段意。時傳微妙。小樓吹徹,新翻別鶴之辭;細雨夢迴,重譜離鴻之調。故登山送遠,應賡王廣之篇;而振木穿雲,正合蘇門之嘯者也。

　　絶佇靈素,少迴清真,如覓水影,如寫陽春。

麥　浪　賦　　　　　同安莊光前

　　每每者田,芃芃其麥。上應天時,下培地脉。種早播於經冬,瑞久徵乎三白。當金旺而發生,浥露華以潤澤。眉批:淡淡入題。十分晨氣,連漠漠於平丘;九野新膏,布青青於廣陌。

　　爾其三農未登,兩歧乍放。黑頸紛敷,繁英皷盪。潾潺其聲,瀅瀺其狀。何非海而揚波,却排空以噴浪。眉批:完題面。西疇翠積,儼春水之方生;南畝青連,似秋濤之初漲。當夫條風習習,花信淒淒。巘然槊聚,稠爾腰齊。眉批:就風時寫。乍抑揚兮變幻,旋吞吐兮溟迷。金穗舞而翻黃,滔滔滾野;銀花紛其散白,汎汎平堤。瞻彼阪田,杳不知其下上;譬如湍水,迥莫辨乎東西。至如霾雨連天,眉批:就雨時寫。靈靄蔽漢。一畝沾濡,四郊浩漫。未漂高鳳之庭,先漲巨蒐之岸。聽潮聲兮仍寂,驚滄海之初乾。覛泡影兮若真,駭桑田之乍涣。丹陽五百斛,翻疑陸不行舟;黑水數千重,誰云隰則有畔?其或山郭昏黃,眉批:就夜時寫。村郊夜白。介休信宿之宵,張翊守望之夕。净乎若素練之澄瀾,沛乎若洪濤之歸汐。珠芒綴明星之彩,一灣珠浦涵輝;金穎搖皓月之光,萬頃金波流碧。又如鶯歌報曉,雉雊催晨。霽白浮而潋灔,晴烟湧而清淪。眉批:就晴時寫。數莖之玉葉,翩翩織成紋縠;匝地之黃雲,片片叠作魚鱗。遂令原野陸沉,幾成澤國;何處篝車祝滿,訝趁波臣。時則有老農荷鋤,眉批:就農夫寫。野叟提筐。經陽南之郭,來沫北之鄉。似過涉而滅頂,類欲濟而褰裳。藍染襏衣,恍忽與波上下;青圍箬笠,依稀在水中央。更有保介晴來,農官朝赴。既越陌而停驂,眉批:就農官寫。亦踰阡而騁步。豈萬里之爲期,覺流光之如泝。白門曉涉,不濡軌而濟盈;錦里郊行,欲盪舟而問渡。

然則麥堪誌美,浪頓稱奇。載沉載浮,眉批:總承。難問燕烏之種;就深就淺,都成掀舞之宜。廣雅咏於月川,曾誇競渡;慶連阡之露積,更羨如坻。是其應時而種,隨地而生。連畦吐秀,蔽野敷榮。滿而不溢,流而不行。繫朝宗之有象,實嘉穀之受成。於以兆豐亨於樂歲,而欣醉飽於太平。

正喻兼到,層次分明。

温陵賦鈔卷九

律　　體

積雪中春賦以"思光賦鹽，索筆便成"爲韻。　　晉江蔡鴻捷

海天日麗，水國春遲。揚帆人去，積雪風吹。綺錯繽紛，半是入風騷之筆；瓊波結構，猶煩抽靈秘之思。緊形容而酷肖，眉批：渾寫大意。儼昭質以無虧。色渾同其潔白，味孰判乎甘飴。本非撒自空中，漫擬才高不道；説是來從海上，眉批：原題。始知物異堪奇。

曰維張子，厥字思光。賦海之名篇既就，凌雲之妙筆加詳。愛凝鹽之殊品，比殘雪於春陽。眉批：入題。最憐浪瀉千層，透寒風而作骨；轉訝花飛六出，曬晴旭以流香。居然水府生陰，豈必藍關擁馬；欲效嵊州獻美，却看海岱歸航。懿夫雪也者，眉批：此先賦雪，略還積雪題面。陰氣嚴凝，凉風四布。匝地浮光，漫天飛素。田皆種玉，煖欲生烟；樹能作花，香非帶露。江頭密灑，冰鏡誰磨；水面平鋪，瑶波難渡。堆冷雨於橫橋，夾繁霜於野路。眉批：轉入賦鹽，賦字活對妙。倘是瑞添三尺，經灞岸以催詩；胡爲練曳十洲，鬧蜑家而買賦。爾其長堤浪寂，曲港波恬。送輕颸兮剪剪，落殘月兮纖纖。眉批：以下三韻，實賦題面。可是同雲，多削瓊英之碎薄；任他見睍，詎消玉霰之微尖。未應地氣上騰，翻使流澌作雪；自是人工巧創，能教積水爲鹽。由是銀海連輝，瓊湖結白。淑氣迎芬，凍雲鬪碧。豈春回蜀國，堪招素女之魂；而月照青州，莫冷洛妃之魄。賽仙掌之金漿，逗幽崖之玉液。若使羹調梅子，應從商鼎來供；恐非畫襯芭蕉，漫向袁門求索。清可貯於冰壺，潔未藏夫香室。儼分瑶島之姿，亦鏤銀花之質。映氅衣之仙客，驚看曉座稜稜；迷蓑笠之漁翁，誤釣寒江一一。海原可煮，已登《管子》之書；波亦堪

熬,不數胡兒之筆。

以故薦來寶盌,莫透書帷;眉批:就用鹽實賦。捧出瑶盤,欲渾羽扇。就令山成咫尺,那藏彤虎之形;縱云風似剪刀,寧割玉羊之面。道人踏去,須知清冷之不同;党妓煎餘,笑殺鹹醝之未便。是維霏霏結净,片片流瑩。披將玉屑,琢盡水晶。三灣浪影初平,眉批:收結。絳素之冰霜瞥見;一夜沙痕改色,方圓之珪璧都成。是使騷人摘藻,學士怡情。從兹海島生春,不雨能飛素霰;蓬瀛獻媚,隨波擬拾瑶霎。

題面賦雪,題意賦鹽,既要貼切,又宜不落呆相,作者手腕輕靈,意境超妙,固非刻畫無鹽者比。

積雪中春賦以"思光賦鹽,索筆便成"爲韻。　　晉江王克岘

維雄才之作賦,能涉筆以成奇。本無心以因物,遂獨往而抽思。眉批:籠題。初似景純,湧雲濤於尺幅;繼如小謝,敲珪璧之新辭。瞻積雪於中春,奚煩多語;儷飛霜於暑路,不待他時。

蓋以水之爲情難狀,賦之爲象難量。眉批:點明來歷。在典午首推木氏,越蕭齊最數思光。當誌異而搜奇,鎮軍見賞;洒緣無而造有,府海未詳。爰綴文於末簡,遂摘藻而成章。觀夫鹽之爲物也,漠漠如沙,眉批:一段鹽。霏霏似霧。非任地以班形,儼自天而委素。食非忘味,坡仙漫説聞《韶》;煙比在川,杜老佳能屬句。或盤中祇有,清而且廉;或空外撒來,興而能賦。曰飴曰苦别其名,爲官爲私殊其度。若夫雪則氛氲交下,眉批:一段雪。淅瀝頻添。入夜而姿逾潔,因風而勢轉嚴。縞帶麻衣,形容惟肖;梨花柳絮,刻畫奚嫌?初密灑乎歌樓,僅微酒力;更亂飄乎書舍,兼退筆尖。此枚叔喜廣夫積雪,眉批:一句合。而鄒陽難雜以賦鹽者也。

爾乃妙緒乍抽,眉批:以下三段合賦。靈機遽闢。言鹽則潔素輕堆,比雪亦縈盈遠積。聊有取乎封條,不用驚夫盈尺。擬羊孚之一贊,豈在煩言;參祖詠之半篇,無勞多索。楚謡倘奏,幽蘭之儷曲未安;姬滿如歌,黄竹之製詞可繹。其意

繪形散之姿,其象借冰霜之匹。瀧瀧奕奕,新添煮鹽奇文;靄靄浮浮,即是漉沙麗質。不待水濱往問,天中試驗同雲;何須海上移情,簾外請看六出。斯誠戞玉之才,迥異無花之筆。至迺覓句甚工,濡毫良便。揚淑景於有輝,指良辰而争羨。君寧見雪,霏鮮耀於中春;今從何來,集陽和之微霰。斯則拂瑤階而未必增寒,縈玉砌而無憂見晛。何待夫元律之窮,始覩此凝陰之徧也哉?

以知體物皆由心得,積素悉本天成。一在天,一在淵,無以或異;或形上,或形下,潔豈我貞?眉批:收結題意。熬貝闕之波,自昔未經人道;綴梁園之景,於兹未免有情。用希蹤夫往喆,極何慮而何營?

步驟安和,機緒融洽,自是瀏亮之章。

櫻桃宴賦 以"唐新進士,最重此宴"為韻。　　晉江蔡鴻儒

惟設科之盛典,傳遺事於李唐。試南宮而獲雋,登黃甲以高揚。眉批:就新進士起。段末到題。帖寫泥金,桃浪三層透暖;名標蕊榜,桂枝一樹薰香。誰非雁塔高才,人列簪花之選;總屬龍門佳客,宴開燒尾之祥。爰置櫻桃之雅會,擬入瓊苑以賓王。

時則桐花始放,楝葉初新。火鑽榆柳,眉批:就時序賦櫻桃,起"宴"字。波泛麴塵。淑氣早催乎黃鳥,晴光已轉乎緑蘋。則有朱櫻滿樹,爛漫争春。顔含遠日,色映長津。御苑啣殘,逐金丸而欲似;寢園薦後,堆火齊以疑真。劇憐崖密(蜜)甘時,正值嘗新之候;誰解蠟珠映處,偏逢賜餅之晨。於是畢集英賢,偕來才俊。盡樹熾乎騷壇,眉批:此段寫新進士,賦"宴"字。悉争雄於文陣。琳瑯滿目,望氣增輝;鵷鷺成群,分行並進。却異筵開洛水,從傳修禊之文;固應宴賜曲江,共得探花之信。鹿鳴兮呦呦,鷺飛兮振振。薦一林之丹珀,休誇蒲筍之殽;擎萬顆之明珠,聊伴豆籩之儐。第見銀盤瀉去,漫比削瓜;翠籠擎來,不煩操匕。眉批:承上段末賦櫻桃之宴。品超乎棗栗虀蕡,味襲乎水漿醴酏。想韓客調羹妙手,饛饎之佳氣長留;看劉郎得意春風,糖酪之新香最美。盡入英雄彀裏,應憐伐樹於蕭郎;同歸桃李門中,竊擬和詩於學士。

況當珥日遲遲，眉批：此又就詞林景色寫其宴。祥烟靄靄。柳色深深，鶯聲翩翩。最愛琉璃寶净，襯艷質以鮮明；還憐櫻筍廚開，散餘香而醃餲。肉嫌盧橘，未許齊名；皮笑荔支，何堪稱最？不是賜來漢殿，休疑同色之盤；只因看遍長安，絕勝飛英之會。偕四簋以俱陳，比八珍之是用。別二種兮應殊，眉批：題面完足。問雙株兮誰種？人是瓊林飛鳳，果充鳳食以偏宜；榜開省壁遷鶯，實被鶯含而尤重。何必九華丹實，牧之寶樹曾誇；堪嗤五見玉窗，太白清風誰供？

　　是蓋蓉鏡休徵，襴衫利市。青雲得路之基，紫陌尋春之始。眉批：收完進士之重此宴。固當訓儉而示慈，肆筵而設几。且看斟來綠醑，同醉新郎；豈徒飽得紅綾，休欺殘齒。惟貯美於筠籠，自流香乎篚筥。宜式食其庶幾，且廣歌乎樂只。却記走看新榜，棠芳盡屬乎春官；誰云坐對青衣，幻夢空同於盧子。信樂事之如斯，何盛筵兮若此。

　　已而佳興將闌，幽情欲倦。始出杏園，遍遊瑣院。或望興慶以徜徉，或過平康而眷戀。或入慈恩而姓氏自題，或壓元白而詩歌獨擅。昔日桃花映面，眉批：寫宴後之興趣。柳袍未換青衫；今朝玉筍成班，杏酪初分盛宴。又豈但泛舟移樂之堪娛，而燈閣打毬之足羨。

　　　　才情流美，辭藻鮮華。妙緒紛披，從容爾雅。

　　　　櫻筍廚賦以"長安四月，公餗之盛"為韻。　南安王玉書笏臣

　　榆羹獻饌，杏酪傳芳。桃園日麗，竹院風涼。杯浮桂醑，眉批：用襯法虛虛籠起。酒進蘭漿。百官侍讌，四月開觴。設華筵於首夏，傳時物於初唐。羞桃薦黍之辰，年年果熟；沈李浮瓜之候，處處廚香。恰逢西蜀贈櫻，鶯口含餘欲吐；為愛南塘折筍，龍孫茁後偏長。夫其充諸庖俎，命出內官。眉批：題前。試鸞刀而貯盌，供象箸而登盤。片截雲腴，此日禪參玉版；甜含崖蜜，當時廟薦金丸。饒有蔬氣芳馨，名傳中使；艷說園林風景，地記長安。則有寶珞流丹，珠光映翠。同火棗以稱珍，比雪梨而表異。眉批：此段寫櫻。憶賜來御苑，月中空赤玉之盤；看載去筠籠，風前逐紅塵之騎。筵開玳瑁，火色輕勻；盌啟琉璃，清香細膩。爾

時曲江記宴,盛事春三;今朝日下開樽,芳辰夏四。復有犀角初攢,貓頭乍發。徑闢琅玕,鋤揮榾拙。眉批:此段寫筍。酷愛此君風味,潤透瓊肌;劇憐太守清貧,珍含玉骨。調將翠䪞,雅留咒竹之一心;捧出晶盤,不比進瓜于二月。時則堂廚既設,大酺爰充。筍兼櫻而映碧,櫻配筍而含紅。嘗君子之盃羹,瓊漿比雪;眉批:櫻筍廚總寫。獻大官之珍味,薰脯生風。夜宴瓊筵,綴紅珠之的皪;朝頒金闕,登碧玉兮玲瓏。匪梟羹之應節,同雞膳之在公。

若夫列饌凝芳,官厨散馥。或調宰相之鹽梅,眉批:此段襯法。或伴先生之苜蓿。添寒漿於甘蔗,分來競愛投桃;浸清酒于酴薇,醉後猶堪問竹。杜拾遺野人贈送,香留曼倩(倩)之蟠;劉使君僧寺同燒,殽列韓侯之歆。亦足以佐此膳羞,供茲鼎餗。是則物維偕而可薦,名肇錫而長垂。林何櫻而不熟,園何筍而不宜?眉批:收束。厨盛天官,賜宴瓊林之日;厨開樞密,分縈紫禁之時。豈徒譜入老饕,噴飯尚留佳句;擎從内殿,退朝猶記新詩。其詳可得聞也,至今尤堪述之。

我國家羅萬國以輸珍,統九州而誌慶。宵旰致其勤勞,眉批:頌揚。大烹養乎賢聖。櫻桃勝會,同分列鼎之榮;玉筍清班,珍重自公之詠。今日官儀必肅,頻承賜旨以傳宣;他年風物堪傳,爰進詞臣而紀盛。

布置得宜,志和音雅。

書帶草賦 以"庭草春深帶綬長"爲韻。　　南安陳桂洲

高齋種學,半畝鋤經。唯書香之鬱郁,發書草之葱青。淡勻桂壑,秀茁蘭庭。緗葉紛披,偕綠字赤文而輝映;眉批:起題面。瓊枝縈拂,傍金泥玉檢以流馨。肖物化工,當與瑤樹琪花同生銀苑;因人錫類,何減香蘅碧芷並植江汀。眉批:原題引到書帶草。

懿夫漢室修文,康成講道。珊瑚筆格,篆蝌蚪之文章;翡翠書床,堆牙籤之古藻。漱藝苑之群芳,遂鍾靈於斯草。錯落圖書之側,儼委佩而承裾;紛披卷軸之旁,恍拖青而曳縞。莖依苔蘚,繞文砌以紆徐;幹簇花茵,向綺窗而縈抱。爾乃螢飛暗度,眉批:以下四段,實賦題面。雪色常親。蒲編作友,柳汁爲鄰。環座森羅,如見書紳之哲;當階搖曳,擬逢垂帶之人。偏宜書幌,別具陽春。緹帙增其

罨藹，丹鉛雜以紛綸。維時絳帷日旭，眉批：此就講席言。皋座雲深。妙緒頻抽，颺翠華於東壁；芳心如結，束綠綈於西林。匪伊垂之，如韋編之不斷；翻其反矣，若鞶佩之交侵。青分汗簡之光，識窗前之生意；富比縹緗之蓄，助高士之披吟。

若夫雨沐風清，烟梳霧藹。眉批：此就風景言。日掛遊絲，露凝芳靄。既可形模，亦堪意繪。增藝圃之芬芳，拂文壇其蔚薈。花衫莫展，芰荷難稱爲衣；眉批：旁推言之。葉線長舒，薜荔同看成帶。爾雅振其風流，詩書呈其藻秀。花磚入侍，青圍學士之袍；芸閣時登，翠結文人之綬。此蓋五車之灌溉，以釀其清芬；三篋之精英，以滋其華茂也。

方今聖朝樂育，化日舒長。人文振飭，儒教蔚昌。黎輝燃於渠閣，眉批：頌揚結。蓮炬徹於玉堂。鄭箋如昨，帶草長香。入乎儒林之圃，登於詞苑之場。固宜護茲嘉植，葆厥遺芳。庶幾同靈芝而獻瑞，共朱草以呈祥。

雙管齊下，大雅不群。

春草碧色賦以"草色遙看近却無"爲韻。 晉江王日升菜圃

春意猶賒，春情未老。渺渺伊人，綿綿遠道。眉批：從懷人起，并籠題面。過原上而神移，見隴頭之色好。《陽關》唱罷，感遊子以魂銷；南浦波長，惹王孫而思惱。碧蘸溪煙之影，半嚮斜暉；青留野燒之痕，幾灣芳草。

爾乃試錦韉，牽寶勒，日遲遲，眉批：就送別說草色。風得得。芊芊兮亭短亭長，茞茞兮江南江北。妒庾郎之袍綠，斌媚湖邊；染司馬之衫青，萋迷岸側。柔茵小坐，粉黏蝴蝶之香；淡墨輕描，眼醉蜻蜓之色。時則層雲絮擘，細雨絲飄。對數峰而杳窅，思兩地之迢遙。眉批：雨景。蒼浮屐齒，翠點裙腰。別恨年年，惱鶯花於二月；濃陰漠漠，迷烟柳於六橋。蹴羅襪以愁生，芳塵暗濕；捲珠簾而悵望，顰黛難消。及夫晴開圖畫，倦倚欄干。貽以湘芷，贈以灃蘭。奩舒妝鏡，扇却冰紈。眉批：晴景。驪唱經時，寫離愁而欲贈；馬蹄歸去，怕春色之將闌。煖薰陌上之人，香車偶駐；悶殺閨中之婦，眉批：曉景。綉幕慵看。若乃曉露凝薔，晨曦暎槿。踏侵公子之裳，鬭污嬌娥之粉。昨夜東風料峭，瀛洲芳景非遙；今朝宿

霧空茫,灞岸晴光如近。蘼蕪十里,堆曲徑以離離;杜若一汀,繞迴波而隱隱。已而暝氣漫山,夕曛銜郭。撫絲鬢而愴然,酌銀釭而忘却。知君何處,眉批:暮景。那堪河畔徘徊;見汝猶憐,同是天涯淪落。明妃之塚黃昏,仲蔚之廬寂寞。眉批:用進退筆法。荻花楓葉,潯陽之送客何時;春樹暮雲,渭北之懷人如昨。第見鄉關冪歷,江樹模糊。心飛古渡,目斷征途。歸不歸兮芳未歇,遠復遠兮望欲無。潭水之歌聲暫渺,池塘之舊夢莫蘇。眉批:結亦面面俱到。碧無情兮有恨,春已去兮負吾。誰復結合歡之帶,交連理之襦,而相與開金埒,倒玉壺。

  吾族自十世祖少司徒慕蓼公,著作甚富,明季大憲謂其立說、立書,有功名教,奏建特祠學宮。自是而後,代有專稿。至先曾祖父俟山公,以鄉榜考授都察院經歷,亦著《四書叢說》、《心齋要錄》、《宜堂文集》等書行世。惟先大父萊圃公,髫齡好學,老而不倦,但名場偃蹇,屢薦弗售,僅以增廣生終,夫亦命之無可如何者矣。然實至者名自歸,故聖朝褒獎,綸音特予,皓首猶勵精勤之詞。惜乎遺文未刊,而散失無存。茲幸於殘篋中搜出此稿,跪讀之餘,見其雙管齊下,情景如畫,不勝手澤之感焉,亟登之,以垂諸不朽云爾。孫昀謹識。

能開頃刻花賦 以"雲橫秦嶺,雪擁藍關"爲韻。　晉江湯光瀕

  爾其檀心煥發,蓮蕊繽紛。輕飄玉佩,頓舞金裙。緬高堂兮酒熟,眉批:渾寫題面。趁晴日而香薰。俄妝艷冶之容,非關沐雨;偶酌清泠之味,不待眠雲。憶別經年,未審花身原是;尋芳片刻,那知仙骨屬君。羌神機之莫測,實亘古之奇聞。眉批:點出原由,入題分明。則有韓氏湘子,自負生平。出入神仙之府,吐吞天地之精。爰施術妙,瞥見花明。一聯金實,兩朵瑤英。藏有形於無形,好值欄杆月上;化無象爲有象,恰當茅舍烟橫。初疑瓊島飛還,問花不語;誰解土盆託就,即境生情。如仙如夢,疑假疑真。眉批:承上實賦。差能結客,也許動人。匪宮鶯之啁出,匪庫蝶之託身。匪馬逸而移來日午,匪鹿遊而私獻霜晨。勒牌留色,眉批:點染生情。點土回春。羞同茉莉呈香,人爭北漢;不比桃花夾岸,客避西秦。

突如其來，功不資乎園匠；得未曾有，種疑植于花神。則見梟烏停穿，荷巾頓整。檀板歌饒，酒殽味永。眉批：此二段更就仙家點綴題面。思食柏于陶家，想茹芝於商嶺。轉百鍊之精神，新一時之光景。豈是夜深睡去，憑羯鼓以招魂；迥非春半歸來，對燈花而抱影。瑤京路遠，學我無人；池館風清，見君有幸。於以舞蒼烟，迴絳雪，襯錦袍，披繡纈。小隱銘馨，長衢惜別。憑空結撰，許多秀色平分；觸處成形，不數春光漏泄。斯即畫圖省識，未及辨所由來；就令挾策代籌，亦難預爲之說。

蓋其運以匠心，別成嘉種；落定誰家，來不旋踵。眉批：此段更推出汕家之妙。或者胸藏成竹，信手亂翻；幾乎舌吐清蓮，香車簇擁。夭桃歛迹，空寄意于劉郎；濃杏無顏，僅見售於董奉。別有致草鍊形，歲以百計；服桃充體，酒至半酣。眉批：襯。或想夢迴於筆陣，或誇妙悟於鏡涵。或啖松脂兮踏花印紫，或採瑤筍兮隔水拖藍。是皆俗塵已脱，眉批：轉。化理未諳。曷若此之機趣橫生，轉笑梅圖九九；心花勃發，奚煩徑闢三三？自得淡妝於虢國，隱合新樣於江南。

厥後潮州見謫，驛路思艱。眉批：點出潮州一層，亦不可少。一紙官書，忍度八千阻道；半肩行李，苦逾百二重關。回思昔日拈花調笑，洗盞怡顔。綠縟叢中，浪子躋堂載揖；眉批：一往一來，轉折如意。紅衫染處，侍兒送客初還。而乃春風依舊，花事等閒。馬頭雪傍，轍跡山環。徒使望彩雲而心惻，得不思丹桂而手攀也哉？

機調流洽，風神諧暢，是揣摩圓熟時。

鏡中花賦以"詩家妙悟，無跡可尋"爲韻。　　晉江張慎和

維騷人之幽想，窮莫到之巧思。出掞天之鴻製，抒新藻於清詩。眉批：就詩起。段末扣到喻意。妙手空空，化無窮之迹象；予懷渺渺，擄不盡之新奇。摘其藻而含其英，似真似幻；舒其明而揚其采，不即不離。繄何物之絕妙，足以狀此好辭。眉批：承上段點出，鏡花入。

想彼佳致，比諸鏡花。含有象於無象，蔚無華爲有華。一片清光，何處塵埃之染；五花絢爛，分來藻麗之加。涵精蘊於圓明，澄諸寶鑑；漱藝林之芳潤，吐此

奇葩。斯足爭輝於文苑,而擅美於詩家。爾乃綺思紛披,幽情窅窱。眉批:二段實賦。培深學殖,既閱久而彌芳;繁結詞條,更自他而有耀。本傾心之所吐,孰謂無情;苟得意之招來,宛然含笑。江郎夢筆,差以媲其菁華;謝氏芙蓉,竟莫踰其精妙。懿其浮藻競新,憑虛而寓。類秦匣之初開,疑菱花之乍吐。經磨礱而增艷,似映朝陽;絕埃壒而澄輝,如披曉霧。靈明心鏡,妙澄徹於無形;爛熳心花,忽清輝其若遇。即空即色,似依明月之臺;不謝不彫,何啻菩提之樹?幽奇之致,意想莫窮;微妙之端,神通斯悟。彼夫三春明好,庶類繁蕪。眉批:以實然之花陪寫。百尺金臺,鬭紫紅之爛熳;千層碧岫,綻梅柳之扶蘇。或猗猗於巖畔,或灼灼於山隅。或綠映池邊而妖嬌出水,或濃垂墻外而穠艷盈株。態雖妍而各盡,眉批:轉合。跡終滯而非無。孰若意境常澄,心香不隔。印花於鏡,花映鏡而凌虛;藏鏡以花,鏡涵花而無跡。陌無言之桃李,徒競芳菲;尋至味於芝蘭,如堪採摘。探諸月窟,恍濯玉桂千尋;證彼波光,似涵珊瑚百尺。信執滯之非通,庶解人之可索。

我皇上以天亶之聰明,爲斯文之負荷。宸章煥發,卿雲紆縵乎丹楓;睿藻光昭,奎宿聯輝乎青瑣。固大文之成化,眉批:頌揚結。輝若日星;而末學之觀光,明同燭火。將窺測夫高深,誠非管蠡之所可。所以輝騰文囿,才育詞林。吐藻揚芬,擷文壇之郁郁;垂條立幹,播藝苑之森森。各展奇才,既光華之有耀;獨窮底蘊,寧形跡之可尋。依芸署以和聲,彩奪瓊華之麗;入蘭臺而獻頌,誠同金鏡之箴。奚愧文章之藻麗,固爲契悟之獨深。

　　意境空靈,辭華繽郁。妙起訖承轉分明,次第如一筆書。

十月先開嶺上梅賦以題爲韻。　　晉江周廷璋

夫何應鐘協律而葭飛,顓帝司辰而寒襲。籬邊零落,柏葉霜凝。池畔蕭疎,竹竿雨濕。岡巒澹而煙空,蹊徑斜而苔澀。尋芳已過春三,隟籥剛逢月十。爲問孤山種處,眉批:以種梅陪起。正待月而初鋤;且看庾嶺栽時,乍著花而可裛。

爾乃遠岸低迷,幽崖突兀。瘴雨全消,寒風微發。眉批:承上段入,賦十月。蕊綻南枝之上,幾點無多;花開東閣之前,孤芳莫歇。探春獨早,標逸致於小春;得

月偏宜，逗香魂於良月。恰記一年景好，共橙黃橘綠而輕盈；最憐十里山青，對疎影暗香而恍惚。則見超然高寄，眉批：以下實賦。卓爾開先。纔臨磵畔，漫逗簷前。暖入枝頭，雪萼日烘而綽約；春藏葉底，冰肌風度以蹁躚。不隨衆卉爭香，清姿自賞；更幸移根得地，厚植多年。倘逢驛使停驂，眉批：賦"先"字。堪寄先聲於隴上；如到羅浮説夢，誰占先兆於林邊。抽雪幹，傍瑤臺。玉爲骨，冰作胎。鄰幽蘭之獨茂，比孤竹之殊材。隱約嬌姿，錯認壽妝欲嬋；輕清嫩蕊，宛同樊髻成堆。際冬寒之總至，覺春暖之暗回。眉批：就十月賦"先"字。微見天心，新枝漏洩；漸迎歲首，瘦萼徘徊。自爾凌霜而點綴，獨先冒雪以舒開。

於焉雨霽烟澄，巖深谷静。雲端秀出，初垂白玉之條；石磴斜撐，眉批：賦嶺上。半繞緑英之影。向誰問訊，傳消息於故鄉；到處尋踪，逗精神於半嶺。如騎驢而遠上，定知詩思俱清；使弄笛而高攀，偏覺縞衣欲冷。停車並愛夫楓林，選勝寧輸夫梧井。況復村路凄凉，溪橋蕩漾。爲官爲野，眉批：點染。名不一名；曰北曰南，向非一向。或依寒泠而花含，或傍陽和而蕊放。黃昏照處，儼姑射之清標；深淺看來，悟高人之浩曠。幾枝料峭，開有必先；半朵橫斜，後來居上。擬以崑山片玉，鍾靈氣而超羣；方諸鷲嶺一枝，對繁華而首唱。是其隆冬泠淡，峻嶺崔嵬；陽春早逗，韶景頻催。古幹盤空，補綴巖阿老色；芳姿映月，參橫洞壑微埃。非關落遍江城，殘鋪錦砌；眉批：襯嶺上。豈是開環茅屋，色襯蒼苔？霜禽偷而旋去，粉蝶戀而仍猜。樹乍吐葩，漫許道家細嚼；枝新著蕊，且教處士移栽。得不忘言夫修竹，相將索笑乎早梅。

方今聖天子玉燭均調，金甌鞏固。駕按鐵驪，乘班元路。郊迎布令，日依在尾之躔；臘祀勞農，月紀就盈之數。稼禾納兮，度年穀而豐登；朋酒躋兮，酌兕觥而企慕。他日羹嘗鼎上，調燮流香；此時瑞獻花頭，瓊瑶綴樹。又何止吟水部之新詩，眉批：收結。奏廣平之雅賦也哉？

醖釀深厚，吐屬清新。原評

九九消寒圖賦以"梅花先占一枝春"爲韻。　　晉江蔡學鯤

縈天時之遞嬗，眉批：就天時起，輕籠題面。復人事之相催。嘆光陰其迅速，撫

景物以徘徊。雪霰繽紛，歲聿云暮；柳條漏洩，春從何來？直看四序易周，時候暗驚於彈指；幸值三陽開泰，芳華已兆乎吹灰。詩句有神，未夢池塘之草；畫圖省識，先開破臘之梅。

爾乃因時起數，着筆成花。眉批：此段接寫題意。數起三三，已覺陽生有兆；時終九九，從知春至無差。消將幾處寒光，無煩鵲報；圖徧許多春色，任放蜂衙。計日而求，不羨璣衡之設；觀圖忽悟，無須占測之加。空云二十四番，韶光易換；何如八十一瓣，點染增華？懿夫庚園日暖，桂隱霞鮮。睡起妝臺，玉貌與花容並麗，眉批：此段賦閨人之畫圖。描來繡閫，胭脂合金粉初圓。玉骨冰姿，寫就瑤臺妙品；桃紅杏艷，妝成紫府瓊仙。畫可通神，誰續羅浮之夢；詞能吐媚，應添鳳閣之憐。花信催來，却寒威兮聊以卒歲；暗香浮處，鬭春色兮誰與爭先？時則日暎晴窗，寒生密幨。雪意漫降，霜威逾激。眉批：此段賦消寒。新泥素壁，訝花光印月留痕；瘦影雕欄，驚絳蕊迎風吐艷。想夢回於紙帳，縞袂微溫；認紅褪乎紗窗，玉顏半歛。若點美人之額，宮樣新添；徐邀高士之評，幽香獨占。

若其次第難移，淺深不一。眉批：此段言其漸次消寒。箇中消息，只須筆底傳來；世上乾坤，總倩毫端託出。花傳天地之心，圖擅化工之筆。何必懷人隴外，一枝驛路贈春；聽笛樓頭，五月江城吹律。是則隨圖以驗，按候而知。眉批：此段總收。不失月轉星回之序，無愆飛葭懸炭之期。凍暖銀塘，歷小雪與大雪；陽生玉管，鬭南枝及北枝。三十六宮都是春，應讓花魁第一；七十二品同獻瑞，端推陽數生奇。寧須蓂莢花開，驗盈虛于朔望；詎事梧桐葉落，占退聽乎歲時。

方今聖人在上，四時調順，萬類陶甄。藹藹花迎，假文章於大塊；蓬蓬氣暖，樂烟景於遠春。況乎土牛已出，瑞鵲初巡。則茲圖號消寒，佇看冰天欲啓；若更句賡守歲，應欣梅嶺方新。

氣骨清高，風華掩映，良由筆妙使然。

落　梅　賦　　　　晉江蔡鴻儒

清友難留，真堪惆悵。美人何處，空寄徘徊。探園林之花信，眉批：渾領題意。

驚飄落之寒梅。片片隨風，庾嶺芳情欲斷；紛紛逐雨，羅浮幽夢初回。當夫漏洩韶華，橫衝臘日。石橋茅店，宛宛盈盈；山郭水村，疎疎密密。標物序兮方新，眉批：此寫梅開之時。占風光兮第一。銅瓶插去，未催謝客之吟；檀板歌來，新試何郎之筆。若乃殘玉質，褪冰姿。懶爭彭澤之春，對綠楊而欲別；同去昭陽之殿，向青帝以長辭。眉批：此段入題。悔看樓上，詩成一番暗惜；迴憶窗前，花着幾度相思。爰見隔岸流香，漫山飛白。惟憐瘦骨亭亭，眉批：二段承上，實賦題面。誰見柔情脉脉？供來商鼎，最好調羹；飄入漢宮，可能點額。揚州路遠，魂迷踏雪之人；灞岸烟寒，腸斷騎驢之客。由是隴頭霧歇，檻外蜂喧。謝愁寂之東風，未須索笑；悵啾嘈之翠羽，不解招魂。早知雲影空時，茫茫有恨；誰解梨花夢到，落落無言。疎影橫兮水仍清淺，暗香散兮月又黄昏。

時有偷花園吏，眉批：此二段就人寫題面。惜景尋芳。撫殘枝而心惻，想靚色以神傷。前番携酒孤山，笑指霜禽作伴；今日橫琴茅舍，漫教粉蝶催妝。豈徒歌杳羅亭，愁生宮女；無那眠醒紙帳，悶殺春光。更若江南江北，酬却金樽；亭短亭長，留將玉勒。爭道海棠聘就，相邀五月佳期；祗因驛使來遲，反寄三冬消息。乍迎縞袂兮，去忽匆匆；欲問歌童兮，歸何得得？況復古木啼鴉，小橋噪鵲。霜萼霏微，山容綽約。雪殘江外，不分柳絮之芳菲；月落籬邊，眉批：去路悠然。莫笑桃花之輕薄。送舊別於南枝，結新愁於東閣。從此笛聲遍是，江城無限蕭疏；鶴夢方長，野店那堪寂寞？

寄情綿緲，結綺繽紛，正如藐姑仙人，風流獨往。

桃之夭夭賦 以題爲韻。　　晉江陳淑均

亦嘗渡楫寒雲，眉批：襯起。帆飛牛峽；眠笙暑月，簟設蛟宵。憑看春日換符，花如對眼；爲認秋風題扇，香在抽毫。既而伴遊南陌，眉批：轉入。偶聚東皐。惜藐名之猶陋，知真卉之獨高。眉批：起題。活潑滿園新樣，那須夾竹；鮮明一樹香風，別送夭桃。

爾乃向朝暉而吐蕊，含夜雨以垂枝。錦里之滿堂春色，眉批：此先賦桃。繡簾

之絶世嬌姿。前度人來,入觀常逢笑口;後庭歌罷,臨江誰解愁眉?倘教開洞爲先,君應傍此;如或宜家有興,子可名之。爾其桃之少也,眉批:此賦"少"字。韶華方盛,淑氣同饒。乍能蠲恨,最可助嬌。却疑深院紅妝,腮香纔托;絶勝幽閨粉黛,臉嫩初調。冬月呼奴,未許三千結聚;春風渡妾,笑他二八輕跳。洵少時兮綽約,勝異卉之喬夭。其爲好也,良辰再會,美景重饒。眉批:此賦"好"字。歸來紫陌,唱到紅橋。挑菜節過,花影踏香繡襪;賣餳天近,歌聲吹暖牙簫。朝來灼灼,迎風妝堪濃抹;夜去萋萋,帶雨景換淡描。仙氣飄飄,似天台之路近;花光縵縵,恍洞口之雲遥。采芳華而得得,信佳樹之夭夭。

彼夫先生占五柳之枝,處士高七松之樹。春生及第,杏紅色奪於流霞;夜種宜男,萱綠香滋於宿露。曷若艷冶初生,鮮妍夙具?欣培養如芃樸菁莪,得棲依則御園仙路。胸無恒徑,眉批:收。臨篇採蕡實之歌;心愛公門,灑筆獻穠華之賦。

剪綃裁錦,爛漫芳華,賦景與詩情雅稱。

夾竹桃賦以"葉微似竹,花艷於桃"爲韻。　　惠安楊思聰

當夫律過桐華,眉批:就時序起。春歸榆莢。樹老流鶯,草迷戲蝶。百五日雨膏將遍,盡減紅花;廿四番風信復闌,潛肥綠葉。眉批:映起。錦浪銷殘,新篁秀接。惜嘉卉於已披,過名園而日涉。

見夫綻花妖冶,垂葉依微。粵嶺名葩遠過,鳳仙佳號全非。眉批:此段入題。挺蕭散之三分,宜栽塢曲;占風光於別樣,不闘春暉。種異玄都,一樹烟花簇簇;名偷渭畝,半窗紅雨霏霏。此所以類還屬桃,前身莫認;而稱偏借竹,芳譜未遺者也。觀其莖直不扶,葉長欲靡。眉批:此段賦葉。孃孃疏排,纖纖層起。尖如削就,新青影罩紗窗;鋭每齊攢,嫩綠痕侵棐几。休向攔風偃雨,聽玉碎於竿頭;却當淡月輕烟,尋个字于葉底。欲問主人何處,依稀韻繞晉林;詎須君子相逢,彷彿翠凝淇水。雖筠節之難同,亦嬋娟而有似。若其掩映扉柴,眉批:此段賦花。酣迷籬竹。艷壓晴光,天含雨宿。胭脂淡抹,憐笑靨之微開;檀粉膩匀,試曉妝於

初沐。誰識紅衣去後,換來淺絳新衫;不愁幃錦成空,剪出輕緋幾幅。擅紅影於半年,宛迎人於一掬。渾訝門中花映,長得留春;如逢鄴下樽開,也應競逐。

爾乃亞徑葳蕤,引將薰吹;拂牆爛漫,蒸是餘霞。稍輸修竹蕭疎,贏得柔姿舊粲。眉批:此段總賦竹桃夾寫。任比夭桃深淺,饒添清影橫斜。顫紅枝而無力,倚翠袖以微遮。想因斑淚痕乾,不嫁東風索笑;何事紅顏命薄,偏尋青玉為家。小院日晴,歸鶴踏殘墜葉;空庭風靜,呼僮掃聚落花。則有清狂袁尹,眉批:此段就騷客寫。錯寄徘徊;豪宕劉郎,誤成摘抉。隔簾拖翠,看來兔苑菁葱;夾水飛英,望去武陵潋艷。憐渠銷恨,應教日報平安;如對此君,欲問助誰嬌艷?豈紫實之將枯,劇穠妝而不厭。更有插葉麗人,綠分雲髻;眉批:此段就閨秀寫。馴兒少婦,紅入綃裙。非恨含於結子,憎葉冗而休除。不綴合歡,本自風流無語;詎生連理,照人顏色相如。似從湘女來歸,魂迷露井;説是武娘相妬,身幻林於。

乃為歌曰:幽居兮空愛竹,流水兮漫尋桃。一樹可能兼兩美兮,不將支蔓笑粗豪。獨有微之吟興發,對花徙倚灑煙毫。

清辭玉屑,逸彩雲飛,如沈、宋之錦繡成文,正復風情溶發。

海棠春睡賦以"日暖風輕春睡足"為韻。　　晉江蔡鴻儒

景麗錦城,春生蘭室。養花天暖,事已課于園丁;賣杏人來,門猶扃夫屈戌。尋芳未畢其幽情,鬭草歡逢乎佳日。雅愛栽培濃艷,媚骨體以妍呈;驚看塗抹新紅,眉批:輕引題緒。入海棠,起春睡。寫風流而秀出。則有譜紀海棠,栽依池館。貼梗低橫,垂絲不斷。林深霧暗,半開猶怯春寒;日午風柔,酣睡偏宜晝煖。何雅態之橫陳,乃嬌姿之倦懶。欲問花猶在否,試側臥以相看;居然魂是來遲,訝曉妝之何緩。

當夫種分海外,開遍川中。高低點赤,眉批:此先叙海棠。深淺舒紅。一樣妖嬈,絳綃欲似;數枝嬌艷,軟玉應同。憐他體勢增妍,飽雨膏而細膩;看得溫柔絕代,吸曉色之冥濛。笑臉描脂,半酣殘露;朱唇得酒,盡醉春風。眉批:二段實賦春睡。第見紅膚煖透,翠袖姿呈。陋慵妝兮髻墜,擬舞態兮身輕。始如無力嬌扶,

温泉浴罷；旋似承恩入侍，金屋妝成。本非灑淚成花，豈懷人兮不寐；偏若傷春有恨，暗欹枕兮含情。看捲紗而映肉，聽吹氣以無聲。種出昌州，懷裏溫香馣馤；畫成没骨，圖中倦繡分明。有時鳳子飛來，訝催妝之太早；是處鶯兒打起，免破夢以頻驚。深含淑氣，静對芳晨。比香腮之懶託，壓淡粉以輕匀。好將帳縷金絲，垂柳遮來而彷彿；欲效裙披白練，碧紗貯處以疑真。豈因聘許寒梅，留情同夢；縱是燒來高燭，無意争春？雨濺胭脂，誤看紅紗之浸汗；風吹幛幄，思裁绿褥以遮塵。

爰有傾國嬌妍，新恩寵異。鬢亂鬟斜，眉批：此就美人夾寫。釵横鈿墜。醉態翩翩，幽姿娬媚。輕揚睡袖，方疑人柳嬌眠；斜掩朱顏，翻笑海棠濃睡。何名卉之堪憐，而芳姿之恰類？倘倚宜男之草，教迷神女陽臺；如依礬面之桃，訝醉吴姬酒肆。況乃鬚墜紫絲，蕊欹金粟。眉批：再以花收足。比神仙之妙品，想姑射兮臨風；結名友以同心，異兼葭兮倚玉。豈被酒而難醒，竟高眠之未足？試剪春羅以護幽叢兮，倩玉鷄而催促。倘睡起而一笑獨成兮，信嫣然而拔俗。

情濃態遠，風致纏綿。

諫筍賦 以"苦而有味，如忠諫然"爲韻。　　晉江陳慶鏞

鹿角垂芳，眉批：直起。貓頭著譜。辰啓北樽，酉開西圃。果原稱諫，閑探甲秀之堂；筍亦效忠，眉批：點清題字。細簇辛夷之隖。覽芳林於杏囿，不分薺甘；稽異味於櫻厨，誰謂荼苦？

原夫筍之爲物也，淇園掩映，渭水紛披。鷄腔著美，鳳籜稱奇。質肖薑椒有母，根同蘆菔生兒。蕃滋篠簜溪邊，眉批：就"筍"字説原題。香熏柏麝；長養筼簹谷口，勢擬蹲鴟。籠籠牽衣，比碎衣而直似；亭亭拂檻，同折檻以何疑？奚必結千里之鄂不，奚必誇五色之鱗而。爾其爲諫也，始則剥園中，眉批：賦諫筍。携隴口。潔嫩紅丁，敷同黑醜。羨樂閒棲鳳，知此君本號緑卿；看鼎上烹龍，想佳客頻來紅友。形齊侍御街槌，品入外孫董臼。毋患索解人不得也，味美於回；亦猶理義悦我心乎，物惟其有。繼則翠釜香浮，金盤氣沸。異饌堪珍，忠風可貴。此

以薑性之含辛,眉批:從"筍"字說到"諫"字。和以榆湯之滾未。每覺耐人咀嚼,任食鯷肝;誰教咬出汁漿,頻翻鹿胃。溪南潑雪,銀鳧蠣燕之香;竈北炊珠,竹䑋花豬之味。

夫惟規箴納我,眉批:從"諫"字說到"筍"字。臭味投予。食逾稷亦黍亦,卵合桃諸梅諸。批鱗表節,賜箙銜書。毋同菌妾筍奴,徒齊名於特乃;直伴槐兄橘弟,並擅譽夫林於。珍羞擬秦樹無雙,吟招與可;果品稱漢家第一,物咏相如。豈諫旌之置堠,豈諫鼖之陳宮?豈諫鐘之設于道,豈諫鐸之循于風?眉批:點"諫"字。豈諫草分餘,橄欖之僝並嚼;豈諫條制罷,雞蘇之佛同功?祇教草苴科名,荀鶴之芳名最著;直比花傅旌節,處回之志節堪崇。惟旨惟甘,莫道鮮能知味;愈尋愈出,自許教人以忠。

彼夫萱耀北堂,藻生南澗。華平則國頌諴和,指佞則朝袪惰慢。謗木植而政理清,眉批:旁襯折入本題。蓳花迎而星雲縵。曷若此羊角成條,豹文合瓣?不比兔絲燕麥,徒配醴於紅鹽;非同鴨脚雞頭,僅標芳於紫莧。種蕃三徑,陶淵明節尚孤高;甜摘十分,蘇學士情深諷諫。

我皇上晨昏納誨,左右惟賢。瓜抽芥蒂,草著芊眠。醴調醁醸之酒,香濃秣鞳之煙。元黻呈祥,禾三百而廛二百;靈椿賀壽,春八千而秋八千。班石筍於烏臺,亦良有以;效鐵心於獬帽,誰曰不然?

研鍊清新,有臺閣氣象。

菊花賦 以"翠葉雲布,黃蕊星羅"爲韻。　　晉江李攀桂

維少昊之司晨,正寒山之落翠。回生意於深秋,有逸花之風致。當萬木之彫零,見繁英之挺瑞。乘肅氣於金行,眉批:起題便切。傳仙蹤於玉笥。渺濃態于春華,發幽情于秋思。爾其氣禀靈和,香連根葉。芬郁暗浮,萼華相接。黃金地上,低過浦之歸鴻;翠錦叢中,來尋香之晚蝶。眉批:賦其景象。杜陵客去,兩開濺淚於秋懷;彭澤歸來,三徑怡顏於日涉。

夫其殊形異種,繁號多文。俱標逸品,並絕塵氛。節比松貞,未荒淵明故

181

里；芳齊蘭秀，曾歌漢武橫汾。眉批：賦其出處。緬隱士之丰標，神淡如水；懷佳人之情態，致逸於雲。則見綠葉紛披，繁葩競吐。儼星宿之交輝，眉批：賦其色澤。似雲霞之燦布。金英堪佩，不欣雲錦霓裳；秀色可餐，何異瓊漿玉露？空山蕭索，獨抒清華；深谷幽閒，寧憂遲暮。

且夫菊之爲品也，日華焕彩，土德舒黄。眉批：賦其品地。蘊玉質于三春，不爭雨露；輝金精于九月，獨耐風霜。摇落荒林，卓爾孤芳自振；堅貞晚節，羞同群卉飛揚。此魏國勳名，偏愛餘香於老圃；而樊川逸興，願移嘉植於中堂者也。

於是泉石高人，風流名士。眉批：賦愛菊之人。辭塵成契，期幽賞于晚香；冒雨相尋，結遥情於霜蕊。懷餐英於屈子，流韻千秋；誦作賦於鍾生，標名五美。一庭人靜，秋深夕照之紅；九日風高，情寄暮山之紫。别有脩真上士，留意圖經。采兹靈藥，于彼岩扃。眉批：賦愛菊之仙。白黄紫墨，馥郁芬馨。釀以爲酒，列以爲屏。可以益氣，可以延齡。豈徒以介眉壽，抑且上躋仙庭。

歌曰：亭亭仙種，隱士過兮。習習幽香，侵綺羅兮。眉批：深情遠韻，粘合上文，而不犯複。雨過蔬畦，濯莖柯兮。月斜籬落，影婆娑兮。白衣送酒，醉顔酡兮。我思美人，在岩阿兮。愛而不見，云如何兮。

　　賦物難，賦菊尤難。此則神清態逸，雅與題稱。

櫓搖背指菊花開賦以題爲韻。　　晉江阮應侯

有秘書監李八者，眉批：原題直起。本入隱於青城，雅締交於工部。忽催鷁首於益州，來赴鴻漸之幕府。青簾晨發，巫峽潮高；眉批：虚籠題面。黄菊遥開，汀州霞吐。立船頭而遠望，浦外秋容；轉舵尾之一聲，静中烟櫓。於是漁人得得，舟子招招。眉批：此段敘船已過菊花。不停桂楫，急撥蘭橈。覺花邨之尚近，對花隖以徐摇。果然瘦蕊斜披，當頭隱隱；孰意輕舟已過，回首迢迢。香以遠而欲無，懸知隔水；船因風而愈迅，錯怨迴潮。欲去未甘，凝眸至再。舟一往以何之，眉批：此段敘迴看菊花。菊雖遥而宛在。輕身微側，俄看笑口之開；叉手將吟，未覺迴睛之礙。悔不終朝時采，人共對夫鷗汀；惟兹一棹頻移，穩合輸夫牛背。意已盟

心,臂還使指。未解回看,先將側視。眉批:此段入背,指題面。頭以掉而肩横,手欲伸而袖起。傍檣烏而指點,陌頭風景欲迷;溯秋水而情移,籬畔人家誰是?未必開逢陶令,蒼烟蘆荻之間;幾疑問值牧童,細雨杏花之裏。

但覺雪浪珠跳,文波水蹙。眉批:二段實賦題面。槳外風低,堤邊錦簇。聽欵乃兮聲高,復凄迷兮雲盡。立非正面,向老圃以關心;坐欲欹身,倚横窗而送目。手自招而花自遠,誰挽行舟;望之可而即之難,有如此菊。而斯時也,一條白練,兩岸蒼葭。刺船激雨,遠渚流霞。雙眸則屢回一瞬,舊路則難認三叉。類驢背之倒騎,負看山色;豈紅樓之遥指,欲認妾家。縱從嘔軋聲中,秋波剪水;未免蒼茫立處,望眼生花。

無何而漸離花榭,倐過山隈。曾難目擊,眉批:此叙去花愈遠,是題後意。那不腸回?羌轉睛而顧盼,僅搔首而徘徊。恨一面之匆匆,當前錯過;況含情之脉脉,離思難開。值小別於九秋,應憐遠去;倘未荒於三徑,定咏歸來。眉批:拍合杜老,應起段。杜老乃觸別緒於今朝,唱驪歌於古渡。信有感乎秋思,恍流連於日暮。菊如人淡,對景書懷;水比情深,臨流欲訴。送王孫兮不歸去,聊吟折柳之詩;思公子兮未敢言,竊效澧蘭之賦。

題本有景有情,篇中用筆玲瓏,傳神雅肖,正似一幅畫圖。

水仙花賦以"出門一笑大江横"爲韻。　　　南安王玉書

花幕重重,眉批:渾籠全題。香簾密密。短案迎風,煖窗烘日。曾從流水之盟,早具神仙之質。天然骨格,看來淡到無言;宛在中央,似覺呼之欲出。武當得種,澤國移根。清凝玉貌,眉批:溯其由來。綠剪波痕。分冰肌於梅塢,占芳信於桃源。一度春風,吹入瀛洲之夢;三生道骨,疑遊般若之門。合供膽瓶,携栽綺室。鈴索東丁,窗櫺屈戌。襯以白石清閒,眉批:此段花宜稱。佐以金爐芬苾。玉盤瑶盞,春開畫檻重番;翠帶綠簪,人在蓬萊第一。水色輕涵,仙姿逼肖。六銖之衣袂徐拖,眉批:實寫題面。一剪之吴淞入妙。詢古色於湘靈,問孤琴於海嶠。不是凌波有步,欲語仍含;倘逢捉月前身,輕拈猶笑。豈洛浦之採珠,豈漢

娥之解帶？豈揚舲之帝子，綽約江邊；豈倚浪之馮夷，逍遙世外？眉批：用襯法託出。挹天上之芳馨，净人間之埃壒（壒）。仙風飄處，居然水比心清；晴雪探來，漫說花如手大。

蓋其天姿迥絕，秀色無雙。眉批：再寫足題面。不榮原圃，獨倚書窗。詩牽懷而欲抒，酒有量而未降。肯隨時世之妝，常依淺渚；忽動溯洄之想，欲問春江。凡芳鬪綺，俗艷爭榮。孰若此仙葩瀟灑，水際輕盈。依玉堂而彌韻，映銀蒜以逾晶。眉批：結用尊題法。也應脩到梅花，蟾光寫照；未許探同桃洞，漁艇前橫。

自然娟麗，不假雕飾，自是"君身有仙骨，世人那得知其故"。

道邊松賦以"問誰植之我蔡公"爲韻。　　晉江王　鏞

於時過榕樹之城，眉批：就地引入，起到題。望桐花之郡。驛亭千里，頻牽旅客之情；茅店三間，未了晨燈之暈。盡說炎天熇毒，楓徑停踪；忽來古道颷颺，松林送韻。陰留此地，何須柳館低徊；眉批：原題承接一片。手植誰人，好向杏村借問。有宋君謨，芳徽共仰，嘉植攸宜。龍鱗欲化，雲影長垂。追種木於十年，樹已如此；憇行蹤於六月，風自淒其。滿路霏花，懷伊人而宛在；一鞭斜照，悵遠道兮阿誰？

爾其匝地陰濃，眉批：以下三段，實賦題面。滿天葉織。越土低迷，甌基遍植。當九夏而霜飛，蔭四衢而幹直。爲問林成曩日，移有脚之陽春；依然蓋偃長塗，護無邊之翠色。五更鶴夢，忽驚冷逗征衫；幾處蟬聲，也覺涼生羈勒。接青青於客舍，住此爲佳；望渺渺之關山，歸來自得。既之蔭汝，云誰之思？身疑露滴，幄帶烟披。冠蓋馭還，宛在綠天深處；輪蹄絡繹，渾忘赤日經時。聽謖謖之喧濤，日云暮矣；訝霏霏於雨雪，今我來斯。官道遙臨，思古人兮實獲。《陽關》罷唱，悵遊子兮何之？

則見釵股斜交，樹陰深鎖。蓊鬱蕭森，蜿蜒磈砢。秋聲早到，欣翠袖之輕飄；夏氣全收，向白雲而列坐。幾度清光露處，月猶爲君；有時颯爽生來，風還乘我。接長亭於楓驛，荔子槎枒；映遠水兮蘭陂，波紋貼妥。乃知大義千章，閩州一帶。澤遍迤陬，功深利賴。斜拂花轎，眉批：收束。低籠羽蓋。惹羈人之恨，鷄

唱村中；關客子之心，馬嘶堤外。非並存於叢菊，莫尋栗里之陶；擬勿剪於甘棠，猶憶莆陽之蔡。彼夫建昌蔚薈，西嶺蘢葱。眉批：陪。雖覩繁陰之勝，莫追廣廕之功。曷若周行結幔，密葉蔽空。龍蛇夭矯，烟霧微濛。停過客之驂，朝朝暮暮；送歸鄉之騎，雨雨風風。則封植藍田，久笑吟哦於崔老；眉批：結。而徘徊古渡，能無歌頌乎蔡公？

貼切道邊，吐屬工雅，渣滓盡去，清光大來。

道邊松賦 以"大義渡至泉漳東"爲韻。　　南安尤捷鰲

建嶺千重，閩川一帶。眉批：高屋建瓴，入手得勢。絡繹花轎，駆還（還）羽蓋。雞聲茅店，曙景烟中；笛唱荒村，夕陽霞外。乃終年汗馬，載驅載馳；而滿道口碑，無小無大。德實報以謳思，功誰深乎利賴。

則有龍幹餘青，虬枝滴翠。濤韻流天，雲容鋪地。眉批：此段入道邊松。當伏三而灑潤，綠蔭方濃；際夏五以飛霜，赤曦未熾。五更旅夢，人遊有脚之春；十里離亭，客高勿剪之義。時乎潦暑戒途，歊蒸滿路。涼意未流，眉批：此段寫暑天得松之蔭。火雲正度。脂朱轄而迴輪，策雕鞍以却步。望古道之縈紆，指清陰之布濩。風雨寒空，龍蛇橫渡。丹霞嶼外，遠飄蘭若之枝；綠竹橋邊，未數菩提之樹。是蓋有宋鉅公，眉批：此段點出蔡公所樹。端明吏治。雙江雲近，澤欲沛夫下車；夾道松欹，陰先濃於執轡。沄沄浪去，莫令汗濕征衫；謖謖風來，儘許煩袪旅次。征人彳亍以鳧趨，捆載淫與而麇至。一倡百和，僉云維古之遺；前喁後于，咸道來兹誰嗣？眉批：倒從題後繞出。一往一來，賦家最流動處。

祇今滄桑幾變，塵劫多年。文橫鳥剥，理蹙蟲穿。然而風流如晤，物色未湮。千秋喬蔭，一道甘泉。蘆水蘭溪，漲遠茗香之浪；楓亭梅嶺，雲連荔樹之烟。遂使倭遲大義，迤邐臨漳。人忘跋履，眉批：寫人之利賴。段末以陪襯找足。馬快康莊。客自何來，莫作鷓鴣之語；即今歸去，盡咏《黍苗》之章。斯寧九日峰頭，百株叠翠；抑或三山城外，雙嶺鬱蒼。對五粒之髯飛，但供栖鶴；玩千尋之黛染，僅賞傲霜。故彼根移漢苑，爵列秦宮。封植雖厚，眉批：承上段陪襯餘意，轉入本題，收結

究密。位號徒崇。枝係大夫,未救炎天之喝;樹稱君子,誰揚暑路之風?爭似此周行盤鬱,道左蘢蔥。壺山南北,洛水西東。比衢尊之斟酌,儼夏屋之絣幪。信足擬棠陰於召伯,豈徒銘橋柱於蔡公?

冷艷幽香,撲人眉宇,正如披襟長松下,不覺飄飄欲仙矣。

温陵賦鈔卷十

律　體

松棚賦以"結松枝以爲棚"爲韻。　　　　晉江周學曾

　　竹院參差,眉批:襯入。柳堂涓潔。荷滿沼而香浮,草侵堦而帶纈。有遠屋之蒼松,恰張棚而細結。長林晝靜,垂垂之雲影平鋪;眉批:起題面。夾道涼生,點點之露華如綴。

　　時也夏天猶殿,涼月未逢。留客而放情爲適,聯吟則把臂相從。眉批:賦"松"字。劇憐茂樹籠葱,人倚雙清之閣;時復新晴爽朗,秋深百尺之松。渺入耳之神傾,濤飀隱隱;覺參天兮韻冷,蓋偃重重。乃有深情委宛,雅致離披。結棚以處,眉批:入"棚"字。託興忘疲。繞院陰鋪,斜就郎當之屋;隔窗翠壓,恍成宛轉之籬。居然草屋半間,主人靜對;好是雲林一抹,疏影栖遲。淡蕩多姿,應耽古幹;槎枒遠引,寧礙繁枝。爾其傍高山,依淺水,景蕭森,形邐迤。眉批:二段承上實賦。最稱閒來移杖,涼愜輕羅;雅宜小隱張琴,韻生綠綺。林清於洗,幾時蒼翠斜開;日長似年,滿架枝柯低倚。知意趣兮頻添,擅風騷兮有以。

　　於是攀枝賞玩,竟日追隨。靜中訐讓林亭,陰接迎雲之館;雅處堪供几案,氣清拂樹之颸。秀削而幾經結構,縱橫則宜號支離。滿目扶疏,未覺亭臯之落;置身懷葛,宛希巢處之爲。則有槐陰並爽,蕉雨同清。楊柳未疏,眉批:陪。時拂蹁躚之燕影;梧桐尚茂,每聞斷續之蟬聲。眉批:收。究未若銀珠旁起,間架編成。會須抱取琴山,小倚迎風之枕;何必移來畫柱,始開避暑之棚也哉?

　　西山爽氣,撲人眉宇。原評

　　　　　　杏村酒家賦以題爲韻。　　　　晉江王增福

　　清明柳絮之天，寒食梨花之景。車欲駐乎霞城，苔已深於露井。眉批：就清明寫，總起題面。望幾處之青帘，見一村之紅杏。正是行人魂斷，路上春寒；誰知遠客思新，江南晝静？出墻有意，鬧香信於一枝；中酒誰家，認雲亭之雙影。
　　爾其香車油壁，酒力襟痕。鵝黄泛甕，螳緑浮樽。地僻三家之店，眉批：承上實賦。春回十里之村。可以醉玉樓之公子，可以留青草之王孫。一逕香塵紅雨，鶯聲長短；半簾春色青旗，人影黄昏。當夫霞燦東西，雲開左右。丹雪初皷，眉批：此先就晴景寫。緑天小有。輕脂薄粉勾留，春買玉壺；活色柔香指點，人思紅友。聽牧童之笛韻，憐他古道斜陽；招高士之詩魂，戀此名花美酒。及其烟亭一角，雲路三叉。蒼苔滿徑，薄霧羅花。春陰二月，春樹萬家。雨中消息，瓶裏生涯。眉批：此轉入寫雨景。燕初酣而語澀，蝶幾醉而魂斜。何人策杖橋東，沾衣欲濕；此夕提壺驛畔，問價難賖。十里江城，同桃源之失路；六朝烟雨，指茅屋以停車。眉批：就對花飲酒之人點染。或吟細簌之詩，或咏落香之句。或薄醉而弄花，或新酤而倚樹。鬢影風欹，歌聲日暮。一抹清光，滿林佳趣。爭春有館，在酼醲釀酒之鄉；碎錦爲坊，來萄葡開樽之路。且看衣飄白袷，三日留香；遥思店隔紅橋，半杯凝露。故將挂杖而留錢，誰不探花以奏賦？
　　結綺繽紛，寄情韶秀。

　　　　　　菖蒲拜竹賦以"此君面目聳然"爲韻。　　　晉江周　禮

　　稽韻事於徽之，愛清虚之道士。時聞嘯咏，何問主人；日報平安，請詢童子。拜篠簜而宛如，對菖陽而適爾。眉批：渾起大意。花如解語，一送一迎；柳或折腰，三眠三起。想靈均分高節，人亦有之；深愛賞之幽風，物猶如此。
　　原夫竹之爲物也，眉批：一段竹。堅梢拂漢，勁節凌雲。不因人而炎熱，常自挹其清芬。貞幹之臣，欲共阿誰作伴；蒼筤之子，未知孰是同群？獨立風霜，既貫四時而不改；高標林麓，何可一日無此君？厥有菖蒲，嘉名自擅。眉批：一段菖

蒲。伴青丘之芝草，南岳引年；偕碧洞之桃花，茅山赴宴。既名堯韭，九節爲珍；亦號昌葅，一拳尤善。然清泉峭石，眉批：轉入宜拜意。雖延席上之珍；而介節高風，終讓川中之彥。擅東南之美箭，嘉賓原屬西都；屈奉御之列仙，弟子曾親北面。

爾其菖蒲之再拜也，低首下心，神傾意服。眉批：實賦菖蒲再拜。如將結伴，願依茂叔之蓮；若許同心，最愛陶公之菊。擬成禮以升堂，抱虛懷其若谷。倘遇清貧太守，參來玉版禪師；如逢涼國夫人，認取斑痕面目。惟知己之有年，豈必鋤乎非種？屈居階下，龍骨根盤；起立軒前，虎鬚葉聳。惟與圓通居士，歷數交遊；總逢淇澳先生，深相敬重。平生真節，寧無折節之交；本性貞心，合受虛心之奉。若其竹之受拜也，眉批：貼此君正當受之意。深根固蒂，得性完天。託宗爽塏，列族圍田。芙蓉已避芳塵，應自俯首；芍藥難爲近侍，未許並肩。有時擊節微吟，想舞風而恰似；倘欲免冠相謝，當掃月兮宜然。

機法圓熟，運化空靈，回雪流風，差堪比似。

菖蒲拜竹賦 以"此君面目聳然"爲韻。　　晉江曾廷魁

麂眼籬前，羊腸徑裏。萬竿飾月，何人分植於渭川；千畝凌雲，眉批：就竹起。段末虛扣"拜"字。有客移栽於淇水。不作偃風之態，每嗤草屬小人；共深醫俗之思，始信竹真君子。筍聯班而簇簇，何事咒渠；樹獨立以森森，誰當拜此？

則有虎鬚肖象，眉批：承上段末意，就菖蒲說到拜竹。龍骨成紋。坐或團宜，許結參禪之具；軟堪輪用，舊徵下士之文。有時插向水湄，青刀錯落；隨意抽來石上，碧劍紛紜。漫言草木無情，未必真能解事；竊比松梅爲友，居然欲禮此君。竹以蒲尊，蒲因竹賤。眉批：總承。俯仰不差，短長共見。青雲直上，自成位置之高；綠葉低垂，恰在下風之便。豈學秋風之楊柳，不厭折腰；漫誇春日之桃花，空開笑面。則見弱質依依，眉批：此下二段，承上實賦。新茸蕨蕨。雖能通竅，群推人壽之延；爲解虛心，合有我師之服。雅愛露凝枝上，覃來若首之低；最宜風動叢間，亞遍如躬之鞠。生原九節，早輸折節之誠心；氣感百陰，敢負成陰之滿目。所以

措置得宜,品題自重。眉批:上言所以宜拜之故,此再就"拜"字點染,完足題面。譬諸區別,合修投地之儀;降以相從,漫等封侯之種。倘逢俗客,也消倨侮之爲容;休問主人,自報平安而接踵。祝他日成龍致雨,藉沐根深;愛此時鳴鳳干霄,每依勢聳。彼夫葵傾心而向日,眉批:陪。柏合掌以參天。富貴花嬌,尚遣紫薇而屈膝;麗春色怨,猶攀鶯粟而並肩。呼龍眼以作奴,荔枝品貴;近鼠姑而爲侍,芍藥態妍。莫不評章早費,韻事競傳;曷若自盤蹙縮,儼慕貞堅。下青士於大荒,眉批:收結。共羨樹猶如此;遇仙人於中嶽,應知禮在則然也哉?

意境靈活,節奏諧和,語不着痕,雅人深致。

鳶魚賦　　安溪陳科捷

伊橐籥之無垠,鼓芸生而在抱;窮品物之蕃滋,憑陰陽以探討。爲蟠爲際,在耳目以彰彰;若躍若飛,本性天之浩浩。眉批:總起大意。觀各正之不移,悉大和之是保。無心流露,下竟下亦高竟高;有象昭垂,造而化與化而造。因生自以呈形,即物於焉載道。不膠于迹,盡出于機。眉批:還鳶飛。相彼鳶之爲鳥,乃戾天而遍飛。翩匪大鵬,詎溯扶搖而直上;質殊斥鷃,不圖帘幕而來歸。傳遠吹於晴空,春風縹緲;流疏群於遙夜,秋漢依稀。飛有盡而天無窮,騫騰任意;鳶自細而飛自鉅,儔侶何希?

惟物之生,各得其所。或寥廓之載翔,或蒼茫之雜處。眉批:還魚躍。羌浮泳之鱗鬐,亦相忘於洲渚。蹙錦浪以乍開,拂鏡潭而欲舉。心無所羨,何須結網而求;樂有可知,自覺觀濠不語。含情冲淡,睹藻影以流連;撫景瀠洄,望波光而延佇。凡兹至妙,皆出自然。想化工之不匱,眉批:總承寫題意。就品彙而見全。率性而行,何有于天之空而海之闊;任真而動,自適其飛厥雲而泳厥川。翼振清風,永絶江湖之志;鬐揚碧澗,孰期寥泬之遷。眄彼飛潛,統高庫而俱察;問之魚鳥,徒默會以難宣。斯觀物之至蘊,實悟道之眞詮。

觀夫兩大並呈,一元布濩。群動非微,萬端畢具。苟含氣而著形,已與生以俱賦。若細入而大含,可縱觀而能喻。眉批:補出體道一層。既不涉於虛無,亦不流於術數。致知格物，君子見之而不違；知化窮神，聖人體之而隨遇。帝參化育，學契皇初。建之以立極，涵之以太虛。陰閉陽開，早得其位；動生植止，咸安其居。眉批：頌揚結。將見河呈龍而山鳴鳳，何獨德及鳥而孚格魚？可知渚列燦陳，昧者習常而不察；飛揚升降，通者妙契而有餘也。

就鳶魚寫，得道體之無乎不存，筆機清妙，宛肖活潑之神。

鴻漸賦 以"漸進之道，自下升高"爲韻。　　　晉江蔡學鵬

稽義蘊於遺編，期德隅之無玷。苟毛羽其既豐，自輝光之莫掩。眉批：就《漸》卦義入，起到鴻漸。震之行也無青，厲必有傷；艮之止也以時，智能見險。所以鳴于皋而聞于野，象遠和於鶴陰；亦行自邇而登自卑，擬遵飛於鴻漸。

原夫鴻之爲物也，眉批：鴻一段。段末轉到《漸》卦意理。南北代飛，去來有信。養風翮以高騫，整霜翎而遠振。乍迴旋以容與，還捷趍而奮迅。雲間三叠，行看山峙水流；月地一聲，悟到天空潭印。彼下學而迷上達者，鳥且不如；若積小而能升高兮，吾與其進。而漸之爲義也，道不求夫躁動，義有舍於隨時。眉批：漸一段。段末轉合鴻漸，靠卦義發揮，妙能開合題面。剛中得位，柔順自持。三自涣來，遇順風其有助；五由旅進，亦巢火以無危。能靜而後能安，往厲必戒；於止知其所止，由豫勿疑。異登天之翰音，何可久也；豈過物之飛鳥，從或戕之。

翩彼飛鴻，亦由厥道。眉批：轉入題面，將卦義、卦辭與"鴻"字兩兩關合，雖換韻而一氣卷舒。印雪爪以留痕，肅風翰而耀藻。思刷羽於天池，遙寄情於瓊島。初于干而于磐，高高下下，儼同君子之履貞；或在陵而在陸，雨雨風風，無畏弋人之弓燥。其伏而養晦也，似夷鳥之翼垂；其見而出潛也，似乾龍之躍試。其進而當位也，異鼎耳之雉升；其往而有功也，匪解墉之隼摯。時行時止，動乃不窮；爲下爲高，升必有自。爰乃羽翩蹁躚，形神矞雅。眉批：單就鴻之漸賦一段。望天衢而振彩，登則有光；指雲路以翔輝，羽寧待假。擬將煥飛旌之飾，朱鳥星騰；何僅傳戲海之書，《來禽》帖寫。直翱翔乎九萬里而遙，亦流覽乎八千仞之下。彼夫文囿時來夫鸇雉，霜林遠集夫鷺鷹。眉批：陪一段。鵬路則程誇萬里，鯉門則浪躍千層。孰

若茲養則必豐，無俟羽毛洗伐；進必以漸，不矜頭角崚嶒。眉批：四語收結。自足方吉士之藻修，利有攸往；厲幽人之履坦，柔以時升者也。

方今聖天子宏章炳蔚，茂質甄陶。星垂雲委，日麗天高。元后龍飛，趨福林而踴躍；群才鳧藻，登藝苑以翔翱。此日吹鳴鹿之笙，共遊皇路；他年奮翔鸞之筆，擬冠仙曹。

賦"鴻"字不脫《漸》卦之旨，賦"漸"字不脫"鴻"字之意，義理融貫，辭藻翔洽，此能爲生枯管者也。

鴻漸賦 以"漸進之道，自下升高"爲韻。　　安溪林文斗平階

玉宇天開，銀河雲斂。伊碧落之迢迢，見賓鴻之點點。眉批：就題意起。習而不已，義有取於數飛；仰之彌高，功必求夫無歉。惟需可觀其亨，豈坎而入於險。匪垂明夷之翼，萃而上者謂之升；不遺小過之音，得所歸者進以漸。

原夫鴻之爲物也，寒暑知時，去來有信。養翮於衡陽之浦，向暖而棲；唧蘆於彭蠡之濱，遇風則振。眉批：先賦"鴻"字。豈第霜辰露夕，來賓自應其期；抑且塞北江南，遵渚相呼而進。翔而復集，維艮故安；觀其所由，符巽之順。爾乃載飛載止，不速不遲。常肅肅而有序，詎依依以何之？初則自干而磐而陸，動也不窮，取法必求乎上；眉批：此段寫"漸"字。繼乃由木而陵而逵，進必以正，其羽可用爲儀。萬里平沙，任渠飲啄；九重清昊，待我驅馳。當年健羽未舒，姑龍潛於藪澤；此日豐毛既滿，偕鵬徙乎天池。於是其鳴離離，其天浩浩。匪無枝之可依，眉批：此段則寫題面。實能順以相保。如鳴鶴之在九皋，如翔鷺之集三島。誰謂大觀在上，孤高難攀？固知所向無前，計程堪考。止乎其所當止，飛因倦而知還；行乎不得不行，履以坦而得進。

是知物可參稽，功難猝致。眉批：題後"漸"字。聿觀厥成，其來有自。譬諸瞬存息養，精進無疆；悟夫日就月將，毋荒厥志。益動而巽，遂遠邁于穹窿；畜極而通，應自高其位置。以故鴻業昭垂，鴻文彬雅。眉批：借點"鴻"字關合。熙無窮之鴻號，出門有功；仰蓋世之鴻儒，同人于野。達而愈上，自覺所見皆卑；考厥始

基,應嘆升高自下。相彼鳥矣,猶自奮飛;矧伊人兮,忍安苟且。徒觀其足可傳書,旅行悠賴;智能結陣,師出相仍。眉批:再足題義。倣四字之書空,觀文於貴;同連枝之序齒,取象於恆。謂類摩空之俊鵑,且同側翅之飢鷹。而豈知壯難用罔,節不可凌?如鳥斯革,自卑而升。謙尊而光,允作學人之式;過物必濟,可參道岸之登。

方今聖天子煥鴻猷之彪炳,比鴻鈞之甄陶。端拱以臨,化日欣逢鴻運;上下交泰,順風遇比鴻毛。孰不思天衢展翮,眉批:頌揚結。雲路遊翱。執贄而附鵷行之列,題名而登鴈塔之高也哉?

　　　題面、題意,手揮目送,至於賦品清潔,是得唐賢三昧者。

舞鶴賦 以"朝戲芝田,夕飲瑤池"為韻。

晉江王　昀原名觀光

夫何仙姿矯矯,逸致飄飄。霜翎騰踔,雪羽舒翹。意態豪雄,眉批:此段虛籠。羌迴風而作勢;英姿颯爽,自拔墜以高超。毛豐羽滿之餘,靈預知夫半夜;霞舉雲飛之候,態屢變于崇朝。爾其星眼含丹,花冠點翠。標素質以軼群,抱明心而表異。幻入坡公之夢,倏驚道士羽衣;眉批:此段先寫"鶴"字。雅隨逋老之遊,具有高人風致。松陰瀟灑,原由擇木而棲;芝浦逍遙,漫說逢場作戲。

若乃徑環修竹,庭護靈芝。廊迴晝靜,軒廠日遲。霜眸盼睞,縞袂離披。眉批:此段寫舞尚虛。骨竦肉疎,羌動容兮多致;仰高俯下,亦顧盼以生姿。忽聞警露美吭,聲清韻遠;陡覺臨風起舞,神動天隨。其始舞也,亭亭皎皎,嫋嫋翩翩。赴機奮迅,曲勢盤旋。似蹴花於芳圃,訝滾雪於大田。凌厲無前,眉批:此段舞之初。自飛揚而得意;矩規不越,或紓餘以為妍。既而竦峙交橫,迴翔絡繹。角睞奔機,連聲並翮。風馳雨驟,眉批:此段舞之再。妙宛轉以關生;霧合雲離,倏去來其無迹。比翩躚之翥鳳,脫鶤網於雲霄;擬天嬌之游龍,超鷄群於日夕。逸趣橫生,丰姿堪審。驚鴻遜其悠揚,山雞難與評品。眉批:此段寫足"舞"字。潛蛟起蟄,詎比儀度之間;健鶻摩空,未免驕矜實甚。可是靈胎變化,本誇仙種之奇;由來玉液濡涵,久飽天漿之飲。故其霜拳獨挺,風骨自饒。壓妙技於凡劍,標素質於瓊瑤。燕姬見而色沮，眉批：題後。巴童對而神銷。衛國乘軒，信無慙於官俸；吳都傾市，應獨表其清標。宜乎見者稱異，聞者縈思。賞幽姿於蓬島，緬胎化於瑤池。養脩翮兮千齡，且徘徊乎綺砌；眉批：此段推原作收。偶乘風兮萬里，自輝耀夫羽儀。於以感物情而作賦，託志興以陳詞。

層次井然，筆情軒翥。原評

鶴處雞群賦以"群雞喧卑，獨鶴超時"為韻。　　晉江林玉麟

緬清標之磊落，愛雅度之芳芬。雖混淆於世俗，實判別乎薌薰。眉批：從正意入，眉目清晰。昔有嵇生，早歲稜稜露爽；來遊洛水，當時藉藉傳聞。動物色於人寰，誠少雙而寡二；擬品題於羽族，信拔萃而空群。則有仙禽胎化，陽鳥陰棲。眉批：入"鶴"字。段末翻起處雞群。名高金穴，品重耶溪。發清唳於九皋，早振聞天之響；養豐毛以七載，將辭下澤之泥。苟欲結以其鄰，自合攀鸞而附鳳；即或援而且止，豈甘侶鶩而儕雞？眉批：此段入雞。至若星禀玉衡，別名燭夜。象陳《巽》卦，取義司昏。傳自胡溝，不無五指多種；登於《爾雅》，僅名三尺曰鵾。聽蒼蠅之聲，乍訝傳更失信；分鸚鵡之稻，應嗤得食爭喧。觀夫桑畝間而或護雛護卵，鵝湖散而咸于塒于塒。眉批：此又就"群"字點染。三五成儔，向草露之場指點；百千作隊，似鸛鵝之陣迷離。每當茅店月孤，慣喚征人之夢；若值花村犬靜，亦驚春女之思。祇擅技於長鳴，眉批：翻出鶴處。匪不凡而落落；縱談玄爲高論，亦無甚而卑卑。方避丞相之鷹鸇，敢友仙人之驥騏。

然而懷歸丁令，眉批：此段轉入寫"處"字。漫落塵寰；謝客王喬，且來山麓。耦無猜而可狎，幾同海客忘機；垣有鑿而即依，更類騷人野宿。將毋冠妝異錦，堪陪丹頂之文；舌訝真香，欲傍□郎之馥。遂爾和光而同塵，無事離倫而立獨。顧貴賤本自差池，眉批：二段收入雞喧卑而鶴超特。高低豈無量度？衆聲喌喌，方誇五德之奇；一品昂昂，別想八風之樂。菱花舞罷，怕黑睛暗裏羞看；芳草鬭回，恐長脛空中踢落。任形單而影隻，相看玉立亭亭；喜衆濁而我清，自顧雪姿鶴鶴。是以紀家難養，祝氏莫招。狸膏何恃，金距誰驕？警露一聲，駭散天淵之鬭；梳翎

萬里,閒收風雨之瀟。尚無奇於代漏,又何羨乎應潮?泂天機之浩浩,而元想之超超。

況乃蓬島非賒,瑤臺可即。氅衣披去,眉批:收合正意,作法完密。人稱江左風流;書翰送來,士起終南氣色。獻壽觴於綺席,亦借嘉名;出御府之花綾,且看巧織。豈僅竹籬茅舍,讓渠放出一頭;將於上苑瓊林,待我展開雙翼。能無刮目而垂以青,賞心而拔之特也哉?

神超度遠,間架層層,起結開合,機法相生,允為賦家上乘。

鶴處雞群賦以"群雞喧卑,獨鶴超特"為韻。　　南安黃永祚

昂昂稽紹,眉批:起題軒豁呈露。卓卓人文。清標度雪,壯志凌雲。當鶴跱於會稽,翛然自遠;偶雞栖於京洛,矯爾不群。夫其竹林英邁,眉批:承上段就本事折入題面。鷥翮整齊。身饒仙骨,養勝木雞。儼神人之綽約,膺道士之品題。以類相從,只有在陰之和;孤芳自賞,肯同于桀之栖。

爾乃名無虛附,實有難渾。眉批:入題。未徙南溟,預擬鵬搏有力;不離飛鳥,還稱鸚鵡能言。品相形而見絀,德衆戴以成尊。苟超象外以亭亭,彌增地望;如立寰中而矯矯,何厭塵喧?則見憑雄心以孤往,眉批:二韻實賦"處"字,一氣卷舒。縱逸翰於所之。翔而後集,止得其時。匪經衛國而乘軒,偏停鶴駕;纔入吳都而傾市,宛作雞尸。形既分夫大小,象遂判以高卑。其初處也,類霞舉兮軒軒;其久處也,如客來兮宿宿。其自處也,颶子立以熒熒;其偕處也,視餘子之碌碌。倘遊蜀邑,定將傲彼不支;如過魯邦,誰敢矜其能伏?介乎其側,不解適從何來;仰之彌高,方知生是使獨。眉批:再將雞一揚作開合,文勢不平。豈不以雞全五德,類有明徵;數極千頭,名非寂寞。雄冠壯勇士之威,金距藏文人之閣。歷風雨之淒淒,向曙星而膊膊。聲傳中夜,堪揚祖逖之風;語集芸窗,常益處宗之博。然而一派團團,未免千人諾諾。徒成末藝,無怪小兒厭雞;倘樹全軍,終推君子為鶴。

宜乎仙風迅發,道骨孤標。精神耿耿,元著超超。眉批:文承上段,賦鶴之高。

忽顧影其自憐,類難合兮落落;將迴瞻夫同輩,誰與侶兮寥寥? 易地而觀,無異囊錐之露穎;冲天有會,何殊雲影之在霄。是知物類聚而群分,争殊尤而絶特。雞對鶴以懷慚,鶴因雞而增色。矧夫拔萃之姿,眉批:再轉正意作結,回合首段作章法。具有天然之德。吸露餐霞,凝神守默。龍性難馴,鳳儀不忒。駕元鶴以仙昇,撫天雞於日域。更非耳目之近觀,吾又安知其所極?

篇法相生,旋轉流動,其鑄辭摛藻,更復大雅不群。

宋窗談玄賦 以"窗下長鳴,善談玄理"爲韻。　　　晉江柯應舉

考異聞於晉代,眉批:渾籠題面。得韻事於閒窗。偉火精之殊禀,發羽族之新腔。出言有章,漸循聲而意愜;矢口成趣,亦入耳而心降。悟超超之元箸,異膕膕之紛呢。則有宋氏處宗,眉批:原題。兗州儒雅。愛兹鳴長,漫曰辭寡。羌得食以柔馴,常傍窗而呷啞。勝呢喃之不解,燕語榱間;眉批:起題位。非名號之自呼,鳧喧欄下。詮成妙旨,何待辨於祝翁;結得知音,豈遠勞於公冶?

於是詞鋒有助,書味偏長。眉批:入談玄,實賦。探精微於《墳》、《典》,搜奇奥於《列》、《莊》。我聞其聲起舞,還邀祖逖;爾言是聽知微,不數崔光。倘逢風雨瀟瀟,見君有幸;就使晨昏寂寂,揮麈何妨? 蓋其瑶星焕彩,眉批:二段承上,詮發題面,俱能兩兩夾寫。絳帳時鳴。長依棲於户牖,還嫻習其性情。比逸少之籠鵝,山陰換字;笑庾家之愛鶩,兒輩争名。始徘徊而日夕,終議論而風生。苟索筆以記言,句應書於秋鴈;任依腔而學語,詞難答於春鶯。維物知時,維言稱善。音未云曉,道堪共闡。含章乍吐,鳳凰詎侈不如;饒舌無嫌,鸜鵒尚嫌待剪。嗤彼唐宫鸚鵡,習媚語於粉脂;陋他越國鷓鴣,設詭詞於祖餞。言必有中,漫將試以牛刀;語或不煩,疑欲繙夫鳥篆。信乎作斯文之羽翼,辭可無憖;而以參一室之講論,興復不淺。

彼夫《爾雅》之鶤,尺常過二;羊溝之鬭,眉批:推説。歲必周三。雖奇材之特出,非懿理之可參。眉批:轉入。曷若門探衆妙,説演清談。解語依人,未許效鸒於秦谷;立言有典,勿憂聒耳於蠻南。是以啄餘薛徑,眉批:收束有力。棲遍雕樊。

自饒別致,早避塵喧。有時化蝶遊思,待牖明於報曉;不作帖門畫像,總提要以鉤玄。品早妙於伏雌,詎守雌而守默;身實兼夫美德,誠有德必有言。乃知文壇詎乏詞宗,禽類偏通奧理。事或幻而無稽,論或新而可喜。想靈音之罕匹,索解非遙;笑慧舌之常調,賞心伊邇。便或鬪爲金距,却敵只在談經;眉批:去路不寂。若教戴以雄冠,聞言定堪化鄙。

要就雞上洗發,又要就理致上融會點染,方爲不負題情,作者固爲得其秘旨。

雞窗談玄賦 以題爲韻。　　　安溪陳光邦

宋處宗鵁班身列,眉批:原題直起。鳳闕名題。偶同燕處,暫寄鶯棲。嘆靈思之奚闢,知奧旨其難稽。東閣春宵,數魚更之夜永;《南華》秋水,契鴻論於物齊。想玄理之超超,此内誰參真象;眉批:扣到題面。聆書窗之喔喔,當前忽聽靈雞。

彼其沾來麈肆,眉批:頂上段末"雞"字。先賦雞,次到談玄。產匪異邦。俸同分鶴,吠可嗤尨。翰音第一,彩羽無雙。非因觸起英雄,夜曾聞夫劍舞;何以解來玄妙,鳴擬叩乎鐘撞。如欲云云,伴我在風瀟雨晦;休爲咄咄,清言值雪案曉窗。但見傾群言而獨往,窮太極而盡諳。論非奇以見駴,旨緣奧而任探。眉批:二段承上實賦。語通月窟天根,鳴爭膊脰;人在竹窗涼夜,話想清酣。落日雙扉,豚柵棲聞夜半;清風一席,雞林友藉益三。爲詢絳帳開時,可來鶴聽;試看綠紗障處,不愧鴻談。靈心一牖,妙悟千番。語來驚座,響落傾源。朱朱祝祝,本本原原。虛通萬里,妙解一玄。庭餘草綠之芳,助生機於意外;冠簇花紅之美,留香韻於舌根。似揚子雲經著《太玄》,口聞鳳吐;學王景略談來世務,手藉虱捫。是蓋妙理所鍾,化工攸寓。人將成美,獨得奇逢;物亦有靈,頓開慧悟。黃卷青燈之下,眉批:收束。語獨透宗;疎櫺斜牖之間,言皆成趣。所以玄致終探,靈機遂具。已忘象而靜參,自會心而默諭。喜看竟日之談,擬作凌雲之賦。此日真玄得宰,徵契意於雞窗;他時大雅扶輪,快成名於鵬路。

風神俊雅，韻緒清高。"雞"字、"元"字，俱能兩兩相關，自由筆妙。

江涵秋影雁初飛賦 以題爲韻。　　　　　　晉江龔維琛

十里棲鳧之渚，半洲浴鷺之江。烟迷蘆荻，氣冷蘭茳。繪清景於衡陽，纔傳雁信；渡寒聲於湘浦，斜拂秋艭。眉批：起題清倩。白練方橫，寫長天之一一；滄波如畫，掠微影兮雙雙。

方小杜之登高也，時傳日九，序屬秋三。挹芬芳於晚圃，眉批：叙題起。俯色相於寒潭。剛逢來雁之辰，數行斜布；遙指澄江之影，萬象虛涵。別向洲前，隔霜華於塞北；飛從鏡裏，度烟水於江南。當其丹林色薄，眉批：此段就題前寫。叢菊枝柔。聲不聞於樹際，笛莫倚於樓頭。碧渚雙棲，未屆驚寒之候；綠波互映，匪當落葉之秋。誰云處處銜蘆，伴餘情於孤鶩；漫道聲聲帶月，訂舊約於輕鷗。迨夫楚水凝寒，人烟帶冷。月想蟾孤，露看鶴警。眉批：此段入題。適有幾陣翩躚，一行斜整。蓼汀霜老，結新契於南天；水國花疏，悵寒烟於北嶺。一灣閒照，遥迷明鏡斷虹；夾岸平鋪，莫辨天光雲影。乍密乍疏，疑真疑幻。眉批：以下三段，承上實賦題面。繞隄畔之芙蓉，遵渚邊之葭菼。白雲染素，映漁火而微低；碧落留青，雜鷺拳而相間。水遠沙明而外，目已斷鴻；潭清潦盡之餘，爪纔印雁。

時也數聲嘹唳，幾點清虛。值葭蒼兮露白，當雨冷兮風疎。探一幅於瀟湘，撫琴沙際；憶前踪於島嶼，寄信春初。問諸水濱，斜映蔚藍之影；來從天外，遥傳飛白之書。維空濛之不隔，望清淺兮何如。徒見夫西風晚渡，夕照斜飛。漁莊掩映，蟹舍清微。話寒暄於荻岸，認風景於苔磯。寫浩渺兮三江，迴衝雪練；繪空明之一片，遥破晴暉。鏡澄漁婦之妝，訝開函而彷彿；波澹郵亭之月，想排柱兮依稀。是知景物堪娛，雲烟暗布。雁依江而朗映，一碧高連；江得雁而虛含，雙清共遇。況秋渚兮方長，又秋光兮欲暮。流水三生，眉批：收繳完密。凉風幾度。飛到丁欄橋外，疑染丹青；橫來乙字雲邊，如逢尺素。曲終江上，應彈《雁操》之篇；韻繞江中，擬續《秋聲》之賦。

題中七字，俱不可抛空。篇中隨手點染，筆致飄飄，想見庾赤玉胸無

宿物。

羚羊掛角賦以"詩家妙悟，無跡可尋"爲韻。　　晉江莊寅清

稽鴻文于藝苑，緬唐代之遺詩。伊群賢之妙悟，實曠世之殊姿。眉批：就詩正意入。化境難尋，既飛行之絕迹，靈機一片，亦變化而無爲。色象俱空，但覺聲音瀏亮；游行自在，莫名意態稀奇。似脫盡乎時蹊，無方無體；更獨開其生面，不即不離。此羚羊掛角，所以擬其形跡之難窺也。眉批：承上就羚羊起，與下段俱賦掛角。

原夫羚羊爲獸，巧慧堪嘉。產本依山，反藉青林作宅；性原走壙，偏資綠樹爲家。身置木中，恍是借枝之鳥；角鉤幹上，還同懸尾之蛇。當迴爾高臨，共識精能挺拔；即龐然大物，誰看蹄跡交加？惟品類之軼群，爰心思之獨妙。豈忘盡乎蹄筌，類深探乎窽要。憑虛不墜，視燕雀以差同；居上能安，較鷦鷯而適肖。異觸藩于大壯，角詎憂羸；殊叱石于初平，尾寧不掉？況其殘跡莫留，餘踪難遇。祇寄影于懸空，眉批：此賦無跡可尋。弗呈形于舒步。有脛弗走，幾疑竦臂天衢；不翼能飛，直欲騰身雲路。豈特菜園被踏，傳佛氏之神奇；并殊屈膝能言，試左慈之術數。宜等香象之渡河，眉批：歸到詩。而比詩家之穎悟。

夫羊藏形于空谷，詩潄潤于通儒。既蠢靈殊致，且貴賤異趣。況乃盛唐之所作，眉批：忽將詩與羚羊作一騰挪，議論是二是一，筆力矯變。胡與微物而無殊？不知掛以角者，忘象忘形，似尋端于冥漠；而會以神者，是空是色，同得句於虛無。宛轉關生，脫塵囂而自喜；躊躇四顧，超迹象以堪娛。又何弗著精神之合轍，明志趣之同符？良以肴饌百家，笙簧六籍。庾清鮑俊，渾布置以自然；眉批：再就詩家實賦，意境俱靈。宋艷班香，泯推敲于無跡。空之音，相之色，脫爾町畦；水有月，鏡有花，超然畛陌。故法法脫脫，既同巧獸之棲空；而色色形形，直似靈羊之掛額。彼夫後代文人，眉批：開筆作襯。雕鐫細瑣。務字順而文從，貴章安而句妥。然其尋行數墨，已神氣之先亡；就令協律諧聲，或流傳之未可。

今我皇上精詞戛玉，雅調鏘金。得意忘言，契風騷之正韻；和聲依永，眉批：頌揚結。符雅頌之元音。佳句鳳啁，恍悟四聲之始；雄文龍負，還通三昧之深。

擲地上而鏗鏘,繞梁三日;凌天邊而朗耀,射斗萬尋。又何減于羚羊掛角,而比隆于唐代之高吟也哉?

　　手腕空靈,文情矯變,不粘不脫,元著超超。

　　　　　　鮫人潛織賦以題爲韻。　　　　　晉江蔡常雲

　　雲霽長空,龍樓結蜃。淵澄碧水,貝闕藏鮫。親鼉向扶桑之谷,眉批:總起。取箔宜若木之梢。蹙雪浪以緤冰,絲絲入扣;橫烟波而絡雨,縷縷難淯。金杼月中,寧常吾之偶擲;玉機河畔,值婺女之初抛。既自稱爲泉客,爰偕作於海人。眉批:頂寫鮫人。乍激水以瀠洄,花紋忽亂;當晴光之瀲灩,練影方新。三日嫌遲,併龍梭而就匹;七襄待報,眉批:賦"織"字。藉鯉尺以藏身。或幻市之時開,經綸已畢;非揚塵之偶汙,洗濯何頻?置身浩蕩,藏影深潛。炙燕而求,眉批:實賦潛織。莫聽機聲札札;然犀以測,難窺女手纖纖。唯極意以經營,雲羅霧縠;不留痕於手爪,故素新縑。是寧鼇殼之需裁以作扇,非等蝦鬚之待製而爲簾。淚既泣以成珠,工尤長於視織。遺宓妃於洛浦,羅韈增妍;眉批:此賦織成之後。贈巫女于湘波,練裙長色。綄紗石畔,吳姬遜巧以添顰;濯錦江間,蜀客驚奇而不識。誰爲綴成千尺,幢懸玳瑁筵中;抑將裁就五銖,衣曳珊瑚樹側。

　　於是賈客傳奇,騷人作賦。考之冰蠶作繭,入水不濡;眉批:題後渲染。火鼠爲衣,經燒如故。彼爲工之極巧,終藉人爲;雖所得之無多,究歸目寓。豈若明珠翠羽,別成華采之施;方諸藻火山龍,應作文章之具。

　　組織工巧,章法老成。

　　　　　　鮫人潛織賦以題爲韻。　　　　　晉江陳雲程

　　繫汪洋之大海,宏萬有之并包。覘波濤之浩瀚,異覆水於堂坳。眉批:起題,眉目清朗。爰有水府經營,天孫讓巧;瀛壺機杼,鳳采成苞。隨潮汐之迴瀾,永夜梭聲暗度;任潺湲之倒浪,長年軸韻潛敲。冰縷縹縹其若曳,霧綃縷縷而弗消。是惟幻或同於海蜃,而能獨擅於江鮫。

當夫幽棲谷底,眉批:先寫潛鮫,次入"織"字。伏處江瀕。玳瑁棟梁,映日而金滉瀁;水晶宮闕,隨波而玉璘霏。綴紅綃以爲彩,藉冰縠以爲綸。燕剪斜飛,拂牽風之翠帶;魚梭乍擲,穿出水之白蘋。風滿洞庭,恍答金機之響;水流湘浦,訝聽玉軸之純。眉批:用陪,筆機流蕩。匪如西子溪頭,朝翻綠綺;并異文君江上,暮浣朱縞。始知雲市蛟宮,異境常傳塵世;馮夷海若,眉批:聯絡一片。奇功不讓斯人。況夫絕島浮沉,求桑何地;洪濤汩没,浴種誰占?而淵客緯經,自呈龍章螭藻;波臣纂組,獨誇越素吳縑。度機聲之軋軋,出女手之纖纖。海岱之紈,輕而莫匹;江東之繡,麗而猶添。匪雲錦之披霞,曾侔七襄之就;殊香羅之叠雪,何來三日之嫌?故奇貨不聞乎居市,賣綃有時而出潛。

爾乃事以異傳,物以希得。波光互映,掬來彪炳千章;眉批:寫足題意。月彩交輝,看去紛迷五色。羌入水而珍並貝文,爰承筐而絢同豹飾。彼夫卒鹽以獻宮中,築室而遵牆側。眉批:襯。冰蠶員嶠之最奇,園客飛蛾之難測。孰若茲之宅窟而自藏,伏幽而潛織也哉?

方今聖天子道德攸隆,謨猷素裕。海波不揚,春臺以煦。異物不寶,祇傳博雅之書;應德方來,足並大琛之貽。思傾葵悃,莫揚聖治以賡歌;自愧樗材,爰因靈物以獻賦。

　　　組織鮮明,機神宕漾。

雀入大水爲蛤賦以題爲韻。　　　晉江王　炘

惟動静之互根,實精微之宜索。聽苔砌之唵蚃,驗林園之化雀。秋深水國,忽添翠甲斑斕;夢斷玉山,猶認白翎隱約。眉批:渾寫題意。憶簾開於畫閣,燕窠偷新土之香;宜月滿於滄波,鮫室謝空城之託。

時則楓冷前汀,眉批:就時序入題。蘭荒寒隩。鯤壑濤春,虹田風急。河伯波凌,天吴影入。是處江皋雨暗,晶籠虚却火之懸;最宜沙岸潮生,珂珮待揚帆之拾。友魚蝦而作伴,已非洛水前身;問鴻鵠其焉知,莫啄山陰餘粒。

夫雀之爲物也,院裏依榆,眉批:一段雀。段末到爲蛤意。巢間置艾。祇驚鷹隼

之甌,那識鯨鯢之大?珠彈何處,野田紅粟繽紛;玉化誰家,巾笈黃花醃餲。曾說文飛五色,呼朋海島之南;何嘗浪吸三層,換骨江郊以外。至若蛤之爲類也,蠏舍栖身,鼪埕作市。眉批:一段蛤。段末收到雀化意。鱗甲玲瓏,沙泥徙倚。分團圓之鏡彩,皎皎雙環;含朗潤兮珠胎,盈盈一水。幾度風濤洗就,光添貝闕陰中;誰從海月明時,幻悟靈丘烟裏。忽而翔焉未集,眉批:入題面。忽而化不可爲。忽而星落瑤光之影,忽而殼迎淮水之颸。類鯤鵬之倏變,笑鷸蚌之相持。乍載止而載飛,樂乎不亦;旋就深兮就淺,逝者如斯。也知玉佩全收,鐵網珊瑚欲拂;莫道羅浮已隔,海城臺閣何奇。

且夫大造循環,群生錯雜。鸙化貗,駕化鼠,眉批:陪寫。筆獨流動。變幻無窮;雉爲蜃,鯉爲龍,飛潛悉納。況乎認飄飄之化雨,素質微茫;迴渺渺之秋波,華紋合沓。唧書並入,寧同蓼岸浴鳬;樂水有心,不數稻田吠蛤。要之萬物紛紜,皆本二儀降賦。沉淵則蜩象爲鄰,眉批:收結。出水則馬銜當路。潛斯伏矣,謝漁父之投竿;得其所哉,指嘉賓而喚渡。恰好溪灣漲雪,暈帶蒼烟;記曾花底啅泥,香餘紅樹。

層次分明,結構嚴密。鑪錘在手,鼓鑄從心。

雉入大水爲蜃賦 以"飛者忽潛,靜根于動"爲韻。 晉江黃宗澄

伊群生之殊族,憑大造之化機。濫夏曾經斷罟,當春亦戒合圍。卵生胎生,踐形惟肖;羽物鱗物,具體而微。眉批:輕籠題面。何來三島十洲,瞥覩蜃樓箇箇;說是山梁澤畔,都緣雉子飛飛。爾乃華蟲作繪,紀載《尚書》;釋鳥殊名,眉批:就雉入起,到入水意。備詳《爾雅》。雊向子城短堞,響答木魚;催將丁水春耕,影隨秧馬。豈謂入林不密,驚設罻於樵夫;還疑洗耳自甘,問前津於漁者。既飲啄之安舒,旋分形乎恍忽。眉批:到入水爲蜃。辭碧樹以翩翻,望滄溟而滑淈。山中內史,獨自翱翔;水上少卿,欣同出沒。可是居鄰颶母,尚欲避風;如其形類蚌胎,應能隨月。

當夫寒霜結素,眉批:此下二段,承上實賦題面。散雪堆鹽。天弓藏彉,水鏡啓

匽。雉翽然而下逝,蜃倏爾而深潛。競渡長川,何須一葦;只憑小智,欲構重檐。倘來文囿搜羅,羽毛盡換;若遇鮫人拾得,口啄應尖。則見雲路騰空,淵波浮景;野外倦飛,河間習靜。回憶文成五采,猶認前身;須知浪吸千層,空留幻境。色斯舉矣,顧盼自雄;得其所哉,樓臺倒影。類瓜魚之變化,莫嫌列子卮言;笑周蝶之互更,不取莊生臆逞。蓋萬物皆資乎二氣,而群紛自統於一元。眉批:此下二段,推言動靜變化之理。倏而生,忽而成,見陰陽之不測;一故神,兩故化,實動靜之互根。是故雉動機也,變於上者應於下;蜃靜物也,效乎乾者法乎坤。可知爵蛤氤氳,眉批:此段更旁推交通言之。皆關主宰;鯤鵬變換,豈尚虛無?鳩之化也何心,理原一致;鯉之登也應候,道自合符。況乎水郭雲生,誤尋宮扇;楚江月出,記取明珠。問當年羽畎棲身,陋營居之吉了;看此日海旁吐氣,聊潛跡於軒于。

方今聖天子對時物之行生,本肵誠爲勸董。設官既謹於虞衡,效順亦徵乎頮洞。河水揚清,海波不動。行見奇搜海岱,眉批:頌揚結。甲大利於魚鹽;瑞紀越裳,並輸誠於秸總。任微物之變遷,何弗遊光天之姘幪也哉?

上半賦題面,意清辭藻。下半賦題意,理實氣空。此爲文采鮮明,義蘊融洽。

雉入大水爲蜃賦 以"飛者忽潛,靜植于動"爲韻。晉江王文寧

維孟冬之良月,悟變化之真機。合天淵爲一理,知物類之至微。眉批:此段虛冒全題。由來蜃類車螯,以遊以泳;偏是雉名疏趾,載止載飛。萬頃烟波,忽見藏來夏翟;千重雪浪,何時化却春翬。爾其逐隊雲棲,成群烟惹。脫錦翼於江邊,没朱冠於林下。料得質成紫貝,半是半非;眉批:此段入題。也知號著白盛,疑真疑假。逝波何處,憶曾麥秀空城;樂水有心,那見媒鳴綠野?此日守從祈望,漁子得之;當年獻自越裳,弋人慕者。

原夫雉之爲物也,眉批:此段賦雉。段末轉到化蜃。敷藻翰之陪鵾,靡青鞦之發越。隨車路畔,飲啄皆宜;求牡樹梢,聲音偏滑。溯分形於武庫,蛇蛻依稀;曾紀瑞於陳倉,雞鳴恍惚。止于丘側,群看來也突如;問諸水濱,乃見入焉而忽。

若夫蜃之爲類也,蟠泥融結,眉批:此段賦蜃。段末轉合雉化。負甲涵淹。見朱樓於鯤壑,翻紫殼於蟹簾。玉燦花斑,歐氏之題詩可會;素唇錦背,梅君之賦物何嫌?誰知桑下華蟲,動歸于靜;化作波間翠蜃,飛忽爲潛。

時則澤國波平,江村浪靜。何水陸之迥殊,眉批:此下二段,實賦題面。覺坎離之可併。于今掛席,生來錦繡之州;疇昔馴桑,遙憶中牟之境。獻王疑鳳,楚人之獲幾時;得水猶龍,淮口之潛偏永。本是山梁悅性,瑞應璣星;胡爲貝闕藏身,夜蟠金井。則見夫辭綠樹,謝平原。逝者如斯,羽飛五色;就其淺矣,影幻幾番。羞作扇之舊稱,朝飛忽改;陋銜環於前度,始雉無煩。鮫室春深,記否求雌麥隴;龍堂日暖,可憐啄粟烟村。誠氣機之鼓盪,覺動靜之互根。

且夫江鄉異類,水國名區。眉批:此段陪。多原可引,小亦無殊。化鼠化鴇,比類而考稽無盡;爲鳩爲蛤,同形而變化偏符。曷若茲質本錦罩,顧影而珠胎已合;形成珧柱,翻身而斑尾潛于。是知機自見其孔昭,體每呈其兼總。雖物類之繁昌,同含生於鴻(洞)洞。眉批:此段收。踐形惟肖,蜃因雉而象成;應候以遷,雉爲蜃而機動。佇見漁人獻處,貢比蠣魚;還欣珂佩飾來,美同鞞琫。

步驟井然,辭華秀美。

脉望賦以"蠹魚三食神仙字"爲韻。　　　晉江周一夔

閒檢陳編,用袪舊蠹。玉函抽鄴氏之籤,金簡發世南之庫。眉批:渾冒大意。胡異物之攸藏,匪平生之所遇。有卷者髮,形如蠆而幾同;莫解其端,象擬環而孰鑄?應是取精有日,爰獻厥奇;自非博物之良,曷知其故?

原夫蟲之有蠹,眉批:先賦蠹魚。段末起到變化意。其狀類魚。處縹緗而罔忌,遊篋笥以爲居。豈無芸草之香,辟焉不盡;縱值炎天之日,曝去如初。乃化工之特異,覺變幻之非虛。幾歲鑽研,腹果書倉之內;一朝改換,光生玉案之餘。蓋其聚圖書之帙,眉批:次賦食神仙字。窺史册之函。情既難饜,性不嫌貪。雲笈霞章,儘堪恣志;名山石室,也許遙探。寶子明釣得之書,咀焉彌旨;王仲休未識之字,嗜之而酣。永夕永朝,幾等伐毛之五;不日不月,直同偷果之三。用是吸精

英,漸胎息,體貌更,形神革。類蛻蟬於樹杪,靈異獨超;眉批:次賦化爲脉望。疑鼠化於山間,神仙莫測。量四寸而無多,執兩端而不得。斷之有水,宛流文字之膏;仰以求丹,自裕鍊修之力。回想殺青奚爲,應虞他日蠹生;早知度世有方,孰怨當年蠶食?厥名信異,其用甚神。眉批:再足題面。洵仙靈之所結,詎凡類之奇倫。惠施之富五車,未必獲兹異寶;安世之藏三篋,也應少此殊珍。倘逢劉向校書,好質疑於太乙;如遇唐皇覽古,定增價於龍賓。

彼夫草爲螢於六月,脂化珀以千年。玉釵忽兮成燕,眉批:陪襯。寶劍倏而躍淵。是亦化工之所凝結,神物之所流傳。然而質雖更於異日,形猶著於目前。未若兹之卷帙潛藏,共憎蠹朽;精英久聚,頓幻塵緣。豈窺九轉之丹,凌風化羽;抑拾九莖之草,吸露登仙。考彼物華,誠得之未曾有;出諸簡牘,孰識其所以然。是以何諷覽而心驚,方士聞而熟視。共傳脉望之奇,用有降星之異。乃仙跡之所成,忽微蟲之攸寄。眉批:以寄託結。信素簡之有光,孰陳篇之可棄?

士有才成錦繡,生花呈綵筆之祥;文獻珠璣,吐鳳焕瑶章之瑞。泥屈蠖而見嗤,風騰龍而非異。物化固然,人化堪譬。要無非咀含乎今古之書,而探取乎聖賢之字。

　　語極結構,而出以自然。風神翛遠,意境通靈,非寢饋《大雅》有年,安能到此?原評

五月斯螽動股賦以題爲韻。　　惠安王懋昭

候過春三,時逢夏五。有應節之鳴螽,爰清音以徐吐。眉批:先寫螽斯之聲。溪頭自適,遥迎黄雀之風;岸畔交鳴,閒送青梅之雨。引輕聲於十里,未輸鼓吹兩班;沉逸調於孤邨,即是宫商數譜。

原夫負礬別類,不等其名;蟋蟀前身,乘時而發。躍然以起,似宜兩腋之風生;突如其來,眉批:此段領題。遂覺幾番之韻歇。漫説金盆鬬去,他時赤翅垂垂;且看芳草行來,不盡花泥滑滑。所以聲隨股發,雅宜蹛柳之天;股以動鳴,恰值蓄蘭之月。時則夏木陰濃,金衣唱罷。平田水滿,白鷺飛遲。居然聲在股間,眉

批：承上段五月入題實賦。若口出而不音；誰似動而響應，竟足跂以如斯。差比鳴蜩，鼓翼之殘聲乍曳；寧同吠蛤，隨風之遠調初吹。爾乃橫行岸北，徧徹林東。傳詵詵之餘響，眉批：二段皆實賦題面。振隱隱之昆蟲。偏能艮輔以鳴，躍輕軀于野外；知匪不脛而走，迸細響于煙中。別有傳音，不是無聲反舌；豈無結思，還聞善躍阜螽。矗茲物形，非同蠛蠓；傍彼山坳，循乎鬱蓊。負聲有力，不妨迅足以行；手語何心，自可相時而動。不徐不疾，常吟細雨之霏霏；且止且行，遂入青莎之莘莘。

彼夫分玉剪于意而，眉批：陪。擲烏皮于蠅虎。鶗鴂則剪舌能言，蟭螟則巢蚊是聚。固異此之疏煙曲岸，趯趯微行；碧草夕陽，繩繩可數。鳴如得意，雅宜連以全身；動即有聲，豈遂夷于左股。是知物類多更，風詩可悟。不物於物，亦窺鳴動合一之原；自然而然，適知蟲豸徵奇之故。眉批：收結。大異花開籬豆，報秋色而群鳴；先看陰布山榴，向薰風而却步。是安得不想橫吹于幽篦，人感蟲聲；而考古注于蟲魚，思成藻賦也哉？

　　結藻清新，課題雅貼。

　　　　承蜩賦以"用志不紛,乃疑於神"爲韻。　　晉江蔡常雲

人或全而不全，眉批：總挈題旨。技無用以爲用。唯痀僂之爲容，殆戚施而與共。非等存身之蠖，屈以求伸；直同曳尾之龜，生而負重。眉批：先賦痀瘻。寧一命而傳其偏，牆貴能循；或重來而笑已非，樹稱善種。是既非直厥躬，將何以觀其志。持竹竿之翟翟，踱跂以行；望林樹之蒼蒼，蹣跚而至。艮身止背，原最易於藏形；頤隱肩高，更無勞於仰視。眉批：入承蜩。捷如勁鳥，觸緒關生。承彼鳴蜩，逢場作戲。彼神官之各行，斯即離而皆不。觀蠢動之蠕蠕，聽聲音之吃吃。眉批：二段賦猶掇之也。漆投膠以難別，疑墜露之偶沾；心使臂而制從，等微風之輕拂。幾謂天地其將奠適，忽見良工；并覺鬼神亦莫能窺，況茲小物。隨見聞之所至，或多寡而難分。視螳螂之捕於躍躍，同螻蟻之食以紛紛。紅荔牆頭，頓減瑤琴送月；綠楊岸畔，難多玉笛穿雲。將或愛蟬翼以爲冠，千章易得；苟其嫌蟪聲

之聒耳,十里無聞。是蓋馳情不他,因之有獲。眉批:二段實賦題旨。斯乃時行時止,幾觸處以若忘;勿二勿三,挾全神而俱在。等遺土於形骸,憑死灰以主宰。發皆中節,緣督爲經;神則無功,御遊曷待?維精神之貫注,亦目睫以交凝。養射僚丸,未堪爭巧。丁牛樂馬,眉批:此段旁推,以盡其意。漫許並稱。擬諸紀衛之門,奇能貫虱;方彼韋張之幕,妙可彈蠅。更何取郢中人之除堊,與夫公輸子之督繩。眉批:此段敘聖賢之論。

遭聖人之覿止,向賢者而稱於。枯木還堪自比,橛株指以相如。原學習之多年,三丸不墜;黜聰明以不事,萬物皆虛。莊語爲規,隱作學人之式;寓言志怪,聊登傲吏之書。乃知有虧厥體,難壞其神。唯髀脊之支離,每自居於武士;及胠肩之甕瓫,眉批:收束。尤羌勝於全人。指化心稽,獨愁無術;循時付物,何患有身?願共明於真宰,無徒嘆於戮民。

　　融會漆園意旨,而以空靈之筆出之。層次分明,意理關生,揣摩到家之作。

焦螟巢蚊睫賦 以"離朱子羽,弗見其形"爲韻。　　晉江莊安邦

何纖微之蚊睫兮,納物類以呈奇。彼焦螟之么麼兮,眉批:總挈。方結伴以棲遲。小而能容,宛是一窩托處;視如無睹,寧關五色迷離。方諸野馬塵埃渺乎小矣,譬似蝸牛蠻觸寬以居之。

原夫蚊之爲物也,潛投綺戶,眉批:先言蚊,已極其細。暗入紗幬。乘昏求血,通昔嘬膚。飢如柳絮之輕,紛紛列市;飽作櫻桃之色,點點塗朱。伏向蛇鱗,總自生而自息;眉批:再言睫尤細之細者。文成豹脚,亦若有而若無。況乃眉睫之中,豈有營巢之理?間不容髮,較虱腦以差同;密僅如鍼,眉批:入焦螟巢。比蟣肝而酷似。何物焦螟,群巢於此。乍引類以偕來,竟孳生而不已。儼千尋之寶刹,現出毫端;恍萬丈之須彌,藏來芥子。爾其擾擾並居,營營列聚。眉批:二段承上實賦。禦寇則羨其群飛,晏嬰亦傳其再乳。轉睛而定訝移巢,瞬眼而還疑坏戶。無微不到,誰能擬厥形容;與物偕行,何俟豐其毛羽。爲想目光照處,箇中自有

乾坤；應知眼界開時，就裏別成今古。適從何來，乃有是物？即之如無，視之而弗。豈等處褌之虱，玉手堪捫；迥殊鑽紙之蠅，紅絲細拂。小以成小，諦觀莫辨夫毫釐；微乎其微，審視難傳夫髣髴。

且夫號物萬殊，眉批：再就物之天及細者，拓開一段。賦形百變。三千振北，鯤化自如；九萬圖南，鵬搏不倦。斯其大之無倫，固絕無而僅見。以至鼠肝蟲臂，無嫌立說之荒唐；下而竈馬醯雞，亦屬化工之普遍。蠢茲細類，託此微姿。來應惟便，處豈淒其？乍當晝而深藏，猶是與時俱息；或因宵而偕出，不須問夜何其。眉批：再合到本題。怳兮惚兮，中有物，中有象；不聞不見，名曰希，名曰夷。允足見肖翹之各別，而益徵化育之無遺。

繫曰：粒麻作字，一錢書經。匪曰物小，因物肖形。空諸迹象，入于杳冥。如曰不信，視彼焦螟。

繪水繪聲，惟妙惟肖，一粒粟化出萬丈金身。

校點後記

《溫陵賦鈔》十卷,清周學曾原輯,清王昀重輯。

周學曾,字孫詒,號春池,別號忝庵,福建晉江人。明户部主事周天佐九世孫,螺陽、梅石書院山長。高才績學,以文鳴於時,尤嫻古今流別。據陳壽敘,嘉慶二十二年(一八一七)尚在世。王昀,原名觀光,字道箴,又字夫叔,號秋嵐,福建晉江人。道光二十九年(一八四九)拔貢,咸豐五年(一八五五)舉人,與翁同龢爲同年,曾任内閣中書舍人。十世祖爲晚明浙江布政使王畿,有功名教,特祠學宮。

《溫陵賦鈔》,又稱《溫陵賦鈔初集》,專門收録泉州籍(以晉江爲主)文人所作的各體之賦。據翁同龢序,是書成於光緒元年(一八七五)前。卷首依次有周学曾《徵輯小引》、陳壽祺敘(嘉慶二十二年)、翁同龢敘(光緒元年)及王昀《讀賦管見》。正文十卷,收録了擬體、古體、律體三大類賦共一百九十六篇,其中卷一擬體十五篇,卷二至卷三爲古體三十三篇,卷四至卷十爲律體一百四十八篇。涉及作者一百二十三人,其中所收賦最多的作者爲陳科捷和許邦光二人,均有六篇;其次爲龔維琛,有五篇;再者爲蔡鴻捷、龔維琳、王昀、徐玉本、周學曾五人,各有四篇;蔡常雲、蔡鴻儒、陳大玠、陳時昌、王家修、王克峻、王克岏、周一夔、周瑀等九人,各有三篇;其餘作者則一二篇不等。在這一百二十三位作者中,以晉江籍爲多,他縣較少。王昀原準備將後來收集的賦彙爲《二集》,未果。

《溫陵賦鈔》編者將賦分爲擬體、古體、律體三大類。擬古、擬律均歸之擬體,仿六朝以上者爲古體。擬體以所擬之人的年代先後爲序,古體、律體則以天地、人物爲序。每篇均有眉批,短則一字,長則十餘字,其意在標示賦文的結構和技巧。每篇篇末均有評論,旨在評述賦文的風格特徵。

　　《温陵賦鈔》初刻於光緒十三年(一八八七)孟冬,板藏於泉州綺文居。泉州市博物館藏有光緒十三年刻本。此次點校即以光緒十三年刻本爲底本,並遵循《泉州文庫》叢書體例,將生僻的異體字、訛字、俗體字、印刷體等徑改爲規範的繁體字。

編　者
二〇一九年元月

圖書在版編目(CIP)數據

溫陵賦鈔/(清)周學曾原輯;(清)王昀重輯;閆海文點校.—北京:商務印書館,2019
(泉州文庫)
ISBN 978-7-100-17433-6

Ⅰ.①溫… Ⅱ.①周… ②王… ③閆… Ⅲ.①賦—作品集—中國—清代 Ⅳ.①I222.4

中國版本圖書館CIP數據核字(2019)第082808號

權利保留,侵權必究。

責任編輯　陳明曉
特約審讀　李夢生

溫陵賦鈔
(清)周學曾　原輯　(清)王　昀　重輯

商 務 印 書 館 出 版
(北京王府井大街36號　郵政編碼100710)
商 務 印 書 館 發 行
山東鴻君傑文化發展有限公司印刷
ISBN 978-7-100-17433-6

2019年6月第1版　　　　開本705×960　1/16
2019年6月第1次印刷　　印張14.75　插頁2
定價:76.00元